KB107777

예옥 제7소설

철과 흙

이지명 지음

예옥 제7소설

철_과흙

이지명 지음

예옥

/ 소설의 무대가 된 북한 동해안의 광산촌 /

라선특별시

청진시

해산시

강계시

길주군

업억광산

성진(김책)시

함흥시

평성시

원산시

평양

사리원시

해주시

서울

/ 차례 /

제1부
심연　/7

제2부
보이는 것들　/111

제3부
과거의 흔적　/215

제4부
보이지 않던 것들　/303

에필로그
우리 마을　/379

작가의 말　/385
발문 | 방민호　/389

1

　이발소 안엔 둘뿐, 여자는 이발이 끝나자 서둘러 나가는 남자에게 말했다.

　"온 동네가 다 알아요. 본인만 모를 뿐이지, 어쩜." 주춤했던 남자가 다시 걸음을 뗀다.

　"저기, 저녁에 저의 집에 와요. 하던 말, 마저." "알겠소." 썩둑, 무 썰듯 말을 자른 남자가 급히 문을 열고 나간다. 걷는 걸음이 위태롭다. 후덥지근한 바람이 불어 눈언저리에 장난치듯 먼지를 날려도 도통 감각을 모르는 사람처럼 멍한 눈길로 휘청휘청 걷는다.

　'이 일을 어떻게 하지?'

　집이 있는 탄광 마을까진 20분이면 휘딱 잡을 수 있다. 그러나 정태수는 한 시간이 넘도록 그냥 길에서 헤맨다. 아무 곳이나 퍼더버리고 앉아 뭔가 생각하고는 다시 일어선다.

무슨 정신에 집 울타리 널대문을 열었는지, 아내가 빈 뜨물 그릇을 들고 울안 귀퉁이에 지은 돼지우리에서 물러나 "왔어요?" 하며 어정어정 다가왔다. 순간 철썩, 정태수의 솥뚜껑 같은 손이 아내의 뺨을 갈긴다. 아니? 뺨을 잡은 아내를 지나 정태수는 윗방마루에 주저앉았다. 긴 한숨이 마루에 앉은 먼지를 날렸다. 잠에서 깼는지 방에서 아기가 칭얼대는 소리가 들렸다.

"어기, 어기 순둥이야. 어기, 어기 맷돌 간다. 어구, 어구 내 새끼."

어머니의 말장단 소리다. 눈만 뜨면 낡은 장판 구들을 정신없이 헤집고 다니는 녀석을 결혼 5년 만에 낳았다. 어머니에게는 금쪽 같은 손자다. 하지만 이제 그 금덩이가 길가에서 주어온 돌멩인 줄 안다면 그래도 어머니는 손자가 고울까? 너무 놀라 뒤로 벌렁 넘어지지 않으면 다행이다. 독한 써레기를 말아 물고 불을 붙이는 정태수의 손이 후들거렸다.

아내가 낳은 아이는 정태수의 씨가 아니었다. 그걸 지금 온 동네가 다 안다고 좀 전 농장 이발사인 최춘희가 말해줬다. 어디서부터 무엇이 잘못돼 숨겼던 비밀 뚜껑이 열렸는지, 들통난 이상 그걸 따져 뭘 하랴만, 정말 이럴 땐 콱, 죽어 버렸으면 싶다. 세상 인연이 어찌 이리도 부담스러운지, 독한 써레기를 연거푸 빨아대던 정태수는 갑자기 무슨 생각이 났는지 움찔 일어나 툭툭 엉덩이를 털었다. 그다음 대문을 도로 나와 큰길에 나섰다.

정태수가 사는 중동 탄광 마을은 함경북도의 남단, 인구 이만여 명이 모여 사는 비교적 큰 동네다. 칠십 리의 길고도 험한 청학 계곡에서 내려오는 골물이 길주 쪽인 상동 계곡에서 내려오는 개울과 합쳐지는 곳이기도 했다. 사철 마르지 않는 두 지류가 하나로 합쳐지며 Y자 모양을 이룬 물줄기가 마을 중심을 가로질렀다. 장마철이면 볼 만하게 불어나기도 한다. 풍문엔 개울 두 개가 합쳐진 물곬이 마을을 지르면 그 동네엔 말썽도 많고 사람마다 곡절도 많다고 했다. 그래서인지는 몰라도 여기 중동엔 좋은 일보다 그른 일이 더 많아 매일 싸움도 잦다. 하룻밤 자고 나면 별의별 소문이 이 귀 저 귀로 춤추듯 날아돈다. 그럴 만도 했다. 이곳엔 탄광만이 아닌 광산도 있다. 농장도 상동, 중동, 하동이라 부르는 세 개의 농장이 중동을 중심으로 연줄연줄 붙어 있다. 주민 구성이 상당히 복잡한 곳이었다.

비척비척 걸어 개성 출신 할머니가 차린 음식점에 들어선 태수는 주머니를 털어 농태기(가정에서 솥뚜껑 엎어 놓고 뽑은 소주) 한 병을 청했다. 서푼 잔에 뿌연 술을 쿨럭쿨럭 소리가 나게 부어 단숨에 비우는데 갱장이 왔네, 하며 박철용이 다가왔다. 정태수가 있는 중동 탄광에서 일하는 최전방 민경 부대에서 제대한 청년이다.

"네가 여긴 어떻게? 술 마시러 왔어?"

"지나다가 그냥, 같이 한 잔?"

"그래, 거기 앉아." 술 몇 잔 들어가자 철용이가 추태를 부렸다.

"갱장, 나 말이요. 다 때려죽이고 싶소. 젠장."

"무슨 소리야?"

"내가 탄광 막장에서 썩다니. 제길, 만날 탄 먼지 뒤집어쓰고 마소처럼 일하자고 10년이나 전방부대에서 고생한 거 아닌데, 갱장이요, 내 지금 쳐 죽이도록 밉고 괘씸한 게 누군지 아우?"

"누군데?"

"집의 영감태기요. 당비서라면서 아니, 내가 언제까지 석탄 막장에서 썩어야 하오."

철용은 하동광산 당 위원회비서인 박상도의 막내아들이다. 하동광산은 흑연광산으로 왜정 때 생긴 오랜 광산이고 종업원도 대충 잡아 삼천여 명이나 된다. 의문스러운 건 그렇게 큰 광산 당비서가 군대에서 제대한 아들을 왜 광산이 아닌 탄광에서 일을 시키는가 하는 것이었다. 중동탄광은 하동광산에 비할 바 없는 종업원 오백여 명 정도의 중급기업이었다. 그게 못마땅해 철용은 계속 투덜거렸다. 하지만 정태수는 지금 철용의 말을 받아줄 기분이 아니었다.

한 잔 더 마신 후 식당을 나온 태수는 집쪽이 아닌 장마에 불어난 개울쪽으로 발길을 돌렸다. 춘희가 사는 중동농장소속작업반인 상촌 마을은 태수가 사는 탄광 마을과 인접한 50여 호의 작은 동네다. 태수는 지척지척 춘희의 집을 향해 걸음을 옮겼다. 마을에 접어들자 집집의 귀퉁이에 우뚝 솟은 굴뚝에서 나는 매캐한 연기 냄새가 목구멍을 긁었다. 줄맞춰 지은 주택들을 지날 때 컹컹 개들이 짖었다. 제법 으르렁대며 발치까지 다가왔다가도 태수가 눈을 부릅뜨고 발을 쳐들면 으르르 뒷걸음치며 제 굴로 숨어들었다. 춘희와는 인접 마을에 살아 몇 해 전부터 알고 지낸 사이다. 농장 이발사지만 탄광에도 자주 오는 발이 넓은 여인이었다. 아직 퇴근 전인 것 같다. 태수를 맞아 준 사람은 곱살하게 생긴 웬 젊은 여자였다. 얼핏 봐도 얼굴엔 수심이 가득했다. 아직 술기운이 남은 태수는 여자가 권하는 방석에 넙죽 올라앉았다.

"아니?" 태수를 본 여자가 갑자기 가슴에 두 손을 모아 쥔다.

"왜 그러오?"

"아, 그게 저, 너무 비슷해서"

"뭐가 말이요?"

"아니, 그게 그냥." 여자는 그러며 다소곳이 아랫목에 앉는다. 태수가 물었다.

"이 집에 아들이 있다고 들었는데 어데 갔소?"

"아, 철이요? 초저녁에 할머니 집에 갔어요. 아마 거기서 자고 아침에 학교 갈 텐데······."

"댁은 뉘시오? 처음 보는데?"

"춘희 언니 외사촌 동생이에요."

"아, 그렇소? 어디 사오?"

"성진 시내에 살아요. 식량 좀 바꿔 가려고 왔는데, 한데 어쩜 그리 비슷해요?"

"뭐가 말이요?"

"호호 난 철이 아버지가 들어서는 줄 알았어요."

"철이 아버지라니, 그건 또 무슨 소리요?"

"철이가 아저씰 판 박은 듯 닮아서 아, 아닙니다. 그냥 해본 소립니다. 저어 중국에서 언니가 사 온 오차가 있는데 한 잔 탈까요?"

여자가 급히 일어선다. 활달한 성격 같다. 이곳에서 남쪽으로 기차역 네 개를 지나면 바로 성진이다. 시내 인구만 10여 만을 헤아리는 해안 도시다. 춘옥은 며칠 전 수산물 배낭을 짊어지고 여기 농촌 마을에 옥수수 바꾸러 왔다고 한다. 목숨줄이나 다름없던 국가 식량 공급이 끊겨 도시 사람들은 공산품이나 수산물이 든 배낭을 지고 자주 농촌을 찾는다. 태수도 배급에 매어 살아 식량이 턱없이 부족했다. 부업으로 뙈기밭을 일궈 모자라는 식량을 보충하는 한편 생산되는 석탄을 농장들과 거래해 부족한 종업원배급량을 메운다. 식량만큼 땔감도 중요했다.

"배급도 없는데 시내 사람들은 어떻게 사우?"

태수는 여자가 타준 뜨거운 중국산 차를 마시며 은근한 어조로 물었다.

"말해서 뭘 해요. 사는 게 다 기적이지."

"하긴, 남편은 무슨 일을 하오?"

"성진제강소에서 일하는데 요즘은 원료가 없어 집에서 놀아요."

"아이는 몇이오?"

"아직, 지금 세월에 아이는 낳아 뭘 해요. 생각해 보면 결혼도 괜히 했어요."

춘옥이가 내쉬는 한숨에 태수는 머리를 기웃했다. 묻지도 않았는데 무슨 저런 말을? 경망한 여잔가? 하긴 요즘 같은 세월엔 구멍 뚫린 바지에

덧댄 색 바랜 헝겊처럼 여자에게 존재감이 없는 게 남자다. 뭐든 벌어 식구들을 먹여 살리지 못하는 남자는 세대주가 아닌 집 지키는 멍멍이로 취급받기 일쑤다. 태수도 날이 갈수록 더해가는 생활난에 진절머리가 났다. 지금까진 석탄이 생산돼 그럭저럭 입에 풀칠은 해도 언제 무슨 일이 일어나 생산이 멎으면 그땐 영락없이 아사 선상에 식구들을 올려놔야 했다. 아내는 당장 굶어 죽어도 어디 가서 감자 한 알 구해 오지 못할 집구석 여자였다.

"저 언니에게서 오신다는 말 들었어요. 중동탄광 갱장 아저씨죠?"

춘옥의 말에 태수는 생각을 거두고 여자를 쳐다보았다.

"언니가 내 말을 했소?"

"네, 가끔 해요. 좋은 사람이라며." 춘옥이가 활짝 웃는다. 조금 옹색하다.

"좋은 사람은 무슨, 아니 뭐, 세상에 나쁜 사람도 있소?"

"있어도 아주 많죠. 멀리 볼 것도 없이 저의 세대주처럼."

태수가 새삼 여자를 바라본다. 말처럼 미운 표정은 아니다. 사이가 좋은 부부일수록 없는 데서는 일부러 미워하는 척 흉을 본다, 실은 그게 흉을 빗댄 자랑이라는 것쯤은 태수도 안다. 출입문이 열렸다. 춘희가 무얼 한 꾸러미 싸 들고 환한 얼굴로 들어섰다.

"아이, 오셨네. 내가 좀 늦었군요. 춘옥아, 너 또 쓸데없는 소릴 한 건 아니지?"

"아니요. 언닌 무슨 그런 말을……."

"고생 많소." 태수가 엉거주춤 몸을 일으켰다.

"아이, 고생은 무슨. 춘옥아, 내 그냥 해본 소리야. 어서 상 놔."

"알았소." 춘옥은 얼른 일어나 찬장 옆에 놓인 둥글상을 가져다 다리를 펴놓았다. 춘희가 꾸러미를 풀고 이것저것 꺼내 상에 놓으며 말했다.

"오늘 우리 농장 관리위원장 모친 진갑이 있어 퇴근하고 들렀댔어요. 그래서 좀 늦었어요."

술병도 나오고 돼지고기 편육도 나오고 녹두 무침, 콩나물 반찬, 청어구이도 나왔다. 상이 차려지자 춘희가 유리잔에 술을 따랐다. 민가에서 뽑은 농태기가 아닌 넥타이(상표)를 맨 국영 양주공장 술이다. 이런 넥타이 술은 분명 큰상에 놓았던 건데, 태수는 꿀꺽 마른 침을 삼키며 그제야 두루 방안을 살폈다. 특이한 기물을 찾아볼 수 없는 수수한 살림살이였다. 춘희가 맑게 웃으며 술이 담긴 잔을 내밀었다.

"참 고맙소. 난 별로 해준 게 없는데……. 거, 세대주도 함께 마시면 좋을 것을……."

"농장연구실 근무 나갔어요. 맘 놓고 마셔요." 개성 할매 못지않은 간드러진 목소리다.

"언제부터 묻고 싶었는데 고향이 어디요? 개성은 아닐 테고."

"왜요?"

"말씨가 영 딴판이라서"

"듣기 거북해요?"

"아, 아니, 듣기 좋은데."

두 여인이 마주 보며 웃었다. 술 한 병이 바닥났다. 춘희의 주량도 일러 줄만 했다. 아니 태수보다는 한 수 위다. 춘희가 눈짓하자 춘옥은 벽장 에서 중국산 오십도 짜리 고량주 대두 병을 꺼내왔다. 반가운 술이다. 술 병이 절반가량 내려갈 무렵 춘옥이가 스르륵 쓰러졌다.

"주량도 없으면서, 이러니 남의 집 머슴이나 살지. 새파란 애가 참."

태수의 눈이 커졌다. 머슴? 동생이 아닌가? 태수가 물었다.

"그렇게 됐어요. 세월을 이기지 못해 애 남편은 집 나가 행불되고 굶어 비실비실해진 걸 내가 데려왔어요. 곁의 눈이 있어 그냥 동생이라 불러요, 이름도 비슷하고. 근데 지내보니 애가 참 인물은 반반해도 도무지 살 줄 을 모르니, 이렇게라도 밥은 먹어야죠."

"아니 아까 내게 남편이 집에서 놀고 있다고 하던데?"

"말이 그렇죠. 없이 살다 보니 결혼도 일찍 했는데, 남자가 행불된 지 삼 년쯤 됐나?"

언제부터 데리고 있었소?"

"육 개월쯤 돼요. 식모 격으로, 내가 만날 집을 비우니 대신 살림살이를 도맡아 해요."

태수의 눈이 커졌다. 지금처럼 제 입 건사도 힘든 세월에 집안에 식모까 지 두고 살다니, 갑자기 춘희가 우러러 보였다. 인물 또한 기막히다. 도시 풍의 스타일만이 아닌 사람을 다루는 솜씨 또한 일품이다. 모르는 사람 이라도 잠깐 사이 친숙한 사이로 만드는 재주가 있다. 독한 술이 머리를 어지럽혀도 태수는 바짝 정신을 도사렸다. 멋진 여자인 만큼 서툰 구석을 보이고 싶지 않았다. 사실 태수는 지금까지 춘희와 섞이며 이렇게 멋진 여자와 두 손 맞잡고 험난한 세월의 고랑을 물타기 하듯 넘으며 살면 얼마나 좋을까, 하는 생각을 가끔 하며 살았다.

누운 춘옥은 벌써 씩씩 콧바람을 불며 깊은 잠에 빠진 듯하다. 그 모습을 보노라니 태수는 지금 집에서 자기를 기다릴 아내 생각이 났다. 매정하게 손찌검까지 했어도 모퉁이마다 떠오르는 사람이다. 밤이 깊어 새날을 맞아도 남편이 들어오지 않으면 잠들지 못하는 여자였다. 지금까지 태수는 그런 아내가 진정 고마웠다. 물론 여느 부부들도 다 그리 살 테지만, 언제부터인가 예고 없이 닥친 미공급 세월은 그런 아내들의 애틋한 마음에 경종을 울렸다.

지금은 애 딸린 여자도 억척같이 몸을 움직여 돈을 벌어야 했다. 식량공급이 끊긴 현실은 남편의 직장수입만으론 살 수가 없다. 그래서 안사람들도 부엌을 떠나 생활전선에 뛰어들었다. 그렇지만 태수는 아내에게서 그런 변화를 바란다는 것은 해가 남쪽에서 뜨는 일만큼 힘들다고 생각했다. 젊은 나이지만 아내는 집구석 사람일 뿐 무언가를 개척해 소득을 얻을 여자가 아니었다. 언제부터인지 춘희와 마주 앉으면 문득 아내와 춘희가 상반된 모습으로 비교되곤 했다. 춘희 같은 여자와 결혼했더라면 지금의 자기 모습은 어땠을까, 하는 생각도 들곤 했다.

태수는 저도 모르게 긴 한숨을 내쉬었다. 늘어진 춘옥에게 모포를 덮어주던 춘희가 물었다.

"왜 갑자기 한숨을?"

"아, 아무것도 아니오, 그냥."

춘희가 웃으며 아직 반나마 남은 고량주 병을 치우고 벽장에서 새 술병을 꺼내왔다. 태수의 입이 벌어졌다. 유리병이 아닌 푸른색이 도는 아담한 사기 단지였다.

"이건 중국에서도 돈깨나 주무르는 사람들만 마신다는 모태주예요. 자, 한 잔 받아요."

춘희가 술을 부으면서 말했다.

"이런 귀한 술은 어디서?" 춘희가 얼른 말을 바꾼다.

"어때요? 탄광은 식량 공급이 잘 돼요?"

"없소. 자체해결이지. 앞으로 어떻게 될지, 참 답답하오. 그건 그렇고 왜 날 만나자고 했소? 그냥 술이나 마시자고 부른 건 아닐 테고……."

태수도 병을 받아 춘희의 잔에 술을 부으며 물었다. 자, 하며 춘희가 해물 웃으며 잔을 댄다.

"내가 낮에 한 말에 생각 많이 했죠? 가신 다음 후회했어요. 괜히, 미안해요."

"별말을, 사실인 걸." 두 눈이 부딪쳤다.

"그런데 어떻게 첫 아이부터 남의 아일 낳죠?"

태수가 눈길을 깔며 술잔을 비우고는 젓가락을 들어 콩나물 볶은 것을 한 절 집어 우물우물 씹으며 다시 춘희를 바라본다. 취기가 오른 춘희의 갸름한 얼굴이 탐스럽게 안겨들었다. 요즘 유행하는 중국산 줄무늬 적삼을 걸친 불룩한 가슴이 눈을 메웠다. 문득 그걸 헤집고 싶은 충동이 일었다. 헤집는 순간 황당해할 춘희의 표정도 겹친다. 내심 깊숙이 묻어 둔 남의 속 비밀을 꺼림 없이 헤집는 여자여서 그런 충동이 이는지, 씹은 나물을 꿀꺽 삼키고 나서 물었다.

"들을 때부터 생각했는데 그 소문은 어디서 들었소?"

"이발사니까, 소문이 모이는 곳이 이발소죠. 미안해요, 평생 몰라야 좋았던 것을 내가 그만."

"그렇게 어디 가서 바람피울 여자는 아닌데……."

"강요에 못 견뎌 그럴 수도 있죠."

"강요, 그게 무슨 뜻이오?"

"마음의 강요요. 이를테면 강간을 원한다든가, 아니면 무의식 간에, 뭐 제 생각이에요. 아기를 갖고 싶은 간절한 소망을 안고 산 여자가 아니었어요?"

춘희는 말하면서도 유심히 태수를 살핀다.

'이 여자가 무엇을 어디까지 알고 있지?' 갑자기 엄습하는 전율이 몸을 감쌌다.

"난 그 아기 아빠도 알고 있어요. 당신도 모른다고 하진 않겠죠?"

심장이 꿈틀했다. 절로 벌어진 입술이 바르르 떨린다. 그렇지만 태수는 용케 자기를 다잡았다.

"지금 무슨 말을 하는 거요?"

"감추지 말아요. 이쯤 되면 솔직하게 속을 터놓는 것이 상대에 대한 배려가 아닐까요?"

이윽히 주시하는 여자의 눈길이 따갑다. 만나면 항시 느끼는 것이지만 상대를 휘어잡는 타고난 기질을 가진 여자다. 아니 그것보다는 이건 떳떳하지 못한 일을 저지른 행위에서 오는 주눅일 수도 있었다. 그렇다고 바보처럼 모든 걸 이실직고 할 수도 없고, 최악의 경우라도 체면만은 지키고 싶었다. 남자도 아닌 여자에게 이런 질문을 받는다는 것 자체가 부담스러웠지만 어인 일인지 마음만은 평온했다. 바라보는 그윽한 눈길 앞에서 문득 이 여자 앞에서만은 모든 것이 무너져도 괜찮겠다는 생각이 들었다.

"말하기 힘든 것도 알아요. 하지만 이 밤 당신을 만나 서슴지 않고 그 이유를 묻는 저의 마음도 헤아려 줘야죠. 난 당신을 돕고 싶어요. 진심으로."

"그걸 어떻게 알았는지, 이왕 마주 앉았으니 솔직히 말해줄 수 있겠소?"

태수의 눈빛은 간절했다. 그 눈을 정면으로 바라보며 춘희는 주저 없이 말했다.

"그날을 당신도 기억할 거예요. 당신은 그날 출장을 갔죠. 탄광 마을에 이발하러 갔다가 들었어요. 자정쯤 됐나? 당신 집 옆을 지날 때 희붐한 불빛이 비치는 마당으로 들어가는 복면한 사내를 봤어요. 그 시간에 남편도 없는 집에 복면의 사내가 들어간다는 사실에 난 속이 섬뜩해 그 자리에 멈춰 섰어요. 지켜봤죠. 20분 정도 지나 밖에 나온 그 사내가 사방을 둘러보며 복면을 벗는 순간 나는 귀신을 본 듯 흠칫 놀랐어요. 그 사람은 당신은 물론 나 역시 잘 아는 사람이었죠. 당신과의 합작이 아니면 그 사람은 절대 그런 짓을 할 사람이 아니죠."

"아, 됐소. 그만하시오. 세상에 비밀이 없다더니……."

태수의 얼굴이 벌겋게 익었다. 창피했다. 그런데 이 여자는 왜? 왜 나를 불러 그 일을 상기시켜 줄까, 춘희가 둘로도 보이고 셋으로도 보인다. 모닥불을 들쓴 듯 화끈거려 얼결에 손으로 얼굴을 가렸다. 정말 몸 둘 바를 모르겠다. 춘희가 다가와 살며시 안아주지 않았다면 태수는 그 순간을 넘기지 못하고 밖으로 뛰쳐나갔을 것이다. 여자의 품은 따뜻했다. 수치감으로 달아오른 얼굴을 차분히 감싸 안을 때 태수는 저도 모르게 헉, 하고 흐느꼈다. 살면서 지금껏 누구에게도 보이지 않던 의존의 마음이 스스럼없이 춘희에게 녹아드는 것을 그는 의식했다. 이런 것이 이 여자에게만 있는 감화력인가? 남자의 마음을 헤아려 아기처럼 품에 안고 다독이는 여자의 아량이 참으로 고마웠다. 태수는 그녀의 가는 허리를 힘주어 그러안았다. 그 다음 눈을 감은 채 머리를 들었다. 뜰 수 없었다. 그리해도 그림처럼 안겨드는 빨간 입술, 팔은 벌써 여자의 가냘픈 목을 휘어 감는다. 자근자근, 사내의 넓적한 등을 토닥이던 여자가 버들잎처럼 부드러운 입술로 다가온 태수의 입술을 덮었다. 벽에서는 부지런히 오르고 내리는 전자시계의 초침 소리만이 재깍재깍 가락 맞게 울렸다.

새벽이 되어서야 집에 들어서는 태수의 심경은 복잡했다. 마루에 앉았다가 다시 나가던 때보다 더 무거워진 심중이었다. 그때까지 자지 않고 부어오른 얼굴에 찬물찜질을 하던 아내가 "왔어요?" 하며 반겨도 태수는 대답도 없이 펴놓은 이불 위에 드러누웠다. 그러곤 물끄러미 아내를 쳐다보았다. 아내도 키가 작을 뿐 인물은 누구에게 짝지지 않는다. 그러나 춘희에 비하면 그 아름다움은 별개의 것이었다. 아내에겐 당당함이 없다. 평생 남자의 그림자로 살아갈 우유부단한 여자, 그런 모습이 오늘 밤 왜 선명하게 안겨드는지, 생각이 복잡했다.

"쉬어요." 가는 소리와 함께 불이 꺼졌어도 태수는 잠들지 못하고 뒤척였다. 날이 밝으면 갱에 나갈 몸이어서 한숨 자둬야 하지만 점점 눈초리가 살아 올랐다.

윗방에서 아기가 칭얼거리는 소리가 들렸다. 어머니는 틈만 나면 손자를 안고 주무셨다. 참, 세상에 무난하게 넘어가는 일은 없는 것 같다. 못 견디게 가슴이 울렁거렸다. 태수는 마치 부부처럼 가지런히 누워 춘희가 묻는 대로 대답하던 자기 모습이 어둠 속에 다시 떠올랐다.

지금껏 신상에 관한 어떤 일도 남에게 말해본 적이 없었다. 한데 춘희에게만은, 잘한 건지 실수한 건지 왜 그렇게 남의 이야기처럼 술술 쏟아냈던지, 말하던 때와 달리 지금은 몹시 후회된다. 왠지 두렵다. 춘희는 무서운 여자 아니면 태수라는 우물에 이유 없이 풍덩 빠져든 정신 빠진 여자 같기도 하다. 아니 그리 욕되게 생각할 것도 아닌 것 같다. 여자 앞에서 발가벗겨지는 남자의 모멸감을 헤아려 포근한 젖가슴에 품고 어린애처럼 다독여준 사려 깊은 여인을 어찌! 문득 태수는 고달픈 생활난 때문에 저보다 잘나 보이는 상대에 대한 의존심이 그런 행위를 불러오지 않았나, 하고도 생각했다. 세월과 함께 삶은 점점 더 핍박해진다. 그렇지만 춘희 같은 여자들은 그런 세월을 타고 오히려 부를 쌓고 있다.

배급이 정상일 때와 달리 겉으로 티를 안 내지만 춘희처럼 부를 쌓는 사람들을 눈여겨보면서 태수는 그와 상반되는 자기 살림을 돌아보지 않을 수 없었다. 직장을 떠나서는 아무것도 할 수 없는 처지다. 석탄이 없다면 내일 당장 끓일 끼니가 없어 온 식구를 굶겨야 했다. 무엇이든 이 세월을 이길 수 있는 대책이 필요했다. 그 대책이 춘희를 자기의 여자로 만드는 것이 아닐까, 하는 막연한 생각까지 떠올랐다. 태수는 슬며시 자는 아내를 돌아보았다. 자립이란 뭔지도 모르는 아내, 계속 이런 식으로 살다간 제 명에 못 살 것 같은 생각도 들었다.

결혼 이후 처음 해보는 생각이다. 태수는 점점 눈 정기가 또렷해졌다. 그와 함께 춘희에게 횡설수설하던 조금 전 일이 다시 화면처럼 떠올랐다.

2

아내인 영희는 먼 서쪽 철산 반도 태생이다. 바다를 낀 농장마을에서 단조롭게 살던 영희에게 새로운 삶이 시작된 것은 중학교를 졸업한 해였다. 졸업과 함께 집단진출로 영희는 평양 종합방직공장 여공으로 뽑혀 평양에 올라갔다. 방직공장엔 같은 방식으로 오래전에 뽑혀 올라간 태수의 친고모도 있었다. 태수가 군 생활을 마치고 이곳 탄광에 배치받자 어느 날 고모가 여자를 소개하는 편지를 보내왔다. 마침 제대휴가를 받은 때라 편지를 받자마자 몰래 평양에 스며든 태수는 처음 보는 수도의 모습에 그만 넋을 빼앗겼다.

고향 성진과는 비교할 수 없는 희한한 대도시의 번쩍거리는 야경에 취해서였다. 이런 멋진 곳에서 사는 사람들은 별천지의 사람처럼 보였다. 그도 평양에서 살고 싶었다. 그러나 그건 꿈의 신기루일 뿐 이루어질 수 없는 먼 나라의 얘기다. 평양거주권은 아무나 가질 수 있는 종잇장이 아니었다. 그런데 고모가 뜻밖의 말을 했다. 종합방직공장 기능공여자와 결혼하면 평양주민이 된다는 것이다. 정부방침에 의해 오랜 여공들을 고착시켜 생산을 정상화하려는 취지로 그런 특별조치가 내려졌다고 한다. 태수는 눈을 번쩍 떴다. 그게 정말이면 기능공여자를 소개해 보라고 청했다. 고모는 웃으며 바로 그것 때문에 너를 불렀다며 다음 날 퇴근 후 여자를 데리고 왔다. 지금의 아내 영희다. 믿지 않은 여자였다. 십여 년의 군 복무로 인해 서른 살이 되도록 이성에게 마음을 줘 볼 기회가 없었던 태수는 영희를 본 순간부터 심장이 뛰었다. 물론 거기엔 평양이라는 대도시의 유혹이 더 큰 몫을 차지했던 건 틀림없다. 여자도 지방에서 올라왔다는 제대 병사가 싫지 않은 표정이었다.

직포 직장 반장인 고모의 도움으로 영희는 다음날부터 닷새 휴가를 받고 태수에게 평양 시내 여러 곳을 구경시켜 주었다. 꿈 같은 데이트가 나흘째 되던 날 밤, 밤 교대작업을 나간 고모 집 윗방에서 영희와 함께 잠들었던 태수는 갑자기 들이닥친 보안서 숙박 검열에 걸렸다. 여행 증명서가 평양이 아닌 황해북도 황주로 되어있던 태수는 곧바로 연행되었다.

수도 평양은 보안성 승인번호를 받은 증명서가 있어야 들어 올 수 있는 특별도시다. 즉시 무단침입으로 인정돼 연행되자마자 평양 외곽에 있는 강제 노동집결소로 이송됐다. 한 달간 강제노동에 혹사당하면서도 태수는 흐물흐물 웃으며 견뎠다. 평양 거주 여자와의 결합과 앞으로의 평양 거주를 상상하면 그깟 후려치는 채찍이 뭐가 두렵고 하는 노동이 고역이어도 견디지 못할 이유가 없었다. 강제 고역에서 해제돼 탄광에 돌아와 담당 보안원의 질책과 당 조직의 엄한 비판을 받았지만 한 달쯤 시간이 지나자 마치 없던 일처럼 모든 것이 제자리로 돌아왔다. 그간 평양 고모의 편지와 영희의 편지도 여러 통 왔다. 고모는 네 인물이 좋아 영희는 지금 너만을 그리는 여자가 됐다며 만족해했고 영희는 태수 오빠가 있어 지겹던 생활이 다시 활기를 찾아 고맙다고 썼다. 평양시민이지만 방직공장 여공의 생활은 바람직한 것이 못 된다고 한다. 눈만 떠지면 뽀얀 먼지 속에서 3교대제로 일하고 기타 학습, 강연, 조직 생활에 매여 있다 보면 너무 힘들어 죽고 싶을 때도 많았다고 적었다. 태반이 직업병에 걸려 젊은 나이지만 파리한 피부로 시들시들 말라가는 지겨운 생활이 싫어 이젠 결혼을 핑계로 평양을 떠나려 했는데 오빠를 만나자 그 생각이 신기루처럼 사라졌다는 영희의 편지에 태수는 가슴이 울렁거렸다. 자기를 위해 그 지겹다는 방직공 생활을 계속하겠다는 여자다. 최고 기능급수 6급을 소유한 직포공이어서 결혼하면 남편을 공장에 끌어 올리는 데는 아무 손색이 없었다.

　두 달 후 두 사람은 결혼했고 태수는 공장노동부에 올라가 기능공 결혼명부를 살펴봤다. 300여 쪽에 달하는 두툼한 명부의 맨 마지막에 정태수라는 이름이 적혀 있었다. 그걸 본 태수는 앞이 캄캄했다. 그렇게 많은 지방 청년들이 평양 거주 때문에 방직공장 여자와 결혼한 줄은 미처 몰랐다. 일 년에 20여 명 정도가 심의를 거쳐 평양거주권을 얻는다는데 수백 명 명부의 맨 뒤꽁무니를 차지한 정태수가 언제 평양에 살림을 차려볼까, 하는 막연한 생각이 절로 들었다. 거기에 공장노동부 담당 직원의 말은 태수를 아연실색하게 했다. 남자가 탄광이나 광산 즉 채취공업부문에서 일한다면 소속 당 위원회의 추천이 있어야 방직공장으로 올 수 있다는 것이다. 그런 규제가 있어 태수가 일하는 탄광 당 위원회에서 너, 방직공장기능공과 결혼했으니 어서 가, 하고 추천해 줄 이유도 없다. 그건 어쩌면 기업 상호 간 자존심 싸움이기도 했다. 여자를 따라 평양거주권을 따려면 탄광 일을 그만두고 채취공업부문이 아닌 일반 건설이나 기관 같은 소기업에 취직해야 했다. 그러나 그게 말처럼 쉽지 않다. 일단 배치되면 당 위원회의 통제가 있어 쉽게 직업을 바꿀 수가 없었다. 더구나 태수는 노동당원이다. 당원이 당 조직의 지시에 불응한다면 그건 준비되지 못한 사람으로 처벌과 교양 대상이 될 뿐이다.

이후 태수는 당 위원회 비서를 쫓아다니며 인간적으로 친해 보려 온갖 수완을 다 동원해 필사적으로 노력했지만 끝내 평양소환은 이루어 내지 못했다. 공은 공이고 사는 사라며 당 비서가 원칙을 양보하지 않은 결과다.

결혼 삼 년 후, 영희는 공장을 퇴직하고 태수가 있는 탄광 마을로 내려왔다. 더는 남편과의 별거 생활을 못 하겠다는 여자, 그깟 평양이 대체 뭔데 계속 이렇게 떨어져 살아야 하는가, 하며 눈물을 흘렸다. 어쩔 수 없었다. 삼 년이란 짧지 않은 기간 직업을 옮기려 노력에 노력을 거듭하던 태수도 어지간히 지쳤던 터라 되지도 않을 미련을 버리고 아내를 맞았다. 하지만 탄광 주택에서 살림을 차리고 살던 두 사람의 생활은 날과 달이 바뀔수록 점점 시들해졌다. 어인 일인지 둘 사이엔 아이가 없었다. 제대하자마자 결혼한 같은 제대군인 또래들은 벌써 유치원을 넘보는 자녀가 있는데 결혼 수년 세월 그냥 둘만 살게 되니 처음엔 네 잘못이니 아니니 하며 옥신각신했지만 얼마 후부터는 잠잠했다. 태수가 같은 부대 출신 제대군인 동기들의 집을 방문해 본 이후다. 동기 대부분이 자녀가 없었다. 태수는 군 복무를 무력부 직속 저격여단에서 10여 년간 복무했다. 저격여단은 특수부대였다. 백두산의 험준한 산발을 타고 진행된 경보훈련 중에서도 가장 참기 어려운 훈련은 바로 얼음물 속에서 20분 이상 견디는 인내력 훈련이었다. 영하 20-25도에 이르는 혹한 속에서 얼음을 부수고 진행되는 도하훈련은 말 그대로 사람을 동태로 만드는 현장이었다. 복무기간에는 젊은 육체라 별 이상이 없어 보였지만 제대 후 가정을 가져 본 후에야 모두 입을 딱 벌렸다. 무정자증이나 고환결핵에 걸려 후대를 낳을 수 없다는 것이다. 치료도 무의미했다. 물론 기적적으로 회복세를 보인 사람도 있다. 그러나 대부분이 모두 기능상실이었다. 불임이라는 사실을 알게 된 후부터 이상한 감정에 시달렸다. 자녀 욕심으로 생긴 발작에 가까운 증세로 인해 태수는 닥치는 대로 여자를 만나 관계를 해보려 별의별 짓을 다 했다. 자기가 불임이라는 사실이 미치도록 싫어 혹 아내 때문은 아닌가 증명해 보고 싶어서였다. 그렇게 여자를 만나는 횟수만큼 점점 자포자기 상태에 빠져들었다. 어느 여자도 자기와의 관계 속에 임신했다는 예는 없었다. 그래서인지 부담 없이 몸을 허락하는 여자도 있었다. 대체로 보면 불륜관계가 들켜 여론화되는 이유가 모두 임신이라는 결과를 남겼기 때문이다. 미혼여성들은 피임방법을 모른다. 유일한 방법은 질 속에 동그란 고리를 넣는 것인데 미혼여성은 병원에 가서 그걸 넣어 달랄 명분이 없었다.

태수는 후대를 잉태시킬 수 없는 불임의 몸이라는 것을 알면서도 계속해 아내에게 그 책임을 넘겨 씌웠다. 내용을 모르는 아내와 처가에서는 걱정이 태산 같았다. 딸이 오면 너, 그러다가 시집에서 쫓겨나겠다며 그간 말려 두었던 익모초 배낭을 등에 지워 보냈다. 영희는 어떻게 아이를 하나 가져보려고 익모초를 달여 부지런히 복용했다. 쓴 약을 마시며 오만상을 찌푸리는 아내에게 속으론 미안했지만 그렇다고 진짜 내막을 말해 줄 수는 없었다. 그런 미안함 때문에 아내를 위로도 할 겸 이듬해 처가 쪽에 줄을 놓아 남의 집에서 딸아이를 데려왔다. 남의 아이를 양육하면 임신에 도움이 된다는 처가의 권유에 따랐어도 속셈은 달랐다. 동네에서는 태수에 대한 칭찬이 자자했다. 대체로 결혼 후 애를 낳지 못하면 이혼이 성립되던 때였다. 갈라선다고 하여 누구도 비난하지 않을 유일한 이유지만 태수는 멀쩡한 아내에게 불임의 책임을 넘겨씌워 이혼이라는 극단적인 선택은 할 수 없었다. 어차피 혼자 살순 없는 법, 재혼하면 그때도 아이가 없을 것은 분명했기 때문이다. 자신의 허물을 덮으려 해도 이혼은 할 수 없었다. 내막은 그랬지만 겉에 보이는 처사에 사람들은 감동했고 아내도 처가도 정말 사람 좋은 사위고 남편이라며 감지덕지했다.

그러나 눈 감고 아웅 하는 식의 처사가 길게 갈 수는 없었다. 어느 날 평양중앙병원에서 근무하던 의사가 식솔과 함께 탄광병원에 추방되어 내려왔다. 사람이 앓는 수백 가지 병에 능통하던 그 의사의 기본의술은 산부인과였다. 해산 후 산후탈로 고생하던 탄광 마을 아낙네들이 그 의사의 처방을 받아 약을 쓰고 건강해졌다. 출산 때면 그 의사는 삼경에도 새벽에도 산모를 찾아 동분서주했다. 난산인 경우에도 그 의사의 손만 닿으면 무탈하게 순산했다. 그런 솜씨로 중동은 물론 60리 밖 성진 시내에까지 애반이 명의로 소문이 자자했다.

어느 날 아내가 심각한 얼굴로 자기 몸은 아무 이상이 없다고 태수에게 말했다. 아마도 그 의사의 진찰을 받아 본 모양, 그럼 내가 문제란 말이야? 하고 아내를 윽박질러도 속으로는 자인할 수밖에 없었다. 아내의 몸을 진단한 명의의 처방을 뒤집을 근거가 없어서다.

다시 일 년 정도 세월이 흐른 뒤, 틈만 나면 한숨을 쉬는 아내를 보기가 참으로 딱했다. 벌써 나이 30대 중반에 들어서는 아내다. 그 나이면 보통 유치원쯤 다니는 자녀가 있어야 했다. 데려온 딸이 유치원에 다니긴 하지만 아내도 여자인 이상 제 몸에서 난 애가 왜 그립지 않을까, 임신할 수 없는 몸이라고 생각했을 때와 멀쩡하다고 생각했을 때의 감정 차는 하늘과 땅 차이일 것이었다. 그렇다고 선뜻 내가 불임이라 말할 수도 없었다. 그리 말한다고 해서 이해하지 못할 아내는 아니지만 차마 입이 떨어지지 않았다. 누차 고민하던 태수는 어느 날 담대한 결심을 했다. 정말 아내가 멀쩡한 몸이라면? 직접 겪어보고 싶었다. 나 아닌 다른 남자와의 관계 속에 아이를 가질 수 있는지, 물론 자기가 불임이니 아내는 성성한 남자라면 임신할 수 있을 거였다. 아이를 가져도 비밀만 보장된다면 자기 역시 불임이라는 곁눈의 의심을 의식하지 않아도 된다. 아내는 얼굴이 뜨거워서라도 남편이 아닌 다른 남자의 아이라고 말하지 못할 것이다. 결심을 내린 태수는 맞세울 남자를 아내 모르게 물색했다.

술기운 때문인지 쉽게 뱉을 수 없는 말을 태수는 춘희 앞에서 그렇게 횡설수설 뱉어버렸다. 이미 춘희도 그 남자를 아는 이상 주저될 것도 없었다. 그렇지만 폭풍이 지나간 지금엔 막심한 후회가 몰려왔다. 다시 생각해 보면 춘희는 왜 직접 그 일을 확인하려 했는지 의문스럽기도 했다. 생각 없이 경망한 짓을 한 것만은 틀림없었다. 그렇지만 말한 이상 되돌릴 수도 없다. 태수는 눈을 감은 채 저도 모르게 깊은 한숨을 내쉬었다.

3

개성식당에서 박철용은 태수가 술 한 병을 비우고 나가자 이내 자리에서 일어났다. 철용은 오늘 술 마시러 온 게 아니고 식당 주인과 거래하러 왔다. 태수가 나가자 그도 곧바로 갱에 올라왔다. 탄광은 갑, 을, 병 이렇게 3교대제로 일한다. 철용은 오후 4시부터 밤12시까지 일하는 병번 교대다. 갑번은 밤 열두 시에 일 들어가고 을번은 낮교대인데 아침 8시부터 오후 4시까지다. 팔목에 찬 시계를 보니 벌써 오후 7시, 세 시간이나 늦었는데도 철용은 천천히 걸었다. 도무지 출근 시간에 대한 개념이 없는 사람 같다. 갱 휴게실에서 옷을 갈아입고는 인차가 있는 입구가 아닌 권양기운전실에 들어간다. 그가 들어서자 막장에서 뛰뛰 신호가 왔다.

운전공 한옥실은 신호가 오자 제꺽 스위치를 넣는다. 탄차를 밖으로 끌어올리는 요란한 기계 소리가 운전실 안을 꽉 메웠다. 힐끔거리며 옥실의 뒤로 접근한 철용은 여자의 목을 감싼 속내의 깃을 들고 주저 없이 거위 발 같은 손을 쑥 밀어 넣는다. 당황한 눈길로 흘낏 뒤를 돌아본 옥실은 두 손으로 운전키를 잡은 상태여서 이러지도 저러지도 못하고 얼굴만 빨개졌다. 뭉클한 감촉이 좋은지 철용은 실실거리며 손을 움직였다. 풍만한 가슴이다. 철용은 다시 아래 단으로 두 손을 올리고 열심히 주물렀다. 가슴에서 남자의 손이 자유자재로 움직여도 여자는 감각 없는 기계처럼 꼼짝 않고 운전에만 집중한다. 탄차를 하차장까지 무사히 아웃시킨 다음에야 발딱 일어나 철용을 쏘아본다. 철용은 머쓱한지 눈길을 외면하며 히히 웃는다. 한참이나 철용을 쏘아보던 옥실의 눈이 그만 아래로 깔린다. 뚝뚝 눈물이 떨어졌다.

"아 뭘 그래. 나, 너 좋아한단 말이야."

그깟 눈물은 내 알 바 아니라는 듯 철용은 그냥 히죽거렸다. 다시 신호가 왔다. 탄을 부린 광차를 막장으로 들여보내기 위한 신호다. 옥실은 끝까지 광차를 평도에 내려보내고는 두 손으로 얼굴을 싸쥐고 운전실 밖으로 뛰쳐나갔다.

"체, 계집애 놀고 있네."

철용은 밖에 나와 훌쩍이는 옥실을 보고 또 이죽거렸다. 그러고는 휴게실에 다시 들어가 막장에 연결된 수화기를 집어 들었다. 이내 응답이 왔다.

"누구요?" 교대 막내인 김영성의 목소리다.

"어, 나야."

"아, 철용 형. 막장에 들어오지 마오. 저녁 먹으러 지금 나가야 하니까."

"그래? 알았어. 다 출근했지?"

"오늘은 발파가 잘 돼 교대 탄 생산계획 문제없소."

"그래? 좋았어. 야, 탄 좀 골라냈지?"

"한 달구지 정도 좋은 거로 골랐소. 교대시간에 실으려는데."

"아니야, 지금 올려와. 내가 술과 고기 다 교섭해 놓고 왔으니까."

"만세, 우리 교대장 최고. 당장 나가겠소."

권양기 소리가 울렸다. 그 소리를 뒤에 달고 철용은 탄광 합숙 뒤에 있는 갱목 반으로 갔다. 거기 가서 반장을 불러 달구지를 빌려 달라고 했다. 낮 동안 산에서 갱목을 실어 내고 한참 여물을 먹고 있는 소를 끌어내는 나이 지긋한 갱목 반장의 얼굴에 못마땅한 기색이 확연했다.

"이 두상이? 얼굴색 좀 펴지." 철용은 아니꼽다는 듯 눈꼬리를 치뜬다.

"소가 방금 여물을 먹기 시작했는데."

"그까짓 강냉이 짚을 먹이면서 무슨, 탄장에 내려가 주면 되지. 탁 그저."

찍소리 못하고 내주는 소고삐를 가로채며 이랴, 하고 철용은 탄장 쪽으로 소를 끌었다. 그가 멀어지자 반장이 투덜거렸다.

"범이 어디서 배곯는지 원, 저런 거나 콱 씹어가지. 썩어 문드러질 놈."

교대가 모두 저녁 식사하러 난장으로 올라왔다. 탄부 여럿이 막장에서 골라내 온 굵직굵직한 탄덩이를 광차에서 달구지로 옮겨 싣자 팔짱을 끼고 서 있던 철용이가 영성에게 소리친다.

"야, 넌 개성식당 가서 밥 먹어라. 술 다섯 리터에 개고기는 외상으로 세 근, 국물을 듬뿍 달래서 교대 전까지 무조건 오라. 전번처럼 도중에서 육갑 떨지 말고, 알았어?"

"알겠소." 영성은 좋아 빙글빙글한다. 달구지가 출발하자 모두 식당으로 걸어갔다. 희색이 만면했다. 일 끝나면 개탕에 한 잔 마시게 됐으니 안 좋을 리가 없다. 철용은 이런 먹자판 조직을 잘한다. 배경을 믿고 그러는지 지나치긴 해도 개인 착복만 안 하면 된다는 배짱으로 그런다. 물론 생산된 석탄을 갖고 벌리는 먹자판 놀음을 탄광 측에서는 달가워하지 않는다. 대체로 이런 놀음은 밤 열두 시에 일이 끝나는 병 번 교대 때 많다. 철용의 교대가 특히 더했다. 주변 농장마을들에서는 땔감으로 석탄을 많이 요구했다. 그깟 술 다섯 리터면 석탄 오백 킬로(한 달구지 분량)를 바꿀 수 있는데 그러면 한 달은 충분히 아궁이에 먹인다. 노력만 들 뿐 술 다섯 리터 뽑는 데 드는 강냉이는 다섯 킬로면 된다. 산에서 잡관목을 끌어내는 고생에 비하면 이건 정말 노다지 바꿈질이다. 탄광 노동자들도 손해는 없다. 석탄이 개인 것도 아니고 생산이 많든 적든 쥐어지는 보수는 거기서 거기니까 이런 놀음은 하면 할수록 좋았다. 더욱이 지금은 식량 공급도 원활하지 못하고 월급은 생각도 못 한다. 이제 들어가 저녁을 먹지만 주는 밥이라야 멀건 미역국에 김치 한 젓가락, 반 그릇 정도의 강냉이가루 밥이 전부다. 기름 된장도 없어 소금으로 대충 간을 맞춘 국으로 목구멍을 적시며 가루 밥을 넘기고 일어나면 먹었는지 말았는지 배는 여전히 허전하고 광차에 싣는 탄 삽질 몇 번에 눈앞엔 무수한 불꽃이 노랗게 춤을 춘다. 이런 판국에 배짱 놀음이지만 철용이 조직하는 먹자판이 탄부들에겐 행운일 수밖에 없다. 탄광도 큰 기업인 광산변전소에서 전기를 보내주지 않으면 생산을 할 수 없는 처지기에 광산당 비서의 아들인 철용의 행위를 눈감아 줄 수밖에 없었다. 그래선지 철용은 예전엔 주일에 한 번꼴로 조직하던 것을 이제는 두 번까지 제 마음 내키는 대로다. 갱장인 태수도 철용을 어쩌지 못했다. 탄광 초급당 위원회에서는 어찌 젊은 소속노동자의 행위를 갱장이라는 사람이 막지 못하냐고 꼬집어도 태수는 오히려 코웃음을 쳤다. 내막을 알고 있기 때문이다. 그렇지만 하늘 높은 줄 모르고 나름대로 콧대를 치켜세우는 철용을 은근히 별렀다. 그건 나가는 석탄이 아까워서보다 아래 위가 없이 안하무인으로 놀아대는 방자함 때문이었다.

영성은 흥얼흥얼 콧노래를 부르며 농촌 길로 달구지를 끌었다. 오리 정도 떨어진 개성 할매 식당에 도착해 마당에 달구지를 세우자 기다렸던 듯 젊은 여자가 나와 반긴다. 할매의 손녀딸 향이다. 스무 살쯤 됐을까? 이곳에 몇 번 출입해 봐서 그때마다 보곤 했는데 식당 여자라 그런지 상당히 개방된 모습이어서 좋았다.

밤이 이슥해 마무리 설거지를 하려던 향이는 영성이가 들어서자 창고 문을 열어주며 여기다 탄을 넣으라며 샐쭉한다. 배고파 죽겠는데 뭘 좀 먹고 탄을 부렸으면 좋으련만, 향이가 돌아서자 한 걸음 내디디려던 영성은 이내 삽으로 탄을 부렸다. 아마도 여자 앞에서 궁색한 꼴을 보이기 싫었던지, 마지막 삽질을 할 때 안에서 보고 있던 향이가 쪼르르 나와 수고했다며 어서 들어가자고 한다. 영성은 히죽 웃고 나서 탄 위에 싣고 왔던 옥수수 짚단을 풀어 소에게 주고는 옷에 묻은 탄 먼지를 탁탁 털었다. 안에 들어서니 식탁에 음식이 차려져 있었다. 김이 문문 나는 개고기 탕에서 구수한 냄새가 풍겨 창자가 비틀렸다. 향이는 방긋 웃으며 어서 먹으라며 숟가락을 들려준다. 당장 달려들어 마구 퍼먹고 싶어도 영성은 나이에 어울리지 않게 체모를 지키며 국물을 떠서 점잖게 입가심부터 했다. 밥도 하얀 이밥이다. 몇 숟갈 국에 적셔 속에 넣자 그제야 창자가 편안해진다. 몸이 훈훈해지고 노랗던 눈앞이 환해졌다. 한잔할까? 하며 향이가 술병을 들고 마주 앉는다. 이것 참, 영성은 지금 꿈을 꾸고 있는 것 같았다. 늘 향이를 볼 때마다 말을 걸고 싶어 끙끙했는데 지금 보니 별로 품들이지 않고 친해질 수 있을 것 같다. 지금처럼 버쩍 마른 세월에 이런 식당 집 여자와 친하면 홀쭉한 배가 언제든 불룩해질 거라는 생각이 허파에 한가득 자리 잡는다. 시시덕거리며 둘은 술 한 병을 마셨다.

"할머닌 어디 갔소?"

영성이 느닷없이 묻는다. 조금 전에 몸이 편찮으셔 집에 들어갔다며 향이가 살짝 웃는다.

"한 병 더할까?"

영성은 히쭉 웃으며 고개를 끄떡였다. 좋은 안주가 있는데 싫어서 안 마실까? 이런 공짜 술 마다할 놈, 이 세월에 어디 있을까, 영성은 향이가 부어주는 술을 사양 없이 받아 마셨다.

"내 좀 알아보니 영성인 나하고 동갑이더라." 향이가 느닷없이 하는 말이다.

"아니 내 나이를 어떻게?"

"다 아는 수가 있지. 그깟 걸 알아보는 것쯤이야, 스물한 살이지?"

멍한 눈길로 고개를 주억거리자 향이가 손을 입에 가져가며 웃는다.

"우리 동갑인데 이제부터 친구 할까?"

원 이런, 여자가 먼저 손을 내밀어? 이름에 나이까지 아는 걸 보면 딴에 깊은 조사라도 한 것 같은데 아니, 조사보단 은근한 관심인가? 아무래도 좋다. 그건 영성이가 꿈에서도 바라던 것이어서 황송해 속까지 뭉클했다.

"그래 친구 하기오, 난 절대 찬성. 이름이 향이라고 했소?"

"응. 할머니가 지어줬어. 그리고 말 놔. 동갑이고 이젠 친군데, 호호."

찌르르, 가는 전류가 몸을 두 쪽으로 잘랐다.

"근데 말이야 담부턴 나하고 개별 거래하자."

"무슨 거래?"

"석탄이지 뭐, 네가 가진 게 그것밖에 더 있어?"

"하긴 그러네."

"탄광은 벌이가 괜찮아?"

"벌이는 무슨, 밥 먹기도 힘든데, 배급도 잘 안 나와".

"배급 타령하고 자빠졌네."

"뭐, 뭐라고?"

"정신 차려. 때가 어느 땐데 배급 소릴, 너 그렇게 살다간 장가도 못가보고 일찌감치 굶어 죽는다."

"그게?"

"돈을 모아야지. 설마 너 지금도 그 충성심인가 뭔가에 포로 돼 보수도 생각지 않고 시키는 대로 일만 하는 거니?"

"그러지 않으면 어쩌겠소? 마음대로 직장을 때려치우지도 못하고, 탄광 노동자가 됐으면 평생 탄 굴레를 벗지 못하잖소. 알면서?"

"말 놓으라니까. 너, 굴레는 못 벗어도 돈은 벌 수 있잖아."

"돈을 벌다니? 어떻게?"

"석탄을 팔아야지. 만날 개고기 몇 점 바꿔 먹는 데 만족해서야, 계속 그렇게 살면 너 내 친구 못해. 너 여자 손목 한 번 못 잡아 봤지?"

"그걸 어떻게 네가?"

"딱 보면 알지, 순진해 갖고. 이제부턴 내 하라는 대로만 해. 사람은 돈이 있어야 해. 특히 남잔 주머니가 불룩해야 여자도 따라와."

향이가 또 술잔을 채워 내민다. 생각하던 모습이 아니어서 놀라운 눈길로 쳐다보던 영성은 얼른 잔을 받아 쭉 마셨다. 취기가 올랐다. 취한 김에 향이를 졸라 계속해 술 몇 병 잘 축낸 것 같다. 친구가 되기로 약속 해서 그런지 향이도 아낌없이 술을 내놓았다. 그러곤 취했는지 옹알옹알 말이 많아졌다. 하나하나 새겨듣기보다는 귀에 착 달라붙는 말이어서 영 성은 명심해 들었다. 향이의 말이 백 번 옳다. 정신이 번쩍 들었다. 하지만 빈속에 갑자기 마신 많은 양의 술에 정신이 가물가물해졌다. 변변히 먹지 도 못하고 고된 노동에 치인 육체가 너무 빈약해서인지, 영성은 언제 어 떻게 상에 머리를 틀어박고 꼬꾸라졌는지 모른다. 부드러운 손길이 자기 를 안아주는 것 같기도 하고, 여자의 속살을 난생처음 스스럼없이 만지 는 것 같은 착각에 빠지기도 했다. 식당 문이 요란스럽게 열린 것도, 그리 고 철용의 감 때 사나운 모습이 나타난 것도, 불이 번쩍 나게 귀뺨을 연 거푸 얻어맞은 것도 영성은 희미한 환각 속에 받아들였다.

아침에 햇살과 함께 잠에서 깨어난 영성은 옆에서 내밀어주는 거울을 받아들었다. 멍한 눈으로 거울을 보던 영성은 깜짝 놀랐다. 본색을 알아 볼 수 없게 펑펑 부었다. 누가 이렇게? 그제야 생각났다. 그때다. 문이 벌 컥 열리며 철용의 독기 어린 눈이 마주쳐왔다.

"너, 나와!"

사태를 파악한 영성은 부들부들 떨었다. 안 나갈 수도 없다. 어젯밤 그 만큼 때렸으면 됐지 또? 합숙 마당에 나가니 아침밥을 먹으려고 탄부들 이 식당으로 들어선다. 마당은 꽤 넓었다.

"밥 먹기 전 마당 오십 바퀴 뛰라, 알겠어. 이유가 뭔지는 네가 더 잘 알겠지?"

철용이 꽥 소리쳤다.

"아 알았소."

겁에 질린 눈을 내리깔며 영성은 엉거주춤한 자세로 뛰기 시작했다. 그 때야 어젯밤 일이 다시 새록새록 떠오른다. 철용에게 얻어맞고 달구지에 실려 숙소에 올라와 정신없이 너부러졌다. 너무 늦어 개고기를 기다리던 교대 사람들이 툴툴거리던 것까지 생각났다.

"이 자식아. 그게 뛰는 게야?"

휙, 달려온 철용의 발이 사정없이 엉덩이를 걷어차자 놀란 영성은 죽을 힘을 다해 뛰었다.

"더 빨리 더. 더!"

철용은 마치 군사 훈련을 주는 교관 같다. 모두 쳐다만 볼 뿐 누구 하나 영성을 들어 주는 사람이 없다. 야속했다. 영성의 눈과 귀로 눈물이 흘렀다. 이런 일을 처음 겪는 것도 아니지만 오늘은 왠지 서러움이 곱절 크다. 억울했다.

태수가 아침 조회를 하러 식당으로 오다가 이 광경을 보고 급히 달려 왔다. 아침 독보를 겸한 조회는 식사가 끝난 자리에서 대체로 한다. 식당 과 현장사무실 거리가 있어 노동자들의 편의를 고려해 태수가 그리하도 록 했다.

"지금 뭐 하는 거야?"

"보면 모르겠소?"

철용이 시답잖다는 듯 거칠게 대꾸한다. 이럴 땐 갱장보다 직급이 더 높은 사람 같다.

"그만하라우. 아침 조회시간이야."

"갱장은 들어가 조회나 하오. 이 자식은 혼 좀 나야 하니까."

"뭐?"

"왜? 갱장이랍시고 지금 나한테 훈시하려는 거요? 아침부터 날 건드려 좋을 게 없을 텐데……."

태수의 숨이 거칠어졌다. 눈엔 삽시에 냉기가 돈다.

"너 이자 한 말 다시 해보라."

"내가 두 번 말해야 하우? 참 나, 들어가 보라니까. 우린 병 번 교대이니 아침 조횐 참가 안 해도 되잖소."

"영성이 서라." 태수가 고함을 지른다. 숨을 헐떡이며 뛰던 영성은 갱장의 목소리가 너무 반가워 그 자리에 풀썩 주저앉았다.

"야, 이 새끼 뛰지 못해? 너 누구 말을 듣는 게야?"

맞받아치는 목소리가 칼 같다. 와락 달려간 철용의 발이 퍼더버리고 앉아 이쪽저쪽 둘러보는 영성의 엉덩이를 걷어찼다.

"아, 왜 이래? 내가 뭘 그리 잘못해서."

"어라, 이 콩알만 한 새끼가?"

태수 때문에 울화가 치민 철용은 반항기 어린 영성의 대답 소리에 그만 눈이 뒤집혔다. 무지한 발길질이 무차별로 영성의 몸 위에 떨어졌다.

"철용 동무!"

뒤늦게 뛰쳐나온 갱 부문당 비서가 소리쳐도 철용은 거친 구타를 멈추지 않는다. 태수는 솟구치는 격분을 이기지 못하고 바람처럼 달려들었다. 단 한 매다. 어디를 어떻게 치는지 정확히 본 사람도 없다. 철용은 끽, 소리 한마디 지르고는 고목이 꺾이듯 풀썩 꼬꾸라졌다. 모두의 눈이 화등잔처럼 커졌다. 너부러진 철용을 부문당 비서가 달려와 일으켜 세웠다.

"비서 동무 미안하오. 들여다 눕혀 주시오. 30분 정도면 깨어날 거요."

태수는 쩝쩝 입을 다시며 식당 안으로 들어갔다.

4

중동탄광 3갱장이 하동광산 당비서의 아들을 폭행했다는 소문은 이입 저입을 거쳐 날개가 달린 듯 퍼져갔다. 그날 구내식당에서 점심을 먹던 박상도도 구석에서 젊은 광부들이 저들끼리 시시덕거리는 소리를 들었다. 잘 맞았다는 둥, 그런 놈은 좀 드센 놈에게 당해봐야 정신이 든다는 둥, 기름 바른 하이칼라 머리 망신은 말라붙은 눈곱이 시킨다는 둥, 지금 당 비서가 듣고 있다는 걸 알았다면 그렇게 배배 꼬며 말하진 않았을 테지만, 그러나 그런 장소에서 그리 말하는 것이 보태지도 않은 진실이라는 것쯤은 박상도도 안다. 그도 막내아들인 철용이 때문에 골치가 아팠다.

군 복무 10여 년을 전방에서 보냈으니 사회에 나오자마자 한자리 꿰

찰 줄 알았던 모양, 근데 한자리는커녕 큰 광산도 아닌 중동탄광 채탄공으로 배치받아 시커먼 탄가루를 뒤집어쓰며 일하게 됐으니 생각이 역으로 엉망이 돼 버린 것 같다.

박상도도 그렇게 일하는 아들이 조금 안쓰럽기도 했다. 그렇지만 첫 사회생활을 노동자가 되어 맨 밑바닥 현장에서부터 시작하는 것이 간부 선발의 첫 순서고 또 간부의 기본 수양을 쌓기 위해서도 필요한 일이다. 바탕이 좋다고 해서 절차를 밟지 않고 무작정 간부로 선발할 수는 없다. 대학물도 먹어보고 노동현장 경험도 풍부해야 간부가 되어도 제 구실을 한다는 게 위의 원칙이다. 그걸 모르고 눈앞에 닥친 일이 당장 마음에 들지 않는다고 제 성깔대로 놀아대고 있으니 그런 아들놈 꼴을 보면 간부가 되긴 발통부터 글렀다. 전방 민경 부대 출신이어서 주먹질은 조금 배운 모양, 툭 하면 싸우고 반반한 여자라면 체면 절차 가리지 않고 제 주머니 물건처럼 주무르길 밥 먹듯이 한다. 아들에 대한 여론이 좋지 않은 것은 다 수양이 바닥이기 때문이다. 제대한 간부 집 자녀라면 그 나이에 무작정 공장대학이라도 붙어 공부부터 해야 했다. 정규대학에 가면 오죽 좋겠냐만 그건 기초가 약해 입학시험을 통과할 수가 없다. 그런 놈들이 다니라고 생긴 것이 공장대학인데 광산에도 덩실하니 있다. 타 기업이지만 아들이 일하는 중동 탄광에서도 젊은이 여럿이 이곳 광산대학에 다닌다. 그런데 이놈은 어떻게 돼 먹은 건지 공부라면 삼천리를 뛴다. 젊은이들의 빈정거림처럼 저 정도의 뒷손가락질이라면 앞으로 작업반장 자리 하나 꿰차기도 힘들다.

사무실에 올라와 오후에 열릴 광산당위원회 협의회 준비로 문서작성을 하는 부원의 얼굴을 물끄러미 들여다보는 그의 눈이 초점 없이 껌벅거렸다. 시간이 되자 광산 행정부서 책임자 모두가 협의회에 모여 의견을 나누는데 기본 의제는 모자라는 전기를 효과적으로 이용해 흑연생산을 정상화하는 문제였다. 전기뿐만이 아닌 폭약도 부족하고 연유도 고갈돼 대형트럭들이 선광장에 광석도 제대로 실어 나르지 못하는 형편이다.

국가 식량 공급이 단절되어 위의 방침대로 흑연을 팔아 자체로 광산 노동자들의 식량 공급은 물론 자재도 충당하는데 생산이 죽으면 그나마도 해결할 수 없게 된다. 이젠 십 년도 더 지났지만 구십 년대 말에 지금과 똑같은 상태에서 이곳 광산에서도 떼죽음이 났다. 그때는 위만 쳐다보다 종업원들을 굶겨 죽였는데 이제 다시 그런 참상을 재현해서는 안 되었다. 그러자면 식량 원천인 흑연을 어떤 수단을 써서라도 생산해야 했다. 그런데 연유 같은 것은 개인유통업자들에게 의뢰해 돈만 주면 사들여도 이놈의 전기는 모자라면 어데 가서 사들일 데도 없다.

각 부서 실정을 질문 요해하고 부족한 전기에 관해 이러 저러한 해결책을 논해도 기껏해야 이쪽을 죽이고 저쪽에 공급하는 식의 구멍 메우기 따위 발언만 나왔다.

"아 좀 현실적이고 건설적인 방도를 생각해 보시오. 말치레만 하지 말고……."

마침내 당 위원회 부비서인 양태산이 버럭 소릴 질렀다.

"저 한 가지 방도가 있긴 한데요." 선광직장장이 엉거주춤 일어섰다.

"어떤 방도요?"

"다름 아니고, 그건, 에……. 한마디로 중동 탄광에 들어가는 전기를 차단하는 것입니다."

"뭐요?"

"탄광에 들어가는 전기를 몇 시간만 죽여도 수십 톤의 정광이 생산됩니다. 솔직한 말이지만 우리가 왜 전기 때문에 애를 먹으면서 타 기업에 전기를 줍니까?"

"이 사람아, 석탄도 생산해야지 않소? 그리하도록 결정을 내린 시당 위원회 지시도 있는데, 이 사람 막무가내야, 그렇게 안 봤는데." 박상도가 못마땅한 어조로 말을 쏘았다.

"그렇게 나무랄 문제도 아닌 것 같습니다." 양태산이 이때라는 듯 끼어들었다.

"그럼 부비서는 찬성이란 말이오?"

"고려해 봐야겠습니다. 광산 안에서는 전기예비가 나올 데가 없습니다. 생산이 죽으면 안 되지요. 다시 점검해 보겠습니다."

부비서와 선광직장장의 눈이 마주쳤다. 의기양양한 직장장의 모습이 두드러지게 안겨 왔다.

"그럼 부비서는 시당 위원회 결정을 뒤집겠다는 말이오? 책임질 수 있소?"

"오늘 협의회는 이것으로 마치겠습니다."

부비서는 비서의 물음에 대답도 없이 서둘러 협의회를 종결했다. 어지간히 기분 상해도 생산도 하고 초래될 책임에서 벗어날 수도 있어 박상도는 그깟 기분쯤은 스스로 다스려야 했다.

'배짱도 없는 영감, 저러니 아들놈 하나 다스리지 못하지.' 양태산은 그렇게 속으로 씹어대며 당 위원회 사무실을 빠져나갔다.

박상도도 퇴근하여 집에 오니 아들놈이 와 있었다. 잔뜩 서슬 돋은 눈으로 인사도 없이 아비를 노려보는 꼴이 심상치가 않다.

"무슨 일로 왔냐?" 별로 대답을 듣고 싶지 않아 그렇게 말하고 이내 서재로 들어갔다.

박상도는 사실 아들이 두려웠다. 무슨 논리를 가지고 대든다면 몰라도 자기중심에서 벽도 문이라고 내미는 말도 안 되는 우격다짐을 도무지 설득할 수가 없다. 몇 마디 오가다 수세에 몰리면 어디서 물려받은 성질머린지 마구 하대를 하며 대드는 놈이다. 그럴 때면 동네가 창피해 멀찍이 피해 버린다. 그런데 그게 잘못돼도 한참 잘못됐다. 양보하면 할수록 이 자식은 마치 제가 잘나 무슨 게임에서 이긴 것처럼 승기가 살아 펄펄 뛴다. 아들이지만 마주 서기도 싫은 개차반 같은 놈이다. 그래서 서재에 따라 들어오지 말라는 의미로 문을 닫았는데 웬걸 닫힌 문이 벌컥, 열리고 이놈이 보란 듯 척, 앞에 섰다.

"무슨 일이냐?"

"개가 집에 들어와도 돌아보겠는데 말이야, 오랜만에 천금 같은 아들이 왔는데 왜 쓴 오이 꼭지 보듯 하는가 말이오?"

오 이 꼭지는 젠장, 넌 똥무지에 빠져 허우적대는 바퀴벌레만도 못해 이놈아, 울컥 튀어 오르는 쌍욕을 가까스로 삼키며 조금은 누그러든 음성으로 상도는 소파에 앉으며 말했다.

"그래, 아들이면 천금이 맞지. 근데 말이다, 천금은 천금같이 놀아야 천금이야. 너처럼 아무 말이나 던지면 그건 돌덩이보다 못한 놈이지."

"말 들어보지도 않고 내 말이 천금인지 돌덩인지 어찌 아우?"

"그럼 어디 무슨 일인지 말해 봐라."

"나 죽을 뻔했단 말이요, 아부진 내가 뒈져도 아무 상관이 없어?"

"무슨 말이냐?"

"내가 일하는 탄광갱장이란 놈이 감히 날 때렸소. 그러니까 이놈을 꼭 잡아넣어야겠소."

"나도 소문 들었다. 근데 맞았다는 네 놈이 이렇게 멀쩡한데 잡아넣긴 어떻게 잡아넣어?"

"멀쩡해도 아부지, 내 말 좀 들어보우. 이게 어떻게 된 거냐면……."

어라, 제법 설명까지 하려고, 이놈에게 이런 면도 있었나? 진중해진 꼴이 꼭 골목에서 얻어맞고 큰길에 나서면 제가 때렸다고 왕창 뒤집을 놈이지만 소문도 들어서 상도는 귀를 기울였다.

"내가 책임진 교대에 친형이 남조선으로 도망간 어리숙한 놈이 하나 있는데, 교양 중이라 어제 아침 필요해서 조회시간에 달리기 좀 시켰소. 근데 갱장 그 새끼가 그게 아니꼽다고 날 사람들 앞에서 들어 메쳤소. 이걸 가만둘 수야 없잖습니까?"

없잖습니까? 오랜만에 아들에게서 들어보는 존댓말이다. 상도는 갑자기 속이 찌르르해졌다. 그래서인지 마음이 저도 모르게 너그러워졌다.

"어디 보자, 어딜 얼마나 맞았는데?"

상도가 가까이 다가가 손을 내밀려니 철용이 이놈이 버럭, 소릴 지른다.

"맞긴 누가 맞았소? 그놈이 내게 손찌검을 시도했다는 게 세상이 뒤집힐 일이지. 그 개새끼 반역자 가족을 두둔한 값 이제 제대로 치러봐야지. 아부지, 거 탄광에 보내는 전기 며칠 좀 끊소. 연대적 책임이라는 걸 탄광도 맛 좀 봐야 하니까, 내 그것 때문에 집에 들른 거요."

이것 참, 말하는 꼴이란, 아비가 무슨 하늘의 옥황상제냐? 망할 놈. 그렇지만 같이 섞이고 싶지 않아 얼결에 말해버렸다. 사실 그 말은 철딱서니 없는 놈 앞에서 하지 말았어야 했다.

"그러잖아도 내일부터 탄광에 가는 전기가 끊길 거다. 네가 당한 그 일 때문은 아니고 그냥 필요해서 끊기로 했다. 탄광보다 광산이 살아야 할 거 아니냐? 종업원이 얼만데."

"그게 정말이요? 와, 진짜 오랜만에 듣는 시원한 소리네. 그러잖아도 일하기 싫어 죽겠는데."

"뭐라? 일하기 싫다?" 말해 놓고 보니 뭔가 알알하게 짚이는 모양.

"됐습니다, 체. 아무렴 시키면 굴속에 들어가 탄 먼지 씹으며 일하기 좋을 놈 어디 있다구 잘됐네. 내 그 자식을 형한테도 연락했으니 이제 잡아가는 건 시간문제지. 아부지, 고맙습니다."

철용이 제풀에 좋아 물러가자 상도는 긴 숨을 내쉬었다. 언제까지 탄광에 처박아 둘 거냐고 행패를 부리지 않는 것만도 다행이다. 근데 노는 꼴을 보면 꼭 무슨 일을 칠 것만 같다. 무어? 반역자 가족? 여기 중동지역에만도 그런 식으로 남조선에 정착한 사람 수가 100여 명은 된다. 그러나 그 가족들에 대한 제재는 별로 이루어지지 않고 있다. 광산에도 그런 사람 가족들이 있다. 박상도도 그 사람들을 연좌제로 처벌하지 않고 여느 사람들과 같이 살도록 내버려 두는 걸 반대하지 않는다. 표현은 안 하지만, 옛적부터 마을에 돈깨나 주무르는 가호가 있어야 그게 사람 사는 마을이지 세 발 막대기 휘둘러도 거칠 것 없는 가난뱅이들만 모여서는 평생을 가난에서 벗어날 수가 있나? 더구나 이건 잘살고 못사는 문제가 아니었다.

벌써 10여 년 세월이 훌쩍 갔지만 90년대 말엽에 겪은 고난의 행군 때 얼마나 많은 생명이 굶어 죽었는지 모른다. 박상도가 당 책임자인 하동 광산에서만도 수백의 노동자들이 먹지 못해 세상을 하직했다. 지금도 그때 상황과 별반 다르지 않지만 사람들은 달라졌다. 역경을 견디는 면역이 생겼다고 할까! 면역이란 것은 위에서 요구하는 충성심보다 육신을 편안케 할 돈에 더 관심을 가졌다는 얘기다. 근데 돈이란 건 아무것도 없는 빈 터전에서는 절대 생겨날 수 없다. 농사를 짓자면 잘 여문 종자가 있어야 하듯 돈 역시 종자가 필요했다. 바로 그 종잣돈이 나오는 곳이 그 사람들 주머니다. 남조선이라면 적국으로 얼핏 말만 해도 작살을 내는 판인데 어떻게 연계해 돈을 받아오는지, 알 바는 아니지만 그렇게 스며드는 돈이 있어 미공급에도 입에 풀칠할 수 있는 밑바닥 시장이 화사하게 돌아가는지도 몰랐다.

요즘 보위부나 보안서원들도 제 담당구역에 있는 그런 사람들 가족을 끼고 한몫 단단히 챙긴다는 골목 구설을 상도도 들어 알고 있다. 말을 안 할 뿐, 그는 아들이 나간 출입문을 멀거니 바라보며 아무것도 모르고 족보만 믿고 살쾡이처럼 날뛰는 녀석을 어떻게 해야 좋을지 여러모로 궁리해 봤지만 당장은 답이 없었다. 지금 노는 꼴을 보면 보위부원인 형을 믿고 누굴 모함해 보려는 것 같은데 그래도 맏이는 동생놈 같지 않아 안심은 되었다.

박상도는 서글펐다. 자식놈 하나 사람 만들지 못하는 위인이 수천 명 종업원을 책임진 당비서라고 뻐젓이 머릴 들고 다니기도 부끄럽다. 왜 이렇게 날이 갈수록 나약해지는지…….

'아무래도 이젠 늙었어. 도무지 감당이 안 되니, 저놈이 밖에 나가 또 무슨 헛소릴 지껄일지.'

순식간에 넝마처럼 힘 풀린 육신을 소파에 던지며 박상도는 긴 숨을 내뿜었다.

5

박상도가 얼결에 아들에게 말해 놓고 후회한 것처럼 단박 다음 날부터 염려하던 소문이 퍼졌다. 소문은 광산에서 탄광으로 가는 공업 전기를 전면 차단하는 바람에 쌍 날개가 돋친 듯 빨리도 퍼져갔다. 협의회는 즉시 광산에서는 중동 탄광에 갱이 침수되지 않도록 교대마다 한 시간 정도 물 펌프를 돌릴 전기만 줄 뿐 그 이상은 곤란하다고 통보했다.

그런데 일이 참 묘하게 됐다. 통보를 받자 이어 광산 비서의 아들인 박철용이 탄광사무실에 들어와 떡 뻗치고 서서 3갱 갱장, 저 자식이 날 괄시했기 때문에 내가 광산에 찾아가 전기를 끊게 했다고 큰소리를 치는 바람에 소문은 아주 더럽게 퍼졌다.

다음 날 정오쯤 박상도는 성진 시당 조직비서의 전화를 받았다. 아마도 중동 탄광에서 현 실태를 소문과 결합해 시당 위원회에 통보한 것 같았다. 조직비서의 전화 역시 첫 마디부터 배배 꼬는 투여서 오장이 뒤집힐 지경이었다.

"공과 사도 구별 못 하고 아들놈 장단에 맞춰 듣기 거북한 노래를 부른다는데 사실이요?"

"아, 저 조직비서 동지. 우리 부비서가 시당 위원회에 갔으니 제대로 말씀드릴 겁니다. 사실은 그렇지 않습니다. 모든 것은 다 부비서가 결정했습니다."

"부비서가 결정하다니, 그러면 뭐 비서 동문 뒷골방에 나앉았다는 거요? 그게 비서라는 사람이 할 말이요? 석탄을 생산해야 겨울 나이 준비도 할 것 아니요."

"협의회는 부비서 소관으로 진행됐습니다. 당분간만입니다. 중국에 보낼 흑연량을 채우려면 한 달 정도만."

"이것 보오, 박비서 광산만 살겠다는 거요? 탄이 나오지 못하면 그 사람들은 무얼 먹고 버티라는 거요? 국가 전기를 제 주머니 물건처럼 주무르는 버릇은 대체 어디서 배웠소?"

"아니 그런 게 아니라."

"아니긴, 그리고 언제까지 가정 혁명화를 끝낼 거요? 지금 여론이 어떤지 알고는 있소? 큰 기업소 당 비서가 여론몰이의 주인이 되다니, 참 보기 좋소."

상도는 쩝쩝 입을 다셨다. 그럴수록 아들놈에 대한 원망만 가득 찬다. 이런 후레자식 같은 놈. 삽시에 다리가 후들거렸다.

탄광에서도 마찬가지였다. 모두 입을 닫았어도 철용을 보는 눈이 심상치 않다. 특히 태수는 분격으로 몸을 가눌 수 없어 사무실을 뛰쳐나와 갱 뒤로 흐르는 개울을 따라 왔다 갔다 맴돌이 쳤다. 회의 장소에 마구 뛰어들어 직계상사인 갱장을 이 자식 저 자식 하며 하대를 한 철용이 행위에 울화가 치밀어서였다. 게다가 부문당 비서라는 작자는 그래도 광산 비서의 아들인데 좀 사근사근 대하는 게 옳지 그렇게 주먹 패처럼 무지하게 쓰러뜨렸으니 젊은 놈이 가만있겠냐며 오히려 철용을 감싼다. 물론 비서의 말에 항의하고 싶지는 않다. 당은 어머니니까 어미의 심정으로 그리 말할 수는 있지만, 그러나 나는 어머니가 아닌 생산을 책임진 갱장이다. 석탄을 생산해 놓으면 제 소유물처럼 마구 퍼 싣고 가서 술과 바꿔 먹고 기분에 따라 여자든 남자든 나이 직위 상관없이 주먹질과 악담을 서슴지 않는 이런 놈을 봐 주는 것도 한도가 있지. 워낙에 탄광이라는 곳은 거칠기 짝이 없는 놈들로 채워진 일터이긴 하다. 별의별 어중이떠중이

들이 다 모여 쩍하면 시비를 걸어 싸움질하고 기물들을 들부순다. 중학교를 졸업하고 배치돼 오는 싱싱한 젊은이들보다 혁명화 대상이거나 전과가 있는 거친 자들을 더 많이 배치해 놓은 곳이어서 생산책임자는 수완과 지도력은 물론 우선은 주먹이 세야 했다. 약해 빠져선, 아니 약하게 보여도 안 된다. 그러면 제 줌 안에 넣고 놀자고 든다. 약점 같은 것도 보였다 하면 거머리처럼 물고 늘어지는 질긴 놈들이 수두룩하다.

군에서 제대해서부터 중동 탄광에서 쭉 일해 온 태수는 별의별 해괴한 놈들을 다 겪어보았다. 그러나 철용이처럼 푼수 없이 안하무인으로 놀아대는 놈은 보다 처음이었다.

그게 다 제 아비의 권세를 등 대고 그런다지만 버쩍 마른 지금 같은 세월에는 전혀 통하지 않는 행세다. 지금은 첫째도 돈, 둘째도 돈이다. 옛시절에는 출세나 발전을 위해 권력 앞에 아부했다지만 지금은 다 필요없다. 수틀리면 출근하지 않아도 그만, 무단결근 삼일이면 법적제재를 받던 일은 옛이야기다. 문제는 식량 배급과 월급인데 그걸 못 주니 통제가 물먹은 흙벽처럼 무너질 수밖에, 그에 따라 이상한 풍조가 요즘 유행한다.

한자리하는 사람일수록 눈치놀음을 하고 윗사람이든 아랫사람이든 상대의 비위를 맞추기 위해 무진 애를 쓴다. 원칙보다 거래가 한참 위다. 이러고서야 당에서 요구하는 생산계획을 무슨 수로 해내나? 그 이유를 태수도 안다. 지금은 미래보다 당장 살아남기 위해 동분서주할 때다. 탄광도 현재 생산물인 석탄이 있으니 보존되지 만약 여차여차해 생산이 죽으면 둥지를 잃은 벌떼 흩어지듯 순식간에 저 갈 데로 튀면 끝장이다. 다떠나 버리면 간부라는 직위도 아무 쓸모가 없다. 그러고 보면 영성이가참 고맙다. 그렇게 굴욕을 당하면서도 군소리 없이 꾸준하게 일해 주는청년이다. 그래서 현실을 모르고 폭행하는 철용일 제지했는데 뭐? 너무했어? 비서는 참. 그런데 일은 기어이 터지고야 말았다. 전기를 끊음으로생산이 중단됐으니 이제 무슨 수로 갱에 사람들을 붙들어 둘지, 물론 그것이 갱장 책임은 아니래도 본인 역시 이 탄광에서 밥 먹고 사는 처지라급할 수밖에 없다. 벌써 이틀째 교대마다 한 사람씩 막장에 들어가 펌프를 돌려 차오르는 물을 퍼 올릴 뿐 생산은 죽었다.

'제길, 될 대로 되라지.' 개울가를 맴돌며 풀떡거리던 태수는 곧장 현장사무실로 내려왔다. 사무실 앞에 웬 여자가 서성이고 있었다. 눈여겨보니춘희였다. 태수의 걸음이 빨라졌다. 비서도 아직 탄광 당 위원회에서 안내려왔을 테고 갱 사무실은 비었는데 춘희와 단둘이 마주 앉았다간 또무슨 뒷말을 남길지 몰라 태수는 안에 들어가지 않고 그냥 밖에서 춘희를 맞았다.

"한창 석탄을 끌어 올리는 권양기 소리가 들릴 땐데 왜 이리 조용해요?"

이틀 전에 만났을 때처럼 부드러운 목소리다. 손에는 무슨 꾸러미 같은 것을 들었다.

"전기가 끊겨서 말이요. 이젠 볼 장 다 봤소."

심드렁하니 대꾸하는 태수의 억양엔 기운이라곤 찾아볼 수 없다.

"전기가 끊긴다니요? 아니, 누가 그랬단 말인가요?"

"광산에서 우리 전기를 끊었소. 아마 저들 생산에 전기가 모자라나 보오."

"언제부터 끊겼어요?"

"어제 오후부터, 이러면 채탄장이 무너질, 에이 나도 모르겠소."

"아유, 너무 신경 쓰지 말아요. 자, 들어가요."

살갑게 반기는 춘희가 고마워 태수는 별생각 없이 춘희를 따라 사무실에 들어섰다.

"술과 안주 좀 챙겨 왔어요. 잡숴요. 일도 없는데, 비서랑 회계원이랑 다 어데 갔어요?"

"글쎄, 제 볼일 보러 갔겠지. 근데 나보러 일부러 온 거요?"

춘희의 흰 얼굴을 보는 순간부터 철용일 혼 내우리라는 격한 심정이 단박 사그라져 버리고 그냥 흐물흐물 웃음기가 차오른다. 춘희가 가지런한 흰 이를 살짝 드러내며 웃었다.

"퇴근하면 오늘 나하고 같이 갈 데가 있어요. 정식 데이트를 신청합니다."

"데이트가 뭐요?" 태수의 눈이 커졌다.

"둘만의 오붓한 동행, 호호호 그럼 저녁에 저의 집쪽으로 내려와요."

"알겠소." 춘희가 이내 엉덩이를 들자 태수는 속으로 감탄했다. 역시 여느 여자들과 확연히 다르다. 호젓한 방안에 남녀가 오래 머물면 뒷말이 생긴다는 것을 알고 제꺽 자리를 비워 준다. 이미 둘 사이는 갈 데까지 갔다. 에가한 여자 같으면 둘만의 장소를 오래 활용하려 할 텐데 춘희는 그렇지 않다. 태수는 흐물흐물 웃었다.

'원 쓸개 빠졌다는 건 참' 태수는 휘딱 얼굴을 붉혔다. 그렇지만 아까와 달리 마음이 참 훈훈하다. 이렇게 편안할 수가? 아직도 방안엔 춘희의 향기가 감돈다. 조금 전, 신상에 벌어진 일을 두고 격했던 태수는 벌써 없었다. 그는 춘희가 두고 간 꾸러미를 풀었다. 삶은 통닭에 술 두 병이 들어있었다. '이런 귀한 음식은 어디서?' 이윽히 그걸 들여다보다가 이내 막장 전화기를 들었다. 교대에 한 시간씩 보내는 전기로 지금은 영성이가 막장에서 물을 뽑고 있다. 물을 다 뽑으면 현장사무실에 오라는 태수의 말에 영성은 알았습니다, 하고 기운차게 대답했다.

낮인데도 켜 놓았던 사무실 전구가 껌벅 죽는다. 손목시계를 보니 벌써 한 시간이 지났다.

조금 후 영성이가 올라왔다. 혼자가 아니었다. 운전공 한옥실과 같이 들어왔다.

"어? 옥실이도 물 푸러 들어갔었나?"

"네. 영성이가 적적하다고 해서, 오늘 병 번 교대도 일이 없고 해서요."

"좋은 일이군. 막장엔 원래 혼자서 들어가면 안 돼. 근데 둘이 그런 사인가?"

"아, 아닙니다. 나이가 몇이라고 벌써." 옥실이가 기겁을 한다.

"아니 친구가 되면 좋지 나쁠 게 뭔데."

"에이 앤 너무 비실비실해서, 친구가 되기 싫습니다."

"왜? 그럼 옥실인 철용이처럼 주먹이 센 남자가 좋은가?"

태수는 웃으며 말했지만 옥실의 얼굴이 갑자기 파래졌다.

"갱장 동지, 그 개자식 소리는 하지 마십시오."

무슨 일이 있었구나, 하는 생각이 나도 분위기를 망치고 싶지 않아 얼른 신문지를 펴고 춘희가 두고 간 꾸러미를 풀었다.

"자아 이리들 와 앉아. 남들은 쉬는데 수고한 동무들을 위해 내 한턱 쓰지."

"어마나 갱장 동지. 이걸 지금 우릴 먹으라고 내놓는 겁니까?"

"그럼 나 혼자 먹을까? 나 돼지 아닌데, 허허허 자 가까이 오라우."

태수는 닭다리를 찢어 하나씩 들려주었다. 그런데 영성이는 닭 다리를 들고서도 태수의 눈치만 본다. 구석에 놓인 술병을 흘끔흘끔 보며.

"그래. 이젠 일도 없는데 한잔 씩 해야지."

영성이가 술을 좋아한다는 것을 이미 알고 있는 태수다. 세 사람은 화기애애한 분위기 속에 두 병의 술을 마셨다. 마시지 못할 줄 알았던 옥실이도 사양하지 않고 주는 대로 받아 마신다. 조금은 걱정스러웠지만 말 같은 처녀라 알아서 하겠지 했는데 술이 바닥이 날 무렵엔 보는 눈이 심상치 않다. 유순하던 눈이 갑자기 빛을 뿌리며 씹어 뱉듯 부르짖는다.

"가만두지 않을 테야. 날 우습게 보고 개자식. 그러고도 사람이야? 으흐흑."

옥실이가 갑자기 얼굴을 싸쥐자 왜 그러냐며 태수가 손을 잡고 다독였다. 옥실이는 이내 눈물을 거두고 자리에서 일어섰다.

"미안합니다, 갱장 동지. 내 설움에 그만, 난 왜 이런지 모르겠어요."

"아 아니, 괜찮아 뭐 그럴 수도 있지. 서러운 일이 있으면 다 말해도 괜찮다니까."

"그만 가보겠습니다. 음식 잘 먹었습니다."

울먹이며 도망치듯 옥실이가 나가버리자 방안이 써늘해졌다. 술 괜히 줬나? 태수가 후회하는데 옥실이를 따라 나갔던 영성이가 들어왔다.

"딱히 말 안 해서 모르긴 하지만 아마 철용 형과 무슨 일이 있는 것 같습니다."

"무슨 일?"

"뭐 빤하지 않습니까? 철용이가 옥실이 같은 여자 어디 사람 취급이나 합니까? 그리고 그날은 고마웠습니다. 근데 철용이가 가만있지 않을 겁니다."

"무슨 소리야? 가만있지 않으면 제가 뭐 어쩔 건데……."

"사람을 못살게 구는 덴 쇠심줄보다 더 질긴 놈입니다. 그래서 다 싫어하지만."

"무슨 일이 있어?"

"저도 들은 소린데, 갱장 동질 잡는다고 만나는 사람마다 벼른답니다. 어젠 뭐 보위부 제 형한테 갔다 왔다고 큰소리쳤는데, 정말 갔다 오고 그러는지 모르겠습니다만."

"그러면 뭐 날 정치적으로 걸어 보겠다는 소린가?"

"안심할 일은 아닙니다. 문제는……."

영성이가 말꼬리를 흐린다. 태수는 대수롭지 않은 표정으로 입안의 고기를 씹었지만 조금은 궁금했다. 술이 들어가니 영성이도 이런 말을 꺼내지 평시라면 갱장 앞에서 속에 있는 말을 부담 없이 꺼낼 담은 없는 녀석이다. 태수도 그걸 알고 있다. 남자치고 담이 약해 철용이 같은 난봉꾼의 목표물이 된 건지도 모른다. 한참 후에 뱉는 영성이 말이 많이 떨렸다.

"전 어찌하면 좋습니까? 갱장 동지."

"무슨 일이 있긴 있구나. 말해 보라우."

"작년에 제 친형이 중국을 거쳐 남조선에 갔습니다. 난 한국이란 나라에 간 줄 알았는데 그게 아니고 남조선에 갔더란 말입니다."

"흐흐."

"왜 웃습니까? 이게 웃을 일입니까?"

"영성이, 남조선 국호가 바로 대한민국이야. 줄임말로 한국이라 하지."

삼 년 전에 청진 석탄관리국에 출장 갔을 때 중국에 갔다 온 사람을 만나 얘기를 나눈 일이 있어 그 정도는 알고 있는 태수다.

"예에, 그런 걸 난 모르고, 하여튼 이러니 제 어찌 숨을 쉬고 삽니까. 어떻게 알았는지 몰라도 철용은 그걸로 날 낚아 계속 괴롭힙니다. 나라고 밸이 없어 뛰라면 뛰고 기라면 기겠습니까? 보위원인 형을 통해 당장이라도 잡아 주리를 튼다니 난 진짜 겁이 납니다. 사실 뭐 내가 가라고 해서 형이 간 것도 아닌데 내가 왜 그 책임을 집니까? 억울합니다, 정말."

"그만해라. 근데 이건 좀 아름이 큰 문제구나."

"그러게 말입니다. 그런 나를 감쌌다고 갱장 동지를 보위부에 고발했다는데, 전번에 날 위해 철용일 곤두박질시킨 거, 그걸 앙갚음하자는 것 같습니다." 잠시 태수도 멍해졌다.

"난 진짜 갱장 동지가 걱정돼서……"

지금껏 잠잠했는데 별난 일 때문에 불거지는 뜻밖의 일에 영성이는 몹시 두려워한다. 담이 없는 녀석이니 그렇게 당하고도 되레 후일이 무서워 부들부들 떨고 있다.

"별일이야 없겠지. 철용이도 사람인데 아무렴 사람을 잡겠어? 너무 신경 쓰지 마라."

"정말 전 어딘가 멀리 떠나고 싶습니다. 양부모 다 굶어 죽고 형제 둘만 남았는데 형까지 그렇게 되니 난 정말 여기에 설 자리가 없는 것 같습니다."

"됐어, 그만해. 그럴수록 당을 믿고 꿋꿋이 살아야지. 사람이 나약해지면 자기도 모르게 실책을 범할 수 있어. 그러니까 날 믿어. 이 야박한 세월에 연줄도 없이 가긴 어딜 가?"

조금 후 영성이가 밖으로 나올 때 창문가에 웅크리고 있던 어떤 사람이 날렵하게 권양기 장 쪽으로 사라졌다. 형체를 보면 그건 분명 철용이 같았다.

6

달래도 불안을 떨치지 못하는 영성이를 보내고 나서 저녁 데이트를 하자던 춘희 말이 생각나 태수는 사무실을 나섰다. 오토바이를 탄 어떤 사람이 멀찍이서 태수의 뒤를 따랐다. 곧 춘희를 만난다는 생각에 태수는 마음이 급해 씨엉씨엉 걸었다. 상촌마을로 들어서는 어귀 옆에 박힌 커다란 바위를 등지고 춘희가 벌써 나와 기다리고 있었다. 살짝 어둠이 내린 때라 둘은 만나자마자 부둥켜안고 입부터 맞췄다. 태수보다는 춘희가 더 적극적이다. 무슨 성에 주린 망아지처럼 몸까지 떨며 입술에 꿀을 바른 것처럼 덤빈다. 돌아보면 태수는 매일 배를 붙이고 사는 아내와도 이렇게 해보지 못했다. 여자의 입술이 요렇게 달콤한 줄 미처 몰랐는데 이래서 남자나 여자나 바람을 피우는 건가? 바람도 횟수가 잦으면 중독이 된다는데, 이런 기분에 이런 맛이라면 마다할 이유가 없겠다. 사실 바람 피우는 일은 태수도 중독된 자들보다 못하진 않아도 춘희와의 이 행위는 어떤 경우와도 비길 수 없을 만큼 좋았다. 여자가 먼저 시작해서 그런지, 아니면 이전에 제 몸 상태를 확인하려 한 것과 차원이 달라서 그런지, 여하튼 새롭고 이게 침울하던 몸에 싱싱한 활력을 준다. 영성이와 나눈 무거운 이야기 때문에 몰렸던 침침한 기분이 순식간에 자취를 감추고 마치 날개를 퍼덕인 듯 몸까지 둥둥 뜬다. 까짓 이왕이면, 태수도 정신없이 춘희의 입술을 탐했다. 한적한 농촌길이니 망정이지 누가 다가와도 전혀 모르게 한참을 그러다 숨을 후, 불며 떨어졌다. 춘희가 해쭉 웃자 태수도 맞받아 씩 웃었다.

"이젠 가요. 오늘 밤 집에 늦게 들어가도 되죠?"

"글쎄, 그렇긴 하지만……."

한참 길을 걷다 보니 강냉이밭 언저리에 지어 놓은 막이 보였다. 무인지경이어서 주위는 무덤 속같이 괴괴했다. 태수가 오두막 앞에서 주춤한다.

"왜요?"

"저기 잠깐 들릴까?" 그게 무슨 뜻인지 춘희가 모를 리 없다.

"이젠 제법이네."

"뭐가?"

"몰라서 물어요?" 태수는 어색하게 웃었다. 오두막이라야 네 개의 기둥을 세우고 거기에 비끄러맨 가름대에 비닐 막을 둘러친 게 전부다. 바닥엔 볏짚이 깔려 있었다. 그 위에서 두 사람은 거침없이 한 덩이가 됐다. 춘희는 좁은 막이지만 주저하지 않는다. 보아하니 성에 많이 굶주렸던 것 같다. 왜, 남편에게서 만족을 못 느껴서? 그렇다면, 태수는 갑자기 잘해야겠다는 생각이 들며 전신에 힘이 뻗쳤다. 춘희도 기다렸다는 듯 적극적으로 매달렸다. 태수는 아예 몸이 산산 쪼개지는 것 같았다. 아마도 이러한 행위에 태수는 처음으로 눈을 뜨는 셈이었다. 그냥 욕정을 푸는 행위만이 아니다. 맨살에 닿는 섬세한 손놀림과 혀의 움직임에 따라 거친 살덩어리가 때를 만난 듯 파들파들 떤다. 그와 함께 저절로 어, 어, 하는 신음을 초월한 경쾌한 탄성이 새어 나왔다. 춘희도 거친 신음을 쏟는다. 태수는 난생처음 가져보는 환희의 충만으로 가슴이 터질 듯 부풀어 배 위에 앉은 춘희의 하얀 엉덩이를 꽉 부둥켜 쥐었다. 그러고는 입술을 꼭 물었다. 절대 놓치지 않으리라, 보내지도 않으리라, 입 밖에 나오지 않은 말이지만 춘희도 그걸 감으로 느낀 듯, 부드럽게 남자의 헝클어진 머리를 쓰다듬어준다. 태수는 고마운 마음에 눈물까지 쿡 솟아올랐다. 잠시 후 옷을 입으며 춘희가 물었다.

"뭐 생각나는 거 없어요?"

"무슨 생각?"

춘희가 이윽히 태수를 살핀다. 바라던 기색을 찾지 못한 듯 가볍게 한숨을 쉬며 말했다.

"어떤 남녀가 있었어요. 둘은 이미 몸까지 섞은 사이였지만 많은 세월이 흘러 어느 날 직접 만났는데 남자는 그만 여자를 알아보지 못했어요. 알아보길 바라는 안타까운 눈길도 또 여자로선 감히 엄두도 못 낼 행동을 서슴지 않았는데도 남자는 전혀 눈치채지 못했나 봐요. 그럴 수 있을까요?" 춘희의 간절한 눈길이 마주쳐왔다.

"그건 아마 남자가 여자를 사랑하지 않았던 거겠지. 사랑이 없는 성행위가 기억에 남을 이유가 뭐겠소. 그런 걸 보고 일장춘몽이라 하지 않소?"

"일장춘몽이요? 그렇다면 남자는?"

"그냥 수컷이겠지. 그러나 난 아니오. 죽어서도 당신을 잊지 못할 것 같소."

"고마워요." 춘희가 또 한숨을 내쉰다. 두 사람 사이에 잠시 무거운 침묵이 흘렀다.

갱생 61형 지프 차가 환한 전조등을 켜고 걷고 있는 그들 옆에 멈춰 선 것은 조금 후다. 태수의 눈에 놀라움이 가득했다.

"어서 타요. 내가 전화로 불렀어요."

중동에서 성진까지는 60여 리 남짓하다. 울퉁불퉁한 도로여서 차는 한 시간이 넘어서야 시내에 들어섰다. 중국제 오토바이 한 대가 지프와 앞서거니 뒤서거니 거의 시내까지 함께 달렸다. 오토바이 주인은 헬멧을 쓰고 있어 누군지 알 수 없었다.

성진은 함경북도의 최남단 도시로 함경남도 단천시와 가까운 해변 도시다. 성진에서 남쪽으로 한 시간 정도 열차로 달리면 단천에 이른다. 단천은 마그네샤크링카 생산기지로 이름이 높다. 성진에도 대기업인 제강소며 같은 급인 내화물공장도 있다. 그 외에도 성진엔 일류급 기업으로 5·24 수산사업소가 있다. 길게 뻗은 해변을 따라 자리 잡은 수산기지로 성남수산, 은호수산, 쌍룡수산, 쌍포수산 등 크고 작은 수산사업소들이 있지만 5·24만큼 잘나가는 수산업체는 없었다. 5·24는 일본 민간수산업체와 합작해 일명 외화 수산, 수출 수산이라 불리는데 잡아들이는 수산물가공에 필요한 일체 모든 설비를 일본기업이 보장했다. 설비만이 아닌 어망, 낚시, 배, 기름까지도 전부 일본 업체가 대준다. 그러해서 사철 수산물생산이 정상화되고 그에 따라 종업원들도 타 기업과 달리 배급도 입쌀로 받고 봉급도 외화로 받았다. 한마디로 5·24에 입사하면 먹고 사는 문제가 확 풀린다. 그런 관계로 누구나 5·24 입사를 원했다. 물론 입사는 하늘의 별 따기라 해도 과언이 아니다. 운 좋게 입사했다 해도 지각이나 무단 조퇴, 결근, 동료들과 사사로운 문제로 다투어도 종업원 회의에서 비판받고 강제퇴사를 당한다. 여느 기업과 달리 회사 상사와의 관계에서는 사소한 언쟁도 용서받지 못했다. 종업원 상호 간 불민한 관계만이 아닌 물고기 한 마리라도 해당 부서의 승인 없이 내가다가 들키는 날에는 즉시 퇴사명령을 받는다. 뭐 중동 탄광의 박철용처럼 생산물을 가지고 멋대로 먹자판을 벌리는 것 따위는 생각조차 할 수 없는 질서정연한 기업이었다.

아마도 밤 아홉 시 정도는 됐을 듯싶다. 넓은 구내를 통과한 지프가 쥐죽은 듯 고요한 건물 앞에 멋자 안에서 검은 스커트에 하얀 반 소매 블라우스를 입은 예쁘장한 여자가 나왔다. 그 여자의 안내로 건물 뒤로 돌아가니 컴컴한 곳에 검은 세단 한 대가 서 있었다.

춘희는 이미 익숙한 듯 서슴없이 차 문을 열고 태수를 동반해 차에 올랐다. 차 안에는 운전자까지 세 사람이 앉아 있었다. 춘희에게 앉은 자들이 고개를 숙여 반갑게 인사를 했다.

"어서 가요."

춘희의 명령 비슷한 어조에 이내 출발한 차는 불 꺼진 시내 길을 달렸다. 멀리 내화물 공장 쪽에서 희미한 불빛이 보일 뿐 정전이 되었는지 불빛 하나 볼 수 없었다.

해변인 해안동을 지나 중심인 연호동까지 오는 데는 많은 시간이 걸리지 않았다. 차가 들어선 곳은 연호동의 유명한 외화식당이었다. 일반 손님을 받는 홀에 드문드문 앉아 있는 손님이 보였다. 외화식당은 순 외화로 음식과 주류를 판다. 그러니 이곳 출입은 돈깨나 주무르는 사람이어야 했다. 특별손님을 받는 너른 방에 들어서자 거기엔 이미 상이 길게 연결되어 있었고 풍성한 음식이 차려져 있었다. 그들 일행 외 다섯 명의 사람들이 한 줄에 앉아 있었다.

밖에서 연한 오토바이 소리가 들리고 조금 후 선글라스를 낀 사람이 홀에 들어와 특별 방과 가까운 자리에 앉는다. 낯익은 모습이다. 그러나 그 사람을 보는 눈은 식당 종업원들 외에는 아무도 없었다.

태수는 난생처음 이런 화려한 곳에서 기름진 음식상을 보자 이게 내가 올 자리가 맞는가 하는 생각이 절로 떠올라 몸이 자연 작아짐을 어쩔 수 없었다. 자꾸만 눈치를 보게 된다.

차려진 음식 역시 태수가 사는 탄광 마을에서는 생각지도 못할 진수성찬이었다. 요리 이름을 대라 해도 자기 수준으로는 뭐라 말할 수 없는 것들이다. 상위에 놓인 맥주병 역시 국산이 아닌 외제다. 놀라웠다. 어쩌다 자기 같은 촌사람이 이처럼 화려한 상에 마주 앉게 됐는지. 다 춘희 덕이지만 그를 더 놀라게 한 것은 분명 상석으로 알았던 맨 윗자리에 춘희가 서슴없이 걸어가 앉는 것이었다. 선망의 눈길이 춘희에게 쏠렸다. 태수가 주춤하자 춘희는 웃으며 어서 옆에 와 앉으라고 손짓했다. 옹색했지만 너무 촌스럽다는 소리를 들을 것 같아 어정어정 걸어가 앉았다. 자기때문에 춘희의 면전을 흐리게 해서는 안 된다는 생각이 들었다. 애써 세련된 태도를 보이려 해도 생각과 달리 자꾸만 주눅이 든다. 익숙하지 않은 사람들과 함께한 자리여서 그런지, 약간 머리를 숙이고 있다가 슬며시 고개를 들어보니 자기에게 관심을 두는 사람은 한 사람도 없다. 혼자 옹색해한 것에 얼굴이 화끈했다.

"어서 식사들 해요."

춘희가 한마디 하자 모두 기계처럼 말없이 술을 붓고 포크와 나이프로 스테이크를 집어 썬다. 조용하니 분위기도 자연 무거웠다. 태수는 잠자코 춘희가 부어주는 맥주잔을 받아 마셨다. 마시자마자 기막히게 속을 확 긁어주는 기분 좋은 향내가 난다. 저절로 카, 하고 속 빠지는 트림을 억지로 삼키며 슬며시 춘희 눈치를 살폈다. 아까 밭머리 막에서 자기와 스스럼없이 뒹굴던 모습은 온데간데없고 도도한 기운만이 얼굴만이 아닌 몸에까지 차고 넘쳤다. 그래서인지 잔이 몇 순배 돌 때까지 무거운 분위기는 반전 없이 점점 더 가라앉는 듯했다.

'잘나가는 놈들은 식사도 참 별스럽게 하네.'

두리두리 살펴보니 옷차림이 모두 수수했다. 화려하다거나 값진 옷을 입은 사람이 없다. 평범한 점퍼 차림이지만 얼굴색만은 거리에서 흔히 찾아볼 수 없는 붉은 색의 기름진 얼굴이었다. 구석 쪽에 앉은 두 명의 여자도 보였다. 들어올 때도 있었겠지만 미처 가려보지 못했다. 낯익은 얼굴도 보였다. 하동광산 초급 당 위원회부비서 양태산, 반갑지 않은 얼굴이다. 통보 한마디로 전기를 끊어 탄광을 세운 사람이다. 소문에 의하면 하동광산 초급 당은 비서보다 부 비서의 권한이 더 세다고 한다. 젊고 실력이 만만찮아 이 어려운 미공급 세월에도 광산을 세우지 않고 정광을 생산해내는 유능한 일꾼이란 말도 들었다. 비서인 박상도는 이젠 늙어 별로 실력행사를 못 한다고 했다. 지금 같은 세월엔 당 일꾼도 본분인 사람과의 사업보다 돈, 즉 먹을 것과의 사업을 더 잘해야 했다. 당과 수령에 대한 충실성 교양을 위해 사람을 만나고 만나서는 설득하고 때로는 욕도 하고 처벌도 병행해 모두가 충신으로 만드는 것이 당 비서의 일이지만 지금은 아니었다. 위의 노선은 변함이 없어도 한 술이라도 밥을 굶지 않게 더 떠 입에 넣어주는 사람이 진정한 비서였고 일꾼이었다. 그러고 보면 배고픈 사람을 앉혀 놓고 당의 결정을 관철하기 위해 허리띠를 졸라매야 한다고 염불처럼 외치던 시대는 벌써 지나갔다. 박상도가 낡은 건 바로 그런 구태의연한 재래식 사업 틀에서 벗어나지 못했기 때문이다.

'실력가라더니 그럼 이 자리는?'

태수는 다시 한번 춘희를 슬쩍 봤다. 일개 농장 이발사로 큰 광산의 실제 지배자를 떡 주무르듯? 그러고 보니 아까 들어올 때 양태산이 제일 먼저 일어나 춘희에게 깍듯이 인사를 했다. 이 궁리 저 궁리를 해봐도 이건 도대체 무슨 판인지 모르겠다. 시간이 지나다 보면 알게 되겠지, 하고 생각하며 태수는 남들이 하는 대로 접시에 담긴 스테이크를 잘라 천천히 씹었다. 핏물이 배인 고기를 씹으니 식욕은 자극해도 도대체 무슨 맛인지 모르겠다. 소고기 같기도 하고 돼지고기 같기도 한데 둘러보니 모두 입술을 감빨며 열심히들 먹는다. 태수는 역시 서양식은 비싸기만 했지 우리식만 못해, 하고 생각했다. 육은 실지 비계와 함께 부글부글 끓여 국물을 내어 소금을 쳐 간을 맞추고 고춧가루를 벌겋게 뿌려 뜨끈한 밥을 말아 후후 불며 얼큰하게 먹어야 속이 확 풀리는 건데. 가끔 식당 여자들이 드나들며 필요한 음식을 더 들여오고 빈 그릇들을 내갔다. 태수는 나드는 인물 고운 여자들을 살피며 또 생각했다. 거리와 마을엔 굶는 사람들 천진데 한쪽에선 이런 기름진 음식을 배가 터지도록 먹는 사람도 있으니 묘한 반감이 일기도 했다. 새로 들여온 훈제한 돼지고기 편육을 집으니 집에 계시는 어머니 생각이 났다. 어머니는 비계가 붙은 돼지고기를 유달리 좋아하신다. 이런 훈제된 고기를 대접해 드리면 얼마나 맛나게 잡수실까? 할 수만 있다면 이걸 몽땅 싸 들고 집으로 냅다 도망가고 싶다. 태수는 피식, 웃었다. 애처럼 갑자기 무슨 얼빠진 생각을?

"왜 웃어요?" 옆에서 춘희가 담담한 시선으로 물었다.

"아, 아니요. 그저 그냥……."

"어때요? 맛있어요?"

"당연히 혀까지 넘어가겠는데?"

"그럼 자, 받아요." 춘희가 태수의 잔에 살며시 맥주를 부었다.

"저기 말들 좀 해요. 분위기가 너무 무겁네. 맥주도 더 주문하고 오늘은 실컷 마셔요."

"예." 무슨 군대처럼 대답이 우렁차다. 그러고 나서도 입을 여는 사람은 별로 없다. 저쪽 끝에서 몇 마디 할 뿐 그냥 먹는 데만 열심이다. 하긴 늦은 만찬이니 모두 배가 고팠던 것 같다. 조금 시간이 흐르자 상위에 놓였던 음식이 말짱 거덜이 났다.

"만족해요?"

"예. 좋은 식사 고맙습니다." 누구라 없이 희색이 만발했다.

"이런 자릴 될수록 많이 만들어야 하는데, 세상이 굶으니 그럴 수도 없고. 예로부터 검소하게 사는 것이 우리 민족의 미덕이니 참을 건 참고 삽시다."

"옳은 말씀입니다." 춘희의 말에 모두 긍정을 한다.

"그럼 함께 일할 동지를 알려 드립니다." 춘희가 옆에 앉은 태수를 일으켜 세웠다.

"정태수 동지는 중동 탄광 3갱 갱장입니다. 중동 탄광은 2갱, 5갱 그리고 3갱 이렇게 세 개의 갱이 있는데 3갱만이 현재 석탄을 생산하고 있습니다. 하루 생산량이 얼마라고 했지요?"

"네, 저 오십 톤 정돕니다. 식량과 자재만 있으면 백 톤은 문제 없는데 지금은 그 정도밖에."

"대단하지 않아요? 배급도 없는 이때 흩어지는 종업원들을 휘어잡고 그만한 석탄을 생산하는 건 사실 기적이죠. 근데 요즘 하동광산에서 전기를 끊는 바람에 갱이 섰다면서요?"

"네, 그렇게 됐습니다."

"저기 광산 실력자가 계시는데 한번 잘 의논해 봐요. 그렇다고 말로 하진 말고, 양 비서는 성처럼 양주라면 오금을 못 쓴다나 봐요." 장내에 처음으로 웃음이 흘렀다.

"전주님께서 그리 말씀하시면 내일이라도 당장 전기를 보내겠습니다."

"아, 아닙니다. 나를 빗대고 그러지 말아요. 그럼 내가 옹색하잖아요."

전주? 전주가 뭐지? 태수의 시선이 저절로 춘희에게 돌아간다. 태수의 시선을 느끼면서도 춘희는 개의치 않고 말을 이었다.

"앞으로 긴밀히 협력하여 일을 잘해야겠어요. 무슨 말인지 잘 아시죠?"

"알겠습니다."

"지금도 그렇지만 앞으로도 국가 식량 공급은 미정일 거예요. 공급체계는 이미 자기 사명을 다했다고 보면 정확할 겁니다. 나라가 어려운 이때 주민 경제를 활성화해 우리 동지회가 주관하는 관내에서는 옛날처럼 굶어 죽는 일이 절대 일어나선 안 됩니다. 그럼 이번에는 제가 여러분을 소개하겠습니다. 양 비서는 이미 아시고 그 다음……."

춘희는 차례대로 소개했다. 앉아 있던 사람들은 자기 이름이 불릴 때마다 몸을 움직이며 답례를 했다.

"아까 함께 차를 타고 왔던 분들, 다 5·24에 근무하는 우리 회원들이고 다음, 네, 한성원 동지는 시 당에서 근무하시고 유명천 동지는 시 보안서에, 최정길 동지는 제강소에, 호호, 재미있는 분들은 끝에 앉아 계시네요. 여성분들이요. 한 분씩 자기소개를 해봐요."

춘희가 건의하자 조금은 뚱뚱한 여자가 먼저 일어섰다.

"예, 정태수 갱장님, 반갑습니다. 저는 일명 성진 일대에서 땅임자, 다시 말해 소토지 지주로 통하는 박세옥입니다. 우리 회원들 사이에서 세옥이라면 몰라도 박지주라면 다 압니다."

웃음이 터졌다. 춘희가 태수를 보며 뒷말을 달았다.

"사회주의 국가에 지주가 있다니, 좀 뺑하죠?"

"예." 태수는 뒤통수를 긁었다.

"그냥 우리끼리 하는 말이에요. 이곳 성진은 등록된 농경지 면적을 가지고는 대풍이 들어도 자급자족을 할 수 없는 곳입니다. 또 농장체제로 하여 실적도 없고, 지금은 소토지 시대라고 해도 틀린 말은 아니죠. 작황도 소토지 즉, 개인 밭에서는 해마다 흉년을 모르고요. 거기엔 박세옥 회원님의 공로가 크다고 보면 이해될 거예요."

박수가 일어났다. 태수는 그냥 삥한 상태에서 박수를 쳤다. 이건 뭐가 뭔지 도대체 모르겠다. 마치 딴 세상에 온 것 같다. 다음 여자가 일어섰다. 서른 살쯤 되었을까? 호리호리한 몸매에 영준한 눈빛을 가진 미인이었다.

"오미영입니다. 회원님들은 저를 오 마담이라 불러요. 제3산업 바로 서비스업을 총괄하죠. 심심하면 놀러 오세요."

간단한 소개였고 가벼운 웃음이 따라도 태수에겐 충격적인 말이었다. 마담이라니? 언젠가 소설책을 읽었는데 마담이란 자본주의사회에서 일명 뚜쟁이를 가리키는 거로 읽었다. 최근 들어 시내 곳곳에서 몸을 파는 여자들이 득실댄다고 들었는데 그럼 그것도 다 여기 회에서 조직하는 사업이란 말인가? 그럼 이 조직은 자본주의를 복귀시키는 조직? 태수의 궁금증을 풀어주기라도 하듯 춘희가 말했다.

"우리 동지회는 소속된 여러분들의 노력으로 지난 4년간 많은 일을 해냈습니다. 소개가 끝났으니 다음 순서로 넘어갑니다. 중국에 계시는 회장님으로부터 제의가 들어왔어요. 이젠 우리의 금융기관을 만들 때가 됐다고요. 소속 회원 수도 우리 시 만이 아닌 국경을 중심으로 이젠 수만 명이나 늘었고 해서 은행 창설은 미룰 수 없는 사업이라고 했어요. 은행이 설립되면 자금 조달이 원활해져 더 많은 이윤을 만들 수 있을 겁니다."

"좋긴 한데, 현 실정에서 그게 가능하겠습니까?"

"국내에선 불가능하죠. 은행은 중국 공상은행부서로 설립할 겁니다. 그로 인해 법적으로 자금관리와 보호가 이뤄질 거고, 여러분들의 신용을 얻기 위해 저는 법인 계좌 속에 회원분들의 개인 계좌도 만들려고 합니다. 입출금은 카드로도 하게 됩니다. 직접 현금이 없어도 카드 하나로 얼마든지 자금을 유통할 수 있다는 말입니다. 좋지요?" 다시 박수가 일었다.

"기타 실무적인 문제들은 차후 알려주도록 하겠습니다. 8월인 이달에 가장 실적이 높은 기업은 제강소, 다음은 흑연광산. 물론 큰 기업들이니 그렇겠지만, 아마도 10월에 가면 박 지주님의 실적을 누구도 따르지 못할 겁니다."

농담 같았지만 모두 즐거운 웃음소리로 화답한다. 태수는 지금 꼭 꿈을 꾸고 있는 것 같았다. 배당금이라며 춘희가 들고 온 가방에서 봉투를 꺼내 하나씩 들려주는 것을 보면서도 이건 현실이 아니야, 하고 태수는 몇 번이고 입속으로 외웠다.

돌아오는 차 안에서 춘희는 피곤한지 아무 말이 없었다. 새벽이 되어서야 집에 들어선 태수는 기다리던 아내의 반색도 외면한 채 말없이 펴놓은 자리에 누웠다. 그냥 뺑했다. 우리나라 사회주의제도에 지주라니, 그리고 뭐 마담? 놀라운 것은 자본주의 색채가 농후한 동지회의 회원으로 시당 위원회 부장, 보안서, 대기업 임원들의 참여다. 세상이 대체 어떻게 돌아가는 건지, 거기다 회장은 중국에 있다고 했다. 더더욱 놀란 것은 평범한 농장 이발사에 주부로만 알았던 춘희가 거기 전주라 했다. 전주가 무엇인지 내용은 다 모르겠지만 책임 있는 위치가 확실했다. 모두가 춘희에게 절대복종했다. 회의 주도도 춘희의 일방이었고 그녀의 지시로 이루어지고 또 종결됐다. 갑자기 속이 울렁거렸다. 무슨 반체제조직회의에 멋모르고 섞인 것 같아 오줌을 맥주로 알고 마셨다 내뱉은 것 마냥 꺼림칙했다. 만약 이 사실이 국가보위부에 알려진다면? 울렁이던 속이 얼음을 삼킨 것처럼 갑자기 서늘해졌다. 보위부도 잠자고 있진 않을 텐데 그렇듯 위험천만한 회의를 식당에서 버젓이 진행시키다니, 밀폐된 방도 아닌 수시로 접대원들이 드나드는 공개장소에서 지주니 마담이니 큰 소리로 떠들었으니 지금 당장 보위부가 출동하지 않았을까, 하는 생각이 들었다. 소름이 돋았다. 그런데 이상한 건 그런 놀람과 달리 속은 매우 편안하다는 것이다. 그건 아마도 춘희에 대한 믿음 때문인 것 같다. 허술한 여인이 아닌 정말 대단한 여인이라는 믿음과 선호에서 오는 안정이었다. 속은 얼얼했지만 이만한 일로 그녀를 떠나고 싶지는 않다. 동지로 서슴없이 받아준 춘희에게 사내로 생겨 이런저런 타산 밑에 등을 돌리기에는 자존심이 허락지도 않았다.

태수도 지금의 따분한 일상에서 탈출하고 싶었다. 미공급의 시대. 갱장이라는 직책에 있으면서도 늘 먹을 것만 쫓아야 하는 처지다. 갱의 백여 명 종업원들 역시 배고픈 일상을 탈출하고 싶어 한다. 아직 그 깊은 속내는 모르지만 단지 그처럼 대단한 춘희가 자신과 한 몸 같은 여인이라는 엄연한 사실 앞에서 어디 끝까지 가보자는 뱃심이 생겼다. 그건 어쩌면 지금까지의 단순한 생활에서 자신을 탈출시키는 의미 있는 계기처럼 생각되기도 했다. 정말이지 춘희와 같이 활동성 높은 여자와 살림을 차리고 같이 산다면 가정일의 부담에서 벗어나 갱장이 아닌 지배인으로까지 승진할 자신도 있다. 일상 탈출이란 바로 그런 것이 아닐까? 당을 위해 더 많은 석탄을 생산할 수만 있다면 당의 방침 관철에 짐이 되는 가정을 버리는 것이 그리 욕된 일은 아니라고 생각했다. 자립에 약한 아내를 위해서도 이혼이 답이라고 생각하고 싶었다. 아내의 친정집은 서해 갯벌을 끼고 있어 주위에 있는 일가친척들이 잘 도와준다면 아무리 무맥한 여자라도 굶어 죽지는 않을 것이었다. 탄광의 발전을 위해서도 지금은 천재일우의 기회처럼 맞다 든 춘희와 원활한 관계를 유지해야 했다. 노동당의 노선은 학습 때마다 원대한 목표달성을 위해서는 어차피 작은 것은 그 희생이 불가피하다고 했다. 춘희도 어쩌면 남편과 헤어지려는 눈치 같다. 그렇지 않다면 무엇이 모자라 자기 같은 사람과 깊은 관계를 맺을까, 그녀와 대등한 남자가 되려면 그만한 것은 넘겨짚고 발을 맞춰야 한다고도 생각했다.

정태수는 슬며시 아내를 넘겨다보았다. 무던한 아내와의 이혼이 쉽지는 않을 거였다. 그것은 천천히 시간을 갖고 충분한 설득을 동반한 합의로 이루어내야 했다. 지금껏 좋게 쌓아 올린 사회적 이미지를 허물지 않기 위해서도 서두름은 금물이라고 생각하면서 정태수는 어머니가 잠든 윗방을 한 번 쳐다보고는 스르륵 눈을 감았다. 피곤했던지 이내 잠에 빠졌다.

7

구시렁대던 남편이 잠들자 영희는 슬그머니 자리에서 일어났다. 성진 맏아들 집에 간다던 시어머니는 열차가 미정이 되어 못 가고 진이를 안고 윗방에서 잠드셨다.

최근 이상해진 남편의 행동에 알 수 없는 불안이 밀려들어 요즘 자주 밤잠을 설쳤다. 전기사정으로 탄광도 섰는데 남편은 오늘도 새벽이 되어서야 집에 왔다. 들어올 때의 표정은 이전과 확연히 달랐다. 뭔가가 있었다. 그녀는 물끄러미 잠든 남편의 얼굴을 들여다보았다. 지금껏 별 탈 없이 한 이불을 덮고 살아온 사람이다. 한데 왠지 요즘은 그 얼굴을 마주 보기조차 어색하고 낯설다. 이전에는 안 그랬다. 언제부터 이렇게 됐는지, 남편의 일상이 달라졌다. 보는 눈엔 분명 증오가 배었다. 왜? 살아가기 어려운 세월 때문일까? 아니면 세월을 이겨보려는 영악한 노력이 부족한 자기의 맹함 때문인가? 결혼 후 평양을 떠나온 이후의 생활이 주마등처럼 흘렀다. 따져보면 살림살이에서 아무런 해결 몫도 없이 그냥 더부살이 격으로 얹혀살았다. 이곳 여자들처럼 이악하게 사는 기질이 확실히 자기에게는 부족하다. 북방의 여자들은 평안도 쪽 여자들보다 월등하게 생활력이 강했다. 그네들은 자그마한 것도 절대 놓치지 않고 기어코 자기의 것으로 만들어야 편한 잠을 잔다. 웬만한 일에 주눅 드는 일이 없고 아무리 어려운 일이라도 서슴지 않고 뛰어들었다.

미공급이 시작되면서 남편은 주변 농장에서 미처 부치지 못해 묵는 밭을 근 천 평이나 얻어냈다. 그만한 면적이면 강냉이 몇 톤은 능히 생산해 낼 수 있었다. 밭도 남들처럼 삽이나 괭이로 파헤치지 않고 소가 끄는 보습으로 갈아엎었다. 석탄을 쥐고 있는 남편으로서는 능히 부림소를 농장에서 얻어 쓸 수 있었다. 그냥 씨를 심고 김을 매고 비료만 주면 팔뚝 같은 강냉이를 수확할 수 있어도 중학교를 졸업한 열일곱 살에 평양방직공장에 진출해 천을 짜는 실타래하고만 씨름해 온 영희는 밭 김이나 비료 주는 일들이 도무지 손에 잡히지 않았다. 밭에 올라가도 뜨거운 땡볕이 내리쬐면 주변 나무 그늘 밑에 앉아 꺼떡꺼떡 졸거나 아예 퍼더버리고 누워 낮잠을 잔 적이 한두 번이 아니다. 보다 못해 환갑이 지난 시어머니가 아침에 잡숫다 점심으로 절반 남긴 밥그릇에 된장을 발라 옆구리에 차고 밭에 오르내리곤 했다. 갱장이면 직장 간부라 개인 밭에 매달리는 모습을 종업원들에게 보여서는 안 돼 남편은 가끔 몰래 밭에 올라와 보곤 했다. 그때마다 영희는 밭고랑을 가로 타고 앉아 졸고 그늘진 곳에 드러누워 자는 맹한 모습을 여러 번 보였다. 남편도 같은 북쪽 여자만 아내로 맞았어도 이렇듯 빈곤한 살림에 치이지는 않았을 것을, 정말이지 자기는 무얼 해보려는 욕심이 없어도 너무 없다.

갓 살림할 때는 배급이 잘 나왔다. 근데 보름에 한 번씩 나오는 그 배급이라는 것도 날짜별로 나눠 밥을 하면 자기에게는 누룽지밖에 차례지지 않았다. 탄불 조절을 잘못해 누룽질 태우는 날에는 그마저도 없었다. 굶는 수밖에 없고 굶었기에 아무 일도 못 하고 방구들에 눕게 된다. 아마 그런 것이 자주 반복돼 습관이 됐는지 눕기만 하면 눈이 감기고 잠들면 누가 흔들기 전에 일어날 줄 몰랐다. 일어나지 못하니 다른 집 여자들처럼 무엇을 얻기 위한 나름의 활동은 생각조차 못 한다. 그저 시집 오면 이렇게 사는가 보다, 하고 지금껏 살았다.

시어머니는 그러는 며느리가 한심해 아들에게 찔찔 눈을 흘겼고 그래도 남편은 풍족하지 못한 살림 속에서 굶기를 밥 먹듯 하는 아내가 불쌍해서인지 아무 소리도 안 했다.

처음 일 년 동안은 시어머니가 없어 둘만의 살림이어도 부족한 것이 너무 많아 늘 철산 친정집에 편지를 띄워 먹을 것을 부쳐 왔다. 근데 지금같이 마른 세월에 친정이라고 무엇이 그리 흔해 부탁한다고 계속 부쳐줄까, 시집 갔으면 자립해야지 그러지 못하고 편지마다 징징거리는 딸을 두고 멀쩡한 놈이 제 노릇 못한다고 친정에서는 되레 사위를 욕했다. 하지만 멀쩡하면 뭘 할까? 당 조직에 매이고 직장에 매인 남편이 가정을 위해 할 수 있는 일은 아무것도 없었다. 모든 것은 부양으로 집에 있는 여자가 맡아 해야 할 일들이었다. 장삿속 밝은 몇몇 여자들은 오히려 미공급에 더 활기를 띠고 살림을 불려 나갔다. 엔간한 장사는 허용했기 때문이다. 영희는 그러는 여자들이 부러웠다. 자기 같은 건 골백 번 죽었다 깨도 그러지 못한다. 그러니 남편이라고 이런 맹한 아내를 좋아할 리가 없다. 요즘 들어 남편의 냉대가 눈에 뜨이게 알린다. 그만큼 불안한 심적 부담도 깊어만 간다. 뭐가 그리 미운지 손찌검까지 해대는 남편을 보고 영희는 아연실색했다. 지금까지 그런 일은 없었다. 쩍하면 매를 대는 남편들과는 거리가 먼 사람이었다. 그런데 이젠 아니다. 서러웠다. 벌써 두 아이를 거느린 엄마인데 애처럼 맞으며 산다는 게 억울했다. 그래도 행복했던 시절은 결혼 이후 서로 갈라져 살 때였다. 혹시나 남편을 평양에 소환시킬까, 가슴 조이며 살던 그때가 영희에게는 황금기였다. 팽이처럼 돌아가는 작업시간에는 몰랐지만 퇴근해 숙소에 누우면 그가 그리워 가슴이 울렁이던 그때는 구석기시대의 일처럼 아리송하다. 이제 다시 그런 기분에 잠겨보기는 애초 그른 것 같다. 남편은 보기만 해도 무서웠다. 불시에 맞은 매가 아파서가 아니라 때리면서 일그러지던 원망 어린 모습이 그때마다 눈앞에 어른거려서다. 이렇게 살아서 뭘 하나, 하는 회오감도 들었다. 그럴 때마다 친정 언니가 그리웠다. 형부도 그립다.

영희는 아버지를 모르고 자랐다. 농장마을 진료소 의사였던 아버지는 담당했던 환자를 오진해 멀쩡한 사람을 사망케 한 후 그 여파로 시름시름 앓다가 마침내 돌아가셨다고 한다. 장례 후 일곱 달 만에 영희는 유복녀로 태어났다. 십 년 위인 언니는 열아홉 살에 자기보다 열 살 위인 농장 농기계수리반 총각과 결혼했다. 형부는 고아여서 데릴사위 격으로 영희네와 함께 살았다. 처음엔 형부라기보다 그냥 아빠 같아서 언니를 밀어내고 제가 형부 옆에 누워 자곤 했다. 그러는 코흘리개 계집애가 무척 귀여운지 형부는 탓하지 않고 곁에 올 적마다 다독여주곤 했다. 그런데 그 버릇이 중학교를 졸업할 무렵에도 형부 곁에서 자겠다고 떼를 썼다. 그때마다 성깔이 드세기로 소문난 엄마의 아귀 센 손에 얻어맞고 울었지만 그때뿐이었다. 농산반에서 일하는 언니보다 수리반에서 일하는 형부가 여유시간이 더 많아 저녁이면 일찍 들어와 저녁을 짓곤 했다. 마을 앞바

다 갯벌에서 건져온 바지락 같은 조갯살을 기름에 튀겨 주면 영희는 좋
아라 집어 먹으며 형부의 허리를 안고 돌았다. 부엌에는 형부가 시멘트를
발라 만든 욕조가 있었다. 엄마나 언니가 없을 때면 형부를 졸라 큰 솥
에 물을 데웠고 영희는 부끄럼 없이 홀랑 옷을 벗고 들어가서는 어서 등
을 밀어 달라고 힝힝거렸다. 이젠 커서 가슴에 큼직한 혹이 두 개씩이나
자라 움씰거리건만 형부 앞에서 그게 부끄러운 건지 숨겨야 하는 건지 애
초 계산이 없는 계집애였다. 씩 웃으며 등을 밀어주면 여기도, 하며 가슴
을 숫굴 때도 형부는 그저 웃기만 할 뿐 아무런 내색 없이 그냥 해 달라
는 대로 해주었다. 중학교를 졸업할 무렵 장병에 시달리던 엄마가 돌아
가자 형부의 사랑은 더 깊어졌다. 형부도 6·25 전쟁 이후인 전후복구건
설 때 유복자로 태어나 외롭고 어렵게 컸다고 했다. 언니와의 사이에 사
내애 둘이 태어났어도 처제에 대한 형부의 사랑엔 변함이 없었다. 아마
딸이 없어 그랬는지도 모른다. 천성적으로 착해 빠진 사람이어서 일터에
서나 마을에서 호인으로 소문나 있었다. 학교 졸업과 함께 그런 형부의
사랑도 끝이 났다. 평방 모집에 뽑힌 영희를 두고 형부는 반대했지만 어
인 일인지 언니는 절대 찬성이었다. 물론 반대니 찬성이니 하는 것 때문
에 취소되거나 진행되는 일이 아니어서 졸업과 함께 영희는 평방으로 올
라갔다. 사실 그 또래 시골 소녀들이라면 누구나 다 선호하던 평양 진출
이다. 눈부신 대도시에 산다는 것만으로도 충분한 가치가 있었다. 그렇
지만 영희는 날이 가고 달이 바뀔수록 고향인 시골보다 좋다는 수도 생
활의 의미를 별다르게 느낄 수 없었다. 오히려 뭔가 빠진 것 같은 허전함

이 가슴 그득 차올랐다. 먹고 일하고 자고 학습하고 회의하고 일요일 휴일에는 너무 피곤해 해종일 자리에 누워 잠만 잤다. 평양이 좋다는 사람은 별개의 사람처럼 생각되기도 했다. 힘들수록 형부가 생각났다. 무엇이든 맛있는 것이 있으면 처제부터 챙겨주던 형부의 무덤덤한 사랑이 못 견디게 그리워 눈물로 베개를 적셨다. 평방에 온 지 삼 년쯤 됐을까? 아마도 스무 살이 된 해일 것이다. 영희에게도 이성이 찾아왔다. 방직공장은 순 여자들 직장이다. 현장을 보면 양손 양발가락에 하나 정도인 수리공 남자들이 이따금 보였다. 어느 날엔가 잘생긴 한 남자가 영희에게 데이트 신청을 했다. 직장 방직 기계수리공인 군대에서 제대한 청년이었다. 평방에 올라온 이후 처음으로 남자의 호의를 받은 그 순간 엔간하면 환희로 울렁이는 가슴을 부둥켜 쥘 법도 한데 어인 일인지 화끈 달아오르는 모멸감에 단마디로 거절했다. 남자에게 어떤 결례나 흠이 있어 그런 것은 아니다. 생겨 먹은 대로 논다는 말처럼 그냥 무작정 싫고 어색해서 그랬던 것 같다. 솔직히 그 순간에 형부의 사람 좋은 얼굴이 그 남자의 얼굴 옆에 혜성처럼 번뜩 나타난 것도 사실이다. 숙소에 처박혀 잠만 자지 말고 같이 만경대 유희장이나 대성산 유원지에 가서 놀이기구도 타고 맛있는 것도 사 먹자는 남자의 말이 싫진 않았어도 남자를 따라간다는 것 자체가 형부를 배신하는 것 같아서였다. 다음 날은 일요일이었다. 아침을 먹고 나니 기분은 여느 날과 달리 울적했다. 또래들은 저들끼리 재깔거리며 외출준비에 바빴다. 넌 어데 안가냐며 옆구리를 찌르기도 한다. 고개를 끄떡일수록 후회가 밀려왔다. 어인 일인지 어제와 달리 형부가 아닌 그 남자의 얼굴이 번뜩 나타나서다. 그러나 이미 깨진 사발이다. 기분이 엉망이 된 영희는 또래들이 나가자 이불을 쓰고 누워버렸다. 이내 잠들었고 꿈을 꾸었다. 평소 무던히도 그리워해서일까, 형부가 나타나 따뜻한 품에 꼭 안아준다. 껴안고는 옷을 벗기고 구석구석 뜨거워진 손으로 애무한다. 간지러워 키득대면서도 이젠 주름이 지기 시작한 형부의 얼굴을 어루만졌다. 먼지 오른 눈가에 좁쌀알 같은 눈곱이 끼었는데 그걸 조금 자란 손톱으로 살살 후벼 팠다. 말라 있어 이내 떨어졌는데도 또 뭐가 없나 살피는데 형부가 혀를 날름하며 입술을 적신다. 전에 없던 짓이다. 형부의 혀가 쓱쓱 아래로 내려가 발그레한 색이 꽃망울처럼 오른 젖꼭지에 닿자 이것도 전에 없던 짓인데, 하며 흠칫했다. 싫지는 않지만 이러면 이건 개념마저 없는 짓인데 나이 먹은 형부가 그새 돌아버리지 않고서야 어찌 이런 짓까지. 옷 벗길 때부터 알아봤어야 했다. 형부 앞에서 하도 많이 벗어 본 옷이라 미처 그 뒤까지 생각을 못 했다. 거칠어진 손이 아래까지 더듬자 영희는 타고 앉은 몸뚱이를 와락, 밀어버렸다. 그리곤 번쩍 눈을 떴다. 밀려났던 남자가 히죽히죽 웃으며 다시 몸을 일으켜 다가왔다. 아니? 형부가 아닌 어제 데이트를 하자던 바로 그 남자다. 너무 놀라 눈이 화등잔처럼 커지는데 벌거벗은 남자가 어느새 기어와 자기 알몸을 꽉 부둥켜안는다. 소리도 못 치게 아예 그 큰 입으로 자기 입까지 확 덮어 버린다. 뒤를 볼 때 오줌도 같이 나가듯 입을 덮으니 눈도 감겨 낮이 밤으로 바뀐다. 아래로 뭔가 꾸밀꾸밀 비집고 들어올 때 영희는 황당했지만 이런 게 연애인가? 하는 생각이 들었고 눈 감을 때와 달리 이번에는 얼굴 전체가 찌그러졌다. 아팠다. 면도칼에 손가락을 베이듯 가벼우면서도 째지는 경련에 부르르 몸을 떨었다. 눈을 뜨자 아래를 보던 남자가 "너 처음이구나? 이거 영광인데." 하며 히쭉 웃었다. 그다음 단조로운 운동이 시작됐고 점차 격렬해짐에 따라 영희도 점점 몸이 달아올랐다. 스르륵 눈도 감겼다. 대성산에 안 가길 잘했어. 밖에서는 이러지 못하잖아. 이상야릇한 느낌과 함께 입에서는 저도 모르게 신음이 흘렀다. 나오는 대로 소릴 지르고 싶어도 그러면 뭐라 흉볼 것 같아 입술을 감췄다. 이왕 맡긴 몸, 행위의 끝은 대체 어떨까? 이런 걸 형부는 왜 안 가르쳐 줬지? 뭐든 다해 주면서, 하는 생각도 스쳤다. 정말 좋은 것 같다. 무엇이 좋은지 딱 짚어 말할 순 없지만 뭉쳤던 덩어리가 발끝으로 시원히 빠져나가는 것 같고 중심의 자극으로 몸 전체가 오그라들며 아예 남자의 육신에 말려 몸이 녹아 없어지는 것도 같았다. 잠깐 사이 온몸은 땀투성이가 됐다. 묵직하던 육신이 가벼워져 새처럼 훨훨 날 것만 같다. 오호, 이런 일은 이래서 또래 애들이 즐기지 못해 안달나 했구나! 둥둥 뜬다느니, 혼과 육신이 분리돼 따로따로 별세계를 유람한다느니 어쩌니, 깔깔대며 끼리끼리 못하는 소리가 없었다.

여자집단인 방직공장 합숙 여공 숙소엔 날만 어두워지면 찾아오는 남자들이 많았다. 대체로 휴일 전날 저녁인데 밤이 이슥해도 엉덩이를 들지 않아 곁 또래들은 찔찔 눈을 흘겼다. 저들은 저들끼리 좋다고 마주 앉아 가보지 못한 세계를 두루 나대느라 시간 가는 줄 몰라도 망부석같이 옆에 앉아 있는 사람은 지루할 수밖에 없었다. 견디다 못해 옆 호실로 갔다가 거기서 대충 자고 아침에 와보면 마치 부부처럼 꼭 껴안고 세상 모르고 잔다. 영희는 그런 애들은 참 낯이 두껍다고 속으로 욕했다. 그래서 깨우고 남자를 보낸 다음 "좋았니?"하고 입술을 빼물고 물으면 "너도 겪어봐. 얼마나 좋은지 알게 될 테니."한다. 그 정도면 호기심이 안 생길 수 없다.

"어떻게 좋은데?"

"글쎄, 뭐라고 하지? 하여간 좋아."

"하여간 어떻게 좋은데?"

"그걸 말로 어떻게 표현해?" 하며 여럿이 까르르 웃는다. 배를 쥐고 나뒹구는 애들도 있다. 그런 애들은 대체로 경험이 있어 뭘 좀 아는 애들이다. 뭐 대단한 거나 알고 있는 것처럼. 그래도 나이 좀 든 언니들은 "알려고 하지 말고 너도 애인 만나. 얘, 너 말이야 영화 보는데 그 먼저 옆에서 내용을 말해주면 보는 재미가 없잖니? 이건 그런 거야." 했다.

오늘 겪어보니 그 말의 뜻을 알 것 같다. 하여간 이성이 좋다는 게 이래서였구나. 일이 끝나 헤벌쭉거리며 나가는 남자를 향해 영희는 진정 고마운 마음으로 깍듯이 인사를 했다. 일요일인데, 아직 점심시간도 되지 않아 둘이 시내에 나가면 얼마든지 놀 수 있는 시간이 있는데, 옥류관에 가서 쟁반 국수도 먹을 수 있겠고 대성산이 아니면 대동강변이라도 노닐 수 있는데, 일만 휘딱 치르고 가버리는 저 남자는 대체 뭐냐? 하는 생각은 전혀 하지 않았다. 못생긴 남자는 아니었다. 성격도 활달하다. 나가면서 엄지손가락을 내보이던 남자의 모습이 그냥 눈앞에서 어른거렸다. 그게 무슨 뜻일까? 내가 제일이란 소린가? 세면장에 들어가 물을 퍼 몸에 끼얹으면서 아쉬운 마음이 무엇에 얹힌 것처럼 속에 묵직했으나 영희는 개의치 않고 다시 방에 들어와 자리에 누웠다.

일이 벌어진 것은 그날 저녁 무렵이다. 평양에서 교외나 다름없는 형제산 구역에 집이 있는 언니뻘 되는 옥단이가 일찍 합숙에 돌아왔다. 애인이 일요일 데이트를 다른 일이 있어 취소하는 바람에 집에 다녀왔다는 언니다. 아직 시내에 나간 또래들이 들어오지 않아 심심하던 차라 영희는 옥단이가 고향 집에서 갖고 온 쑥떡을 잘근잘근 잘라 먹으며 키드득 웃었다. 왜 그러냐는 옥단의 물음에 영희는 별생각 없이 나도 애인 생겼다며 오전에 있었던 일을 말했다. 그것도 아주 형상적으로 손동작까지 해가면서 남자에 대해 구구절절 설명했다. 아마도 실제 인물보다 더 진하게 아주 멋있게 말했던 것 같다. 그저 그렇고 그런 남자와 만나자마자 어찌어찌했다면 옥단 언니가 비웃을 것 같아서였다.

"그러니까 뭐니? 처음 만난 남자한테 달라고 해서 줬다는 거니?"

"어제부터 날 만나자 했고 제가 애인이라는데 뭘, 언니도 애인 있으니 알겠는데?"

"얜 참. 대체 누구길래, 이름이 뭐냐? 공장 수리공이면 내 다 아는데?"

영희가 이름을 대자 옥단이가 풀섶에서 황구렁이를 본 듯 펄쩍 뛴다.

"뭐라고? 해운이 그 자식이 너와 뭐 어쩌고 어쨌어?"

그처럼 황당해하는 언니를 영희는 처음 보았다. "하긴 그런 개자식인 줄 안 것만도 다행이지." 하고 혼잣소리처럼 중얼거리던 옥단의 표정이

금세 사나워졌다. 불이 번쩍 나게 귀빼을 맞은 것도 그 순간이다. 해운이
란 남자가 다름 아닌 옥단 언니 애인인 줄 영희는 한 대 얼얼하게 주어 맞
고서야 알았다.

"세상에 너 같은 머저리도 있니? 내 기막혀서."

다음 날 퇴근 후 해운이가 영희를 직포 직장의 후미진 구석으로 몰아
세웠다.

"야, 그 일이 무슨 자랑거리라고 주절거리며 다녀 엉? 순진한 게 미실이
와 종잇장 차이라더니, 기막히다 정말."

미실이란 말은 바보에 머저리를 합친 상머저리를 가리키는 말이다. 일
은 그것으로 끝나지 않았다. 또래들도 영희를 아예 미실로 정하고 말도
섞지 않았다. 비로소 영희는 정신이 펄쩍 들었다. 차차 무엇이 잘못됐고
여자는 어떤 경우에도 하지 말아야 할 말이 있다는 것을 깨달았다. 찾아
왔던 이성은 그것으로 어설프게 끝났다. 어느 남자도 영희와 가깝게 지내
려 하지 않았다. 철저한 왕따다. 조금 세월이 흐른 뒤에야 영희는 제풀에
웃었다. 가난했지만 집안의 귀염둥이로 아버지 같은 형부의 사랑을 독차
지하고 유년 시절을 보낸 것이 그토록 사람을 미실로 만들어 버린 것 같
기도 하고, 아무튼 그런 일이 있은 몇 해 동안 영희는 말이 없는 여자로
변해버렸다. 직심스레 일만 했다. 또래들도 하나둘 시집을 가고 이제는
합숙생 맏언니가 되어 갈 무렵 나이 지긋한 직포반장 언니로부터 남자를
소개받았다. 반장 언니의 친조카라고 했다. 자기의 과거를 알고 있는 반
장 언니가 왜 조카를 소개하는지 의문스러웠지만 이미 지나간 일이고 만

나 본 남자는 비록 지방에서 올라왔다지만 첫눈에 반할 만큼 마음에 꼭 들었다. 그 남자가 바로 남편인 정태수다.

이 남자도 이젠 자기 곁을 떠나려고 이러는 걸까? 결혼 이후 아이가 생기지 않아 고심하던 날들이 불현듯 떠오른다. 남편은 분명 딴마음을 먹은 것 같다. 하긴 예전과 달리 요즘은 이혼 같은 것이 부쩍 늘어난 것도 사실이다. 밤에 한 이불을 덮고 자고서도 눈을 뜨면 갈라서는 부부가 동네에도 있었다. 다 궁핍한 생활 때문이라 들었다. 동네 아낙들 말을 들어보면 먹을 것을 구하러 타곳에 갔다가 그대로 행불이 되는 일도 많다고 한다. 삼 년 정도 소식이 없으면 요청에 따라 자동으로 이혼이 된다는 말도 들었다. 남편의 속을 몰라도 왠지 이혼이라는 그 말이 남의 말처럼 들리지 않았다. 코를 골며 달게 자는 남편을 물끄러미 바라보는 영희의 눈에 가랑가랑 이슬이 맺혔다. 당장 이혼하자 해도 달리 할 말이 없음을 비로소 피부로 느껴본다. 그건 이제 태어난 지 석 달밖에 안 되는 아들 진이로부터 오는 예감이다. 남편에게서는 아이가 없었다. 이성엔 맹했어도 아이가 어떻게 생기고 몇 달을 몸에 품으면 출산한다는 것쯤은 영희도 안다. 진이는 분명 그때 그 밤에 생긴 아이라는 생각이 요즘 들어 부쩍 늘어난다. 영희도 동네 아줌마들이 수군대는 소리를 들었다. 그와 함께 귀뺨까지 치는 남편의 냉대를 합쳐보면 이는 불 보듯 확실했다. 근거는 없어도 예감이 그랬다.

일 년 전 남편이 며칠 동안 도 소재지인 청진 석탄관리국에 실무 강습을 떠났을 때다. 남편은 출장을 떠나면서 어머니를 성진 시내에 있는 시

아주버님 댁에 모셔가고 그냥 그 길로 가 버렸다. 유치원에 다니는 데려온 딸 진옥이는 초저녁부터 윗방에서 잠들고 정지에서 구멍 난 양말을 꿰매고 있는데 밖에서 인적기가 났다. 얼핏 벽에 걸린 시계를 보니 자정이 가까운 시간이었다. 단독 주택이고 바깥 울바자 널대문도 잠갔고 해서 누굴까 생각하는데 똑똑 출입문 두드리는 소리가 났다. 혹, 남편이 출장이 취소돼 되돌아오지 않았나, 하고 별생각 없이 누구예요? 하며 걸었던 문고리를 벗겼다. 들어 온 사람은 엷은 수건으로 얼굴을 꽁꽁 싸맨 남자였다. 가슴에서 뭔가 덜컥 내려앉는 느낌을 받은 것도 순간이었다. 정체 모를 남자는 들어서자마자 영희를 꽉 끌어안고 가슴에 손부터 넣었다. 체형은 작아도 가슴은 남 못지않게 큰 편이었는데 남자가 힘을 주니 아프기 그지없었다. 소릴 내면 아예 비틀어버린다는 말에 이러지도 저러지도 못하고 어물거리는 사이 남자는 발로 벽에 붙은 스위치를 눌러 전등을 끄고 이미 펴 놓고 앉아 있던 이불 위에 영희를 쓰러뜨렸다. 늦은 밤이라 몸에 걸친 것도 엷은 속옷뿐이어서 순식간에 옷이 벗겨졌다. 훗날 생각해도 어이가 없었지만 그때는 무서움보다 평방 합숙에서 해운이란 남자가 자기를 덮쳤던 일이 확 그림같이 떠올랐다. 남자는 이런 짓을 많이 해본 듯 서두르지 않고 눈을 딱 감고 있는 영희를 발끝에서 머리끝까지 부드럽게 애무해 주기 시작했다. 마치 첫 남자가 다시 찾아온 환각에 그냥 눈감고 황당해하는데 남자는 어느새 일을 끝내며 부르르 몸까지 떤다. 창졸간에 당한 일이라 부들부들 떨기만 하는 영희를 보고 남자는 나가며 내일 밤 다시 오겠으니 문을 걸지 말라고 한다. 그러면서 이 집에서 쫓겨나지 않으려면 무엇보다 아이를 낳아야 하는데 그러자면 오늘 하룻밤만으로는 부족하니 남편이 없는 며칠 동안 자기를 반갑게 맞아야 한다는 말도 했다.

그 밤은 잠들 수 없는 밤이었다. 당했다는 생각보다는 정말 이러면 아이를 낳을 수 있을까, 하는 생각이 먼저 들었다. 그럴 수만 있다면 얼마나 좋을까, 하는 바람도 물론 가졌다. 지금껏 나이 삼십이 지나도록 몸에서 난 애가 없어 시어머니 눈친들 얼마나 봤고 남편의 지청구 또한 지겹도록 받았다. 평양에서 내려온 명의사 진찰엔 절대 자기는 아이를 낳지 못하는 몸이 아니라고 했다. 이런저런 모대김으로 밤을 새우고 다시 밤을 맞았는데 그 남자가 약속이나 한 듯 자정 무렵에 또 찾아왔다. 그렇게 연사흘 후안무치한 밤을 보냈다. 마지막 날 밤에 그 남자는 나가면서 당신 몸은 진짜 일품이라며 엄지손가락을 내보였다. 이건 참, 떠올리지 않으려 해도 안 떠올릴 수 없다. 어쩌면 해운이와 똑같은 행동을 할까? 은근히 자부심이 느껴지기도 했다. 다음 달부터 매번 찾아오던 달거리가 태평양에 놀러 간 듯 자취 없이 사라졌다. 그래서 은근슬쩍 남편의 눈치를 살폈으나 별다른 낌새는 느껴지지 않았다.

배가 불러오자 시어머니의 반응이 말로 형용할 수 없을 만큼 요란했다. 아침부터 동네 늙은이들을 찾아다니며 자랑을 했고 며느리가 궂은일을 할세라 구부정한 몸이 쉴 새 없이 분주했다. 차츰 가슴을 죄던 죄책감도 사라지고 귀를 간질이는 칭찬에 가슴이 부풀기도 했다. 남편도 확실히 모르는 눈치다. 그로 해서 처음엔 진이가 진짜 남편의 아이라면 얼마나 좋을까, 하고 생각해 봤어도 달이 바뀌는 사이 그 생각마저 없어졌다. 남편도 아이를 무척 고와했다. 저녁에 퇴근하면 누워있는 아기를 꼭꼭 들여다봤고 보는 눈은 집에 들어올 때와 달리 금세 밝아졌다. 근데 요즘은 안 그렇다. 애초 돌아보지도 않는다. 어머니가 안고 어를라치면 눈살을 세웠고 자기를 돌아보는 눈은 한겨울 처마에 매달린 고드름처럼 차갑다. 그럴 때마다 숨어있던 전율이 몸 전체를 얼어들게 했지만 무얼 어떻게 할 방법이 없었다. 뭔가 무서운 것이 신상을 향해 아주 가까이 다가왔음을 영희는 육감으로 받아들이고 있을 뿐 그에 대처할 아무런 준비도 할 수 없었다.

8

외화식당 홀에 앉아 청도 맥주 한 병을 주문해 놓고 천천히 마시던 박철용은 춘희네보다 한발 앞서 마당에 세워두었던 오토바이를 타고 어둠이 깔린 시내를 질주했다.

"야호!"

어둠을 향해 소리치는 그의 외침이 길게 메아리쳤다. 뜻밖의 수확에 감당할 수 없는 벅찬 환희가 솟구쳐 올랐다. 군 복무 때도 훈련이 힘들어 불평을 터트리는 동료들을 상관에게 고해바치는 데서 기쁨을 만끽한 경험이 있다. 누가 시키지 않아도 그런 일은 스스로 하고 싶었고 가만있어도 일러바칠 일들이 자연 눈앞에 나타났다. 오늘도 마찬가지다. 태수를 잡기 위한 증거를 쥐기 위해 뒤따랐는데 엄청난 수확을 얻었다. 밤 파도가 철썩이는 부둣가 방파제 끝에 오토바이를 세운 철용은 품에서 녹음기를 꺼내 버튼을 눌러 필름을 되감고 작동시켰다.

춘희가 든 방에서 태수를 소개하는 말과 앉았던 사람들이 차례로 일어나 자기소개를 하는 말들이 아주 선명하게 흘러나온다. 그는 전기를 다시 보내겠다는 양태산의 말을 곱씹어 들었다.

"개자식, 그러고도 네가 부비서야? 아버진 이런 반역자한테 꼼짝도 못하니, 이제 내가 각을 떠주지." 침을 뱉듯 쌍욕을 해대며 녹음기를 끄고 다시 오토바이를 타고 어디론가 달렸다.

그가 당도한 곳은 해변을 병풍처럼 둘러선 해안동 아파트 단지다. 자정이 넘은 시간이지만 철용은 3층에 올라가 주저 없이 초인종을 누른다. 이내 철진이가 나와 동생을 안으로 들였다. 식구들은 모두 자고 있어 형제는 윗방으로 곧장 들어갔다.

"무슨 일이야?"

형은 분명 자고 있지 않은 것 같았다. 푸시시하지 않다. 그럼 식구들 다 자는 때 혼자서 뭘 했을까? 보위부 일이 밀려서? 하긴, 철용은 품에서 작은 녹음기를 꺼냈다.

"야, 이 자식아 이걸 네가?"

철진의 입이 딱 벌어진다. 그 녹음기는 보위부 반 탐 요원들에게만 수사용으로 내준 고성능녹음기였다. 녹음만이 아닌 사진도 찍고 무선기로도 사용할 수 있다. 며칠 전 형이 집에 왔다 갈 때 가방에서 슬쩍했다. 아니 필요에 따라 잠깐 빌렸다 해야 맞을 것 같다. 퍼렇게 독을 쓰는 형의 눈을 차마 마주 볼 수 없어 철용은 눈을 내리깔고 떠듬떠듬 말했다.

"이제 내가 녹음해 온 걸 들어보면 형은 날 칭찬할걸?"

"이걸 그저, 손댈 게 따로 있지. 자식아 이것 때문에 얼마나 속 썩였는지 알아? 물론 네놈 짓인 줄 짐작은 해도, 켜 봐라."

철용은 어깨를 한 번 으쓱하고는 버튼을 눌렀다. 눈을 지그시 감고 흘러나오는 말을 듣는 철진의 표정에는 아무런 변화가 없었다. 끝났는데도 그냥 눈을 감고 있다.

"끝났어."

"알아. 근데 이게 뭐 어때서?"

심드렁한 대꾸다. 이런 참, 이러고도 보위원? 한심하다는 눈빛이 철용의 눈에 역력하다.

"듣고도 모르겠어? 동지회라는 거물조직이 건재하는데 말이야 이게 반역조직이 아니야?"

"그게 뭐? 흔하디흔한 외화벌이 조직 같은데. 너 이거 언제 녹음한 거야?"

"조금 전에, 그것들이 외화식당에서 회의를 했어."

"누구에게 발설하진 않았어?"

"조금 전이라니까,"

"왜? 너의 갱장인 태수를 잡고 싶어 그랬어?"

"그게 무슨?"

"그저께 네가 나한테 전화했잖아. 네 마음은 알겠다만 이런 데 끼어들지 마라. 부에서 다 알고 있는 일이야." 철진은 녹음기를 걷어 책상 서랍에 집어넣는다.

"알면서 왜 가만두는 거야? 그런 반역조직이 생겨난 지 벌써 4년이 됐다는데."

"자식, 이건 다 외화벌이를 하는 조직이야. 너 쓸데없는 일에 힘 빼지 말고 아버지 뒤를 잇는 데나 신경 써. 늦었으니 여기서 자고 아침에 가라. 나도 이젠 자야겠다."

형이 쩍 하품을 하며 자리에서 일어선다. 철용은 기가 막혔다. 이게 어떤 자룐데 이런 냉대를? 어처구니가 없지만 뭘 어쩔 수가 없다. 철용은 아비 앞에선 똥개 앞의 범이지만 형인 철진이 앞에서는 고양이 앞의 쥐다. 자랄 때도 그랬다. 어떤 경우에도 형을 이기는 동생이 없듯 철진은 뭘 하든 자기보다 한 수 위였다. 동년에는 형에게 무던히도 맞았다. 대신 상급생들로부터 형의 보호를 많이 받았다. 주먹이 남달리 셌던 형이어서 철진의 동생임을 알고는 아무리 못되게 놀아도 손보는 놈이 없었다. 주먹이 세기도 했지만 잔인한 기질이 더 많은 형이다. 한 번 앙심을 먹은 상대는 어른이어도 짓궂게 달라붙어 항복을 받아야만 손을 털었다.

큰 수확인 줄 알았는데 일이 이렇게 되자 철용은 허탈에 빠져 형의 집을 뛰쳐나왔다. 낡은 오토바이가 별스레 들춰 길에서 몇 번 코박이를 할 뻔하며 육십 리 길을 달렸다.

집에 와 잠자리에 누워도 창자가 꼬여 도무지 잠들 수 없었다. 엎치락 뒤치락하다 날이 밝자마자 툴툴거리며 전화기를 들었다. 다행히 형이 일찍 일어났는지 전화를 받는다.

"다른 건 몰라도 동네 유부녀와 배짝 맞아 돌아치는 놈은 그것으로 처넣을 수 있잖아?" 열불이 터져 소리 질렀지만 돌아온 대답이 참, 가관이다.

"야, 이 자식아! 너 그렇게 할 일이 없어? 내가 어젯밤 분명히 말했지. 왜? 미인과 섞이니까 부럽더냐? 개차반 같은 자식, 네놈 코나 잘 건사해. 내가 그런 정분난 연놈들 뒷조사나 하는 사람이야? 너 다시 이따위 일로 전화질했다간 죽을 줄 알아, 끊어."

홧김에 손에 들었던 수화기를 바닥에 내동댕이쳤다. 그러고는 아차 싶었는지 급히 수화기 자리를 손으로 눌렀다.

"아침부터 또 뭐냐?" 수화기가 박살 나는 소리에 아버지가 방에서 나오며 소리친다.

"아, 나도 몰라."

이래저래 울화가 치민 철용은 후다닥 밖으로 뛰쳐나왔다. 이른 아침이라 파랗게 맑은 개천에 이르자 옷을 입은 채로 풍덩 뛰어들어 푸푸 물장구를 쳤다. 그러고는 우뚝 일어나 청청한 하늘에 대고 돼지 멱따는 소리를 질렀다.

"이봅소, 저 비서 아들이 돈 것 같재이오? 그렇채이쿠서야, 저게 사람 소리우?"

"에구 원래 드문드문 저러재이쿠는 뒈져 자빠질 놈이라우. 맨날 미쳐 돌아치는 아새낀데, 개구락지 헴치문서 놀구 자빠졌소. 재수 빠질래니 아침부터 별 꼬락서닐 다, 콱 뒈지기나 합지."

함지박에 빨랫감을 한가득 담아 들고 개천가로 나오던 마을 여인 둘이 서로 마주 보며 그렇게 욕하며 다른 빨래터로 가버렸다.

사실 철용이 앞에서 아무 일 없는 듯 무상한 태도를 보였지만 철진이도 내심 긴장했었다. 그런 조직이 자기가 사는 시내에 형성돼 있다는 사실도 처음 알았다. 출근 전에 철용이가 가져온 녹음기를 틀어 다시 듣고 난 그는 출근해서도 궁리에 궁리를 거듭했다. 궁리는 단 한 가지, 이걸 정식 사건자료로 제보할까 말까. 어쩌면 여기서 큰 수확이 나올 법도 했다. 놀음새로 봐서 동지회란 조직의 범위가 돈을 중심으로 크게 형성돼 있다는 것은 명백했다. 더더욱 철진을 놀라게 한 것은 시당 위원회 한성원 비서나 보안서 유명천 과장 같은 인물보다 최춘희의 출현이었다. 그가 평범한 농장 이발사라는 것은 이미 전에 알고 있었지만 이렇듯 큰 조직을 움직이는 전주라는 것까지는 미처 몰랐다.

오전 열 시가 되자 그는 보위부 외사과에 들렀다가 시 보안서 주민등록과를 찾아갔다. 등록과 과장과는 이미 전부터 안면이 있어 춘희의 자료를 제꺽 찾아볼 수 있었다.

"그 여자는 나도 좀 아는데 무슨 문제가 있나?"

삼촌뻘쯤 되는 과장은 하도 진지하게 문서를 들여다보는 철진을 보고 의아해 묻는다.

"아, 아닙니다. 사실 이발사라 하지만 이 여자처럼 분주한 여자도 없습니다. 외사과에 알아보니 올해만도 중국에 세 번 들어갔다 왔더군요. 다른 사람은 일생에 한 번 다녀오기도 힘든 외국 나들이를 말입니다. 어떤 여자인지 궁금하기도 해서……."

"거야 뭐 작은 외조부가 중국 사람이니 그럴 거고, 그 외조부란 사람은 한 해에 한 번꼴로 평양에도 드나든다고 하데. 쉬쉬 돌아가는 말은 알 수 없는 요지경 속 인물 같다고도 하고."

"평양엔 왜? 장사 일 때문입니까?"

"글쎄 그것까진 모르겠고, 좌우간 문건에도 있으니 쭉 살펴보게."

과장의 말처럼 문득 동지회 회장이 중국에 있다는 녹취 말이 생각났다.

구체적으로 춘희의 문건을 살펴보고 나서 시계를 올려다보니 벌써 점심시간이다. 배가 출출해 그 길로 집에 왔다. 아내가 차려놓고 간 밥상이 제법 푸짐하다. 아내는 장사를 잘해 살림은 늘 풍성했다. 보위부도 식량 공급은 본인 것만 겨우 나오며 말며 한다. 그것도 옥수수면 옥수수, 수수면 수수, 쌀이면 쌀, 보리, 감자 뭐 입에 넣을 수 있는 거면 죄다 사양 없이 가져다가 적으면 적은 대로 나눠준다. 이전에는 보위부원쯤 되면 순 입쌀로 그것도 하루 800g 기준에 맞춰 가족까지 어김없이 꼭꼭 내줬는데 이젠 다 낡은 터에서 이밥 먹던 소리가 됐다. 지금은 남편 배경을 타고 될수록 안사람이 나서서 경우에 맞춰 등칠 건 등치고 얼릴 건 얼려 이윤을 뽑아 쌀을 사들여야 했다. 다행히도 철진의 아내는 백두산 줄기를 탄 좋은 배경을 가졌고 또 매우 활동적이어서 먹고 사는 데는 별로 걱정이 없었다. 그래서 철진이가 입으로 곧잘 원칙을 부르짖고 공적 일에 열성인지도 몰랐다. 밥 한 그릇을 제꺽 비우고 일어난 철진은 다시 부에 나가 수사용 오토바이를 타고 바닷가로 나왔다. 바로 어젯밤 철용이가 소리치던 방파제 끝에 오토바이를 세우고 시원한 바람이 불어오는 바다를 물끄러미 바라보았다.

문득 불륜을 핑계 삼아서라도 태수를 잡아야 한다고 열 뜬 소리로 아침에 전화하던 동생의 목소리가 생각났다. 철진은 픽, 웃었다. 태수는 철진의 군 복무 동기다. 태수는 군 생활 때 조법 훈련에서 특기를 발휘해 선배라 해도 맞서면 이기는 사람이 없었다. 좋은 배경을 타고났더라면 제대 후 권력기관에 입대할 재목이지만 철진과 달리 태수는 출신성분에 문제가 있어 그런 기대는 버려야 했다. 지금은 석탄을 쥔 태수 같은 친구가 가까이 있는 게 철진에겐 다행이다 싶다. 겨울만 되면 태수의 신세를 많이 진다. 동생 놈도 같은 탄광에서 일하지만 둘의 관계를 말하지 않았다. 동생 놈 사람 됨됨이로 봐서 알아봐야 좋을 게 없었다. 철진은 태수와 춘희의 관계를 바탕으로 동지회에 대해 깊은 사색을 이어갔다. 그런 큰 조직이 중국에 은행 계좌까지 가지고 활동하게 된다면 이건 시내 모 권력자들의 후원이 없이는 불가능했다.

철진이가 중시한 것이 또 하나 있다. 바로 춘희의 작은 외조부라는 중국인에 관한 자료였다. 문건을 보니 춘희의 작은 외조부인 모영민은 전쟁 때 십대의 나이로 조선 전선에서 싸운 중국 인민 지원군 병사였다. 원래는 그의 친형이 중국 국적으로 조선에 거주해 사는 화교였는데 어인 일인지 양주 사이에 아이가 없었다. 전쟁이 끝난 이후 형 내외는 고아원에서 여자아이 하나를 입양해 키웠다. 그런데 60년대 초중반, 전염병으로 인해 양주가 다 사망하고 대신 철부지 아이만 살아남았다. 바로 그 아이를 동생인 모영민이 귀국하지 않고 이 땅에 남아 키웠다고 한다. 물론 다른 볼 일도 있었을 것이다. 아이가 커서 출가하자 그는 중국에 다시 들어갔고 이따금 나와 조카 살림을 돌보아 주곤 했는데 조카네는 일남 일녀를 낳아 키웠다. 그 일녀가 바로 최춘희다. 여기서 주목할 것은 이젠 팔순에 이른 모영민의 영향력이었다. 그가 평양에도 자주 드나든다는 것은 정부 고위 인물들과의 깊은 관계를 의미했다. 그러지 않고서는 그가 회장으로 있는 동지회가 그렇게 외화식당이라는 고급 영업장소에서 버젓하게 모임까지 할 만큼 합법화되어 있지는 못할 것이었다.

이 땅에서 유일 집권당인 노동당의 승인 없이 사사로운 개인 단체설립은 말 그대로 반역행위다. 그걸 조선에서의 오랜 생활경험을 가진 모영민이 모를 리 없다. 그런 조직을 내와도 아무 문제가 없기에 그렇게 한 것만은 분명하다. 보위부라 해도 하급 위치에 있는 일개 부원이 그런 사람과 맞서 봐야 무얼 건질 것은 아무것도 없을 것이었다.

곱씹어 살펴봐도 이건 분명한 합법적 외화벌이 조직이다. 현재 각 기관 명의로 별의별 형태의 외화벌이 단위가 곳곳에 웅크리고 있었다. 그런데 모두가 다 기업형식으로 조직되어 있는데 동지회만은 회원제로 조직되어 있다. 어떤 형태로든 외화를 벌어 국가 외화과제수행에 이바지하면 그만 아니냐고 생각할 수 있어도 철진은 절레절레 고개를 흔들었다. 왠지 반감이 솟구쳤다. 자기만 구석으로 몰려 관심밖에 밀려난 것 같은 느낌이었다. 잘만 하면 여기서 큰 것을 잡아낼 수도 있지 않을까, 하고 생각했다. 최춘희를 그도 잘 안다.

중동 일대에서 인물 고운 수완가로 소문난 여자라 언젠가 기회를 만들어 한 번 만나 본 일도 있었다. 이후 수사를 핑계로 여러 번 조용한 곳에 그녀를 불러들였다. 사실은 춘희의 미모에 반해서였다. 나이는 자기보다 한 살 위지만 쳐다보는 거로도 음심이 요동치는 여자였다. 흰 얼굴을 절반쯤 가려 내려 드리운 삼단 같은 머리며 한 줌에 쥘 것 같은 잘록한 허리를 보면 스스로 몸이 굳어져 아무것도 할 수 없었다. 철진이도 어지간히 여자를 밝히는 축이다. 그가 어떤 일을 하는 사람인가를 아는 이상 수작을 걸면 싫든 좋든 몸을 허락하지 않는 여자가 별로 없었다. 하지만 춘희는 달랐다. 수작을 붙이자 처음엔 좋은 말로 거절하다가 나중에는 섬뜩한 메주를 한 통 먹였다. 보위원의 감투를 벗어 버린 다음 한 번와 보라는 것이다. 보위원은 남자가 아니냐고 하자 권력을 등대고 여자를 하대하는 꼴이 구역질 나서 그런다고 당당하게 쏘아붙였다. 할 말이 없었다. 사실 평범한 신분이라면 면식도 없는 여자에게 연유도 없이 그런 수작을 붙일 순 없을 테니까. 겁대가리 없을 뿐더러 무언가 믿는 구석이 든든한 여자 같아 물러나긴 했어도 속으로는 앙심을 품었다. 지금처럼 메마른 세월에 보위원인 내가 코걸이를 하는 이상 네가 언젠가는 걸려들 날이 있을 거라는 속셈이다. 그러다가 일에 치여 그 일을 잊어버릴 때쯤 되었는데 이렇게 무슨 인연처럼 다시 이어진다. 왠지 이것이 춘희와의 묘한 인연이라 생각하고 싶었다. 그깟 몸 따위가 욕심나 이러는 것이 아니었다. 보위원을 우습게 여기는 그 오만함을 반드시 꺾어버리고 싶었다. 춘희는 분명 남모르는 비밀을 간직한 인물임은 틀림없다. 철진은 오토바이에 시동을 걸며 다짐했다. 아무리 엄청난 힘이 뒤를 받쳐 준다 해도 뭔가 짚이는 것이 있는 이상 못 본 척 지나칠 수는 없다. 그깟 뒷심이 대체 뭔데, 국가안전이라는 절대적 무기를 쥐고 있는 사람이 그런 뒷심을 두려워해서야, 그건 보위원이 해서는 안 되는 일이다. 보위원이면 머리에 스며든 의문을 풀어야 하고 깊이 숨긴 또 다른 정체를 밝혀야 했다. 생각이 그쯤 정리되니 이제 무엇을 해야 할까, 하는 답이 훤히 보였다.

9

양태산은 정오에 뜻밖의 전화를 받았다. 성진 시 보안서 주민등록 과장의 전화였다. 수화기를 놓고서도 양태산은 한참이나 생각했다. 뭔가 께름한 기분을 종시 털어버리지 못한 그는 다시 춘희에게 전화했다. 사연을 듣고 난 춘희는 조금도 흐트러짐 없이 일렀다.

"그런 일로 심려 말아요. 그 보위원은 내가 좀 아는데 어쩌진 못할 거예요."

"전주님, 총알은 사람을 죽이지만 포승은 사람을 괴롭힌다는 거 아시지요? 잔고기들의 무분별한 성화에 전주님 심기가 불편해질까 걱정돼 드리는 말입니다."

"추이를 따르면 주인이요, 역행하는 자는 머슴 자리밖에 없다는 말도 있죠. 바보가 아닌 이상 그 사람도 지금쯤은 생각이 정리되었을 테니 어디 점잖게 기다려 봅시다."

그렇게 빨리 찾아올 줄은 몰랐다. 퇴근 준비를 하는데 오토바이 소리가 들려 밖을 내다보니 마당으로 철진이가 들어선다. 춘희는 픽 웃었다. 그렇지만 상냥한 미소를 머금고 마중 나갔다.

"아이, 어떻게 이런 누추한 곳에, 이발하러 오신 건 아니죠?"

"안녕하시오? 하하, 그럼 왜 왔겠소? 이발소에 이발하러 오지 않으면?"

"그럼 어서 들어와요." 머리가 어지간히 길었다. 사각사각, 가위질 소리가 울렸다.

"어쩐 일이죠? 시내에는 고급 이발소도 많은데 이 먼 곳까지. 등이 축축한 걸 보면 매우 급한 걸음이었던 것 같군요."

"날씨가 조금 더웠나? 오토바이 바람이 시원했는데, 허허 미인의 손에 머릴 맡긴다고 생각하니 조금 급했나? 어떻습니까? 전주님, 요새 재미를 톡톡히 본다는데……."

가위질 소리가 멎는다. 철진은 눈을 감고 있었지만 당황한 춘희의 모습이 보였다. 명치를 찔렸으니 이제 돌아올 대답이 기대된다. 무슨 말을 할까? 사각사각 다시 가위질 소리가 났다. 이 정도면 춘희의 손이 떨려야 맞는데 아주 가락 맞다. 사이를 두고 한마디 더 보탰다.

"오 마담은 말이지, 요새 외부에서 들어 온 남자 손님 모으기에 혈안이 되었다더군, 무얼 돈깨나 모으면서 그러는지……."

이번에도 반응이 없다. 그냥 가위질 소리만 들린다. 이상하다. 철진은 가늘게 눈을 떴다. 거울을 통해 본 춘희의 눈길이 매서웠다. 손에는 가위 대신 시퍼렇게 날 선 면도칼이 들렸다. 왼손으로 비누칠을 하면서 서늘한 눈길로 철진을 쏘아본다. 철진은 흠칫했다.

'이 여자가?'

"난 당신을 아주 멋진 남자로 알았는데 지금 보니 참 맹랑하군요. 이발하면서도 보위원 행세를 하고 싶은가 보죠?"

면도날이 목덜미에 닿는다. 선뜩한 느낌에 전율이 와도 철진은 아무 반응 없이 다시 눈을 감았다. 여러 가지 생각이 교차했다. 언젠가 나를 가지려면 보위원 감투를 던져 버린 다음 한번 와보라던 춘희의 말이 생각났다. 앞 면도를 하려고 춘희가 의자를 젖히자 철진은 사양하며 일어섰다. 어쩐지 께름했다. 아침에 이미 구레나룻은 밀어버렸다. 남보다 털이 많아 푸르스름한 색이 도는 턱을 슬슬 문지르며 철진은 일어나면서도 유심히 춘희를 살핀다. 주섬주섬 도구를 거두는 춘희의 표정은 냉랭했다. 자그마한 틈도 보이지 않는 차가운 표정이다. 문득 너무 성급하게 품은 감정을 노출했나, 하는 후회도 들었다. 이쯤 대화면 보위원과 마주한 사람은 지레 겁을 먹고 고분고분해지는 것이 상례다. 트집 잡힐 건더기가 있는 사람일수록 더 했다. 그러나 춘희는 전혀 그런 것이 없이 당당하다. 되려 몸에서 풍기는 냉기로 상대를 무시한다. 무시뿐만이 아닌 전혀 상대할 가치도 없는 사람에게서 뜻밖의 괄시를 받았을 때의 황당함마저 배어

있는 것 같다. 윗도리를 걸친 다음 담배 한 개비를 뽑아 물고 의자에 앉아 라이터를 켜면서도 철진은 직시의 눈길을 떼지 않았다. 도구를 정리하고 바닥에 떨어진 머리칼을 쓸어 쓰레기통에 넣은 춘희가 철진의 앞으로 걸어온다. 서늘한 눈길이 정면으로 부딪쳤다.

"더 볼일이 남았어요?"

"뭐요?"

"에둘러 말하는 건 당신 직업이 주는 허세겠지만 그런 건 내게 안 통해요."

"그럼 무엇이 당신에게 통하오?"

"이죽거리지 말아요. 도대체 나한테 듣고 싶은 말이 뭐예요?"

"그건 나보다 당신이 더 잘 알 텐데, 설마 대답을 피하자는 건 아니요?"

춘희가 씩 웃었다. 가소롭다는 표시다. 철진은 울컥했다. 하지만 침착하게 자신을 억제했다.

"왜? 내가 이렇게 찾아오니 머리 깎으러 온 동네 아저씨처럼 생각되는 거요? 사실 난 당신을 체포하러 왔소. 물론 이제 어떤 대답이 나오는가에 따라 그 결심이 달라질 수도 있지만."

위협적인 말이었다. 춘희의 눈에 다시 웃음이 피었다.

"날 체포한다고요? 그건 보위부 결정인가요? 아니면 당신 혼자 결심인가요?"

철진은 저도 모르게 벌떡 일어섰다. 당장 후려치고 싶다. 방자한 년, 참는 것도 한도가 있다. 얼마만큼 무겁고 요란한 짐을 등에 졌기에 이리도 오만할까, 그는 품에서 철용이가 되가져온 녹음기를 꺼내 버튼을 눌렀다. 외화식당에서 한 춘희의 말이 그대로 흘러나왔다.

"우리 동지회는 소속된 여러분들의 노력으로 지난 4년간 참으로 많은 일을 해냈습니다. 소개가 끝났으니 다음 순서로 넘어갑니다. 중국에 계시는 회장님으로부터 제의가 들어왔어요. 이젠 우리의 금융기관을 만들 때가 됐다고요. 소속 회원 수도 우리 시 만이 아닌 국경을 중심으로 이젠 수만 명으로 늘었고 해서 은행창설은 미룰 수 없는 사업이라고 했어요. 은행이 설립되면 자금 조달이 원활해져 더 많은 이윤을 만들 수 있을 겁니다."

도도한 눈길로 춘희를 직시하던 철진은 그 정도에서 녹음기를 꺼버렸다.
자, 이만하면 알겠지? 어서 대답해 보지 그래? 어찌 노동당의 승인 없이 이따위 잡스러운 사조직이 버젓이 이 땅에 건재할 수 있느냐? 그리고도 네가 정치 보위 일꾼인 내게 반박할 말이 있느냐? 철진의 무언의 눈길이 그렇게 묻는 것 같다. 하지만 춘희는 미소를 머금은 채 탁자 위 전화기에서 수화기를 집어 든다. 전화가 연결되자 지금 날 잡겠다는 사람이 있다고 한마디 하고는 수화기를 내민다.
"받아 봐요."
의아한 표정으로 수화기를 받아들던 철진의 얼굴이 수수떡처럼 붉어졌다.

"합법적인 외화벌이 단체라고요? 아, 네. 알겠습니다. 명심하겠습니다."

그는 천천히 수화기를 내려놓았다. 언제 어떤 장소에서 이제껏 한 번도 떨려 본 적 없던 그의 손이 바르르 떨렸다. 이렇게까지 체면이 구겨지리라 곤 미처 몰랐다. 그는 멀거니 초점 없는 눈길로 한동안 춘희를 바라보았 다. 쉽게 무너뜨릴 수 있는 여자가 아니라는 생각이 다시 든다. 전혀 예상 하지 못했던 건 아니다. 그렇지만 기왕 이렇게 된 이상 무엇이든 잡아 쥐 고 기어이 쓰러뜨리고 싶다. 그녀가 하는 일이 이런 엄청난 힘이 뒷받침하 고 있다는 짐작은 이미 했지만 직접 확인하고 난 지금의 심정은 좀 전과 는 엄연한 차이가 있었다. 하지만 그냥 물러설 생각은 없었다. 보위원 생 활 수년에 이 같은 패배자의 심정을 맛보기는 처음이다. 철진은 다시 담 배 한 대를 피워 물었다. 한가득 연기를 빨아 길게 뿜으며 녹음기의 버튼 을 눌렀다. 야릇한 신음, 옥수수밭 언저리 막에서 태수와 춘희가 한 덩어 리가 되어 뿜는 조화된 교향악 소리다. 리듬은 없어도 사람의 신경을 극 한점에 끌어올리는 데는 손색이 없다. 춘희의 얼굴이 빨갛게 불타올랐다. 그녀는 힘없이 이발 의자에 주저앉았다.

"사람이 당당해지자면 이와 같은 일은 없어야겠지. 당신을 그토록 믿 어주는 사람들도 이딴 내면을 안다면 과연 그 기분이 어떨까?"

더 지속하기엔 얼굴이 뜨거워 철진은 녹음기를 꺼버렸다. 춘희가 자리 에서 일어선다. 언제 얼굴을 붉혔나 싶게 극히 평온한 표정이었다. 이 여 자는 아직도 황홀했던 그 불륜의 현장을 벗어나지 못한 건가? 쾌감에 젖었던 철진의 작은 눈이 커졌다.

"왜 꺼요? 당신은 그걸 어떻게 들을지 모르지만 내겐 소중한 추억과 가슴을 설레게 해주는 애틋한 멜로디인데, 조금 더 들려줄 수 없어요?"

정신이 나가지 않고서야 어찌 저런 말을? 철진은 저도 모르게 엉거주춤 일어섰다.

"하긴 당신 같은 사람이 사랑을 어찌 알겠어요. 난 내 감정에 충실했을 뿐이에요. 누가 뭐라든 내 가슴에서 타오른 그 사람에 대한 연정에 난 나 자신을 억제할 수 없었어요. 그것이 훗날 당신 같은 비열한들의 공격에 만신창이가 되어 한 방울의 물로 속절없이 증발한다 해도 난 절대 후회하지 않을 겁니다."

춘희의 미간에 밝은 미소가 찰랑거렸다. 들어서면서 지금까지 철진에게 보여준 어둡고 경직된 모습을 한순간에 밀어버린 맑고도 청신한 표정이었다.

철진은 울컥했다. 이건 진정 도적이 매를 드는 격이다. 그래도 이것만큼은 수치로 여겨 그 만만찮은 얼굴을 숙일 줄 알았다. 소리가 들리자마자 쥐구멍에라도 들어가려 맴돌이 칠 줄 알았다. 근데 이건, 그러지는 못할망정 다시 들려 달라고까지 한다. 그는 넋이 빠진 얼굴로 물끄러미 춘희를 바라보았다. 그녀의 얼굴엔 엇나가는 감정을 배제한 진중한 표정이 어려 있었다. 진실로 소중한 것에 대한 애착으로부터 자신도 모르게 뿜어낸 순수하고도 진솔한 토로를 한 직후의 호수 수면처럼 잔잔하고도 애정이 넘친 표정이다. 분명 가식이 없다. 철진은 눈길을 돌렸다. 부지불식간 급소를 얻어맞은 것처럼 눈앞에 무수한 별찌가 난무했다.

춘희와 비슷한 나이지만 이성에 관해 저렇듯 뿌리 깊은 감정을 가슴에 심고 살아보지 못했다. 그렇지만, 그렇지만 이건 아니다. 이건 엄연히 법에 위배된 불륜일 뿐이다. 사람의 가슴에 상처를 남기고 그래서 저주를 받아 마땅한 추잡한 치정일 뿐이다. 다시 보면 그 얼굴에 철판을 깐 철면피한 여자일 뿐, 마치 늑대를 피하려다 독사에게 발목을 물렸을 때처럼 허한 부르짖음이 저절로 터져 나왔다.

"이것 봐, 패륜을 정당화하는 당신은 대체 어떤 여자요? 세상이 모두 당신 생각처럼 돌아간다면 그게 사람 사는 세상인가? 사람이면 부끄러운 줄도 알아야지, 뭐? 자신의 행위에 충실했을 뿐이라고? 궤변이야, 궤변. 지금이라도 정신 차려. 태수는 엄연히 부인을 둔 유부남이야."

"당신도 유부남이죠, 아닌가요? 그렇다면 지금 당신의 가슴에 끓는 욕망은 어떻게 설명할 건데요? 하지만 어쩌죠? 난 당신에게 바칠 자그마한 연정도 없으니, 권하지만 다른 사람이면 몰라도 당신만은 어떤 패륜에 대해 말하지 말았으면 해요."

"그건 벌써 지난 일이야. 설마 그 일로 이 상황을 회피하자는 건 아니겠지?"

"물론이죠. 그걸로 나를 회피할 생각은 없어요. 부딪치면 화가 되는 줄 알면서도 힘에 눌려 뭔가 해줘야 한다고 생각하는 사람이 난 아니니까, 이렇게 된 이상 오늘 당신에게 들려줄 말이 있어요. 아주 재미있는 이야기인데, 원래는 이 말을 죽을 때까지 나만의 비밀로 덮으려 했어요. 근데 왜

죠? 당신에게 이 자리에서 말해주고 싶은 이 충동은?"

"할 말이 있으면 어디 해 봐, 들어 줄 테니."

"당신에 관한 얘기기도 해요. 아주 오래된 얘기도 아니고."

어떤 이야길까 깊이 생각할 여유도 없었다. 춘희는 벌써 이야기를 시작했다.

"두 남자가 있었죠. 그들은 군에서 만나 같은 부대에서 십여 년을 보내며 깊고도 바람직한 친분을 쌓았어요." 춘희는 마치 책을 읽듯 거침없이 말했다.

"찬 얼음물 속에서 육체가 병드는 줄도 모르고 오랜 세월 군사 훈련에만 열중했던 두 병사는 제대 후 청천벽력 같은 사실을 알게 된다. 결혼은 했으나 후대를 남길 수 없다는 잔혹한 진실 앞에서 두 사람은 땅을 쳤고 하늘을 원망했다. 이후 그래도 한 사람은 권력을 가진 아버지의 도움으로 기적적으로 몸을 회복하는 데 이른다. 절친인 두 사나이는 끝내 몸을 회복할 수 없었던 한 사람을 위해 어느 날 기묘한 약속을 한다. 이미 두 아이의 아버지가 된 한 사람은 그때까지 아버지가 못된 친구의 불행을 모른 척 방관할 수 없었다. 두 사람의 합의로 두 번째 남자도 드디어 꿈에 그리던 아들을 갖게 된다. 어때요, 계속할까요?"

철진은 벌어진 입을 다물 줄 모른다. 방금 무슨 말을 들은 건지, 아득한 심연에서 뼈를 긁는 아픈 소리를 자장가처럼 속삭여 주는 저 담담한 목소리, 그에게 있어 이는 분명 악마의 빈정대는 이죽거림이었다. 춘희는 뭔가 계속 말했지만 아무 말도 들리지 않았다. 성가신 파리 떼의 들기 싫은 소음만이 윙윙 귓가를 맴돈다. 어떻게 이발소를 뛰쳐나왔는지도 몰랐다.

무서운 여인이다. 함부로 접근할 수 있는 여자가 아니었다. 둘만의 비밀, 둘만이 억척같이 약속한 심중의 사연을 이 여자는 대체 어떻게 알았다는 것인가? 무릇 의리를 중시한 행위라 해도 알려지면 파멸을 몰고 올 행위는 피하라 했다.

상대를 휘어잡을 중요 대목에서 아찔한 나락으로 추락한 이 심정은 말 그대로 비참했다. 아무리 법을 다루는 사람이라 해도 인간 한도를 벗어나면 할 수 있는 일이 아무것도 없다는 것을 실제로 절감한 철진은 마당에 세워 둔 오토바이를 타고 어디라 없이 거칠게 질주했다.

춘희는 그런 사연을 알면서도 왜 태수에게 접근했을까? 진정 그녀 말처럼 그 사랑이라는 물곬에 자연스럽게 흘러들었던 걸까? 아니면 어느 때든 일어날 수 있는 오늘과 같은 상황을 반전시키기 위한 수단으로 활용키 위해서? 문득 남자는 세상을 움직인다며 큰소리쳐도 결국은 여인의 치마폭에서 좌충우돌하다 세상을 하직한다는 말이 떠올랐다. 아니라고 소리쳐도 이처럼 저도 모르게 그 포근하고도 껌처럼 들러붙는 치마폭을 떠날 수도 피할 수도 없는 것이 바로 사내다.

철진은 푸른 물결이 출렁이는 바다가 뵈는 둔덕 위 풀밭에 맥없이 주저앉았다. 모든 것이 새롭게 비쳐들었다. 허세, 결단, 속박, 자기에게 주어진 그 권한들이 그렇게 속절없어 보이기는 처음이었다. 돌이켜 보면 맹랑한 허세지만 그 허세에 아부했던 사람들, 결단코 용서치 말아야 할 이

색분자 색출에 목숨을 걸었던 보위원의 삶. 얼마나 많은 사람이 그가 펼친 속박의 테두리에서 허우적대며 살았던가! 그래서 더 오만해졌는지도 모른다. 하지만 그 오만은 주어진 권력이 뱉어내는 오물일 뿐, 사람이라면 보다 무거운 중임에 더 충실해야 함을 새삼 돌아봐야 했어도 철진은 고개를 흔들며 어금니를 악물었다. 태수에 대한 분노에 치가 떨렸다. 참기 어려운 분노를 참아내는 그의 얼굴이 굵은 핏줄로 얼기설기 부풀었다. 그는 가까스로 오토바이에 올라앉았다. 찾아올 때의 희열과 오만에 넘쳤던 얼굴이 아닌 고통스럽게 이지러진 얼굴 아닌 또 다른 얼굴이었다.

제2부
보이는 것들

1

벌써 가을이다. 오후에 접어들자 설봉산 쪽에서 버쩍 마른 바람이 휘불어 왔다. 설봉산은 중동에서 십여 리나 떨어져도 마을 사람들이 제집 안채처럼 드나드는 산이다. 겨울에는 땔나무나 콩대 같은 것을 끌어 내리고 봄에는 나물 채취를 다닌다. 다니다 보면 여기저기 펑퍼짐한 공지를 만나게 되는데 그땐 주저 없이 휴대품처럼 가지고 다니는 쟁기로 감자밭이나 조밭을 일군다. 집과 멀리 떨어져 있는 밭이어도 곡식만 심어 먹을 수 있다면 호미와 거름을 넣은 배낭을 지고 수십 리 길도 마다하지 않았다. 그렇게 혼신을 바쳐 삶에 임해도 늘 먹을 것이 딸려 굶주리는 것이 미공급의 현실이었다.

설봉산에서 불어오는 바람에 껑충 들린 하늘에 점점이 떠 있던 구름이 쏜살같이 내달렸다. 땅에선 우수수 강냉이밭이 설렌다. 부는 바람에 아기엄마처럼 이삭을 업은 굵지 못한 강냉이 대 부러지는 소리가 뚝뚝 부산하게 들렸다.

산자락을 타고 길게 펼쳐진 농장 밭보다 산 위 개인 소토지에 심은 강냉이가 대비할 수 없을 만큼 더 영글었다. 마을 주변의 낮은 산들은 모두 강냉이밭으로 변했다. 강냉이를 심은 밭 언저리엔 설봉산에서 찍어 내린 가늘고 긴 콩대를 주르르 박아 세우고 대 밑에 줄당 콩을 심었다. 콩대 중간까지의 콩 꼬투리는 벌써 다 따가고 마른 줄기만 휘감겼다. 키가 닿지 않는 곳에만 종자로 남긴 마른 콩꼬투리들이 매달려 바람 따라 달각달각 소리를 내고 있었다.

한낮인데도 농장 밭엔 사람 하나 없다. 아직은 수확기가 아니어서 그런 것 같다. 강냉이는 잎사귀만이 아닌 대까지 다 말라야 수확을 한다. 대에 배인 영양가마저 죄다 빨아올려야 미숙한 이삭이 더 여물 수 있다는 주장 때문이었다. 아직은 푸른 기운이 밭에 남아 있다.

밭을 지나 산골짜기를 따라 올라가 보면 그쪽에 사람들이 몰려 움푹한 골에 깔린 부식토를 파서 끌어내리느라 여념이 없다. 어쩐지 탐탁해 뵈지 않는다. 몇 해 전만 해도 이곳에 밭이 일궈지지 않아 질 좋은 부식토가 많았다. 지금은 생흙이나 다름없는 것을 색깔만 거뭇하면 부식토라고 끌어내리는 판이다. 부식토는 원래 떨어진 나뭇잎이 쌓여 흙과 함께 썩어야 제대로 된 것인데, 골이 깊은 설봉산에 가면 좋은 부식토를 만날 수 있지만 그건 거리가 멀어 이렇게 밭 언저리 산에서 생흙 같은 것을 긁어낸다. 거름 생산계획이 있으니 이렇게라도 해야 한다. 생흙이라도 거뭇

하면 듬뿍 가려놓고 거기에 인분이나 소똥, 염소똥, 개똥들을 모아 물에 풀어 적셔 놓으면 그게 거름더미다. 농장관리위원회 검열도 두엄 무지에서 퀴퀴한 냄새만 나면 모두 합격으로 쳐주었다.

오늘은 분조장인 강차위가 앞장서서 열대여섯 명 되는 농장원들을 이끌었다. 원래는 분조원이 30명쯤 되는데 눈 돌아가는 축들은 이 구실 저 구실 대고 다 빠졌다. 강차위란 북방 사투리로 삽이란 말인데 강홍범의 별명이다. 삽질을 남들보다 얼싸 잘해서 그런 별명이 붙었다.

모두 땀이 번들번들해서 열심히들 끌어내리는데 '좀 쉬고 합시다' 하고 강차위가 소리쳤다.

강홍범은 최춘희의 남편이다. 몸집이 좋고 눈도 부리부리한 게 아주 잘생겼는데 원체 사람이 용해 빠져서 남에게 싫은 소리 한 번 못하고 산다. 지식계나 당간부로 등용되었다면 그런 생김만으로도 별 탈 없이 지도급 위신을 지킬지 모르나 이따위 농사판에서는 그런 순둥이 성질로서는 작은 책임자 노릇 하기도 힘들다. 일하러 나와서도 젊은 축들은 땡땡이만 치고 뭐라 하면 눈알을 뒤집으며 박박 대들기가 일쑤다. 기분 맞춰주지 않으면 기회를 잡아 휘딱 도망가 버린다. 옛 시절 같으면 그런 놈들은 해당 조직에서 비판하고 심하면 법적제재까지 가할 수 있었으나 지금은 누구나 그런 식이니 어느 놈을 잡아넣고 어느 년을 봐줄까? 그래서 최근엔 위에서 초급간부들의 자질을 높여 농장원들이 자발적으로 충심을 발휘하도록 수준 높은 선전사업을 많이 하라고 한다. 모든 게 다 뼈빠지게 일해도 차례지는 분배 몫이 적어 그런 것은 분명한데, 그러니까 충심을 유도하자면 일한 만큼 뭘 안겨주는 게 가장 바람직하다는 얘기다. 그런데 그게 안 되니까 무슨 어린아이 어르듯 선전 교양 사업으로 일 시키라 하니 강차위 같이 우직스럽고 말캉말캉한 순둥이로선 절대 격에 맞지 않는다. 만약 지금이라도 농장원들이 이 구실 저 구실 대고 도중에 일터를 이탈한다면 죽도록 욕먹고 비판받는 것이 바로 분조장이다. 그런대로 오늘은 점심 후부터 시작해 만들어 놓은 거름 무지가 벌써 세 무지다. 그까짓 생흙 무지가 셋이면 어떻고 백이면 어떠냐만 그게 실적이니 강차위는 흐뭇한 기색으로 무지를 바라보며 두 손을 탁탁 털었다.

선 키나 퍼진 몸둘레나 엇비슷해서 '오지단지'라는 별명이 붙은 노친이 바르르 잰걸음으로 곁에 온다. 환갑이지만 생김새처럼 체격이 차돌맹이 같아서 무슨 일이든 척척 해내는 믿음직한 분조의 핵심 노력이다.

"분조장, 새참이 있갔지?"

"네에 저기."

홍범은 사람 좋게 웃으며 잘라낸 나무 그루터기 아래 놓인 보자기를 가리켰다. 뽀르르 달려간 오지단지 노친이 그걸 냉큼 들고 소리친다.

"자, 맛있는 새참이니 모두 모이소."

얼씨구나, 우르르 다가드는데 풀어헤친 보자기엔 주먹 같은 쪄낸 감자가 수두룩했다. 모두 하나씩 들고 껍질을 벗겨 우물우물 씹는다. 오지단지 노친도 큼직한 감자를 하나 골라 손에 쥐고는 물통을 들고 골짜기로 내려간다. 잘 여문 감자여서 먹으면 목이 멜 것은 당연지사, 이럴 땐 마실 물이 필요했다.

"애고야, 쪄낸 감자엔 갓김치가 제맛인데." 배나무 집 노친이 이빨 없는 입을 오물오물한다.

"갓김치 같은 소릴, 소금도 바른 세월인데."

채홍 영감이 개탄하듯 투덜거린다. 곁에서는 듣는 둥 마는 둥 가루가 폭폭 이는 감자 먹기에 여념이 없다. 골짜기로 흐르는 개울물 소리가 돌돌돌 들리는데 물통을 든 오지단지 노친이 벌써 올라온다. 여기저기 젊은 축들도 있건만 먹기만 할 뿐 보지도 않다가 오지단지 노친이 물통을 가져다 놓자 서로 바가지를 들고 물을 퍼마셨다.

"이거 하나 겨우 남겼소. 날래……."

배나무집 노친이 품에서 감자 한 알을 꺼내 오지단지 노친에게 건넸다.

"에구. 난 됐는데, 그저 형님밖에 없수다."

감자에 물까지 마시고 나니 식곤이 오는지 모두 퍼더버리고 눕는다. 짧은 시간을 아주 효과 있게 쉬려면 그렇게 누워 하늘을 보는 게 당상이다.

"늦감자 수확한 게 작업반 창고에 많을 텐데 좀 더 내오지. 분조장은 너무 고지식해 탈이야. 그냥 주는 대로 받아온 게지?"

오지단지 노친이 홍범에게 눈을 흘기며 배나무 집 노친에게서 받은 감자를 손에 쥐어준다.

"전 됐습니다."

"왜? 분조장의 입은 입이 아니오? 어서 먹소."

"이런 감자도 내일부턴 없습니다."

"왜? 감자 수확한 게 아직 많지않우?"

"분배로 나간답니다. 올해 알곡 작황이 나빠서 감자까지 분배 몫에 넣는 것 같은데, 낼부턴 각자 제 먹을 중참을 가지고 나오시오."

강홍범은 껍질을 벗겨 든 감자를 씹으며 산 위로 올라간다. 아마 휴식 끝에 긁어내릴 부식토를 찾아보려 그러는 것 같다.

"에구 참. 아니 이런 감자라도 얻어먹는 재미에 일 나오는 거지. 그마저 없다면 무슨 재미루다가 일을 나오겠소?" 오지단지 노친이 홍범의 뒤에 대고 한 번 투덜거려 본다.

"거, 말 본때하고는, 노친은 그게 탈이야. 일만 잘하면 뭘 해? 속궁리가 그게 다니. 그러니까 훈장 하나 못 타지" 채홍 영감이 굵게 만 독초를 입이 오므라지게 빨며 한마디 한다.

"뭐요? 아이고 대단한 충신이 납셨네. 속은 시커매 갖고, 내가 뭐 못할 말을 했소?"

"발끈하기는 제길, 이것 보우 노친. 언제부터 우리 농사꾼들이 먹을 걱정을 하며 살았는지 그게 한심해서 하는 소리우다. 중이 제 머릴 못 깎는다고 농사 짓는 눔이 이따위 감자도 푼푼이 못 얻어먹어 툴툴대니 원." 잿빛 연기가 구름 같이 피어난다.

"영감도 참, 아 그럼 그렇다고 처음부터 말할 게지 원. 그런데 우리 분조장이 불쌍해 어쩐대유?" 오지단지 노친이 갑자기 말을 돌리며 끌끌 혀를 찬다.

"불쌍하긴 왜? 대단한 마누라가 있어 먹을 걱정 입을 걱정 모르고 떵떵대며 사는데, 어째 배 터져 죽을까 걱정이요?"

"모르는 소리, 사람이 식충이요? 잘 먹으면 뭐하누 마누라가 요새 바람이 들어도 단단히 든 것 같던데."

"뭐라 바람이 들어? 그게 정말이요?"

"정말 아니문, 그런 거짓말도 한다우?"

"하긴 그 인물에 그만한 재력이면 다 쪼간이 있는 게지. 근데 누구와 바람을 핀다는 게요?"

"누군 누구겠소 스나들이지. 이발사 탐내는 바지가 어디 한 둘이우?"

"거 참. 노친 귀까지 그런 소문 들을 적에야 누군지 말짱 드러난 거겠는데 알고 있으면서 무슨 막연한 소리요?"

"쳇. 바람 쓰던 똥을 싸던 그런 수완 좋은 여자면 난 업고 살겠네. 술만 잘 먹을 수 있고 배만 부르게 산다면야 뭐."

젊은 것 하나가 눈 감고 누운 채로 투덜대듯 말하는 바람에 모두 그쪽을 바라본다.

"야, 이 팔삭둥이 같은 눔아. 그게 네눔 일이 아니라 그렇지. 부부동체라 그리 되면 도둑맞은 기분인데 네 눔이라고 별 수 있다더냐? 말은 잴잴, 가만 너 만덕이 올해 몇 살이더라?"

"열아홉 살인데, 그건 왜?"

"에끼 요놈. 꼭뒤에 피도 안 마른 녀석이 벌써부터 술타령이고 색시 타령이야?"

"쳇, 그래도 알 건 다 아는데 씨."

그 통에 와, 웃음이 터진다. 채홍영감이 꽁초를 휙 던져 버리며 채머리를 흔든다. 그리고는 누구에게라 없이 중얼거린다.

"분조장 저 사람이야 참 진국이지. 애비 잘못 만나 이딴 촌구석에서 썩지 제대로만 만났다면 분명 한 자리 감이야."

"아니 아부지가 뉘긴데?" 퉁을 맞았던 만덕이가 퀭한 눈으로 영감을 올려다본다.

"칠십 년도던가 저 남쪽에서 풍랑을 만나 들어 온 이남 사람이었어. 그 사람 낯선 고장에 들어와 아는 친지 하나 없이 고생 고생하다가 막판 생김이었던 박녀를 만나 아들 하나를 봤지."

"박녀가 뭡니까?"

"이런 망할, 막판생김이라고 말했건만, 이 녀석 이리 석두니 여태 서방도 못 갔지 이놈아."

"아니 꼭뒤에 피도 안 말랐다면서 서방은 무슨?"

또 웃음이 터진다. 만덕이가 얼굴을 붉히며 뒤통수를 벅벅 긁는다.

"영감이 실성했어. 열아홉에 무슨 서방이요?"

"그러게, 왔다 갔다 한다니." 그러거나 말거나 영감이 그냥 지껄인다.

"운이 무던히도 없었어. 분조장이 열 살쯤 되던 때 그래 맞아 분명 열 살이야. 그날 그 사람은 무슨 일 때문인지 보안서에 잡혀갔지. 보위부라는 말도 있었고, 이후 누구도 그 사람 소식 아는 사람이 없어. 그리고 말이야 난 열일곱 살에 서방이라는 델 갔거든."

정말 두서없이 지껄인다. 듣고 있던 한 사람이 정색해서 물었다.

"그렇게 운 없이 자란 분조장이 어떻게 난다 긴다 하는 팔방미인과 결혼했답니까?"

"글쎄 그건 나도 모르겠고, 아마 여자 운은 좋았던 게지. 이발사는 우리 고장 태생이 아니야. 저기 국경인 혜산에서 왔다는데 홍범이가 학교 때 운동하면서 친했다나 뭐라나 애빌 닮아서 눈 부리부리한 게 얼마나 잘 생겼어."

"내 눈도 이만하면 부리부리한데." 만덕이가 작은 손거울을 보며 또 중얼댄다.

"아니, 요 밤톨만한 녀석이? 야, 이놈아 네눔 사타구니에 털이나 났냐?"

"쳇, 아바이보다야, 이젠 머리털도 몇 올 안 남아 갖고 누굴……."

"뭐? 에끼 요놈!"

"아바이, 또 무슨 말을 합니까? 이젠 일어들 나십시오."

마침 강차위가 삽을 쥐고 저쪽에서 소리친다.

"그래 알았네. 자 얼른 일어들 나슈. 한숨 쉬었으니 또 한탕 파 모아야지."

채홍 영감이 만득에게 눈을 흘기며 자리를 털고 일어난다. 해가 설봉산 마루에 걸렸다. 분조원들은 부지런히 일손을 놀렸다. 부식토 한 무지를 더 만들어 놓고 몰려드는 어둠과 함께 퇴근한 농장원들은 마을 어귀에 들어서자 모두 뿔뿔이 흩어져 제집으로 갔다.

2

강홍범은 작업반 선전실에 들렸다가 이내 집으로 가는 소로에 들어섰다. 주위는 깜깜했다. 춘희가 국경 너머에 출장을 가서 집에는 춘옥이 혼자 있다. 아들 철이는 엄마가 없으면 늘 할머니 집에 간다. 어쩐지 엄마인 춘희가 그리 시켰다는 생각도 들었다. 왜? 은근히 춘옥이와 인연이라도 맺길 바라는가? 그렇잖으면 친척도 아닌 젊은 여자를 동생으로 둔갑시켜 집에 들인 이유가 뭔가, 춘옥은 보통 매식성이 강한 여자가 아니다. 이제 스물일곱, 한창 물오른 나이기도 하지만 이러다가 덜컥 임신이라도 하면 어쩌나 싶다.

춘희와는 지금까지 별 탈 없이 무난하게 살았다. 중학교 때 마라톤 선수였던 홍범은 함흥에서 열린 도별 학생체육대회에서 일등까지 했었다. 그때 여자마라톤에서 일등을 한 여학생이 바로 국경도시 혜산에서 온 춘희였다. 그런 연줄로 서로 알게 돼 이후 결혼까지 했다는 것이 겉에 보이는 그들의 관계다. 보이는 대로 설명하면 이는 분명 정식으로 결혼해 여덟 살 난 아들까지 거느린 부부다. 하지만 집에 저보다 7년이나 어린 여자를 주모로 앉혀 놓고 저는 바람난 수캐처럼 행방 없이 나다니니 어느 날 참을 수 없어 육욕을 방출했다. 지금도 그때를 돌아보면 얼굴이 뜨겁다. 술을 좋아하는 홍범은 평시엔 별로 말이 없다가 술만 얼근히 들어가면 횡설수설 말이 많아지고 이례적인 행동도 서슴없이 한다. 그날도 농태기 두세 병 얻어 마시고 늦은 시간에 집에 들어갔는데 춘희와 철이는 없고 춘옥이만 눈을 깜박이며 앉아 있었다. 다 어딜 갔냐고 물으며 몸을 비틀하자 춘옥이가 사뿐 일어나 부축해 주었다. 얼른 펴 주는 자리에 누웠지만 술만 마시면 원체 말이 많은 터라 자리를 뜨려는 춘옥의 손목을 잡아 곁에 앉혔다. 집에 있기가 불편하지 않냐, 남편이 보고 싶지 않냐, 하며 평시에 안 하던 말을 주절거리는데 어디서 그런 용기가 생겼는지 손은 치마 속에 허옇게 드러난 허벅지를 슬슬 쓸었다.

"아이, 간지러워요."

여자가 거부감 없이 반응하자 홍범은 취중 용기에 손을 그냥 올려 밀었다. 춘옥은 언젠가 춘희가 사다 준 중국산 엷은 삼각팬티를 입고 앉았는데 홍범의 손이 염치를 모르고 거기까지 올라가 설설 대자 잠깐 사이에 팬티는 축축하게 젖어 들었다. 하기야, 처녀라면 몰라도 결혼까지 했던 몸인데, 그간 그게 얼마나 그리웠을까? 맛을 아는 좋은 음식이 곁에 있는데 바라만 보려니 심기 또한 얼마나 애달팠을까? 그러고 보면 홍범이 넌 참 메마르기 짝이 없는 놈이다. 집에 앉힌 젊은 여인을 그렇게 푸대접해서야. 사람이 배부름 하나만으로야 어찌 살아? 어서, 애, 춘옥아, 너 말이야 그게 그리우면 그립다고 말해야지. 이 힘 넘치는 몸 아낄까 주저되더냐? 이리 온? 한번 보라우. 눈 감고라도 슬쩍 민감하게 솟구치는 내 아랫도리를 그 섬섬옥수로 냉큼 쥐어보란 말이다. 홍범은 춘옥의 손을 미적미적 끌어당겼다. 가늘고 흰 손가락이 부드럽게 닿자 모든 것이 꿈속처럼 몽롱해졌다. 일은 새벽에 터졌다. 내일 저녁때쯤 온다던 춘희가 날 밝을 무렵에 훌쩍 들어섰다. 그래서 발가벗은 채 엉켜 자는 꼴을 날름

생채로 들켜버렸다.

새벽잠이 없는 홍범은 출입문 여는 소리에 눈을 떴어도 미처 어쩔 새가 없었다. 그냥 자는 척 눈 감고 있을 수밖에. 한참을 들여다보는 것 같던 춘희의 가벼운 한숨 소리가 들렸다.

심장은 뛰다 못해 당장 밖으로 튈 것 같고, 이때껏 나름 순정을 간직하고 산 홍범에게 있어 이건 참 엄청난 반전일 수밖에 없다. 근데 이상한 일은 당연히 지붕이 날아갈 폭풍이 터져야 맞는데 폭풍은커녕 미풍조차 불지 않는다. 하도 조용해 살그머니 눈을 뜨니 춘희는 아무것도 못 본 것처럼 아랫목에 앉아 갖고 들어 온 것으로 뵈는 무슨 문서 같은 것을 물끄러미 들여다보고 있다. 일이 그쯤 되니 훌렁대던 가슴이 조금은 진정이 되나 대신 죄책감이 밀물처럼 밀려들었다. 이게 무슨? 동생이라며 집에 들인 여잔데 그걸 음식처럼 홀떡 먹어치웠으니, 이건 참. 암튼 남자는 개라는 말이 일 푼어치도 틀리지 않는단 생각이 절로 났다. 과연 내가 이것밖에 안 된 좀스러운 인간인가! 죄책 절반 자책 절반 후회와 수치감으로 모대기는 그 시간이 그렇게 긴 시간인 줄 난생처음 느꼈다. 등골로는 땀이 곬을 탔고 숨마저 가빠졌다. 그렇게 돋아난 땀이 아마 사타구니 물건을 꼭 쥐고 태평하게 자던 춘옥에게도 흘러갔던지 그녀가 눈을 뜨고 푸시시 일어난다. 손에 쥔 걸 좀 가리고 이불을 들면 좋으련만, 그 순간 고개를 돌리는 춘희도 분명 그 꼴을 본 것 같다. 갈수록 심산이라 이건 정말 쥐구멍이라도 있으면…… 근데 의외의 일이 벌어졌다. 춘희를 보고 당황할 줄 알았던 춘옥이가 발가숭이 몸을 발딱 일으키며 마치 제가 아내라도 된 듯 전혀 주저 없이 "언니 왔어요?" 하며 태연하게 옷을 찾아 입었다. 춘희도 얼굴색 하나 흐트리지 않고 "그래 방금 왔어. 그냥 자지 왜? 좋은 꿈을 꾸는 것 같았는데." 하며 해쭉 웃어준다. 이게 무슨? 홍범은 제가 눈 뜨고 있는 줄도 모르고 멍하니 춘희만 바라보았다. 지금 생각해 봐도 춘희는 일부러 눈을 맞추지 않고 훌쩍 윗방에 올라간 것 같다. 차라리 욕하고 때렸으면 마음이라도 가벼웠을 텐데…….

아침상에 마주 앉았어도 춘희의 표정에는 별다른 것이 없었다. 먹는 둥 마는 둥 밥까지 설치고 일 나갔지만 지금도 그때를 생각하면 홧홧 얼굴이 뜨겁다.

춘희는 그 일을 가지고 지금까지 아무 내색도 안 냈지만 그게 오히려 더 짙은 불안을 몰고 왔다. 마치 가슴에 돌덩이를 매달아 놓은 것처럼. 하지만 일단 붙은 산불이 제어가 없다면 주춤했다가도 다시 활활 타오르기 마련이다. 춘옥은 이제 자기의 여자라 해도 절대 틀리지 않는다. 춘희는 오히려 그걸 대놓고 부추기는 눈치다. 왜? 이제는 모든 걸 훌훌 털고 강이라도 훌쩍 건널 셈인가? 최근에야 그런 생각이 들었다. 돌아보면 뭐 하나 건질 것 없는 것이 자기 처지다. 내력을 봐도 아비는 남조선 사람이고 잡혀간 지 벌써 이십 년이 넘는다. 자기란 사람도 땅 파는 두더지인 농부다. 아버지의 사랑을 많이 받고 자랐지만 잡혀간 후로는 늘 원망하며 살았다. 춘희처럼 발이 넓고 인물 좋은 여자가 그것도 개인 활약이 없으면 굶어 죽는 지금 같은 세월에 뭐가 아쉬워서 한 지붕 아래 자기 같은 별 볼 일 없는 남자와 살아줄까, 저절로 고개가 흔들렸다. 무슨 내용이 있는 것만은 확실했다. 최근 들어 그런 생각이 든 것은 춘희가 탄광 마을 갱장이라는 사람과 배를 붙이고 지낸다는 소문을 들은 후였다. 그 사람도 자기처럼 훤칠하게 잘생긴 남자인 것만은 확실하고 또 아는 사람이지만 홍범에게는 충격이 아닐 수 없었다. 지금껏 그런 일은 없었다. 절색인 인물 덕인지 나이가 있건 없건 남자라면 모두 춘희 앞에서는 오금이 저려 굽실거렸다.

그러나 눈에 보이는 것처럼 두 사람은 부부로 소문나도 실제로는 부부가 아니었다. 단 부부로 위장하고 살림을 합쳤을 뿐이다. 그러나 문제는 여러 해 동안 한집에서 살며 홍범은 춘희를 분명한 제 아내로 생각했다는 점이다. 춘희와는 완전히 상반되는 모습이었다. 서로 딴짓하며 사는 두 사람을 마을 사람들이 안다면 무슨 저런 콩가루 집안이 다 있냐고 손가락질 하겠지만 어찌 보면 지금 같은 세월엔 뒷손질하는 사람이 오히려 콩가루가 되기 쉽다.

홍범의 앞집에는 원 수탉이란 별명이 붙은 사십 대 남자가 산다. 한때 수탉처럼 숱한 아녀자들을 몰고 다녔다 해서 그런 별명이 붙었다는데 이 사람이 최근에는 제가 낳은 아이들 다 버리고 아이가 셋이나 되는 왕 과부와 버젓이 살림을 차렸다. 직업이 치과의여서 동네는 물론 광산 마을까지 손을 뻗쳐 한몫 단단히 챙긴다지만 문제는 그리 살아도 옛 시절과 달리 뒷손가락질 받는 일이 없다는 것이다. 되레 살 줄 아는 남자로 추앙을 받는다. 왕 과부와 살면서부터 원 수탉은 오줌을 싸도 아랫도릴 살펴볼 새 없이 바빴다. 제집 윗방에 차려놓은 작업대에는 금, 은, 동 돈값만큼 박아 넣을 재료들이 가득하고 손님들도 그칠 새 없다. 수완 좋고 붙임성 좋은 왕 과부가 나서서 줄을 놓아 중동, 상동, 하동 광산 마을은 물론 먼 성진 시내에서까지 사람을 불러온다. 세월이 세월이니만치 먹는 게 마구잡이니까 이빨이 부서지고 부러지는 일이 부지기수여서 그런 것 같다. 생각 외로 벌이가 잘 돼 요즘은 뭐 이혼하고 서럽게 사는 전처도 스리슬쩍 부조해 주는 바람에 이따금 왕 과부와 쟁강 소리도 내지만 아무튼 지금은 손이 돈을 벌어야 그가 어찌 살든 난 사람으로 거듭난다. 돈 벌고 먹을 것을 챙기는 일이라면 어떤 짓도 마다해서는 안 될 시대가 도래했다. 지난 세월 같으면 송곳 같은 손가락질에 안면, 체면 다 구겨져 그리해라 해도 못 할 일들이 지금은 아무 꺼림 없이 나 보란 듯이 벌어진다. 왕 과부가 좋알대는 것을 홍범이도 몇 번 봤지마는 그것도 다 현실에 발을 못 붙인 머절싸한 행위다. 제가 누구 덕에 기운 옷 벗고 기름져 불룩 나온 배를 자랑하는지 안다면 감히 어디다 대고, 자기의 속 감정은 알려고도 않는 춘희가 야속해서인지 자꾸만 이런저런 생각들이 휘적거려 홍범은 홰홰 머리를 내저었다. 다 지나간 시절에나 하던 쓸데없는 생각이다. 닥치면 먹고 스치면 거머쥐면 되는 것을, 복잡한 생각이 대체 뭐냐 싶다. 뭐가 뭔지 모르겠지만 하룻밤 자고 나면 굶어 죽고 흩어지고 트집 잡을 것이 없어 쌈박질 못 하는 세월인데 원리와 도덕이란 현주소가 대관절 어디 있냔 말이다. 그냥 바람 따라 살면 편한 것을, 홍범은 또 머리를 휘휘 내젓는다. 그래 봤자 춘희를 내키는 대로 절대 휘저을 수 없는 처지다. 어험, 어험 그는 생각을 거두고 건기침을 해댔다. 벌써 집 마당이다. 홍범은 또 헛기침을 컥, 뱉고는 출입문을 열었다. "왔어요?" 하며 기다렸던 듯 춘옥이가 나와 두 손을 잡고 반긴다. 처음 올 때와 달리 이젠 제법 쌀 살이 올라 얼굴이 희뿌옇다. 해물거리며 돌아서 걷는 걸 보니 뒤뚱거리는 엉덩짝도 아주 풍덩하다. 애도 안 낳은 것이 뜨듯한 구들에만 엉덩이를 비벼대 저런가? 홍범은 능글거리며 구들에 올라서자마자 그 엉덩이를 철썩 갈겼다. 들어오며 이런저런 생각에 머릴 휘둘렀지마는 정작 푸짐한 엉덩이를 보니 또 음심이 발작한 모양.

"애고머니!"

춘옥의 눈이 반짝하며 사뿐사뿐 다가와 냉큼 사내의 허리를 끌어안고 발뒤축을 들어 쪽 소리 나게 입맞춤한다. 입에서 마늘 냄새가 조금 나도 홍범은 맞받아 입술을 물었다. 한참 후에야 두 연놈이 떨어지며 히히 벌쭉 눈웃음을 쳤다.

차려놓은 밥상에는 품 들여 만든 반찬 몇 가지가 풍성하다. 춘옥은 얼른 솥뚜껑을 열고 이미 퍼서 들여놓은 밥 식기를 들어 상에 놓고 국솥을 연다. 국자로 국을 떠 상에 올려놓고 마주 앉는데 브래지어를 안 한 가슴에 엷은 적삼만 입고 있어 풍만한 윤곽과 허연 골짜기가 나 좀 보소, 하며 마주쳤다. 춘옥은 가슴 장군이다. 크고 탄탄해서 보노라면 만지고 싶고 만지노라면 바지를 벗지 않곤 못 견뎠다. 밥을 먹자면 고개를 숙여야 하는데 눈길은 까지지 않고 그냥 쳐들린다. 왜 이런지, 심성은 자제를 부탁해도 감각은 그 모든 것을 초월한다.

'한심한, 내가 왜 이러지? 아니야, 이러면 어떤가? 뭐가 두려워서, 내가 혹 춘희와 오랜 시일 한 집에서 살다 보니 진짜 부부로 착각했나?' 그렇지만 아쉬운 마음은 어쩔 수 없다. 숟가락을 들고 우두커니 앉아 생각이 없긴 눈을 거불대는 홍범을 보고 "아 참, 반주!" 하며 춘옥이가 뽀르르 일어나 찬장에서 술병을 꺼내온다. 눈치는 제법, 술 마실 생각이 없었지만 이쯤 되니 목이 먼저 반응한다. 벌써 목젖이 젖어 오르고 입안이 새큰새큰해진다. 춘옥은 해죽 웃으며 가져다 놓은 유리잔에 병을 기울었다.

"철이 아버지 많이 발전했어요."

"뭐가?"

"여자 다루는 솜씨요, 황홀하게스리."

"내가 어쨌는데?"

"아이참 금방 해 놓고 아닌 보살은? 자, 마셔요."

"아, 엉덩이 쳐준 거? 살이 올라 보기 좋아 그랬는데 그게 황홀하다고? 얼려 추기는……."

병을 받아 춘옥의 잔에 술을 붓고 둘은 쪽, 소리를 내며 마셨다. 배가 후끈하다.

"역시 술이 좋아."

"다 춘희 언니 덕이죠. 남들은 죽 쓸 감도 없어 쩔쩔매는 때 끼마다 마시고 고기도 먹고 싶으면 먹고 흐흐흐 똥집에 공간 없이 사니, 죽어도 언니를 잊지 못하죠."

"나나 춘옥이는 그런 말 할 자격이 없는 것 같은데……."

"왜요?"

"다 춘희에게 미안한 짓 하잖아."

"뭐가요? 난 미안한 짓 한 게 없는데……."

"거참 남의 남편 제 것처럼 찜해 먹으면서 아닌 보살은."

"그거야, 아니, 말 안 했어요?"

"뭘? 대체 무슨 말인데?"

"아니 됐어요. 술이나 마셔요. 오늘은 맘껏 취해 봐요."

"정말 말 안 할 건가?"

"무슨 말? 그건 아저씨가 생각해 봐야지 자꾸 따지면 내가 무슨 말을
해요, 따분하게. 내가 괜히 이 집에 있는 줄 알아요? 자꾸 이러면 나 아저
씨 밉게 볼 거요. 벗으라면 벗고 달라면 주니까 무슨 길거리 화냥년처럼
보이나 봐."

춘옥이 토라져 옹알대자 홍범은 입을 쩝쩝 다셨다. 춘희가 춘옥에게
뭔가 일러준 건가? 그러지 않고야 어찌…….

"됐어. 말을 말아야지, 술이나 먹자고." 홍범은 얼른 말을 바꾸며 술잔
을 들었다.

"근데 아저씨, 술상에선 술이나 마시지 뭘 꼬치꼬치 캐요? 난 오늘이
좋으면 좋구나 하고 살아요. 깊은 생각도 없고, 아저씬 뭐 솔직히 우리나
라에 미래가 있다고 생각해요?"

"아니 무슨 그런 말을, 정신 나갔어?"

"우리 둘뿐이니 하는 소리요. 부모 다 죽고 남편 달아나고 내게 무슨,
다 썩어가는 세상 탓이라요."

"가만, 가만."

홍범은 얼른 일어나 문을 열고 밖을 살폈다. 늦은 저녁이어서 마을은 쥐죽은 듯 고요하다.

춘옥이는 또 술 한 잔을 마시며 깔깔 웃었다.

"아저씬 덩치에 어울리지 않게 완전 겁쟁이야! 그런 말 갖고 밖을 살펴? 그건 다 옛날에나 어울리던 짓인데 지금이 어느 때게 참."

이거, 이거, 젊은 계집이 당차기는, 아무리 그렇대도 그런 말은 안 하는 게 낫지 버릇되면 어쩌려고? 홍범이가 긴 숨을 털며 다시 상에 마주 앉는다.

"춘옥아, 원래 이 입이란 게 화근이야. 괜한 말 한마디에 피해 보는 사람 얼마나 많은데."

"알았어요. 술이나 마셔요. 아저씨처럼 먹고사는 데 걱정 없는 사람들이야 그래요, 겁이 있어야죠. 당연히, 오래오래 살아야 하니까."

말하는 꼴이 되게 비틀렸다. 벌써 취했나? 그러고 보니 아까 들어올 때 춘옥의 입에서 무슨 냄새가 나던 것이 생각났다. 그래 맞다, 마늘 냄새. 그러니까 혼자 앉아 술 마시고는 안 마신 것처럼 꾸미려고? 얘가 무슨 속상한 일이 있는가? 유심히 들여다보니 눈이 풀린 게 정상은 아니다. 무슨 일인지 제 말처럼 부모도 죽고 남편마저 도망갔지만 그래도 이 집에 와서 할 짓 못 할 짓 할 건 다하며 배부르게 사는데 무슨 걱정거리가 있다는 건가.

춘옥이 또 술병을 쥐는 것을 얼른 빼앗아 아예 치워 버렸다. 더 취하면 무슨 말을 쏟을지 모른다. 글쎄 신상의 불편함을 말한다면 또 몰라 무슨 주제넘게 나라 소리를? 그러다 누가 듣고 신고라도 하면 어쩌려고? 찔, 눈을 흘기고 나서 홍범은 국에 밥을 말아 후룩후룩 퍼먹었다. 멍하니 앉아 그 모양을 물끄러미 들여다보던 춘옥이가 중얼거렸다.

"아저씬 참 불쌍해"!

"뭐?"

"아저씨, 철이가 진짜 고, 고아요?"

"무슨 소리야?"

"그, 그렇잖아요. 언제부터 물어보고 싶던 건데, 철이 친부가 누, 누군지 알고는 있어요? 체, 아저씨 모, 몸에서 난 애가 있다면 몰라, 바보가 아니고야 어, 어찌……."

"너 그걸 어떻게 알았어?"

"이 집에 들어와 산 지가 언젠데, 내, 내가 머저리요?"

춘옥의 거불대던 눈이 스르르 감기며 상에 머리를 처박는다.

'얘가 대체?' 홍범은 춘옥을 힐끔힐끔 보며 밥을 마저 먹고는 설거지까지 깨끗이 했다. 장판을 닦고 늘 덮던 이부자리를 내려 편 다음 그 위에 춘옥을 당겨 눕히고 베개까지 받쳐줬다. 윗방에 올라갈까 하다가 춘옥의 곁에 누워 벗은 거나 다름없는 몸을 붙안고 눈을 감았다. 한데 한참 지나도 잠이 오지 않는다. 자꾸 뒤숭숭한 생각만 갈래 쳤다. 방금 들은 춘옥의 말 때문인가? 그렇다면 춘희는 춘옥이를 내게 붙여주려 둘만의 아는 비밀을 얘기한 건가? 아니, 아니야 내가 무슨 생각을……. 가볍게

코까지 골며 자는 춘옥을 물끄러미 보다가 슬며시 가슴에 손을 넣고 한참을 주물렀다. 의식이 아닌 순수 충동이다. 그런데 그쯤 주무르면 분명 감이 오겠는데 어인 일인지 아무 반응도 없다. 흥미가 없어진 그는 텔레비전을 보려고 리모컨을 찾았다. 원래는 재미가 없어 별로 보지 않는 텔레비전이다. 밑에 놓인 플러그의 전원을 넣고 텔레비전을 켰다. 근데 이게 뭔가? 화면에 나타난 것은 정규방송이 아닌 생뚱맞은 프로다. 그제야 TV 아래 놓인 비디오에 불이 켜졌음을 봤다. 비디오는 춘희가 사들인 건데 CD까지 넣을 수 있는 최신형이었다. 선명한 화면이 순조롭게 흘렀다.

"아니?"

후다닥 일어난 홍범은 제꺽 TV를 꺼버리고 자는 춘옥을 마구 흔들었다. 얼마나 취했는지 춘옥은 눈을 떴다가도 숨을 넘기는 닭처럼 스르륵 다시 감는다. 황당해 급히 일어난 홍범은 장에서 모포를 꺼내 창문, 출입문을 돌아가며 쳤다. 그다음 TV에 이불을 씌우고 머리로 깃을 받친 다음 전원을 넣었다. 되돌려 감고 틀자 남자의 목소리가 다시 화면을 탔다.

춘옥아, 여긴 서울이다. 기다려라. 널 데리러 갈게. 여긴 서울 거린데 참 별세상이다.

아마도 밤거리인 듯 네온 색등이 명멸하고 희한한 옷들을 챙겨 입은 젊은이들이 서로 어울려 바람맞은 버들가지처럼 흐느적거린다. 한 남자가 그 속에서 쑥 빠져나와 활짝 웃으며 손을 흔든다. 가만, 저게 누구야?

저건 분명, 만나본 적은 없어도 춘옥이가 간직한 결혼사진을 통해 본 눈에 익은 얼굴이다. 맞다. 춘옥이와 양복 입고 나란히 서서 사진 찍은 신랑, 바로 그 사람이다. 후들후들 몸이 떨렸다. 태어나 처음으로 보지 말라는 걸 봤다. 급히 전원을 껐어도 홍범은 홀렁대는 가슴을 진정할 수 없어 후다닥 밖으로 나왔다. 솔솔 가랑비가 내렸다. 홍범은 향방 없이 걸었다. 몸은 여전히 떨렸다. 그러니까 결국 춘옥의 신랑이 도망갔다는 곳이 다른 곳도 아닌 남조선의 수도 서울이었단 말인가? 비로소 뒤안길을 돌아보게 된다. 지금껏 여자라서 품에 안고 희희낙락 놀아난 것이 가까이해서는 안 될 반역자의 마누라다. 이런 변 봤나, 아까 나라에 미래가 없다고 말하던 춘옥의 취한 모습이 다시 떠올랐다. 그럼 그렇지, 그런 나쁜 말이 아무 연줄도 없이 그리 쉽게 흘러나오진 않았겠지. 여느 날과 달리 이상하게 놀던 것도 다 그래서였구나, 하는 생각이 들었다. 혼자 집에 앉아 그런 화면을 보며 춘옥은 울었을까 웃었을까? 뭔가 알알한 것이 맺혀 걷잡을 수 없이 치미는 감정을 주체할 수 없어 마침내 술을 퍼마셨을 것이다. 그런 찰나 내가 들어간 거고, 무서웠다. 가랑비에 옷이 후줄근히 젖는 줄도 모르고 아니 전혀 감각이 없다. 지금껏 쳐 놓은 울타리 안에서 단순하게 흙과만 살아온 홍범에겐 이 일은 전혀 감당할 수 없는 충격으로 가슴에 박혀 들었다. 당장 어떻게 했으면 좋을지도 모르겠다. 문득 걸음을 멈추니 어느새 작업반 선전실 앞에 와 있다. 불이 켜진 걸 보아 아직 작업반 간부들이 퇴근하지 않은 것 같다. 몇 걸음 다가서던 홍범은 이내 머리를 흔들며 돌아섰다. 차마 들어갈 용기가 없다. 그렇다고 집으로 돌아갈 생각도 없었다.

열 살 때 아버지가 잡혀가던 때가 불쑥 떠올랐다. 새벽이었다. 혼곤히 잠에 빠졌던 홍범은 누가 허벅지살을 밟는 바람에 비명을 지르며 눈을 떴다. 아버지를 끌어내던 사내가 군홧발로 살을 헛디뎌 밟은 거여서 아프기 그지없었다. 거친 손길에 끌려나가면서도 아버지는 잠에서 깬 아들을 본다. 그 눈길은 많은 사연을 말하고 있어도 속이 떨려 뭐라 응대할 수 없었다. 순해 빠져 반항이나 미움보다는 겁부터 앞섰다. 뒤에 어머니에게서 들은 소리지만 그때 아버지는 잡으러 온 사람들 앞에서 마지막으로 아들의 눈 뜬 얼굴을 한 번만 보고 싶다며 곁에 오다가 제지를 받았다고 한다. 그런 아버지를 무슨 딴짓을 하나 싶어 와락 달려든 보위원이 아들의 살을 헛디디는 바람에 아버지의 소원은 이뤄져도 아들은 아버지의 눈에 어린 간절한 마음을 읽지 못했다. 그냥 공포였다. 그렇게 사라진 이후 소식도 없는 아버지를 생각하면서 어떤 경우에도 아버지처럼 잡혀가는 일을 만들지는 말아야겠다고 결심했다. 실제 말을 조심하고 위에서 하라는 대로 일만 잘하면 그런 일은 일어나지 않을 법도 했다. 그러나 오늘 일을 겪으면서 일만 수걱수걱 해서 되는 일이 아님을 실감해 본다. 춘희는 왜 남조선으로 도망간 사람의 여자를 집안에 끌어들여 이런 화단을 만들까? 춘옥은 늘 집에 혼자 있으며 밖에 잘 나다니지 않는데 그게 다 그딴 위험하기 짝이 없는 영상물을 보느라 그러는 것 같다. 그건 언제 어느 순간에 평온한 집안에 폭풍을 몰고 올지 알 수 없는 짓이었다. 언젠가 작업반 경비를 서던 중 새벽에 담배 가지러 집에 들어갔는데 춘옥이가 무슨 영화를 보다가 급히 텔레비전을 끄는 걸 본 적이 있다. 오늘 일을 보면 그때 무엇을 보고 있었는지 쉽게 알 수 있는 일이다. 아무래도 이 여자를 집에 두면 안 되겠다는 생각을 하며 그는 젖은 몸을 부르르 떨었다.

집에 들어왔어도 안절부절 허둥거렸다. 씩씩 콧바람을 불며 태평스럽게 자는 춘옥의 얼굴이 여느 때와 달리 무슨 악귀처럼 뵌다. 지금껏 품에 안고 싶으면 안고 주무르고 싶으면 주물러도 되는 참 편하고 고마운 여자였지만 이제는 아니다. 사람을 이리 불안하게 만드는 여자임을 알았다면 절대 가까이하지 않았을 텐데……. 날이 밝고 해가 떠오를 무렵 춘옥은 일어나 아침밥을 지어도 홍범은 혼이 빠진 사람처럼 우두커니 앉아 춘옥의 거동을 멍하니 지켜보기만 했다. 춘옥은 밥상을 차리며 왜 그러고 있냐고 물어도 홍범은 아무 대답도 하지 않았다.

출근하여 어제처럼 산에 올라 흙을 파 무지면서도 집에서 춘옥이가 또 그런 영상물을 보겠지, 하는 생각에 일이 손에 잡히지 않았다. 휴식시간에 풀밭에 누워 눈을 감으면 아버지가 잡혀가던 그날 밤 일이 자꾸만 떠올랐다. 또 누가 살을 헛디뎌 밟아 째지는 아픔이 당장 일어난 듯 얼굴까지 찡그렸다. 저도 모르게 가는 신음까지 지르는 그를 모두 의아한 시선으로 쳐다본다. 등골에서는 축축한 땀이 흘렀다.

퇴근 후, 일이 꼬이려고 그랬던지, 아니면 그리될 수밖에 없었던 일인지 공교롭게도 작업반에 내려온 농장담당 보위원인 한봉수가 그를 손짓해 불렀다. 그 순간 홍범의 심장은 외진 길에서 호랑이와 맞다 들린 듯 세차게 요동쳤다. 애써 진정하려 했지만 후들거리는 육신을 감당할 힘이 없었다. 사색이 된 얼굴은 꼭 중죄를 짓고 끌려가는 용의자의 일그러진 모습이었다.

3

무릇 사람의 사고방식은 주어진 환경이 만들어 익혀준 것이라 해도 틀린 말은 아니다. 삶이란 원체 천태만상이라 환경에 따라 능동적으로 반응해야 안 좋은 일도 어물쩍 넘길 수 있다. 그러나 별명처럼 삽이나 낫, 호미를 들고 땅과 함께 순박하게 살아온 홍범으로서는 복잡다단한 삶이 던지는 추파에 카멜레온처럼 일일이 그 색을 바꾸며 대응할 수는 없다. 그럴 능력을 키워 줄 환경도 아니었다. 그냥 사회가 던지는 천편일률식 요구에 충실할 수밖에 없었고 또 그렇게 사는 것이 농부로 또 공화국 공민으로 응당하다고 생각했다. 그래서 홍범에게는 똑부러진 자기주장과 시대에 편승하는 능동적인 재주가 모자랐고 농장에서나 가정에서나 하라면 하라는 대로 시키면 시키는 대로 거짓이나 숨김이 없이 착하게 일하고 복종하며 사는 데 습관이 됐다. 그런 그가 자기를 불러 세운 보위원 앞에서 스스로 켕기는 복잡하고도 오묘한 심적 파문을 어물쩍 내색 없이 숨길 수가 있었을까.

중동농장 담당 보위원 한봉수는 이곳 중동 토박이로 나이도 50대 중반을 넘어선 사람이다. 정치범수용자 가족인 홍범에 대해 늘 감시해 오던 사람이기도 했다. 더구나 그는 얼마 전부터 시 보위부 부원 박철진의 부탁을 받고 은밀히 춘희 내외를 살펴오던 중이었다. 숨김이 없이 이실직고한 전후 사연을 홍범에게 듣고 난 후 한봉수는 농장 관리위원회 건물 뒤쪽에 붙은 자기 사무실에 오자마자 박철진에게 전화를 걸었다.

박철진은 두 달 전 춘희에게 한 방 단단히 얻어맞고 나서 그녀를 향한 접근법을 새롭게 모색했다. 우선 그가 먼저 해야 할 일은 춘희를 헤어나올 수 없는 구덩이에 꼼짝 못 하게 가둬 넣을 알짜배기 증거물을 잡는 것이었다. 그래서 지금까지 깊은 침묵 속에 몸을 숨겼다. 돌아가는 추이도 볼 겸 또 긴장돼 있을 춘희의 조심성과 경계를 흐르는 물처럼 무산시킬 필요가 있었다. 사실 친구 관계로 태수의 아이를 대신 만들어 준 일이 부에 알려지는 날이면 군복을 벗는 것은 물론 도덕적으로도 감히 얼굴을 들고 세상을 대할 수가 없었다. 실제로 그러한 비정상적인 일이 돈만 준다면 뭐 어수선한 세월이 얼마든지 뱉어내는 사생아이기도 하지만 신분이 있는 기관원에게서 그런 일이 일어남은 신분 자체를 스스로 부정하는 것과 다름없었다. 결국, 살아남자면 철저한 보안뿐이었다. 들키지만 않는다면 그보다 더한 일인들 무슨 문제가 될까. 민담에도 똥 싼 놈은 내빼고 소리 내어 방귀 뀐 놈만 잡혀 곤장 맞는다는 말이 있다. 그러니까 무슨 일을 치는가가 중요한 게 아니고 어떻게 숨기는가가 중요했다.

박철진은 한봉수의 말을 들으며 속으로 쾌재를 불렀다. 김춘옥을 잘만 주무르면 최춘희 목에 올가미를 거는 것은 시간문제로 보였다. 이제는 정태수를 만나 볼 때도 된 것 같다. 물론 태수도 그간 몇 번에 걸쳐 만나자고 연락했다. 그러나 철진은 만나주지 않았다. 만나야 얼굴 뜨거운 일만 생길 것이었다. 한달음에 중동에 내려온 철진은 한봉수를 만났다. 당장 달려들어 춘희네 집 수색부터 하자는 한봉수의 의견을 그는 조용히 일축했다. 왜 그러냐는 눈빛에 철진은 그깟 걸로 춘희를 묶기엔 뭔가 부족하다고 말했다. 또 당사자도 아닌 동거자의 일인데 왜 서툴게 불을 놓아 더 깊숙이 숨게 만들겠냐는 거다. 어찌 보면 그건 춘희가 바라는 일일지도 모른다는 것이다. 홍범의 진술처럼 그건 김춘옥과 삼 년 전에 도망간 그녀의 남편 하진철의 일이지 최춘희를 얽어매어 잡을 수 있는 일이 아니었다. 춘희를 그런 식으로 잡을 수 있었다면 벌써 요절냈을 것이다. 철진은 그렇게 누누이 설명해도 한봉수는 머리를 기웃했다.

"혹시 자네 딴 의도가 있는 건 아닌가?"

"무슨 소립니까?"

"그렇지 않다면 부에 제보라도 해야지. 그냥 덮어 둘 문제는 아니잖나."

"덮어 두자는 게 아니고 좀 더 확실한 증거를 쥐자는 거지요. 분명 뭐가 있습니다."

"뭐가 있다면 그게 뭔가?"

"생각해 보면 최춘희가 무엇이 모자라 그런 위험천만한 여자를 집에 두겠는가 하는 겁니다. 그냥 인정 삼아 배고픈 사람을 구제한다고 생각하기엔 뭔가 수상합니다."

"그건 그렇지만, 참 요즘 거 정태수란 자가 정식 이혼소송을 냈다던데,"

"그게 정말입니까?"

"정말이지. 그자가 춘희와 정분이 났다는 소문은 이젠 애들도 다 아는 일이잖나. 탄광보위원 종철이가 그러더군. 그런데 소송은 태수가 아닌 그 에미네가 먼저 했다고 하대."

철진은 잠시 생각했다. 그럼 두 사람이 재혼 약속이라도 했다는 거야 뭐야, 만약 그렇다면 춘희도 이혼을? 그렇게 일반 여자들처럼 경망한 짓을 벌일 인물은 아닌데, 철진은 머리를 흔들었다. 춘희를 보면 그걸 부정하는 게 옳다. 그냥 눈에 보이는 것으로 단정 짓기에는 어딘가 석연치 않다. 차라리 두 사람이 재혼이라도 했으면 좋겠다고 생각했다. 그러면 둘이 저지른 그 일을 춘희가 태수를 봐서도 선뜻 밝히지 못할 테니까.

"이렇게 합시다. 홍범이란 자가 말했다는 그 문제의 물건을 몰래 빼내 올 수 있을까요?"

"그건 왜?"

"우리가 한 번 보고 다시 들여다 놓자는 겁니다." 잠시 생각하던 봉수가 머리를 끄덕인다.

"그거 좋은 생각 같군."

"그 알(CD를 가리킴)에 무슨 실마리가 있을 겁니다. 어쩐지 홍범이란 자를 스스로 움직이게 만드는 것 같습니다."

"아니 누가? 춘희가?"

"네. 아직은 예감이지만, 멀쩡한 남편을 두고 태수란 자와 정분난 것도 그렇고, 난 이게 왠지 홍범을 자극하기 위한 춘희의 연극처럼 보입니다."

"에이 무슨 그런 억측을……."

"생각해 보십시오. 애까지 낳고 사는 남편을 두고 춘희가 왜 구질구질하게 그딴 짓을 하겠습니까? 태수란 자가 잘생겨서? 아니, 그 여자는 그런 서푼짜리 얼간이가 아닙니다. 여긴 반드시 뭐가 있습니다. 부탁합시다. 그 알을 아무도 모르게 잠시만 제가 보도록 해주십시오."

한봉수는 뭔가 이해가 되지 않아도 머리를 끄덕였다. 그 역시 알이라는 그걸 한번 보고 싶었다. 젊어서 그런지 철진은 확실히 저보단 예리한 것 같다. 상촌 마을로 다시 내려온 한봉수는 홍범을 작업반 선전실에 불러들였다. 한봉수를 만난 홍범은 집에 도로 가 CD를 가져다 그에게 건넸다. 한봉수는 홍범에게 협조해 주어 고맙다며 저녁에 다시 만나자고 했다. 그리고는 어정쩡한 표정인 홍범에게 이 일은 우리 둘만의 비밀이라며 어깨를 두들겼다. 홍범은 가슴이 뿌듯해 하늘을 올려다보며 안도의 숨을 크게 내쉬었다. 그 시절에 아버지와도 잘 알고 지냈다는 한봉수를 늘 존경해왔던 만큼 살갑게 어깨까지 두드려 주자 눈물이 나도록 고마웠던 것 같다. 그와 반대로 한봉수는 걸어가는 홍범의 뒤통수에 대고 세상에 뭐 저따위 머저리가 다 있나, 하고 중얼거리며 끌끌 혀를 찼다. 그리고는 이내 철진에게 전화했다.

한봉수가 상촌에 갈 때 아버지 집에 온 철진은 마침 집에 와 잠든 철용이를 두들겨 깨웠다. 갑 번 교대를 마치고 자고 있던 철용은 반신을 일궜어도 그냥 눈을 감고 끄떡끄떡 존다. 재차 흔들어 정신이 들게 한 다음 가지고 온 술병을 꺼냈다. 게슴츠레 눈을 뜨고 술병을 보던 철용은 이내 코웃음을 치며 도로 자리에 눕는다.

"너 안 일어날 거야?"

"그깟 술 한 병으로 누굴 얼리려고, 형이나 실컷 마시우."

이 자식은 분명 여름에 있은 그 일을 두고 삐진 게 여태껏 안 풀린 모양, 이후부터 형에게 일절 얼굴을 내밀지 않았다. 오히려 잘된 일이지만 오늘은 아니다. 옆에 살면서 가사 일을 봐 주는 손아래 누이에게 술상을 부탁하고 철진은 철용의 귀를 잡아 비틀었다.

"아야. 아, 왜 이래?"

"이 자식. 형이 일어나라면 일어날 것이지, 너 오늘 죽고 싶어?"

철진이가 독을 쓰자 철용의 태도가 단박 온순해졌다. 괜히 앙탈 한 번 써본 거다. 상이 들어오고 몇 잔 술이 돌자 철진이 물었다.

"너 아직도 아버지에게 버릇없이 굴어?"

"그런 거나 따지려고 술상 차렸소?"

"대답해, 이 자식아."

"체, 그럴만 하니까 그러는 거지 무슨 상관인데?"

"뭐? 뭐라?"

"왜 오늘 나랑 싸우자는 거요?"

철용의 행동이 의외다. 사납게 받아치는 것이 심상치 않다. 술이 들어가서 그런가?

"그럼 형이 한 번 대답해 봐. 난 십 년 동안 전방에서 군 복무를 했어. 그런 내가 군대도 못 갔다 온 바지저고리 같은 놈들과 막장에서 탄이나 캐야 하우? 한 가지 물읍시다. 형도 나처럼 제대 후 탄광에서 일해 봤소?"

"이런, 내가 너와 같아? 난 특수부대야. 민경 부대나 엎더있다 온 놈이 큰소린…….'"

철진의 말도 일리는 있다. 경보병이나 저격부대 같은 특전병은 군 복무 기간 정치대학 교재로 하루 두 시간씩 강의를 받는다. 제대할 무렵에는 대학과 똑같이 시험을 치는데 그건 형식이고 결국엔 모두 졸업장을 쥐어 제대시킨다. 사회에 나오면 곧장 당 일꾼 발탁이나 권력기관에 입대할 자격이 주어지는 셈이다. 대학 졸업증이 없이는 간부로 제발 못 되는 게 현실태인 만큼 인민군 특수부대 출신은 일반부대와 다른 이러한 특혜가 있었다.

철용이가 근무한 전방 민경 부대는 그냥 전방일 뿐이지 일반부대와 같은 급이다.

"그렇다 해도 내가 탄광에서 개고생해야 할 이유가 뭐요? 광산에도 일할 자리가 쌔구 쌘데…….'"

"이런 부실한 놈. 그만한 것도 견디지 못하는 놈이 무슨, 그럼 대학 공부라도 하던가. 대학 졸업장을 쥐고 오면 아마 막장일은 하고 싶어도 못할걸."

"아 됐소. 공부 소리 그만하오. 머리 아프게, 말이 그렇다는 거지. 그러니까 그런대로 지금까지 견딘 거요. 이젠 막장 일 아홉 달이네. 1년만 해보라 했으니까 오래진 않네."

"그담엔, 지금 같아선 대가리에 먹물이 들어찰 때까지 하던 일을 계속해야 할 텐데…….'"

"지금 누구 염장 지르우?"

"넌 말이다. 노는 꼴로 봐서 정치일꾼은 틀린 것 같고 나처럼 보위원이 되면 맞춤할 거다."

"내게 그런 기질이 뵈우?" 철용이 한무릎 다가앉는다.

"그래."

"체, 그런데도 아부진 내가 형처럼 보위원이 되면 기분에 따라 애매한 사람까지 다 잡아넣을 무지막지한 놈이라잖소. 그러니 내가 아부질 어찌 곰상곰상 대할 수 있냐 말이오."

"어른들 말에 그런 역심리로 반응 말고 한 번 곰곰이 생각해 봐. 그게 수양이 아니냐? 아버지도 널 그렇게 내버려 두지만은 않을 거다. 가보인 명함 시계까지 네게 준 걸 보면."

철진은 철용의 팔목에 낀 누런 스위스제 오메가 시계를 보며 말했다. 김일성이란 글자가 찍힌 고급시계다. 15년 전에 박상도가 평양에서 열린 기업당 일꾼 대회에 올라갔다가 받은 선물 시계인데 세월의 흔적은 있어도 아직 오차 없이 잘 돌아간다. 질보다는 시계에 찍힌 김일성이란 명함이 있어 그런 시계를 차고 다니면 누구나 선호한다. 실은 박상도가 그걸 일부러 넘겨준 게 아니고 뭐나 우쭐거리기 좋아하는 놈이 어느 날 아비가 벗어 놓은 시계를 슬쩍 차 본 것이 이젠 제 것이 되었다. 박상도는 어처구니가 없어도 명함 시계라도 차면 자식이 좀 진중해질까, 하는 막연한 기대감에 그냥 내버려 두었다.

"이따위 낡은 시계를 갖고 무슨······."

철용이 툴툴거린다. 명함 시계를 찼다고 해서 싹수가 달라지긴 애초에 그른 놈이다.

"너, 이 자식 명함 시계에 대고 아무 말이나, 진짜 말 다 했어?"

"아, 그저 그렇다는 게지, 집안인데 무슨……."

"이 자식아, 습관이 중요한 게야. 말이 물 같다는 거 몰라서 그래?"

"알았소. 조심하면 되지, 그런 말 하려고 날 깨웠소?"

"자식, 그건 그렇고 내 말 들어. 요즘 너희 갱장은 어떻게 지내?"

"갱장? 말도 말우. 완전히 미친, 난 또 그 자식한테 그런 기질이 있는 줄은 몰랐지."

"무슨 말이야?"

"거, 농장 이발산지 뭔지 하는 암여끼(여우라는 말)같이 생긴 여자, 형도 알잖소?"

"알지."

"정신없이 해대오. 내 좀 눈여겨 보니까 바람 들어도 아주 빵빵한 풍선이오."

"너 태수가 밉다고 과장하는 거지?"

"과장은 무슨, 아니 미치지 않고서야 어찌 애 둘씩이나 끼고 이혼소송까지 내우?"

"나도 들었다만 언제 이혼소송을 냈어?"

"음, 보름 정도? 내 어제 성진 시내에 가서 재판소 도 변호사를 만났는데 아이고 참 웃겨서……."

"뭐가?"

"소송은 아주머니가 먼저 냈다든가 뭐, 도 변호사가 이혼 접수를 했는데 이혼 사유가 안 돼 보류라니까 그 담엔 갱장인지 개자린지 그 자식이 나섰다는 게 아이고 참 으하하하……."

철용이 웃다, 웃다 캑캑거리기까지 한다. 눈에는 눈물까지 글썽하다.

"이 자식 제 혼자 제길, 무슨 짓을 했는데?" 철진도 호기심이 났다.

"글쎄 고여 바친답시고 집에서 기르던 새끼 밴 엄지 개를 산 채로 자전거에 싣고 그저께 재판소에 갔는데, 도 변호사가 너무 급해 맞아 제집에 데리고 갔다나 뭐 어쨌다나, 하하……."

"개를 바치고 이혼시켜 달랬다는 거야?"

"그렇다니깐, 인민재판소가 생긴 이래 그런 일은 처음이라고 도 변호사가 혀를 찼어."

"그래서 개는?"

"도루 끌고 왔겠지. 아니 재판소가 개 한 마리 먹고 안 되는 이혼을 시켜줄 리가 없잖소."

"그렇긴 하지" 뜻밖의 소식인 듯 잠시 철진의 얼굴이 무거워졌다.

"체, 군대 동기라고 관심은 제길."

"뭐야? 너 그거 어떻게 알았어?"

"누굴 머저리로 아오? 난 말이요. 형이 그날 밤 그 자식을 감쌀 때부터 알아봤소. 그런 것도 모르고 그 귀중한 정보를 형이라고 덥석 안겨 줬으니……."

이놈에게 이런 면도 있었나? 하는 표정으로 철진은 동생을 다시 쳐다본다.

"내 그렇다고 태수, 그 개자식을 가만 안 둬. 언제든 값을 치를 때가 있을 거요. 갱장 자리까지 뺏어 차고 말 테니까 두고 보우."

"뭐? 갱장 자릴 뺏는다?"

"흥, 못할 게 뭔데?"

"정말 기막힌 놈이군. 너 고작 생각했다는 게 갱장 자리야? 그거 아무나 하는 일인 줄 알아?"

"아니, 그 개자식도 하는데 내가 왜 못해? 형 눈엔 내가 길바닥에 널린 개똥처럼 보이오?"

"됐다 됐어. 내 너 같은 놈에게 무슨 말을 더 듣겠어. 술맛 다 없어지는군."

철진은 입이 쓴 듯 밖으로 나와 퉤, 하고 가래침을 뱉었다. 사실 동생 놈이 맡아 줄 일이 있다. 춘희와 태수 두 사람의 관계를 은밀히 살피면서 중동지역에 사는 행불자 가족을 염탐하는 일이다. 오늘 한봉수를 만나고 나서 떠오른 생각이다. 근데 이건 아닌 것 같다. 생각하는 꼴이 잔뜩 찌그러져 차분함을 요구하는 그런 일을 해낼 수 있을까가 문제다. 시기를 잘못 잡았다고 생각했다. 시일이 지나면 좀 가라앉겠지, 하고 생각하며 담배 한 대를 피워 무는데 안에서 철용이가 전화 왔다고 소리친다. 한봉수의 전화였다. 전화를 받고 난 철진은 이내 밖에 나와 마당에 세워 놓았던 오토바이를 타고 중동으로 다시 내려갔다.

부르릉거리며 내빼는 오토바이를 창턱에 걸터앉아 지켜보던 철용은 머리를 스치는 한 가지 생각에 골몰했다. 좀 전 형에게 여기 새끼라고 말했던 춘희가 생각나서였다. 다시 생각해 보니 기막히게 잘난 여자다. 철용이도 중동과 하동을 오가며 춘희를 여러 번 봤다. 멋지다는 생각을 그때마다 했어도 유부녀고 나이도 한참 위라 그를 여자로 본 적은 없었다. 그여자가 태수와 정분이 났다는 데로부터 와짝 관심이 갔다. 태수 거라면 뭐든 뺏고 싶다. 뭐 30대 남자보단 아직 20대인 자기가 더 팔팔할 테니 그깟 것, 하는 자신감에 철용은 부르르 몸까지 떨었다. 왠지 기분이 좋다. 정신 나간 놈처럼 제풀에 킬킬거리던 녀석이 그만 몸 중심을 잃고 걸쳐 앉았던 창턱에서 보기 좋게 굴러떨어졌다. 킥킥거리는 누이의 웃음소리가 안에서 들렸다.

*

한봉수의 사무실은 농장 관리위원회 건물 뒤쪽에 붙어 있다. 1동 2채로 지었는데 옆방은 농장담당 보안원의 방이다. 한봉수도 방금 도착했는지 방문에 걸린 자물쇠를 열며 오토바이를 세우는 철진을 보고 히죽웃는다. 보안원 방 출입문엔 커다란 자물쇠가 잠겨 있었다.

방에 들어서자마자 한봉수는 가방에서 CD를 꺼내 비디오에 집어넣고 전원을 연결했다. 홍범이가 어젯밤 보았던 화면이 그대로 흐른다. 볼륨을 낮추고 긴장하며 들여다보던 두 사람의 시선이 마주친다. 조소가 어렸던 시선이 점차 놀라움을 띠기 시작했다. 화려한 서울 거리의 풍경도 풍경이지만 나오는 사람을 보고 깜짝 놀란다. 춘옥의 남편인 하진철을 보고 철진은 입을 벌렸고 한봉수는 그와 마주 앉은 나이 먹은 사람의 얼굴에 초점을 맞췄다.

그 화면은 전날 밤 홍범이도 미처 보지 못한 것이었다. 하진철과 나이 먹은 다른 한 사람이 불 밝은 음식점에서 삼겹살을 구워 먹으며 소주잔을 기울이는 장면이었다.

"잠깐, 저 사람 좀……."

화면이 되감겨 다시 서울 거리가 나오자 한봉수가 급히 말했다. 철진은 한봉수의 요구대로 나이 먹은 사람의 얼굴을 찾아 화면을 정지시켰다.

"누굽니까? 혹 아는 사람입니까?"

"그래. 알아도 잘 알지."

"그럼 이 자도 우리 관할구역에서 도망간 놈입니까?"

"맞아, 원래는 성진에 살다가 상촌 마을계곡에 이사를 왔었지. 아주 오래전이야."

"그래서 같은 성진 사람인 하진철과 만난 거네. 대체 누굽니까?"

"자넨 젊으니 모를 수 있어. 이자가 바로 20년 전에 잡혀간 강홍범의 애비 강성대야."

"예에?"

"60년대 말쯤 풍랑으로 인해 남조선에서 들어 온 자인데 횡설수설 말이 많아 87년이던가, 88년이던가 보위부에 연행됐지, 이자를 내가 직접 체포했었거든. 그냥 정치범관리소에 잡아넣은 줄 알았는데 이게 어떻게 된 일이지?"

"그걸 나한테 물으면?"

"그렇긴 해. 그때 자넨 짜개 바지 시절이었겠으니까."

"그러니까 가만, 이거 좀 생각해 봐야겠습니다."

점잖은 양복 차림인 강성대를 바라보며 두 사람은 한동안 말이 없었다. 마주 보며 눈만 껌벅거렸다. 그렇지만 철진의 뇌는 여러 가지 추리로 복잡하게 돌아가고 있었다.

우선은 이런 CD를 어떻게 되어 김춘옥이가 가졌는가 하는 문제다. 생각을 깊이 할수록 몸이 떨렸다. 증거는 없지만 이건 분명 춘희가 한 일 같다. 집안에만 배겨 있는 춘옥이가 구해 들일 물건이 아니었다. 그렇다면 춘희는 목숨과도 바꿀 수 있는 이런 위험천만한 물건을 왜 춘옥에게 건넸을까? 쉽게 결론을 내릴 수 없는 무언가 큼직한 것이 웅크리고 있는 것 같아 숨이 차올랐다.

그는 한봉수를 다시 바라보았다. 봉수의 얼굴 주름살이 더 깊이 패어든 것 같다. 어쩌면 충격에 얼을 빼앗긴 모습 같기도 하다. 그도 그럴 법한 일. 관하 농장에서 이와 같은 불민한 씨가 자라고 있었으니 두려운 감정이 들만도 하다. 하지만 철진의 생각과 달리 한봉수는 지금 다른 것을 생각하고 있었다. 괜히 박철진에게 이 CD를 보여주었다는 후회다. 아니 애초 이 문제를 철진이와 공유한 것부터 잘못된 듯싶었다. 방금 강성대의 정체를 말한 것조차 후회된다. 강성대가 살아 세상을 활보하는 것 자체가 한봉수에겐 충격이었다. 벌써 수십 년 세월이 흘러도 젊은 그 시절 강성대를 체포해 악착하게 고문하고 학대한 자신이고 보면 그 당사자들

존재만 봐도 가슴이 떨렸다. 돌아보면 이렇다 할 공적이 없이 이제 보위원 생활을 마감할 때가 왔다. 그깟 공적이 문제가 아니라 이제 퇴직하면 어떻게 먹고 살까, 하는 근심이 더 크다.

최춘희나 자기를 아버지처럼 믿고 있는 강홍범을 잘 이용하면 퇴직 후에도 무언가 얻어먹을 수 있으리라 생각했다. 그때 잡혀간 강성대가 지금쯤은 수용소의 어느 골짜기에서 죽었다고 생각했는데 죽기는 고사하고 나 보란 듯 살아있다. 최춘희의 손을 거쳐 이러한 영상물이 국경을 넘어 홍범의 집에까지 왔다면 그건 틀림없이 중국에 상주한 춘희의 작은 외조부와 관계가 있다는 말인데 그렇다면 지금껏 숨기고 살아온 자신의 실체가 언젠가는 홍범이도 알게 될 것이 아닌가? 지금에 와서 춘희 부부와 척을 지고 싶지 않은 내심과 달리 일은 아주 맹랑하게 번져가고 있다는 생각이 들었다. 더구나 이런 중차대한 문제를 철진이 같은 젊은 놈과 공유하다니, 정신 나가도 한참 나갔다. 이놈은 하루 세끼 먹을 걸 하늘에서 받아오는지 그저 공을 세우는 데 환장한 놈 같다. 하긴 젊고 간부 집 자제고 또 안 사람도 백두산줄기를 타고났으니 그리 생각하고 행동하는 건 당연하겠지만, 하나 아무리 생각해도 이건 불룩한 주머니의 돈을 남에게서 타 쓰려는 꼴이다. 그렇지만 이젠 쏟아놓은 물, 괜히 철진이가 미워졌다. 애초 춘희에게 관심을 가진 철진을 이 그물에 끌어들인 것은 그만의 치밀한 계획이 있어서였다. 지난 과거를 모르는 젊은 놈의 힘을 이용해 무언가 거머쥐려는 야심으로 시작했는데 강성대의 출현으로 한봉수는 그만 혼란에 빠져들었다. 그는 입술을 감빨며 넌지시 물었다.

"이제 어떻게 할 건가?"

깊은 생각에 골몰한 철진은 미처 그 물음을 듣지 못했다. 보안원이 돌아왔는지 마당에서 자전거를 받쳐 세우는 소리에 이어 방 자물쇠를 여는 절거덕 소리가 들렸다. 그제야 철진은 생각에서 벗어나 "예?"하며 한봉수를 돌아보았다.

4

"허, 오늘은 한가한 모양입니다. 낮에 사무실에 계신 걸 보니, 어이구 박 보위원도 오셨네."

문을 연 보안원이 헤벌쪽 웃으며 들어선다. 벌써 텔레비전을 끈 두 사람은 무덤덤한 표정으로 보안원을 맞이했다. 40쯤 돼 보이는 깡마르게 생긴 사람이다. 한봉수는 얼른 얼굴에 미소를 짓고 앉게, 하며 의자를 가리켰다.

"어딜 갔다 오기에 온통 먼지투성인가?"

"광산 선광장에요. 자전거를 타고 오는데 대형트럭이 일구는 먼지 때문에 젠장, 버쩍 마른 길바닥이라 그놈의 차 먼지를 통째로, 에이."

"거, 요샌 하동광산이 생산을 본때 있게 해대는 모양이야."

"그런 것 같습니다. 정광을 실을 화차가 쭉 들어섰는데, 뭐니 뭐니 해도 광산만 살고 났습니다. 오늘 밤에 흑연 정광을 싣고 중국으로 출발

한다는데……."

"근데 농장보안원이 광산엔 왜 갔나?"

"구경 좀 하려고, 아 참 대단한 여자야 아무리 봐도."

"누구 말인가?"

"우리 농장 이발사 말입니다. 가만, 내 정신 봐라, 뭘 좀 꾸려 줬는데 잠시만."

다시 방을 나서는 보안원의 기분이 상당히 들떠 보였다. 두 사람이 또 마주 본다. 보안원이 이내 뚱뚱한 비닐봉지를 들고 히죽거리며 들어섰다.

"오후엔 뭐 다른 일이 없지요? 좀 있으면 저녁이니, 내 언제부터 인사를 한다는 것이 그만, 박 보위원도 마침 와서 다행입니다. 자, 한 잔 합시다."

"그게 술이오?"

"예, 춘희 이발사가 준 건데 오늘 오전 중국에서 나왔답니다. 이건 중동 촌구석에선 구경하기 힘든 구운 통닭인데 강 건너 도문시장에서 직접 산 거랍니다. 사실 집에 갖고 가 식구들과 먹으려 했는데, 허허 큰맘 써 내놓는 것이니 그리 아십시오."

한봉수는 흐뭇했다. 꺼낸 술도 중국산 백주다. 그것도 춘희가?

"아니 뭐 얼마나 가져왔기에 귀한 닭고기가 내 입에까지, 이게 정말 중국 되놈들이 구워낸 닭이란 말이오?"

"그렇다니까요. 대단한 여자 아닙니까? 여기 물잔 어디 있을 텐데. 아 저기 있네."

보안원은 차판에 엎어 놓았던 낡은 사기 물컵 세 개를 가져다 놓고 병에 담긴 술을 고루 부었다. 컵이 커서인지 절반 조금 넘게 담기자 술병도 바닥이 났다. 52도의 독한 술이다.

"자 듭시다. 물 건너 음식 어디 맛 좀 봅시다. 허허허."

보안원의 성격이 매우 털털하다. 철진이도 군침이 돌던 차라 한 모금 마셨다. 술맛이 아까 동생놈과 같이 마셨던 농태기는 왔다 울고 가겠다. 보안원이 팔을 부르걷고 큼직한 닭을 부위 별로 뜯어 놓은 걸 하나씩 집어 들었다. 기름이 자르르 도는 고기는 보기만 해도 침이 돈다. 독한 술이 목구멍을 지지며 넘어간 뒤라 고기 맛이 좋았다.

"자네 거 이발사와 몹시 친한가 보네?" 닭 다리를 씹으며 하는 한봉수의 말이다.

"한 보위원 동지보다 더 친할까요? 원체 똑똑한 여자여서 하는 일마다 사람을 옴짝 못하게 끌어가니 누군들 좋아하지 않겠습니까? 게다가 생긴 건 또 얼마나, 마주만 서도 꼭 첫날밤 색시 곁에 누운 기분이잖습니까? 허허, 거, 뭐 한보위원께선 잘 느끼지 못하겠지만……."

"뭐? 이 사람 참. 난 뭐 속 빈 구새통인가? 50대라고 그러면 안 돼. 젊음은 불타서 좋지만 내 나이쯤 되면 지긋해서 좋은 거야. 자네 시큼털털한 막걸리에 취하면 왜 뒤끝이 긴지 아나?"

"아이고 됐습니다. 말 떨어지기 무섭군요. 자, 한 모금 합시다." 술잔이 또 한 순배 돈다.

"근데 박 보위원은 왜 한마디도 안 하시오? 혹 내 들어오기 전에 무슨 비상사건이라도?"

"아니, 아닙니다."

닭가슴살을 우적우적 씹으며 집요하게 춘희를 추적하던 철진은 급히 손사래를 쳤다.

"그러니까 오늘 정광을 싣는 자리에 최춘희가 있었다는 소립니까?"

"그렇다니까, 중국에서 나왔다는 인수자도 같이 있었소. 밀가루를 화차에 싣고 왔는데 광산에서 곧 배급을 푼다오. 그게 다 춘희 이발사 덕이지. 광산 정광을 중국과 직접거래로 연결해 준 중간다리가 바로 이발사라지 뭡니까? 이게 대단한 거지 뭐가 대단한 거겠소."

"그거야 몇 해 전부터 진행된 일인데 뭐 새삼스레."

철진은 그렇게 응수하는 한봉수를 안타깝게 쳐다본다. 춘희가 언제 집에 들어갈지 모르니 어서 비디오에 들어간 CD를 도로 가져다 놓아야 했다. 닭고기를 먹는 것도 좋지만 그걸 가져다 놓지 못해 춘희가 조사상황을 알게 되면 은밀한 작전이 수포로 돌아갈 수도 있다. 그런데도 이 중 늙은이는 닭고기에 미쳤는지 꿈쩍도 안한다.

'제길. 저러니까 평생 농촌 구석 보위원이나 해 먹지.'

그렇다고 자기가 직접 나설 일도 아니고, 부어 넣는 술맛이 처음과 달리 쓰기만 한데, 그러거나 말거나 한봉수는 벌써 제 몫을 다 마셔버리고 반나마 남은 철진의 잔을 슬쩍 넘겨다본다.

"괜찮겠습니까? 상촌에 가봐야지." 철진은 아니꼬운 눈초리로 마침내 한마디 했다.

"아 그렇지. 내 정신 참, 에이 걱정은, 그새 별일이야 있겠나? 그건 내가 알아 할 테니, 근데 말이야 그렇게 명물인 여자가 왜 이발사로 일하지?”

말을 슬쩍 돌리는 투였지만 철진은 그 말에 정신이 번쩍 들었다. 정말 그게 이상하다. 당 간부까지 속해 있는 큰 외화벌이 단체의 전주가 이발사? 이건 정말 아귀가 맞지 않는다. 바다를 낀 해변에는 각종 기관의 명의를 빌린 외화벌이 단위가 수두룩하다. 하지만 그런 단위를 움직이는 사람이 다른 직업을 겸하는 예는 없다. 그런데 그것도 이발사? 왜 여기에 관심을 두지 않았던지가 이상했다.

“그건 말입니다. 누구도 대신하지 못하기 때문이겠지요.” 보안원의 말이다.

“무슨 소린가?”

“아시면서, 한 보위원 동지도 지금껏 다른 사람에게 이발해 본 적이 있습니까? 미용사 자격까지 가진 여잔데. 또 이발사 직업이 많은 인맥을 만들잖습니까?”

“정말 이발 솜씨는 수준급이야.”

철진은 지금 순간에 떠오른 의문의 고리를 집요하게 쥐고 머리를 굴렸다. 감탄인지 개탄인지 질러대는 한봉수의 목소리도 그는 듣지 못했다.

“정말 세상이 달라졌습니다. 밑바닥 직업을 가진 이발사가 세상을 움직이니, 우린 그 여자에게 잘 보여야 할 겁니다. 안 그렇습니까? 농장 가족은 무조건 농장에서 일해야 한다는 당의 방침에 의해 이발사로 일할 수밖에 없겠지만 사실 그릇이 대단한 여자가 아닙니까.”

“명물이지. 남편만 농장원이 아니었다면 분명 한 자리 감이야.”

서녘이 이슥해서 오지단지 노친이 놀러 왔다. 대수의 모친 윤 씨는 오지단지 노친보다 나이가 둬 살 위지만 둘은 동갑내기처럼 잘 어울렸다. 무엇을 싸 들었는지 옆구리에 작은 꾸러미를 들고 "계시우?" 하며 들어선 오지단지 노친은 방바닥에 앉자마자 꾸러미를 헤쳤다.

"저녁은 잡쉈수?"

"아까 먹었지, 근데 뭘 이렇게……." 윤 씨가 호기심을 갖고 다가앉는다.

"송기떡이우. 며느리는 아직 안 들어 왔수?"

"몰라. 요샌 노래기 씹은 년처럼 잔뜩 우거지상을 해 갖구, 옆집에 놀러 갔나?"

"아까 보니까 방앗간 집에서 발방아를 찧던데."

"그런가? 에구 그랬었구마. 글쎄 저낙에 줄당콩을 넣고 강냉이밥을 해 줘서 구수하게 잘 먹었는데, 그게 품앗이 한 것일 줄은……."

"형님은 그것도 모르고, 며느리야 잘 맞았지요. 욕일랑 마시우. 그러잖아도 주눅들어 사는데……."

"주눅들어 살다니, 무슨 소린가?"

"동무 하나 없는 여기 북쪽에 시집왔으니 아무래도 살던 고장보다야 못하겠지유?"

"그렇긴 해도 이젠 산 지가 몇 핸데……."

오지단지 노친이 보자기를 푸니 붉은색이 다분한 송기떡 몇 개가 포개져 있고 절인 돼지고기 한 덩이가 있다.

"아니 이건 돼지고기가 아니우?"

"맞아유. 석 달 전에 작업반에서 돼지를 잡아 추렴할 때 슬쩍 했던 건데, 혹 아들이 오면 주려 소금에 묻어두었더니 망할 녀석이 와야 말이지."

"에구 동생은 역시 살림꾼이야. 그걸 먹지 않고 혀가 나불나불해 어찌참았누."

윤 씨는 반가운 김에 얼른 고깃덩이를 헤집어 본다. 소금에 묻었다지만 날짜가 오래돼서 귀퉁이에 퍼런색이 도는 부분도 보인다. 그러해도 윤 씨의 입에 늠실늠실 침이 고인다.

"어쩌겠소. 형님이나 내나 이제 살면 얼마를 더 살겠수? 있을 때 잘해야지유."

"정말 고맙소."

"좀 변했어도 소금에 묻혀 그리된 게니 잡숴도 별 탈은 없을 게유."

"없다마다, 고기 본 지두 이젠 아득한 옛날이구려. 그래 아들은 잘 있다오?"

"세월이 하도 어수선해 그런지 소식 한 장 없시다. 잘 있길래 글겠지. 보기 싫은 영감만 떡 하니 좁은 구들에 자빠져 맨 날 음식 탐만 하니 귀찮아서 원. 아, 저늠의 영감은 나이도 많다만 왜 죽지도 않고 저리 애 멕이는지 모르겠소."

"또, 또 거적때기래도 그리 앉아 있으니 그나마 복인 줄 아오. 자고로 여자란 임자가 있어야 여자라우."

"에구, 그걸 몰라서 그러는 게 아니우. 내가 5년 전에 저 영감을 만날 때만 해도 해가 서쪽에서 뜨는 것 같고 밤엔 더구나 눈이 안 감겼다우."

"에구마, 그리 정분이 났던가?"

"형님도 참. 그 나이에 정분은 무슨, 젊었을 때가 그리웠지요. 갓 마흔에 청상과부가 돼서 사내들 성화에 잠인들 변변히 자 봤겠소. 괴기물에 쉬파리 달라붙듯 내 곁에 바글바글 끓기도 끓었지유."

"하하하!" 윤 씨가 갑자기 크게 웃는다.

"이보게. 비끼(거짓말이라는 말-함북방언)도 비슷해야지. 오지독 같은 몸통에 무슨? 저고리에 꿀이 발려 쉬파리가 모여들었다면 모를까 흐흐흐……"

"이 형님 이거 사람 되우 낮춰 보네."

그쯤 말이면 버럭 화도 내련만 오지단지 노친은 오히려 더 빙글빙글한다.

"이래 뵈두 아직은 다홍치마라우. 지금도 집의 영감은 술만 처마시면 날 어쩌는지 아우?"

"어쩌는데? 일흔이 다된 영감이 뭘 어쩌길래?"

"흐흐흐, 그래도 사내랍시고 날 벗겨놓고 가마니짝 같은 뱃가죽을 슬슬 내리쓸 땐 천장에 매단 전구알까지 빙글빙글 고패치며 돌아간다우."

"에구나, 그 나이에도 구실은 하던가?"

"나도는 말에 겨우 얼려 세워 놓은 물건을 간신히 집어넣으려는데, 콜록 기침 한 번에 단박 죽어 노친 발에 사정없이 채였다는 소리 그른데 없지비. 나두 냅따 차 버릴려다 그래도 바지라구 흉내라도 내보려 용을 쓰는 그 정상이 가긍해 그냥 등때기 두드려 줬수다. ㅎㅎㅎ……."

"하하하, 아이고 참. 오랜만에 동생땜에 웃어본다. 으흐흐 ……."

두 노친이 무릎을 치며 웃어댄다.

"근데 형님, 좋지 않은 소리가 들리던데 정말이유?"

윤 씨가 팔소매로 눈언저리를 찍자 오지단지 노친이 요 때라는 듯 묻는다.

"무슨 소린데?"

"아들 내외가 이혼한다는 소리가 나돌던데?"

"무어? 내 아들 내외 말인가?"

"아니, 모르고 계셨수?"

"동생, 다시 말해보라구. 내 아들 내외가 이혼한단 말이 있다구?"

"아, 예, 예, 그런 소문이 있길래……."

오지단지 노친이 입을 손으로 막으며 황당해한다. 집안일을 집안 어른이 모르다니? 하긴 별로 안 좋은 일은 차라리 모르는 게 나을 법도 하다. 괜히 찾아와 불집을 쑤시는 것 같아 잠시 당황해도 이왕 일이 이렇게 된 거, 하며 엉거주춤 다가앉았다.

"온 마을이 들썩한데 형님만 모르다니 원. 말이 났으니 말이지, 진이도 형님 친손주가 아니라고 그럽디다."

"뭐라? 이 무슨 하늘이 두 쪽 날 소리를? 내 며느리가 열 달 임신하고 낳는 걸 내 두 눈으로 똑똑히 봤는데 내 손주가 아니라니, 지금 제정신이오?"

"글쎄 열 달 임신해 낳았어도 그게 종자가⋯⋯."

"뭐 종자? 이놈의 노친때기 당장 주둥아리 다물지 못해? 나이깨나 처먹은 것이 횡설수설, 그런 거나 염탐하려 비싼 고기까지 들고 찾아왔어? 어디 감히 내 앞에서 지랄인가?"

"아, 아니?"

"나가, 안 나가? 이 더러운 거 싹 다 갖고 썩 사라져!"

젊어서 혼자가 된 윤 씨는 평시엔 사람 좋다가도 일단 성질이 나면 물 불을 안 가린다. 오지단지 노친이 갖고 온 떡과 쩔은 고기를 한데 움켜 중간 문을 열어젖히고 홱 집어 던진다. 더 앉았다간 무슨 봉변을 당할지 몰라 오지단지 노친은 끽소리 한마디 못하고 황망히 쫓겨 나왔다. 마루 밑에 누웠던 강아지가 어느 틈에 달려와 텁, 하고 떡을 물고 재빠르게 도 망간다. 오지단지 노친은 마당에 떨어진 돼지고기만 찾아 쥐고 황급히 널대문을 나왔다. 마을은 탄광이 들어서면서 새로 지은 주택과 이미 있던 고택, 그리고 농장주택이 한데 어울려 이루어진 오랜 내력을 가진 마을이다. 마을 끝인 집에 뛰다시피 잰걸음으로 들어선 오지단지 노친은 신을 벗고 구들에 풍덩 주저앉자마자 후, 하고 긴 숨을 내쉬며 투덜댔다.

"에 참. 아니 왜 나보고 행패야? 남의 씨를 친손자라고 안고 도는 노친 따위여서 밸이 저렇게 더러븐 건가? 아 참, 내가 미쳤지. 이런 대접 받자고 귀한 고기까지 들고 찾아가다니⋯⋯."

"고기 가져왔소?"

귀를 십 리쯤 저당잡히고 사는 영감이 윗방에서 나오며 묻는다. 그랬어도 꼭 필요한 말은 귀신처럼 알아듣기도 한다.

"아직 자지 않았소?"

"뭐? 자지 안 주냐구?"

노친은 기가 막혀 눈만 치뜬다.

"헤헤헤, 이 통나무 노친이 보기보단 속은 살았네. 근데 이건 뭔데?"

한쪽 귀퉁이가 푸르스름하게 변한 고기지만 그걸 보는 영감의 입이 확 벌어졌다.

"이런, 도투(돼지라는 말-함북방언)고기까지 얻어왔어? 하하하, 이 노친 오늘 저녁 작정을 했군. 좋거니, 그래 육이 들어가문사 내 물건 용을 쓸 테지. 어서 삶으라구. 내 오늘 밤 사내 구실 본때 있게 해볼 테니, 헤헤헤."

어떤 상황인지 알 턱이 없는 영감이 그리 횡설수설하며 다가오자 오지 단지 노친은 그 암팡진 손으로 푹 꺼져 들어간 영감의 가슴을 끙, 하고 밀어버렸다.

5

하동 광산에 마침내 일이 터졌다. 눈에 보이는 것만으로 참 대단하다고 중동 농장 보안원이 혀를 내둘렀지만 실지 내막은 그렇지 않다. 오후 여섯 시 경 광산 당위원회 비서의 방에서 기업소 내 긴급 간부회의가 열렸다. 내용은 이러했다. 오전부터 중국에 들어갈 화차에 흑연 정광을 싣기 시작했다. 그간 여러 해 동안 흑연 정광 수출을 진행해 왔던 만큼 별 의심 없이 선광장에 들어온 화차에 정광을 싣는데 마지막 작업이 마무리될 무렵 뜻밖의 변수가 생겼다. 검고 어느 정도 윤기가 돌아야 할 정광 색이 희뿌연 것이 내내 마음에 걸린 듯 유심히 관찰하던 현지 검사원이 정광 한 줌을 들고 급히 분석실로 뛰어 들어가 가지고 온 시약으로 분석해 본 이후였다. 현지 검사원은 중국에서 온 변강 무역공사의 직원이다. 수치를 초과하는 불순물이 함유된 것을 분석해낸 즉시 무역공사 측의 강력한 항의가 들어왔다. 이건 정광이 아닌 버력이다. 뭐 이따위 경우가 다 있나? 이건 명명백백한 사기다. 우리 공사는 절대 이 따위 버력을 값비싼 식량을 주고 바꿔 갈 수는 없다. 무역공사위임 전권대표는 삿대질에 발까지 구른다. 그와 함께 마무리를 눈앞에 둔 상차가 중지됐다. 지배인이며 당비서까지 달려가 한 번만 기회를 달라 사정해도 전권대표의 얼굴은 냉랭했다. 밀가루 포대 하차도 즉시 중지됐다. 이럴 수가? 광산 식량 공급소에서는 종업원 가족들이 밀가루 포대가 도착하기를 애타게 기다리는데 이건 어쩌면 맑은 하늘에서 쏟아진 똥 벼락이다. 그런데도 히죽히죽 웃으며 던진 전권대표의 말이 참 가관이다. 유머도 아닌 속에 칼이 숨겨져 있어 듣는 사람의 울화를 터트렸다.

"날것을 먹는 건 짐승이죠. 사람이 날것을 어찌 먹습니까, 익혀야 구수하잖아요? 안 그래요?"

이런 망할, 울컥하는 역정 같아서는 무역이고 뭐고 작살을 내고 싶지만 3000여 명의 목구멍이 폭동을 일으키기 직전이니 그러지도 못한다. 별도리가 없었다. 연 석 달에 걸쳐 생산한 100톤의 정광을 당장 다시 선별할 방법도 없어 결국, 싣고 온 밀가루는 단 한 포대도 가질 수 없게 됐다. 이쯤 되면 네 책임이니 내 책임이니 하는 격렬한 시비만 남는다. 누구든 이럴 땐 입장과 처신을 똑바로 해야 했다. 그래선지 회의실 분위기가 늘어난 고무줄처럼 팽팽하다.

"선광 직장장!"

박상도는 오랜만에 목청을 높였다. 그간 부 비서인 양태산에게 눌려 가진 권한을 별로 행사해보지도 못했다. 한데 이번 사고는 직접 생산 지휘를 한 양태산에게 기본 책임이 있다. 박상도의 목청에 격앙된 호기가 필요 이상 들어가 왝, 하고 된소리를 뽑자 침묵하던 양태산이 벌떡 일어선다. 하지만 얼굴은 당 비서의 호기에 눌린 표정이 아니다. 젊고 패기 넘친 반반한 얼굴에 느슨한 미소까지 담았다. 저게 양태산만이 가질 수 있는 여유인가?

'아니 저 녀석은 대체 무얼 믿고 이 상황에서도 기고만장이지?'

박상도는 어금니를 깨물었다. 그래 어디 실컷 웃어라. 내 그 콧대를 다시는 쳐들지 못하게 작살 내줄 테니까. 그러거나 말거나 양태산이 느물느물 웃으며 말했다.

"비서 동지, 선광 직장장을 탓해 봐야 얻어 쥘 건 없습니다. 책임이 있다면 우리 모두에게 있겠지요. 제가 생산 지휘를 해보니 선광장 설비가 저쪽에서 요구하는 정광의 질을 보장할 만한 설비가 아니었습니다. 게다가 전기가 부족해 걸핏하면 선별기가 서고, 그리고 보면 변강무역공사와의 거래는 이것으로 끝난 것 같습니다. 최초에 거래를 시작할 때 식량이 아닌 설비부터 들여와야 했는데, 첫 회의 의제도 그런 방향으로 흘렀지요. 한데 그때 비서 동지가 뭐라 하셨습니까? 먹어야 일하니 식량이 우선이라며 제기된 의견을 단마디로 일축했지요. 그러니……."

박상도가 발칵한다. 그도 반쯤 일어섰다.

"그러니까 뭐요? 이 모든 것이 다 내 책임이란 거요?"

"저는 실태를 말한 겁니다. 새 기계설비를 선광장에 들여앉히기 전엔 정광수출은 재개되기 어렵습니다."

할 말 다 했다는 듯 양태산은 여유작작한 태도로 자리에 앉는다. 박상도는 입을 쩍 벌린 채 털썩 엉덩이를 의자에 붙이며 양태산만 멍하니 쳐다본다. 돌아보면 두 달 전 중동 탄광으로 가던 전기를 차단했다가 3일 만에 다시 보낸 것도 양태산이다. 너무 쉽게 마음을 바꾼 일이어서 알아보니 외화벌이 단체인 동지회 회의에 참석하고 와서 그리했다고 한다.

물론 그 때문에 시당위원회의 엄한 추궁은 면할 수 있었지만 가만 생각해 보면 그때 내친김에 탄광에 전기를 보내지 않고 선광기를 돌렸다면 오늘과 같은 낭패는 없었을 것이다. 하지만 그걸 전면에 걸고 양태산을 물고 늘어질 수도 없다. 시당 조직비서의 말처럼 국가 전기를 광산 마음대로 독점할 수는 없기 때문이다. 이래저래 저 녀석은 이번 사건의 책임을 당 비서에게 몰아갈 심보인데 비참하게도 지금 당장 거기에 맞설 합당한 대책이 없다.

'동지회란 대체 어떤 곳인데 협의회에서 그토록 완강하던 양태산을 휘

어잡았을까?'

왕청 같은 생각이지만 집요하게 머리에 달라붙는다. 그러고 보면 양태산의 기가 세진 것도 그 동지회라는 조직에 발을 들인 후부터다. 그 단체 전주라는 여자의 소문은 그도 들어 알고 있었다. 대체 어떤 여자이기에 그리고 무슨 굉장한 힘을 가졌기에 저 자식이 저리도 기가 살아 팔팔 뛰는지, 그 여자를 한 번도 만나본 적은 없어도 동지회라는 조직과 연관된 때부터 광산이 굶주림에서 해방됐음은 그도 잘 안다. 그래서 인사도 할 겸 인맥도 직접 만들려 알아봤는데 어이없게도 그 전주란 여자가 중동 농장 이발사라고 했다. 그래서 지금껏 만나는 것을 미뤘다. 아무렴 큰 기업 당비서가 일개 촌구석 이발사를 동등한 입장에서 대면해 줄 수야 없지 않은가. 실은 지금 같은 세월에 그따위 체면이나 위신 같은 것에 연연할 때가 아니지만 그는 절레절레 고개를 흔들었다. 회의는 별 결론 없이 끝나도 마음은 돌덩이를 매단 것 같이 묵직했다. 모두 회의장을 나가며 당 책임자인 자기에게 힐끔힐끔 경멸의 눈빛을 보냈다. 이런 썩어 문드러질 놈들. 처음 식량을 받을 땐 좋아 입이 귀밑까지 째지더니 책임 한계에 와선 날 경멸해?

집에 돌아와서도 박상도는 잠들 수 없었다. 식량 배급을 풀지 못하면 더는 당비서 자리를 지켜낼 것 같지도 않다. 마침 때가 가을이라 소 토지에서 거둔 곡식이 있어 굶어 죽는다는 아우성까진 없겠지만 무능한 당비서에 대한 흉흉한 뒷소리는 형편없는 방향으로 나돌 것이 뻔했다. 최근 들어 왜 이렇게 하는 일마다 배배 꼬이는지 모르겠다. 깊은 한숨을 내

쉬는 그의 주름 깊은 얼굴은 십 년은 더 늙어 보였다.

한편 퇴근길에 오른 양태산은 인적 드문 골목에 들어서자 주머니에서 휴대폰을 꺼내 번호를 눌렀다. 통화가 연결된 기기를 귀에 가져가며 휘, 주위를 둘러보고는 조심히 말을 뗐다.

"예. 전주님 뜻대로 일은 제대로 진행되는 것 같습니다. 그런데 정말 괜찮을까요? 정광을 가져가지 못하면 무역공사의 손해도 손해지만 동지회에 닥칠 배상도 만만찮을 텐데요."

전화기에서 춘희의 목소리가 흘러나왔다.

"그건 걱정하지 마세요. 양동지는 맡은 일만 제대로 하면 됩니다."

"알겠습니다. 박상도는 이제 모든 책임을 안고 곧 물러나게 될 겁니다. 일어난 일은 회의 전에 제가 먼저 시당위원회에 자세한 보고를 올렸습니다."

"잘했어요. 난 양동지만 믿겠어요. 그럼……."

"잠깐. 궁금해서 그러는데 중국 화차는 이제 빈 것으로 돌아갑니까? 제가 참견할 일이 아니라면 대답하지 않아도 됩니다만……."

"아니요. 화차엔 중동 탄광에서 생산한 석탄이 실릴 겁니다. 밀가루도 탄광 종업원배급으로 나가게 될 거고."

"아, 그렇군요. 알겠습니다, 그럼."

통화가 끝났지만 양태산은 휴대폰을 손에 쥔 채 목석처럼 굳어졌다. 정광 대신 탄광에서 생산한 석탄을 싣고 간다는 말이 묘한 울림을 불러왔다. 언뜻 스치는 인물은 다름 아닌 정태수다. 소문이 날 만큼 나서 춘희와 태수의 관계를 양태산도 안다. 갑자기 질투가 치솟았다. 그가 힘 빠진 모습으로 들른 집은 광산에서도 한참 떨어진 개성음식점이었다. 향이가 특별손님만 받는 안방으로 그를 맞아들였다. 두 달 전에 볼 때와 달리 개성음식점이 많이 달라졌다. 원래는 조선식 기와집 정지방에 손님을 받아들였다. 그러던 것을 사이 벽을 터트리고 방을 하나로 늘였다. 그만큼 손님이 많아졌다는 증거다. 미리 준비하고 있던 것처럼 향이는 양태산이 안방에 앉기 바쁘게 김이 문문 나는 단고기탕을 차판에 받쳐 들고 들어왔다. 차판엔 상표가 붙은 중국산 병술까지 보란 듯이 놓였다. 멍한 눈길로 그것들을 상에 올리는 것을 보며 양태산은 생각을 곱씹었다. 대체 춘희는 왜 자그마한 탄광에서 갱장 노릇이나 하는 자와 몸을 비비며 돌아가는지, 그자가 되게 잘나서? 인물 쪽이라면 양태산도 자신 있다. 그가 지내본 춘희는 남자의 인물에 반해 숨겨야 할 감정 따위를 쉽게 드러내는 서푼짜리 여자가 아니었다. 그녀는 늘 웃으며 사람을 대한다. 그래서 얼간 망둥이 같은 자들은 혹, 저를 좋아하나, 하는 착각에 빠져 분위기만 익으면 능글능글 수작을 붙여보는데 그럴 때마다 혼쭐이란 것을 입이 아닌 항문으로 토해냈다. 어디서 익혔는지 연약한 회초리 같은 몸이 일단 승기가 살면 바람처럼 움직인다. 말주변도 청산유수다. 다사스럽지 않아도 논리 정연한 씨가 박힌 말로 상대를 주눅들게 했다.

　지난여름, 아주 이른 아침에 양태산은 일 때문에 춘희의 집을 찾았다. 동틀 무렵인데 운동을 나갔다기에 내친김에 뒷산에 올라갔다. 높지 않은 산 정상에서 춘희는 남자들이 여름에 즐겨 입는 러닝셔츠 같은 얄팍한 속옷만 걸치고 무엇을 후려치는 동작을 하고 있었다. 남자가 아닌 여자여서 그쯤 되면 벗었다고 해도 틀린 말이 아니다. 해가 떠올라 나뭇가지 사이로 비쳐드는 붉은 햇빛에 반사된 그녀의 모습은 환상의 여신처럼 황홀했다. 상대가 누구든 단번에 쓰러뜨릴 예리한 동작을 반복하며 그처럼 황홀한 육신을 혹사하는 모습이 하도 신기해 양태산은 저도 모르게 살금살금 다가갔다. 정확히 말하면 아침 햇빛에 물든 여자의 비너스 같은 몸매에 스스로 발이 끌렸던 것 같다. 웬 남자가 다가오는 것도 모르고 이쪽에 등을 대고 같은 동작을 반복하던 춘희가 그가 가까이 다가서자 "무슨 일이에요?"하고 물었다. 그러며 홱 몸을 돌렸을 때 양태산은 헉, 하고 저도 모르게 비명을 질렀다. 사람의 몸이, 아니 여자의 몸이 그처럼 경이롭고 신비하다는 것을 난생처음 느껴봤다. 쭉 뻗은 하얀 양팔이 눈뿌리까지 아프도록 빛을 발했고 마침맞게 볼록 솟은 가슴의 깊은 골은 깊고 눈같이 정갈해 삽시에 숨을 멈추게 한다. 가는 허리, 내리뻗은 두 다리와 중국산 흰 운동화며 발그레 홍조가 비낀 갸름한 얼굴은 금빛 햇빛에 묘하게 어울려 그의 혼을 빼버리기에 충분했다. 뚫어지게 보는 크지도 그렇다고 작지도 않은 두 눈은 말 그대로 샛별이다. 보통 눈정기가 아니었다. 하체를 가려 착 붙은 하늘색 운동복도 고가의 상품인 것은 틀림없지만 그게 이 여자의 쪽 빠진 몸에 걸쳤으니 그렇지 만약 다른 여자의 몸에 걸쳐졌다면 그다지 눈에 띄지 않았을지도 모른다. 그가 저절로 벌어진 입을 다물 생각도 못 하고 그냥 염치없이 빤히 쳐다만 보자 춘희는 그제야 자기 옷매무새를 살피며 얼굴을 붉혔다. 익은 얼굴을 숙이니 그게 더 이채롭다. 와, 하는 탄성이 절로 새도록, 몸의 근육이 삽시에 풀어져 당장 그 자리에 소르르 무너지고 싶다. 무너져 영원히 이 신선함을 안고 잠들고 싶다.

이후부터 양태산은 자신의 운을 점치며 무척 행복해했다. 멋진 여자와 함께 큰일을 도모한다는 뿌듯함이 그를 행복의 경지에 나름 올려세운 셈이다. 근사한 경지에서 행복감에 잠겨 생을 즐기는 것은 아무나 가질 수 있는 행운이 아니라고도 생각했다. 대체로 덜된 인간들은 멋지고 희한한 것에 환장해 그걸 품거나 가지려고 안간힘을 쏟는다. 그걸 가지는 순간, 넘치던 행복이 벌써 끝을 알 수 없는 나락으로 떨어져 버린다는 것은 전혀 깨닫지 못하면서 말이다. 아름다움은 경지에 오를 만한 것에 대한 감상이고 그것을 점거가 아닌 활력으로 간직할 줄 알아야 현명한 사람이다. 그래야만 행복이 뭔지, 무한정 생을 상승시킬 수 있는 자양분이 뭔지 진정으로 아는 사람일 테니까, 양태산은 그때 그렇게 생각하며 행복해했다. 그런데 지금 돌변한 이 허전하고 맥 빠진 감정은 대체 뭐지? 절대 내어줄 수 없는 소중한 것을 어처구니없게 빼앗긴 것 같은 허전함. 늘 머릿속 깊은 곳에서 활기를 생산해 주던 보물이 순식간에 저 갈 데로 쪽, 형체도 없이 사라져 버렸다.

"자요."

향이가 잔에 술을 부어 내밀었지만 양태산은 그냥 미궁의 수렁에서 헤어나지 못했다. 멀거니 향이를 쳐다보는 눈길이 어쩌면 대낮의 부엉이 눈길 같기도 하다. 술잔을 들고 빤히 쳐다보는 얼굴이 참 못났다는 생각이 들었다. 뭐, 이따위로 생겨 먹고도 정작 못생겼다, 하면 화를 내겠지? 그런대로 이목구비는 여자답게 갖췄다마는 보는 눈을 매료시킬 우아함이란 손톱눈만큼도 없으니 넌 참, 지루하겠다. 네 인생 되게 지루할 거야, 라고 생각했는지 양태산은 고개를 꺾으며 히히히 바보처럼 웃었다.

"아 참, 팔 아프게 어서 받아요." 되게 못난 입이 드디어 빡 터진다. 그때야 양태산은 화들짝 놀라며 향이가 내민 술잔을 받았다.

"무슨 생각을 그렇게, 꼭 혼 빠진 사람 같아요."

요, 요런 되알진 년. 어디 어린 계집이 겁대가리 없이 대기업 간부님 보고 함부로 주둥일 나풀거리는 거냐? 욕이 목젖까지 올랐지만 양태산은 아닌 보살 상냥한 미소를 지었다.

"그렇게 보여? 향아, 거기 앉아. 손님도 없는데, 괜찮지?"

양태산이 속 감정을 누르고 살갑게 이르자 향이가 눈을 깔며 다소곳한 자세로 마주 앉는다. 그때 "손님 또 왔어." 하며 영성이가 미닫이문을 밀며 삐죽, 얼굴을 들이밀었다.

"오, 알았어. 그럼 전······."

향이가 나가자 양태산은 영성을 불렀다.

"그럼 너라도 이리와 앉아. 한 잔 괜찮지?"

술 소리에 벌써 군침이 도는지 벌쭉벌쭉 웃으며 올라앉은 영성은 양태산이 내미는 술잔을 황송한 표정으로 받아들었다.

"너 탄광 일을 그만두고 예서 일하는 게야?"

"아, 아닙니다. 교대가 끝나면 도와줄 겸 자주 내려옵니다."

"오, 그래? 그럼 허튼 생각 말고 열심히 일해. 탄광이 이제 살고 날 거다."

"네? 그게 무슨 말입니까?"

"내일이면 알게 돼. 참 너희 갱장은 잘 있지?"

"네. 요사인 저기 외화벌이 단위에서 주문한 석탄량을 맞추느라 눈코 뜰 새 없이 바빴습니다. 우리 갱장 동질 아십니까?"

"아니까 묻지. 근데 언제부터 주문 탄을 생산했지?"

"그게 아마 한 달 전쯤 됩니다. 될수록 버럭이 섞이지 않게 별도로 생산하라고 했습니다."

"한 달이라." 잠깐 생각을 해보는데 바깥 방문을 여닫는 소리가 들렸다. 양태산은 얼른 잔에 술을 채워 내밀었다.

"자, 이거 한 잔 더 마시고 그만 나가봐. 손님이 온 것 같아.

영성이가 나가자 연거푸 잔을 비우던 양태산은 문득 떠오르는 생각에 두 눈을 크게 떴다.

춘희는 분명 당비서 자리를 넘보는 나를 도와주려는 것만이 아니고 무언가 딴 사정이 있어 이러한 조처를 한 것이 아닐까? 하는 생각이었다. 그것도 아니라면 당 비서와 엉킨 풀지 못할 또 다른 사연이 있는 것인가? 있다면 그게 뭐지?

한 손에 술잔을 들고 까딱 움직이지 않고 생각에 잠긴 그는 마치 목석 같았다. 하나 아무리 머리를 굴려도 엉킨 매듭은 좀처럼 풀리지 않는다. 그렇지만 이미 그를 점거한 사유는 점점 더 깊은 골짜기로 그를 몰고 갔다. 한 달 전부터 탄광에서 주문 석탄을 생산했다면 광산에 들어온 화차를 탄광으로 돌릴 생각은 지금이 아닌 그때부터라는 소리다. 지난여름, 중간 외화벌이 총화에서도 흑연 납품이 많은 이윤을 동지회에 주었다는 평가를 받았고 양태산 자신도 두둑한 상금을 받았다. 이번 정광수송도 적지 않은 이윤이 날 건 당연한데 왜 정광수출이 중지되길 바란 사람처럼 행동하는지 알다가도 모를 일이었다. 혹 정태수란 자에게 깊숙이 빠져 그 장단에 춤을 춰? 아니, 아니 그건 아니다. 전주란 여인은 절대 공과 사를 구별 못 할 사람이 아니었다. 그럼 왜? 양태산은 종시 해답을 못 찾고 손에 든 잔의 술을 쭉 들이켰다. 카, 중국산 바이주의 독성이 저절로 속 깊은 곳의 내장을 들어 일군다. 또 잔에 술을 채웠다. 마셨다. 카, 카 연속되는 트림 속에 양태산은 마침내 술이 쏟아져 질펀한 상에 머리를 틀어박았다.

6

어두울 무렵에 도 변호사와 헤어진 태수는 낡은 자전거를 타고 귀갓길에 올랐다. 60리 길을 달리면서 그는 여러 생각에 골몰했다. 그 통에 벌써 마을 길에 들어선 것도 몰랐다. 멀리 마을이 보이자 옆에서 부지런히 쫓아오던 누렁이가 껑충 뛰며 생각에 잠겨 페달을 밟는 태수에게 매달렸다. 태수는 개를 밀치려고 얼결에 팔을 휘둘렀다. 그 통에 중심을 잃은 자전

거가 왔다 갔다 팔자 선을 긋다가 마침내 쾅, 하고 마른 풀이 깔린 길 가
녘에 넘어졌다. 네 활개를 벌린 태수에게 달려든 누렁이는 아픔에 찡그리
는 얼굴 여기저기에 긴 혀를 널름거렸다. 하, 이놈이 요런 아양으로 복수
를 하는가? 벌써 이틀째 도 변호사 집 창고에 갇혀 있다 나와선지 별스
레 주인에게 치근댄다. 혀를 빼든 누렁이의 머리를 쓸어 주며 태수는 허
허 웃었다. 지금껏 살아오면서 누구에게 잘 보이려 아첨하거나 뇌물 같
은 것을 줘본 일이 없다. 한데 아내와의 이혼을 위해 십오 킬로 남짓한 누
렁일 갖다 바쳤다. 도로 가져오긴 하지만 그래도 일정한 수확은 있는 것
같다. 처음 개를 잡수어달랄 때만 해도 흰 눈자위를 보이며 허둥대던 도
변호사가 오늘은 개를 돌려보내면서 살가운 표정을 지었다. 엊저녁 판사
와 의논해 봤는데 먹고는 싶어도 뒤가 두려워 누렁이에게 손을 못 대겠
다면서 그냥 그 마음만은 받겠다고 했다. 그럼. 그거면 되지. 마음을 받
는다는 건 이혼을 위해 뭔가 애써주겠다는 소리로 들려 기분이 좋았다.
이쯤 되면 시일은 좀 걸려도 이혼할 바탕은 마련된 셈, 뭐든 다 인적 관계
가 중요했다. 지금 태수는 절박하리만큼 아내와의 이혼에 사활을 걸었
다. 빨리 이혼하고 춘희와 재결합해야 했다. 그래야만 그 여자의 입을 막
을 수 있다고 생각했다. 일을 저지를 때만 해도 들켰을 때의 후폭풍에 대
해서는 깊이 생각하지 못했다. 그러나 정작 춘희의 입에서 듣기도 아찔한
철진이와의 합작행위 비밀이 튀어나왔을 때 그 모멸감은 어데 비교할 수
없을 만큼 강렬했다. 생각만 해도 얼굴이 화끈거렸다. 이젠 한 몸이나 다
름없는 춘희 앞에서도 이럴진대 이일이 만약 여론화되어 만나는 사람마

다 "아니 갱장, 그 뭐 아일 얻으려고 제 색실 외간 사내의 사타구니에 밀어 넣었다는데 사실이우?" 하면 참 생각만 해도 머리털이 곤두선다. 체면이란 게 이리도 절박한 건 줄 미처 몰랐다. 아마도 사람은 짐승과 달리 체면으로 사는 존재 같다. 내일 당장 죽어도 그런 모멸의 꼬리표는 달고 싶지 않다. 그래서 아내와 헤어질 결단을 했다. 처음 이러저러한 관계로 이혼하자고 했을 때 아내는 눈물만 흘리며 멍하니 태수의 얼굴만 처다봤다. 아내의 나이는 이제 서른넷, 아직은 젊다. 어차피 혼자 살순 없는 법, 조금이라도 젊을 때 이혼해야 재혼도 쉽지 않겠냐는 태수의 말을 듣는지 마는지, 한동안 울먹대던 아내는 더 참지 못하고 얼굴을 싸쥔 채 밖으로 뛰쳐나갔다.

지금 걱정도 없지 않다. 그건 춘희의 태도 때문이다. 춘희와의 재결합을 전제로 한 이혼이었는데 어느 날엔가 그런 뜻을 말했다가 퉁을 맞았다. 사람을 그런 식으로 모욕하지 말란다. 사람이 살다 보면 이런저런 인연을 맺게 되는데 그럴 때마다 배우자를 바꾼다면 그게 사람이냐고 오금을 박듯 말했다. 뜻밖이었다. 사실 춘희와의 원활한 관계도 중요하지만 무맥한 아내와 계속 붙어 있다간 식구들은 물론 아내도 예서 굶겨 죽일 수 있다는 의구심으로 시작했다. 그것뿐이 아니다. 남의 아이를 낳았다는 소문 또한 이혼을 부추긴 이유다. 아내를 이혼시켜 먼 서쪽 친정집에 보내면 퀴퀴한 소문도 더는 살이 붙지 않고 조용히 사라질 것이었다.

요즘 탄광은 완전 상승기다. 따지고 보면 다 춘희 덕이다. 사실 얼마 전까지만 해도 탄광 실태는 말이 아니었다. 뜻하지 않은 사고로 채탄장 여러 개가 무너지고 겨우 철용이가 속한 채탄수대 탄밭 하나가 살았는데 그것도 바닥이 날 때가 돼서 기본 굴진이 따라야 새 탄맥을 찾을 수 있었다. 갱에서 생산되던 하루 50여 톤의 석탄이 이후 10여 톤으로 줄었다. 동발목을 조달하던 설봉산 갱목장에도 쓸 만한 나무는 모두 거덜났다. 쓸 만한 소나무란 소나무는 봄, 여름 내내 송기를 얻어내느라 지역 주민들이 모조리 껍질을 벗겨내서 찻길을 낸 주변의 소나무는 죄다 말라 죽었다. 새 갱목장을 마련하려면 더 깊이 산속으로 들어가 길을 내고 집도 지어야 하는데 거기에 드는 노력과 자재, 폭약이 문제였다. 자금도 없고 폭약도 모자라 일부 채탄장에선 곡괭이로 탄 벽을 쪼아내는 형편이었다. 중동 탄광이 곧 폐갱될 거라는 소문이 공공연히 나도는 절박한 때 구세주 마냥 살뜰한 손이 다가왔다. 그날 외화식당에서 진행된 동지회 회의에서 춘희의 보증으로 회원이 될 때만 해도 소속될 조직이 베풀 혜택에 대해서는 생각도 못 했다. 이후 동지회의 주선으로 생산된 석탄을 농장, 기업들에 실어 날랐다. 탄광 측에서도 태수가 하는 일을 군말 없이 밀어주었다. 동지회는 다른 곳보다 비싼 가격으로 석탄을 가져갔다. 철저한 물물교환이다. 차라리 돈으로 거래하면 좋겠지만 그건 뒤가 두려워 그만두었다. 법이 그렇게 돼 있다고 탄광지도부에서 애초 승인하지 않았다. 사실 그게 옳다. 사회주의사회에서 공식기업이 아닌 외화벌이 단체와 국영기업이 돈 거래를 했다면 그건 언제든 위의 검열에 한 코 단단히 꿰일 빌미를 주는 행위였다. 동지회 쪽에서도 그런 원칙 때문에 조심스럽게 거래를 했는데 한 달 전쯤 갑자기 대박이 터질 조짐을 보였다. 생산된 석탄을 중국에 수

출할 수 있는 길을 바로 동지회에서 마련해 준 것이다. 그때 정태수는 속으로 만세를 불렀다. 판매가 아닌 공급으로 생산되는 석탄인 만큼 위에서 보내주는 자재가 없으면 꼼짝없이 생산을 멈춰야 했다. 그런 때 석탄 수출길이 열렸다는 건 나라에서 주지 못하는 식량을 탄광 자체로 해결할 수 있다는 뜻이다. 굶주린 노동자들에겐 이런 것이 대박이었다. 요즘은 참 살맛 났다. 동지회의 후원으로 무너진 채탄장도 보수했고 새로운 갱목장도 마련했다. 아직 첫 거래 전이어서 굶주림은 피하지 못했지만 이제 곧 식량이 해결된다는 것만으로도 등에 붙은 뱃가죽에 슬슬 힘이 뻗쳤다. 돈의 위력이란 바로 이런 거구나, 할 정도로 지금껏 느껴보지 못했던 감회가 매끌매끌한 참기름이 돼 굳어진 뼈 짬으로 솔솔 스며든다. 정말이지 자재가 풍부하고 식량만 공급된다면 석탄이 막장으로부터 물 흐르듯이 쏟아져 나올 건 당연했다. 정광을 중국에 넘겨 하얀 밀가루 배급을 받는 광산을 늘 부러워했는데 이제 탄광도 그 맛을 보게 됐다.

즐거운 마음에 태수는 히죽 웃으며 누렁이를 안으려는데 꼬리를 흔들던 누렁이가 갑자기 홱 돌아 집 쪽으로 총알같이 뛰어간다. 배고팠는가? 웃음을 머금은 채 누렁이를 물끄러미 보다가 이내 상촌 마을로 자전거 방향을 돌렸다. 구세주 같은 춘희를 만나보고 싶어서다. 춘희는 오늘 중국에서 돌아왔다며 낮에 전화로 알려왔다. 내일 아침 만나자고 했어도 태수는 지금 만나고 싶었다. 통화에서 느꼈지만 뭔가 거대한 것이 단박 들이닥칠 것 같아 가슴은 한없이 부풀었다. 이혼 때문에 개까지 재판소로 실어갔지만 사실 집안엔 식량이 떨어진 지 오래다. 부업으로 가꾼 뙈기밭의 옥수수나 콩은 게으른 아내 손에서 수확할 게 없이 폐농이 됐다. 여름 내내 쏟아진 비, 뒤따른 가뭄과 비료를 주지 못해 제대로 자라지도 못했지만, 이제 그것이 아무 문제도 안 될 만큼 큰 것이 닥치리라 생각하니 기분은 땅이 아닌 공중으로 훨훨 난다. 흥흥거리며 춘희의 집으로 가는 농장 작업반 어귀 길에 들어서는데 선전실 마당 귀퉁이에 두 남자가 마주 서 있는 것이 보였다. 둘은 야외 등이 켜진 어두운 곳에 선 태수를 볼 수 없어 아무런 경계심도 없이 서로 말을 주고받는다. 구석에 자전거를 세우고 주시해 보니 나이 먹은 사람은 농장 보위원 한봉수고 마주 선 사람은 춘희의 남편인 홍범이다. 춘희가 벌써 잠자리에 누웠다는 홍범의 말이 들리자 만나긴 글렀구나, 하는 생각에 한숨이 절로 났다. 껴안다시피 홍범의 목에 긴 팔을 걸치고 지껄이는 한봉수는 분명 술에 취한 것 같다.

"야, 이 자식아. 넌 내 자식과 다를 바 없는 놈이야. 난 말이야 어떤 일이 있어도 널 꼭 지켜 주고 싶단 말이다. 그러니까 솔직히 말해 엉? 이 물건 어디서 났지?"

"글쎄, 그것까진 잘 모르겠습니다. 춘옥이가 어디서 얻어 들였겠지요."

"네 안까이가 중국 가서 가져온 게 아니구? 너, 춘희를 감싸지 마라. 요샌 저기 저 탄광의 정태수란 자와 배를 붙이고 돌아간다는데 네 녀석은 뱃도 없어?"

"뭐, 내가 부실하니까, 별루 감정은 없습니다요."

"이런 어수룩한 놈 봤나, 됐다. 내 너와 뭘 더 말하겠냐? 춘희는 지금 잔다고 했지?"

"네. 피곤한지 벌써 자리에 누웠습니다."

"그럼 이걸 제 자리에 갖다 놔. 들키지 말고 엉?" 뭔가를 건넨다.

"예, 이것 땜에 무슨 일은……."

"일은 무슨, 나쁘긴 하지만 널 보고 덮기로 했으니까 내게 고맙다고 해라."

"예, 고맙습니다. 그럼……."

"집 식구들 모르게 슬쩍 제자리에 갖다 놔라. 알겠지?"

"예."

"그래, 가보라우."

저게 뭐지? 태수는 의문을 떨치지 못했다. 잠시 망설이던 태수는 별건 아니겠지, 하고 생각한 듯 집으로 가는 방향으로 자전거를 돌려세웠다. 몇 걸음 옮기다가 다시 멈춰선 그는 주머니에서 손전화기를 꺼냈다. 아무래도 춘희에게 알려야 할 것 같았다. 동지회의 명의로 된 전화기다. 태수가 번호를 누르려는데 어둠 속에서 철진이가 불쑥 나타났다. 혹, 실수가 없을까, 염려돼 홍범에게 CD를 돌려주려 나온 한봉수의 뒤를 따라 섰던 그다. 철진을 알아본 태수는 뜻밖인 듯 입을 쩍 벌렸다.

"어? 뭐야 갑자기. 너 숨어서 날 감시하고 있었냐?" 철진이 말없이 다가왔다.

"춘희에게 전화하려 했지?"

"그런데? 만나자 할 땐 그림자도 삐쭉 않더니, 이게 무슨?"

태수의 불쾌한 말에 철진은 히죽 웃으며 중국산 담배갑을 내밀었다.

"네가 이해해, 보위원이라는 직업이 날 그렇게 만드는 거니까."

태수는 씩, 거친 숨을 뿜으며 그냥 철진을 노려본다. 둘은 담배를 피우며 마을을 벗어나 산기슭에 웅크리고 앉은 큰 바위를 등지고 마주 섰다. 두 사람이 피우는 담뱃불이 어둠을 뚫고 선명하게 드러났다.

"야, 너 날 감시한 거지?"

"우연이야. 그런 적 없어."

"그럼 춘희를?"

"거야 모르지, 문제가 많은 여자니까."

"뭐?"

"너 춘희에게 정신없이 매달린다며, 사실이야?"

"야, 넌 할 일이 그렇게 없어? 보위원이 남녀문제에 신경을 써?"

"야, 둘만 있을 땐 보위원이란 말은 좀 빼라. 이왕 만났으니까 묻는데 그렇게 철석같이 약속한 우리 둘의 비밀을 왜 춘희에게 말했어? 무슨 의도야?"

태수가 한풀 죽어 가늘게 한숨까지 쉰다.

"그건 춘희가 먼저 알고 있었어. 내 입을 통해 확인했을 뿐이구."

"정말이야?"

"그래 그걸 말해 주려 이미 전부터 널 만나자고 했어. 그 밤 네가 밖에 나와 복면을 벗는 걸 춘희가 봤어. 우연이겠지만 실수는 네가 한 게야."

철진은 잠시 생각했다. 그럴 수도 있다. 그러나 지금 그 문제를 가지고 둘이 옥신각신할 필요는 없었다. 이미 지나간 일이고, 그저 만나고 보니 자연 그 말이 나왔을 뿐 따져 봐야 백해무익한 일이기에 두 달 전 춘희와 만난 이후 지금까지 침묵을 지켰다. 하지만 오늘 춘희에 대한 새로운 자료를 손에 쥐었다. 철진은 새 담배 개비를 붙여 물며 태수를 직시했다.

"너 정말 이혼하고 춘희하고 살림이라도 차리려는 거야?"

"그건 네가 상관할 일이 아니지."

"왜 상관없어? 어떻게 생각할지 모르지만 넌 춘희를 상대할 재목이 못 돼."

"뭐? 너 날 아주⋯⋯."

"내 말 들어. 그게 네게 이로울 테니까 남자로서 잘난 여자에게 매달리는 심정은 이해한다. 쪼들리는 생활난 때문에 더 간절하겠지. 하지만 그런 궁핍은 너만 당하는 게 아니야. 문제는 그런 어려운 생활 속에서 어떻게 자신을 지켜내는가가 더 중요한 거 아니겠어?"

"그만해라. 네가 뭘 알아서?"

태수가 버럭 소리쳤다. 하지만 찔렸다. 겪고 있는 생활만 아니라면 춘희에게 말려들진 않았을 것이다. 정작 아내와 이혼하려 하자 춘희의 태도가 달라졌다. 진짜 속심이 아니길 바라지만 서운한 건 마찬가지다. 그러나 지금에 와서 춘희와의 관계를 끊을 수도 없다. 곧 생산된 석탄이 식량으로 바뀔 테고, 그게 다 누구 덕인가, 애초 춘희와 함께 험난한 세월의 고랑을 함께 넘으려던 생각이 현실로 다가왔다고 생각한 만큼 그런 태수에게 철진의 충고가 바로 들릴 수 없었다. 춘희와의 불륜의 소문은 멈출 줄 모르고 한여름 담쟁이 넝쿨처럼 무성하게 퍼져가도 춘희는 별로 거기에 신경을 쓰는 것 같지 않다. 처음엔 소득 없이 날품을 판 때처럼 허전했지만 희망이 있는 지금 남자가 먼저 민감한 반응을 보일 필요가 뭔가, 태수는 바위에 걸터앉으며 철진에게 손을 내밀었다. 철진은 담배 한 개비가 반쯤 뽑힌 곽을 내밀며 말했다.

"친구로 네 사생활까지 간섭할 생각은 없지만 내 말 잘 들어. 그 여자는 지금 목숨을 내놓아야 하는 위험한 장난을 치고 있어. 물론 받쳐 주는 힘을 믿고 그러겠지만, 근데 그 힘이란 건 말이야. 있다가도 뭔가 잘못되면 오히려 짐이 되는 경우가 있어. 손에 쥔 칼에 제가 찔리듯이 말이야."

태수는 불을 붙인 담배 연기를 길게 내뿜으며 힐끗 철진을 본다.

"무슨 말이야, 그게?"

"그 집에 식모 격으로 얹혀사는 김춘옥이라는 여자 알지?"

"그 여자가 왜?"

"삼 년 전에 남편이 행불되었는데 알고 보니 서울에 가 있더라구."

"서울? 아니 남조선 말이야?"

"응."

태수는 놀랐어도 이해는 했다. 행불이라면 다 살기 바빠 강을 건넌 사람들인데 갈 곳은 거기밖에 없음을 그도 대충 알고 있었다.

"그걸 어떻게 알았어?"

"아까 한봉수가 춘희 남편에게 넘겨준 것이 바로 서울이 찍힌 알이야. 그걸 낮에 봤거든."

"그래서 춘희에게 전화하려는 날 막았어?"

"그래. 춘희가 그 알의 내용을 내가 봤다는 걸 알면 안 되니까. 그런데 문제는 그런 영상물을 춘옥이가 어떻게 가졌는가 하는 거지. 그건 중국에 다니는 춘희 몫이 분명해."

태수는 속이 꿈틀했다. 역시, 동지회라는 조직회의에 참석한 다음부터 알게 모르게 가슴을 얼어들게 만들던 상상의 예감이 지금 현실이 되어 육박해왔다.

"그거 지나친 상상 아니야?"

"아니, 춘희가 아니면 집구석에 박힌 춘옥이가 어떻게 그런 걸 손에 넣을 수 있겠어?"

"커다란 외화벌이 조직을 움직이는 여자가 그런 물건을? 상식적으로 말이 된다고 생각해?"

"말이 안 되기 때문에 신경이 쓰이는 거야. 뭐가 있어, 분명."

"그게 뭔데?"

"아직은, 태수 네가 날 좀 도와줄 수 있겠어?"

"내가 뭘?"

"현재 춘희에게 가까이 다가갈 수 있는 사람은 너밖에 없어. 그러니까……."

"그러니까 뭔데? 나 보고 춘희를 감시하라는 거야?"

"넌 어떻게 생각해? 그렇게 실속 있는 조직의 전주가 이발사 일을 놓지 않는 이유 말이야."

태수는 잠시 머뭇거렸다. 듣고 보니 이상했다. 아니, 생각해 보면 이상

할 것도 없다. 아무리 전주라 해도 농장 가족이니 농장 일에서 벗어날 순 없다. 그건 어길 수 없는 당의 방침이다. 또 다른 개인적 이유도 생각난다. 중동농장엔 이발소가 두 개다. 춘희의 단골을 보면 광산이나 탄광 그리고 농장간부급들이다. 대단한 인맥을 형성할 조건이다. 하지만 철진은 고개를 흔든다. 모든 걸 의심하는 버릇이 골수에 밴 사람 같다. 보위원이니 그럴 수도 있지만 그걸 빌미로 누굴 밀정 노릇 시켜 보겠다는 것 같아 태수는 픽, 조소를 흘렸다.

그러나 이어진 말에 정신이 번쩍 들었다.

"인간관계를 보다 승화시키려면 상대가 누군지 속속들이 알아야지, 바로 너와 나처럼 말이야. 넌 춘희와 가깝다고 생각해도 그가 어떤 여자인지 모르잖아. 어디서 살던 여자며 가정환경은 어떻고 현재 무얼 목표로 사는지 아무것도. 한마을 지기래도 모르겠는데 갑자기 널 왜 자기 품에 끌어당겼는지 한 번이라도 생각해 본 적 있어? 육욕의 유혹이 가장 큰 몫을 차지했다고."

"야, 말을 해도, 육욕이 뭐야 육욕이?"

"그럼 그게 뭔데? 사람은 누구나 육욕에 빠지면 착각을 피할 수 없어. 정신이 확 빠져 버리니까, 몸 한 번 섞었다고 상대를 제 주머니 물건처럼 생각하는 놈들 많은데 사고는 바로 그 속에 웅크리고 있는 거야. 넌 진이의 출생 비밀이 왜 여론화됐는지 생각해 봤어?"

태수는 담배 연기를 깊숙이 빨아들였다. 갑자기 가슴이 쿵쿵거렸다. 정말 그게 왜 철진의 말을 듣고서야 충격으로 안겨 오는지, 언젠가 춘희를 만났을 때 본인만 모르고 온 동네가 다 안다고 하던 말도 생각났다.

"그 비밀은 우리 둘과 영희 그리고 우연히 목격했다는 춘희만 알고 있었어. 그렇다면 소문을 낼 만한 사람이 도대체 누구야?"

"그야 춘희밖에 없지." 태수는 하마터면 그리 말할 뻔했다. 담배를 쥔 손이 바르르 떨렸다. 맞다. 춘희밖에 그 소문을 낼 사람이 없다. 왜? 오만 가지 생각이 한순간에 줄 타래를 엮어도 해답을 찾기는 어려웠다.

"사람을 안다는 게 쉽진 않지, 부탁한다. 여자와 친해도 뭘 똑바로 알고 덤벼. 그 여자가 무슨 목적을 갖고 네게 접근했는지 모르지만 그렇게 혼신을 바쳐 가슴에 담아 둘 상대는 아니라는 거다. 아무리 생각해도 좋게 볼 구석이 없어. 어떤 목적 실현을 위해서라면 무슨 짓이든 가리지 않을 여자 같아. 남자가 여색에 빠질 순 있지만 빠져나올 구멍은 미리 만들어 둬야지. 이건 친구로 주는 충고야. 눈에 뵈는 것만으로 뭔가를 평가하면 그거야말로 파멸의 시작이지. 여자는 특히 더해. 좋은 감정이 평생의 한으로 뒤바뀔 수도 있거든. 한마디만 묻자."

"뭔데?"

"너 혹 춘희에게 우리 둘의 합작으로 내가 그 밤 영희를 찾아갔다고 말했어?"

"그건, 내가 말을 안 해도 이미 알고 있는 눈치였어."

잠시 침묵이 흘렀다. 철진의 눈이 뚫어지게 마주쳐왔다.

"어떻게?"

"아마 감이겠지. 친구인 걸 알고 있으니까."

"아, 그럴 수도 있겠군. 암튼 지나간 일에 연연하고 싶진 않아. 너 혹시 여자 앞에서 무너진 자존심 때문에 아내를 버리고 춘희를 잡으려는 건 아니지?"

"모르겠어, 나도 내 마음을. 춘희가 이유 없이 날 끌어당긴 것 같지는 않고. 하지만 억지 수단으로 다른 남자를 시켜 애를 만들었다는 사실만은 알려지지 말아야지. 그리되면 나나 넌……."

"그건 춘희만 입 닫으면 알려지지 않겠지. 가만있자, 그래서 너?"

"아무래도 난 춘희와 결혼해야겠어. 어떤 비싼 대가를 치르더라도."

"부디 그러지 않아도 춘희는 어디 가서 그걸 밝히지는 않을 거야."

"어떻게 장담하지?"

"그럴 생각이었다면 벌써 했겠지. 다른 목적이 있는 게 분명해. 그러니까 되지도 않을 결혼이라는 보자기로 그 여자를 붙들 생각은 하지 마라. 깊이 생각해 보고 우리 다시 만나자."

태수는 철진이가 간 후에도 바위에 앉아 생각에 잠겼다. 춘희를 나쁜 상대로 생각하고 싶지 않아도 현실은 그렇지 않다. 너는 누구냐? 나는 네게 무엇이냐? 이제 네가 내게 할 일은 무엇이고 거기서 내가 감당할 건 무엇인가, 의문이 얽힐수록 답은 없고 대신 한숨만 나왔다.

미구에 닥칠 예상할 수 없는 실체에 대한 의구심에 한숨도 나온다. 태수는 절레절레 머리를 흔들었다. 어쩐지 자신이 겁쟁이처럼 보였다. 아무리 그래도 여자인데, 또 그 여자 덕에 탄광도 살았는데, 그렇게 보기엔 너무 졸렬한 것 같다. 하지만 그녀가 왜 병 주고 약 주듯 남의 가정 비밀을 누설하고 그걸 계기로 사람을 끌어당겼는지, 철진의 말처럼 그가 어떤 여자인지 정신을 바로 가지고 살펴봐야 할 것 같다. 아니 어쩐지 그게 당장 자기가 해야 할 일로 가슴에 새겨진다. 그간 춘희란 여자에게 꽂힌 미련이 너무 깊었고 또 너무 멀리 왔다. 혹, 지금에 와서 그녀의 일거수일투족을 살핀다는 것 자체가 그녀를 자기로부터 멀리 던져 버리는 것은 아닌지, 그것 자체가 평생 한이 될지, 아니면 다행한 일이 될지, 갈래 길에서 방황하며 집을 향해 걷는 그의 입에서 또 한 번 긴 한숨이 새어 나왔다.

*

두 사람을 끝까지 지켜본 한봉수는 어둠 속에서 히죽 웃으며 느티나무 아래 세워 놓은 자전거를 향해 천천히 걸었다. CD를 돌려주려 상촌 마을에 올 때부터 철진이가 따라올 줄 알았다. 수십 년의 보위원 생활이 가져다준 익숙한 후각이 던진 예감이랄까, 취한 척 했을 뿐 그만한 양의 술에 정신까지 흐트러질 정도는 아니다. 움직이는 담뱃불을 따라와 들은 두 사람의 대화는 참으로 놀라웠다. 아니 그것보다는 이제 전개될 철진의 차후 행동이 몹시 기대되었다.

'흥, 아주 추잡한 비밀을 가지고 있는 놈들이군.' 한봉수는 퉤, 침을 뱉고 자전거에 올라앉아 페달을 밟으며 또 중얼거렸다.

"이제부터 배다른 오누이의 치열한 싸움이 진행되겠군. 참 세상일이란……."

7

요즘 영성의 마음은 비둘기처럼 늘 콩밭에 머문다. 친구가 된 후부터 그냥 향이에게 가고 싶어 안달복달이다. 석탄도 벌써 여러 번 달구지로 식당에 실어갔다. 물론 아무도 모르게 한 일이다. 갱장까지 속일 수는 없었는데 어인 일인지 태수는 모르는 척 내버려 둔다. 어제도 영성은 석탄을 향이에게 실어갔다. 향이는 달구지에 석탄을 싣고 올 때마다 이건 얼마요, 하며 조그만 수첩에 적을 뿐 그에 따른 돈은 일절 내주지 않는다. 그냥 가다 오다 들려도 푸짐한 식사만 내준다. 어느 날엔가 영성이가 볼 부은 소리로 돈 말을 하자 향이 요것이 네가 돈은 해서 뭘 하냐며 따졌다. 신발도 그렇고 작업복도 새로 마련하려 그런다고 하자 향이는 직접 시장에 데리고 나가 사주었다. 그러면서 또 수첩에 얼마에 무얼 샀고 하며 적는다. 그래서 은근슬쩍 물었다. 그러는 네 모습이 딱 누나 같다고, 철없는 동생이 돈 허투루 쓸까, 손위 누나처럼 마음 쓰는 게 참 보기 좋다고 너스레를 떨었다. 그러자 향이는 "너, 내가 누나로밖에 안 뵈니?" 하며 찔, 눈을 흘긴다. 벙벙해 쳐다보자 "한번 다르게 봐. 누나로 보지 말고 더 가깝게 보란 말이야." "그럼 엄마?" "이런 멍텅구리. 내가 어찌 네 엄마냐?" 하며 작은 주먹으로 마른 가슴을 팡팡 때린다. 아팠다. 종시 듣고 싶은 대답을 못 들어 애가 타는지 너 진짜 날 친구로 믿으면 내 하는 대로 내버려 두라며 앞으로 무슨 일이 닥쳐도 끄떡없이 살자면 저축이 필요하다고 이른다. 틀린 말은 아니다. 지금까지 석탄을 돈 받고 팔아 본 일이 없어 괜찮지만 정작 받을 수 있는 돈이라고 생각하면 좀 아쉽다. 허전도 하고, 문제는 향이의 속마음이다. 요것이 날 진정 앞으로의 서방으로 여기고 이러는 건지, 아니면 쉽게 석탄을 얻기 위해 어리숙한 총각을 꽉 쥐고 사기 치는 건지, 의문스러울 때도 있지만 그래도 영성은 향이가 좋았다.

그걸 보고 옥실은 되게 못마땅해 기회만 되면 영성이를 놀린다. 사실 권양기 운전공이 몰래 석탄을 외부로 내갈 수는 없다. 대체로 교대시간에 끌어 올린 마지막 광차의 석탄을 탄장에 쏟지 않고 세워둔다. 0.5톤 적재의 광차다. 저녁 먹을 때 갱목반장에게 밤에 달구지 한 번 쓰겠다고 승인받아 탄부들이 목욕하는 시간에 달구지를 끌고 가 석탄을 싣는다. 누가 볼까 탄장이 아닌 사갱 중간에 탄차를 세워둔 만큼 달구지에 실으려면 운전공의 손을 빌려야 했다. 반장에게는 술 한 병 갖다 주면 아무 소리 없는데 여자인 운전공에겐 술이 통하지 않으니 부득불 인간적으로 구슬릴 수밖에 없다. 근데 옥실은 늘 영성을 탐탁지 않게 보는 터라 기회만 되면 따졌다. 너 석탄을 어데 가져가냐, 미실이처럼 어느 과부한테 공짜로 섬기냐? 아니면 밥 한 그릇과 바꿔 먹니? 했다. 그때마다 야, 내가 그런 머저리로 보여? 하고 골을 내지만 속은 뜨끔했다. 미안도 하고, 옥실의 입에도 뭔가 쑤셔 넣어야 하는데 향이 고것이 돈을 안 내주니 그럴 수도 없고. 사실 향이와 가까워지기 전에 영성은 옥실이를 마음속에 두고 사모했었다. 어딘가 모르게 마음을 끌어당기는 옥실이가 좋아서 기회만 되면 은근한 추파를 보냈지만 어떻게 된 건지 옥실은 그런 면에서는 영성에게 자그마한 틈도 안 줬다. 후에 알았지만 옥실은 철용이 같은 난봉꾼에게 욕을 당한 후부터 남자라면 절대 곁을 주지 않았다. 그래도 현재 유일하게 가까이하는 남자가 있다면 바로 영성이다. 근데 영성은 그런 눈치를 전혀 모른다. 하긴 향이가 있으니 옥실의 존재가 가슴에 닿을 수가 없다. 그저 자기만 보면 업신여기고 놀리지 못해 안달하는 계집애로 생각할 뿐이다. 암튼 뭐가 생기면 꼭 신세 갚음을 하리라 생각하며 영성은 오늘 저녁도 개성 집에 찾아왔고 제집처럼 문을 열었다. 여느 날 같으면 벌써 영업이 끝났을 이슥한 시간이지만 예상외로 손님이 많았다. 식탁 사이를 다람쥐처럼 나들며 음식이며 빈 그릇들을 나르던 향이가 방긋 웃는다. 그리곤 뽀르르 달려와 그를 주방으로 끌고 갔다. 향이의 할머니가 밥을 푸다 말고 "영성이 왔냐?" 하며 반겨준다.

"어서 빨랑."

할머니에게 인사도 하기 전에 향이가 앞치마를 입혀주며 차 판에 놓인 밥과 국을 손님상에 나르라고 한다. 흰 위생모까지 쓰고 영성은 부지런히 손님 요구대로 음식을 나르고 빈상의 그릇들을 들여왔다. 할머니와 손녀만 일하는 식당이라 이렇게 도와주면 한결 일하기 쉽다. 이젠 제법 이 일에 익숙해졌다. 해볼수록 접대 일이 재밌다. 먼지 먹으며 탄 벽을 쫓는 일에 비하면 신선놀음이다. 향이가 주방에서 그릇을 가시며 해죽 웃어 줄 땐 가슴이 뻥 뚫려 쿵쿵 심장이 뛰는 소리까지 들렸다. 영성은 몸에 이렇게 요동치는 심장이 있음을 향이를 만나서부터 알았다. 그전에도 가끔 심장 뛰는 일이 있었어도 그 존재를 이처럼 강하게 느껴보지는 못했다. 심장이 뛰니 발걸음은 마치 날개를 단 것처럼 가볍다. 음식 차판을 들고 육십

리 밖 성진까지 가래도 부담 없이 갈 것 같다. 밥 나르고 개장국에 술 나르고 빈 그릇 나르고 씻고 그렇게 시간이 흘러 마지막 손님까지 물러가자 드디어 향이와 함께 맛난 음식을 먹는 오붓한 시간이 왔다. 개장국을 담은 큰 그릇을 들고 온 할머니가 툭툭 영성의 등을 두드리며 많이 먹으라며 앞에 놓아준다. 이럴 땐 꼭 친할머니 같다. 혼자인 영성에겐 그런 인정미가 살점처럼 소중했다. 셋이 마주 앉아 술질을 하는데 개장은 안 잡숫고 김치에 밥만 몇 술 맛없이 축낸 할머니가 자리에서 일어섰다.

"난 먼저 방에 들어가 누우련다. 영성이 많이 먹고 가거라."

요즘 건강이 안 좋다는 할머니다. 아직 향이가 개장국 맛을 제대로 내지 못해 어쩔 수 없이 일하신다는 말을 향에게 들었다.

할머니가 침실이 있는 안쪽에 들어가자 향이는 제 그릇에서 듬뿍 고기를 건져 영성의 국그릇에 놓아준다. 받은 그릇만 비워도 배가 남산만큼 부를 텐데, 싫지는 않아도 어딘가 미안하다. 어찌 보면 비싼 음식을 사양 없이 축내는 식충이 같다는 생각도 든다. 히히 웃으며 영성은 숟가락을 내려놓고 은근한 눈빛을 향이에게 건넸다.

"오늘은 술 안 돼. 나하고 어데 갈 곳이 있어."

눈치 빠른 향이가 힐끗 눈을 흘기며 딱 자른다. 어딜? 어서 먹기나 해. 말이 없는 눈빛 대화가 팽팽히 오갔지만 결국 향이가 이겼다. 식사 후 둘은 같이 설거지를 끝내고 향이가 할머니 방에 들어가 몇 마디 말한 다음 밖에 나섰다. 벌써 밤 열 시가 넘었다. 괴괴한 정적만이 깃든 큰길을 둘은 손잡고 걸었다. 향이의 손은 따뜻했다.

"영성아."

"응?"

"너 지금 제일 보고 싶은 사람이 누구니?"

"내게 보고 싶은 사람이 누구야, 너밖에 더 있니?"

"그거 말고 가족 말이야. 형이랑 보고 싶지 않아?"

순간, 영성은 걸음을 멈추고 주위부터 살폈다. 심장이 요동쳤다. 남조선에 간 형을 입에 올려? 지금까지 향이에게 형 말을 해본 적이 없다. 그런데 어찌? 향이를 보는 영성의 눈길은 긴장했다. 향이가 픽, 웃으며 눈을 맞춘다. 심장이 고렇게 작아 어따 쓰냐, 하는 눈빛이다.

"네가 우리 형을 어떻게 알아?"

"친한 사람의 가족 신상이야 알아야지. 왜? 내가 알면 안 돼?"

"그건 아니지만 네가 그걸 알면?"

"그럼 뭐? 도망갈까 봐? 치, 넌 아직 멀었구나."

"뭐가 멀었다는 거야? 반역자 형을 둔 나를 네가 벌써 알았다면 나와 친했겠니?"

"그것 때문에 너와 더 친하고 싶었어."

"정말이야?"

"그래, 빨리 가. 오늘 네게 형 소식 알려 줄게."

향이가 다가와 팔짱을 낀다. 해도 영성은 목석처럼 굳어져 움직일 줄 모른다. 그냥 심장이 쿵쿵거리고 뭐가 뭔지 온통 멍하다. 향이가 두렵기도 했다. 몸까지 부들부들 떨렸다.

"이런 팔삭둥이!"

향이가 웅얼거리며 살포시 영성을 안아준다. 그다음 뜨거워진 입술을 포갰다. 영성은 심장이 멎는 것 같았다. 이게, 이게 말이지, 여자가 먼저 입술을 들이대? 그것도 길바닥에서, 야가 돌았나? 평시 그처럼 바라던 거지만 정작 이루어지니 황당했다. 얼결에 향의 가슴을 밀었다. 그런데 이건? 엷은 적삼을 걸친 가슴이 손바닥을 뭉클하게 한다. 아야, 영성은 황급히 손을 치우고 향이를 쳐다본다. 하도 조용한 길이어서 그런지 향이의 높아진 숨소리가 확대되어 귀에 들려왔다. 길옆의 건물은 중동농장 유치원이었다. 길을 벗어나 아무도 없는 마당 귀퉁이에 놓인 의자에 걸터앉자 향은 영성의 손을 잡아 자기 가슴에 얹어준다.

"원하면 만져 봐. 너 첨이지? 만지면서 요것만은 명심해. 이십 년 동안 때 묻지 않은 아주 소중한 거라는 걸. 어서 손 움직여. 기회는 오늘뿐이야."

그렇지만 영성의 손은 까딱 움직일 줄 모른다. 윙, 귓가를 내지르는 이상한 잡음이 그를 꼼짝할 수 없게 묶어 버렸다.

"너 이러는 거 진짜 처음이구나? 그렇지?"

얼결에 고개만 까닥거렸다. 그다음 홧홧 달아오르는 열에 영성은 황급히 향의 가슴에서 손을 뗐다.

"헹, 기회를 주는데도 바보같이, 완전 못난이. 근데 평시엔 왜 그리 침 흘렸지?"

"내가 언제? 괜히 트집은. 근데 이거 손에 자개바람이 일어. 어?"

향이가 까르르 허리를 쥐고 웃는다. 영성은 훌쩍 일어나 도망치듯 걸었다. 어딜 가는지도 모르면서, 한참을 걸으니 그제야 심장이 제자리로 돌아왔다. 그러자 몹시 후회된다. 줄 때 만질 걸……. 얼마나 만지고 싶었던 건데. 향이 요것이 몸은 갸날파도 볼록 솟은 가슴만은 유별나다. 그걸 언제 만져보나 했는데 오늘 천금 같은 기회가 와도 웬걸, 아쉬웠다. 여자 가슴에 관심을 가진 것이 아마 작년부터였던가? 그러고 보면 이젠 자기도 어른이 다 된 것 같다. 흐흐흐 웃음이 났다. 아마도 이런 과정을 거쳐 여자에게 익숙해진 다음 장가도 가는 거겠지? 애도 낳고! 갑자기 어깨가 으쓱 올라간다. 고마운 눈으로 돌아보는데 향이가 다가와 또 손을 잡는다. 오른손이 자연 들린다. 그러나 차마 오르지는 못한다. 다시 쿵쿵 심장이 뛰었다.

"우리 어딜 가지?"

"가보면 알아."

"향이야!" 백 미터 정도 손잡고 걷다가 은근히 불렀다.

"응?"

"넌 참 대단하다."

"대단하다고? 뭐가?"

"그저 그냥."

"계집애가 먼저 가슴 내대서?"

"오, 아, 아니야."

"아니긴, 근데 그러고 싶은 걸 어떻게 해. 네가 남처럼 뵈지 않거든. 넌 말이야 내 친구이기에 앞서 애인이고 미래의 세대주야. 다른 생각하지 마라. 그러단 죽어, 알겠니?"

"엉?"

"왜? 싫어?"

"아, 아니야. 싫긴, 너처럼 고운 여잘 내가 왜?"

"그 말 정말이지, 너?"

향이가 걸음을 멈추고 빤히 쳐다본다. 영성은 더 참을 수 없어 와락 향이를 끌어안았다.

"난 말이야, 내 곁에 아무도 없다고 생각했어. 그러면서도 외롭진 않았는데 그게 다 너 때문인 걸 지금껏 몰랐구나. 나 진짜 미실이지?"

저도 모르게 눈물이 났다, 그것도 줄줄. 아빠 엄마 다 굶어 죽고 하나뿐인 형도 도망가고 탄광에서 내주는 밥에 목숨을 걸고 살아온 세월이 서글펐다. 아무도 사람으로 대접해 주지 않았다. 갱장만이 자기를 아껴 주긴 해도, 하지만 그건 일 잘하는 수하에게 주는 관심뿐일 테고, 그러니까 인간적으로 미래까지 함께할 사람이 지금껏 얼마나 그리웠는지 모른다.

영성은 향이를 번쩍 안아 들고 한참을 걸었다. 힘든 줄도 모르겠다. 아니 전혀 힘이 안 든다. 향이도 안긴 것이 좋아 영성의 목을 꼭 안고 거기에 입술을 댄 채 가는 숨만 색색거린다. 난생처음 가져보는 그들먹한 차오름이 가슴을 꽉 메웠다. 뭇별이 총총한 밤하늘이 이토록 정겨운 줄 처음 알았다. 영성은 껑충껑충 토끼뜀까지 한다. 안긴 여체가 놓치면 안 될 소중한 자산으로 이미 그의 몸 한 부분으로 든든히 엉겼다.

향이가 영성을 데리고 간 곳은 춘희가 일하는 중동농장 이발소였다. 이미 불이 꺼져 어두컴컴한 마당으로 들어선 향이는 마치 주인처럼 열쇠를 꺼내 자물쇠를 열고 안에 들어선다. 영성은 한 번도 와 본 일이 없어 그냥 향이의 거처인 줄 알았다. 둘이 들어선 곳은 이발하는 방이 아닌 그 옆방이다. 향이가 벽에 붙은 스위치를 누르자 번쩍 불이 켜졌다. 불빛에 드러난 방은 아담했다. 나무 침대가 놓여 있고 여자의 것으로 뵈는 옷이 벽에 걸려있었다. 침대에 걸터앉은 향이는 벽 밑에 놓인 의자에 앉으라며 영성에게 권했다.

"형의 소식 궁금하지?" 영성이가 앉자 향이가 말했다.

"거야 그렇지. 근데 네가 정말 우리 형 소식 알고 있니?"

얼결에 반문했지만 마치 요지경 속에 앉은 기분이다. 향이가 어찌 형의 소식을 알까?

궁금한 눈빛이 강렬하게 향이에게 꽂힌다. 그러자 향이가 방긋 웃으며 두 팔을 벌린다.

"어서 곁에 와 날 안아줘."

"정말?" 이번에야, 하고 생각하며 영성은 우뚝 일어섰다. 향이가 앉은 침대에 다가가자 향이가 먼저 영성을 끌어안았다.

"약속해 줘."

"무얼?"

"어떤 일이 있어도 우리 헤어지지 말자는 걸."

"어떻게 약속할까?"

"먼저 물어볼게. 너 정말 죽음 앞에서도 날 위해 네 몸 내댈 자신이 있니?"

짓궂은 표정이다. 왜 이렇게까지? 영성은 고개를 끄덕였다. 정말 그리 할 수 있을 것 같다.

"고마워. 그럼 오늘 우리 한 몸이 되는 의식을 갖자."

"날 못 믿어 그러는 거니?"

"아니야 믿어. 그 믿음을 굳게 하기 위해서도 둘만의 의식이 필요해. 그러니 어서…….""

"뭘 어떻게 하라는 거야?"

"이런 바보, 어서 불 꺼." 그거였어? 뭔지 알겠지만 익숙지 않아 얼떨떨한 상태로 영성은 벽의 스위치를 눌렀다. 껌벅, 방안이 캄캄해졌다. 이리 와 옷 벗고 누워. 향이가 재촉한다. 다시 홧홧 얼굴이 달아오른다. 두꺼운 창가림 때문에 아무것도 보이지 않는 어둠 속이어서 그나마 다행이었다. 영성은 주춤주춤 옷을 벗었다. 향이가 살며시 다가왔다. 아까 마음껏 만지지 못한 것이 가슴에 뭉클 와 닿자 영성은 흠칫, 몸을 떨었다. 향은 두 손으로 영성의 얼굴을 감싸 쥐고 뜨거워진 입술을 포갠다. 그다음 소곤소곤 말했다.

"이제 우린 한 몸이 되는 거다. 그 전에 맹세해줘."

"응? 무슨 맹세?"

"향이, 이 여자를 지금부터 내 반려자로 삼고 변함없이 사랑하며 검은 머리 파뿌리 될 때까지 함께 살겠습니다." 하고 맹세해줘.

"알겠는데 반려자가 뭐니?"

"고것도 모르니? 여자에겐 남자, 남자에겐 여자, 그러니까 부부를 가리키는 말이지."

"그래? 암튼 너 식당일 하더니 뭘 많이 주워들었구나."

"들은 거 아니야. 책에서 읽은 거지. 어서 내가 한 말 멋있게 외워 봐."

"잊어먹었는데, 다시 한 번 말해 줘."

"이런 석두, 잘 들어."

향이가 또박또박 말하자 영성은 힘을 주어 그 말을 되받아 외웠다.

"또 한 번!"

"백 번이라도 할게." 영성이 또 복창했다.

"좋았어. 이젠 내 차례야. 어떤 역경 속에서도 나 향이는 김영성을 평생의 지아비로 삼고 만 리 길도 서슴없이 걸어가며 지아비를 위해 목숨도 아낌없이 바치겠습니다."

영성의 가슴에 찌르르, 난류가 흘렀다. 날 위해 목숨까지? 그럴 것까지야, 내가 널 위해 목숨을 바친다면 몰라도 네가 왜? 넌 버림받은 나를 감싸준 고마운 사람인데, 욱 치미는 격정을 참을 수 없어 영성은 향이를 와락 힘주어 그러안았다. 향이의 여린 몸이 파들파들 떤다. 이제 밀고 들어 올 남자가 두려워서 그러는 걸까? 그렇지만 영성은 향이를 그냥 안고만 있을 뿐 더 이상의 행동을 못 했다. 파들거리는 가슴을 애써 진정하며 기다려도 그냥 등만 토닥이는 남자가 이상해 향이가 슬며시 머리를 쳐들었다.

"뭐해? 맹세했으면 식을 치러야지."

"어떻게 해야 하지?" 기죽은 영성의 말이다. 왜인지 아래서부터 허한 기운이 그냥 목구멍까지 차오르며 일을 치를 부위에 전혀 힘이 실리지 않는다. 허둥거리며 향의 몸을 자꾸 자극해도 더 싸늘하게 식어 갔다.

"아무래도 안 되겠어. 내 몸이 몹시 미안한가 봐. 맹세는 했으니 식은 후에 올리자. 응?"

영성의 말이 몹시 떨렸다.

"너 혹?"

"아, 아니야 평시엔 돌, 돌인데 뭐. 근데 미안해 그런지 지금은 말을 안 들어."

"그래? 나도 막 떨려 그럼 우리 후에, 히히 대신 맹세는 목숨으로 꼭 지켜, 응?"

"알았어. 이제부터 난 네 말처럼 너의 반려자다. 평생토록, 근데 궁금한 게 있다."

"뭘?"

"너 이런 거 어디서 배웠어?"

"뭘? 맹세문 말이야?"

"응."

"저기 남쪽 연속극에서 배웠어. 이제 네게도 보여 줄게. 어서 옷 입자."

먼저 침대에서 물러난 영성이가 전등 스위치를 누르려 하자 향이가 급히 막는다.

"켜지 마!"

어둠 속에서 서둘러 옷을 입은 향이는 영성을 일으켜 세우고 앉았던 침대를 밀었다. 바퀴가 달려서 힘들이지 않았는데도 침대가 한쪽으로 밀렸다. 바닥에 깐 비닐 장판지를 두르르 말아 한쪽으로 밀자 널판자로 만든 문이 보였다.

"이 문 들어." 향이가 속삭였다. 얼른 다가가 문을 드니 아래로 내려가는 시커먼 공간이 나타났다. 향이가 손을 넣어 더듬자 안쪽에 불이 켜졌다. 지하 방이다. 불빛에 드러난 계단을 밟고 둘은 아래로 내려갔다. 정갈한 방이 나타났다. 지하 특유의 싸한 냄새가 나도 바깥방처럼 건조하고 아늑했다. 정면엔 17인치 칼라 TV 한 대가 놓여 있고 옆 벽엔 책상이 놓이고 바닥은 마루로 되어 있었다. 영성은 TV 정면에 놓인 나무 소파에 앉았다. 향이가 책상서랍에서 CD를 꺼내 비디오에 넣었다. 리모컨을 누르자 이내 화면이 켜지고 남녀 여럿이 모여 앉아 구운 삼겹살을 먹으며 술잔을 기울이는 모습이 나타났다. 어느 산골짜기 계곡이다. 맑은 물을 배경으로 쳐놓은 천막이 보이고 꽃무늬가 그려진 돗자리 위에 앉은 사람들이 부럽게 보인다. 옷차림이 색달랐다. 어떤 예감에 영성의 눈이 긴장해졌다.

"영성아, 저 사람들 다 남조선에 간 탈북자들이야."

"뭐 남조선? 근데 탈북자가 뭐니?" 영성이 몸을 부들부들 떨며 묻는다.

"강을 건너 탈출한 사람들이지, 너의 형처럼. 근데 너 왜 떠니?"

"모르겠어, 그냥 떨려. 저런 걸 보다 들키면 잡혀가잖니. 넌 안 무섭니? 작년에도 남조선 영화를 보다 들킨 사람들 무더기로 공개총살 했잖니."

"내 이럴 줄 알았지, 바보, 아직도 깨지 못하고. 우리 둘만 지하에서 보는 걸 누가 알아? 너, 똑바로 들어. 남조선에서는 우리나라를 북한이라 부른대. 그래서 탈출한 사람들을 탈북자라 부르고, 조선이란 말 절대 안 한대."

"한국을 남조선이라 부르는 거나 같겠지. 우리나라 사람들도 한국이란 말 안 하잖니."

"뭐? 너 한국이 남조선이라는 건 어떻게 알았어?" 향이가 호기심을 갖고 쳐다본다.

"체, 그것도 모를까 봐? 날 완전히 미실이 취급하네."

부들부들 떨면서도 영성이 눈을 흘긴다.

"와, 다시 보인다야, 너 멋있다!" 향이가 엄지손가락을 내흔들자 영성은 씩, 웃었다.

"뭘 그 정돌 가지고."

다음 순간 화면을 보던 영성의 눈이 갑자기 커졌다.

"아니 저, 저거?"

"왜?

"향이야 저거, 저게 우리 형이야."

영성은 저도 모르게 향이의 어깨를 꽉 틀어잡는다. 화면에 나타난 형 영철이가 환하게 웃으며 확대된다. 향이도 그 얼굴을 놓치지 않으려는 듯 눈 박아 보며 말했다.

"정말 형이 맞니?"

"응, 못 알아볼 뻔했어. 키도 더 큰 것 같고, 말랐던 얼굴에 살이 올라 번질번질해졌어. 딴 사람인 줄 알았네. 근데……."

영성은 새삼스러운 눈으로 향이를 본다.

"그럼 됐어. 너의 형이 여기 없으면 어쩌나 했어. 영성아 우린 이제 됐다."

갑자기 향이가 크게 소리치며 와락 영성을 덮쳤다.

"됐다니 무슨 소리야?"

향이의 눈에 눈물이 그렁하다. 이내 TV를 꺼버리고는 다시 영성을 안고 눈물을 훔쳤다. 영성은 그저 어안이 벙벙했다.

"너 내 남자 맞지?" 다짐받듯 묻는 향이의 말이다.

"무슨 말이야 내 남자라니, 너 오늘 이상한 말만 하는구나?"

"남조선에선 그렇게 불러. 얼마나 친근한 이름이니? 난 네 여자고 좋지?"

"진짜 병든 자본주의 나라말이구나. 어떻게 가장 가까운 혁명동지를 네 것 내것이라 부르니? 사람이 물건이야?"

"너도 이제 자연스럽게 거기 적응될 거야. 그쪽 로맨스연속극이나 영화를 보면 그렇게 돼. 영성아, 이제부터 내 말 잘 들어. 한 글자도 빼먹지 말고"

"응, 그래." 영성은 향이가 정색해진 얼굴로 쏟아내는 말을 놀라움 속에 들었다.

8

"넌 아마 의문이 많을 거야. 이 집도 그렇고 생뚱맞게 서울 간 너의 형 모습도 보여 주니. 하지만 난 널 믿고 이제부터 숨김없이 말할 테니 잘 들어줘. 이건 목숨과 관계되는 일이기도 해. 나도 너처럼 오 년 전에 양부모 다 잃었어. 굶어 죽었거든. 난 아직도 아버지의 마지막 모습을 잊을 수가 없어. 울 아버진 외항 선원이었어. 2만 톤급 운반선인 청천강호가 저기 러시아 오호츠크 어장으로 떠날 때 우리 집은 말 그대로 명절이었어. 그쪽에서 짐을 실은 후 러시아 항에 들려 실은 고기를 팔고 오기로 했으니까. 항구에 일주일 정도 머무는 동안 개인 장사도 할 수 있다고 그랬거든. 그때 선원들은 여러 가지 물건들을 개별적으로 많이 준비했어. 울 아버지도 집 가산을 팔아 물건을 준비했어. 고려인삼이라든가 인삼이 든 술, 평방에서 나는 비단, 뭐 그런 것이 대체로 내 눈에 띈 거였는데 그 외에도 많이 사들였던 것 같아. 큰 짐이 두 짝이나 됐으니까. 물론 빚을 많이 냈지만, 난 그때 아버지만 돌아오면 우리 집은 부자가 되는 줄 알았어. 근데 석 달 만에 돌아온 아버진 뼈밖에 안 남은 폐인이었어. 오호츠크 어장에 도착한 날 태풍이 불어 그나마 어선들이 잡았던 고기가 다 파도에 쓸려가고 운반선에 옮겨 실을 수 있는 것이 얼마 없었다는 거야. 돌아오는 길은 말 그대로 생사를 판가름하는 격전장이었다고 해. 러시아항구에서 식량과 물을 싣고 돌아올 기름도 넣어야 하는데 거래할 생산물이 없으니 무슨 돈으로 식량을 사고 기름을 넣겠어. 어쩔 수 없이 선원들이 갖고 갔던 물건을 팔아 겨우 귀항할 기름만 넣었는데 문제는 바로 돌아오는 바닷길이었대. 식량이 조금밖에 없어 멀건 죽물로 허기를 때우며 한 달을 버텼는데 성진항에 내릴 땐 모두 부축을 받아야만 배에서 내릴 수 있었어.

그때 부두엔 소리 없는 울음바다가 펼쳐졌지. 어느 집이든 가산을 깡그리 팔아 이제 돌아올 아버지들에게 목숨을 걸었는데 일이 그렇게 되니 그거야말로 마른 하늘의 날벼락이지 뭐니? 아버지도 살아서 돌아오긴 했지만 결국 며칠을 못 견디고 그만……."

향이가 흑, 하며 두 손으로 얼굴을 덮었다. 어깨가 물결쳤다. 뼈밖에 안 남은 몸으로 배에서 겨우 내린 아버질 부축해 집에 와도 몸을 추세울 밥이 집엔 없었다. 과격해진 어머니는 서슬이 퍼래 꼴좋다며 나가 뒈지든가 없어지든가, 마구 폭언을 퍼부으며 누워있는 아버지를 몰아세웠다. 그나마 장마당 귀퉁이에 앉을 수 있었던 밑돈을 다 털어 짐을 만들어주고 지금껏 초근목피로 목숨을 달래며 일일 천추 기다렸는데 빈털터리가 되어 돌아온 남편이 원수처럼 미워서였다. 그때 집에는 세 식구의 생계를 보장할 아무런 바탕도 없었다. 모두 아버지가 말아 드셨다.

일주일이 지난 그 날 엄마의 화도 어느 정도 풀렸던지 어디 가서 옥수수 한 되를 꾸어왔다.

미역과 풀죽으로 끼니를 때우던 집안에 옥수수를 삶는 구수한 냄새가 오랜만에 퍼졌다. 마른 옥수수를 먹을 수 있게 익히려면 두세 시간 정도는 푹 삶아야 했다. 윗방에 누워있던 칠성은 부엌이 딸린 정지에서 풍기는 낟알 냄새에 오금이 쑤셔 견딜 수 없었다. 창자를 긁는 냄새를 좇아 마침내 드르륵 미닫이를 열고 벌렁벌렁 기어 나왔다. 솥뚜껑이 덜덜거리며 김을 뿜어 올리는 것을 보자 칠성은 마른 침을 꿀꺽 삼키고는 무작정 맨손으로 솥뚜껑을 열었다.

앗 뜨거, 솥뚜껑이 쟁강, 소리를 내며 아래로 떨어지자 벌컥 문이 열리며 마누라가 들어섰다.

"아직 익으려면 멀었는데 뭘 그리 참지 못해 안달이오?"

칠성은 눈을 희뜩거리며 도로 미닫이 너머로 기어들어 갔다. 집안을 도륙 내고도 무슨 염치에 먹을 걸 찾냐는 악청에 간담이 서늘했어도 출입문이 닫히고 마누라의 자취가 멀어지자 다시 벌렁벌렁 기어 나왔다. 이번엔 소리 안 나게 행주를 찾아 뚜껑 손잡이에 감아쥐고 살며시 열었다. 주걱을 들고 조금 퍼내려는 순간 또 출입문이 벌컥 열렸다. 에고머니 내 잘못했소, 죽을죄를 지었소. 칠성은 머리부터 조아리며 주걱에 푼 강냉이 알을 도로 솥에 쏟았다.

"아부지, 왜 그래요?"

칠성의 입으로 긴 한숨이 밀려 나왔다. 향이는 사뿐 다가가 아버지를 부축해 방에 눕혀드렸다. 한뉘 뱃사람인 아버지의 체구는 원래 장대했었다. 그런데 지금은 뼈 밖에 안 남은 검불 같은 몸이다. 쿡, 눈물이 솟았다. 먹는 게 무엇인지, 사람이 먹지 못하면 이렇게 된다는 것을 폐부로 느끼며 향은 아버지를 얼렀다.

"아직 삶기지 않은 것 같은데 좀만 참아요, 아부지. 강냉이가 푹 삶기면 많이 드릴게요."

그리곤 손바닥으로 아빠의 앙상한 가슴을 어루만졌다. 외동딸로 이 가슴에 안겨 배도 타고 바닷가 백사장도 걸었었다. 안기면 만사가 태평하고 세상 두려울 것 없이 포근했는데 이제는, 눈을 감은 아버지의 양 볼로 가는 눈물 줄기가 흘러내렸다. 왜 그러실까? 배가 너무 고파서일까? 좀만 참으면 되는데, 정지문이 드르륵 열렸다. 일그러진 엄마의 얼굴이 쑥 들어온다. 속상해하는 아버지께 또 뭐라 할까 속을 졸이는데 다행히 어서 나와 상 놓으라고 이른다.

"일어나요, 아부지. 강냉이가 다 삶겼나 봐요."

얼른 상이 놓이고 옆집에서 얻어온 것 같은 김치 우거지 종지가 가운데 놓였다. 엄마가 세 개의 사발에 담아 올린 강냉이 알은 푹 퍼진 것이 보기에도 잘 익어 보였다. 아버진 정신없이 퍼 잡숫는다. 솥뚜껑을 닫고 돌아앉는 엄마의 눈에 아니꼬운 기색이 확 어렸다. 그러는 엄마에게 찔, 눈을 흘기고 나서 향이는 제 몫으로 담긴 강냉이 알을 세어 먹듯 알알이 씹었다. 씹을수록 고소했다. 오랜만에 먹는 낟알 음식이어서 한 알 두 알 없어지는 것마저 아쉬웠다. 반반도 축낼까 말까 했는데 벌써 그릇을 비운 아빠의 초점 흐린 눈이 슬그머니 향이의 그릇에 박혔다. 향이는 해죽 웃으며 숟갈로 반을 갈라 아빠의 그릇에 넣어 주려 그릇을 들었다. 그 순간, "빌어먹을, 대체 뭐 하는 게냐?" 하는 엄마의 악청과 함께 북두 갈고리 같은 손이 향이의 손에 들린 사발을 탁, 쳐버렸다. 그 통에 놓친 사발이 방바닥에 굴고 쏟아진 강냉이알이 좌르르 널렸다. 엄마도 무안한 듯 주춤하는데 이외의 광경이 벌어졌다. 칠성은 방바닥을 기며 양손잡이로 누가 뺏어 먹을 듯 흩어진 강냉이 알을 정신없이 주워 먹는다. 그 모습은 이미 모든 걸 체념한 넋마저 빠진 사람 아닌 사람의 모습이었다.

"아이고, 저 두상. 이젠 체면까지 다 팽개쳤구나, 이를 어쩌." 엄마의 넋

두리가 터졌다. 그러거나 말거나 한 알도 남김없이 흩어진 강냉이 알을 죄다 주어 삼켜 버린 아빠가 우뚝 일어서서 나올 때와 달리 기운찬 걸음으로 윗방에 올라갔다. 어쩐지 그 모습이 평소 같지 않아 향이는 숟가락을 든 채 멍하니 아빠가 들어간 미닫이만 하염없이 쳐다보았다. 이상한 예감에 가슴이 얼어들었다. 아니나 다를까, 그날 새벽 아빠는 한마디 유언도 없이 영영 눈을 감으셨다. 삶은 강냉이 알이 아빠가 잡숫고 간 마지막 음식이었다. 그게 가슴에 맺혀 엄마도 때늦은 울음을 터트렸지만 죽은 아빠의 얼굴엔 만족한 미소가 피어있었다. 아마도 그 미소는 강냉이 알이나마 배불리 잡숫고 간 안도감에서 오는 미소 같았다. 엄마는 그렇게 아버지를 보내고 난 후에야 몹시 후회되는 듯 구들이 꺼지게 한숨만 쉬다 끝내 자리에 누워버렸다.

"엄마도 얼마 버티지 못했어. 내 손을 잡고 이 험한 세상에 널 홀로 두고 가자니 눈을 못 감겠다고 슬피 우실 땐 '나도 엄마가 가면 같이 죽을 거야.' 하고 엉엉 울며 막 소리쳤어."

향이는 말을 끊고 눈물을 훔쳤다. 영성의 얼굴은 벌써 눈물바다다. 어쩌면 향이의 부모 얘기가 자기 부모의 죽음과 별반 다르지 않다. 그래도 자기에겐 손 위 형이 있어 향이보단 나았다. 그렇지만 그 후 형마저 행불이 되었을 때 세상에 홀로 남겨진 처지가 서러워 눈물로 세월을 보냈다. 다니던 중학교도 못 다니고 꽃제비로 떠돌다가 태수를 만나 탄광 노동자가 되어 몇 해째 잔뼈를 굴렸다. 그는 손을 내밀어 울먹이는 향이를 살그머니 끌어안았다.

"그래도 죽지 않고 지금까지 살아 줘 고맙다."

"아마도 널 만나려고 살았던 것 같아."

향이는 어느새 눈물을 거두고 쌕 웃는다. 이럴 땐 기막히게 귀엽다. 용기는 안 나도 샐쭉 웃는 그 입술에 쪽, 입이라도 맞춰 주고 싶다.

"그 다음은 할머니에게 얹혀살았던 거구나."

"아니야, 할머닌 내 친할머니가 아니야. 내가 개성식당에 오게 된 건 다 춘희 언니 때문이야."

"춘희 언니가 누군데?"

"이 집 주인. 중동농장 이발사야."

"가만, 중동농장 이발사라면 우리 갱장과 눈이 맞아 돌아간다는?"

"뭐?"

"맞네. 치, 좋은 사람은 아닌가 보더라."

"함부로 언닐 평가하지 마. 춘희 언니처럼 멋진 여자, 이 중동 일대엔 없어."

"그래?"

"지내보지도 않고 보고 듣는 것만으로 사람을 평가하면 안 돼. 그 언닌 중동의 구세주야."

"구세주?"

"그래. 다는 모르지만 수천 명 종업원을 둔 광산도 춘희 언니 때문에 생산을 멈추지 않고 돌아간다고 보면 돼. 내가 일하는 식당도 사실은 언니가 만들어 준 거야. 네가 일하는 탄광도 춘희 언니 신셀 톡톡히 진다고 들었는데……."

"그렇구나!"

"사실 네 형 소식을 알게 된 것도 다 언니 때문이야 .언닌 중국에 자주 드나들거든. 그쪽에 언니 친척이 있는데 대단히 큰 사람이라고 해. 영성 아, 이건 진짜 널 믿고 한 말이니 목숨으로 비밀 지켜야 해."

"알았어."

"사실 춘희 언니가 아니었다면 난 벌써 죽었을 거야."

영성은 긴장했다. 두려운 눈으로 향이의 입만 바라본다.

"부모를 잃고 열여섯 살에 난 꽃제비가 됐어. 엄마는 무슨 빚을 그리 많이 졌는지 돌아가신 후에 난 살던 집까지 빚쟁이들에게 다 빼앗기고 한지에 나앉았어. 그땐 참 암담하더라. 어느 날 기차를 탔어. 정처 없이 떠 도는 유랑생활이 시작된 거지. 저기 강계도 가보고 국경인 혜산에도 가 고 회령에도 가 봤지만 내가 먹고살 수 있는 곳은 어디에도 없었어. 그럴 바엔 죽어도 아빠, 엄마 무덤이 있는 고향에 가서 죽어야겠다는 생각이 불쑥 치밀었어. 다시 도적 기차를 탔지. 열차 안은 발 디딜 틈이 없이 사 람들로 꽉 찼는데 틈새에 끼어있던 난 깜짝 놀랐어. 어떤 할머니께로 접 근한 젊은 남자가 손가락에 끼운 면도날로 괴춤에서 두툼해 뵈는 주머 니를 베어내는 걸 봤거든. 내가 주시해 보자 그 남자는 눈을 흘기며 주먹 을 흔들었어. 이러지도 저러지도 못하고 가만 있었는데 괴춤이 허전해진 것을 안 할머니가 갑자기 내 돈주머니 없어졌다고 막 소리치기 시작했어. 마침 증명서 검열차로 들어선 열차보안원이 어느 놈이야? 하고 소리치며 한머니 주변 사람들을 살폈는데 보안원의 눈과 내 눈이 딱 마주쳤어. 순간 난 얼결에 뒷걸음으로 슬슬 사람 속을 빠져나가는 그 남자를 눈짓했어. 그때만 해도 난 그 쓰리꾼이 혼자가 아니라는 생각은 미처 못 했어. 서라, 하며 보안원이 달려가고 그 남자는 정신없이 사람들을 가르고, 그렇게 보안원이 쫓아나가자 어떤 남자의 우악한 손이 내 손목을 잡아끌었어. 이거 놔, 하고 소리쳐도 누구 하나 나서주는 사람이 없었어. 오히려 복잡한 틈새에서 사람이 빠져나가니 자리가 넓어져 다행이라는 표정들이었어. 난 꼼짝 없이 열차 승강대까지 끌려 나왔어. 승강대에도 사람들로 빼곡했는데 그 남자는 무작정 나를 열차 위생실로 끌어들였어. 한 사람이 아닌 두 사람이었어. 아, 그 일을 생각하면 지금도……."

향이는 몸서리쳐지는 듯 얼굴을 감싸 쥔다. 영성이도 가슴이 떨렸다. 당시 현장이 그림처럼 눈앞에 그려졌다.

"독이 오른 그놈들이 다시는 남의 일에 참견 못 하게 내 눈을 찔러 버린다고 했어. 한 자가 내 목을 움켜쥐고 꼼짝 못 하게 한 다음 다른 자가 접이칼을 펴들고 다가왔어. 숨이 막히고 이젠 죽었구나, 하는 공포에 난 아무 반항도 못 하고 눈을 감았어."

향이는 말하다 말고 너무 끔찍한 듯 두 눈을 감고 부르르 몸을 떤다. 얼결에 영성은 향이의 눈언저리를 살폈다. 아무런 흔적이 없다.

"다행이다. 누가 구해줬어? 그놈들이 엄포만 놓고 물러가진 않았을 텐데?"

"춘희 언니야. 언닌 처음부터 상황을 보고 있었어. 뒷일이 두려워 누구도 그런 일에 나서지 않아도 춘희 언닌 달랐어. 칼이 내 눈을 찌르려는 순간 열차보안원이 들어서며 그자들의 가슴에 총구를 들이댔어. 난 정신을 잃고 쓰러졌고, 눈을 뜬 건 고향 성진 시병원의 침대 위였어. 정다운 눈길이 나를 내려다보고 있었지. 그 눈길은 진정 꿈에 보이던 엄마의 눈길이었어."

"정말 그분은 너를 구해준 은인이구나."

"응. 날 보는 눈길은 언니만이 아니었어. 할머니도 함께 계셨어. 나 때문에 소중한 돈을 도로 찾았다며 살뜰히 내 손을 쓰다듬었어. 바로 지금 함께 일하는 개성 할머니야. 고난의 행군 때 가족을 다 잃고 외롭게 살던 할머니였대. 함북 명천에 살았는데 그때 집을 팔고 고향인 개성에 가려 탔던 열차에서 그런 일을 당한 거야. 이후 춘희 언닌 내 처지를 듣고 그러면 이제부터 우리 식구가 되어 함께 살아가자고 말했어. 싫다 할 이유가 없었어. 할머니도 찬성했고."

"정말 고마운 분이구나 그런 분을 내가 소문만 듣고, 잘못했어."

"그래, 영성아. 보이는 것만 갖고 사람을 함부로 평가하면 안 돼. 누가 뭐라든 춘희 언닌 내 생명의 은인이야." 영성이가 살며시 다가와 감격에 떠는 향이의 몸을 안는다.

"이젠 눈물 그만 흘려. 네가 흘릴 눈물, 이제부턴 내가 대신 흘려줄게."

"정말?"

"응."

"피, 그깟 눈물 대신 흘려준다고 뭐가 해결되는 세상이 아닌데, 너 아직도 감상만으로 세상을 보고 있구나?"

"감상?"

"그래, 영성아. 너 한 번쯤은 이곳이 아닌 다른 곳에 가 살아 볼 생각은 안 해 봤어?"

"넌 참, 나도 너처럼 꽃제비가 돼 전국 어디 안 돌아다닌 데가 없어. 맘 놓고 살 수만 있다면 세상 어딘들 못가겠니?"

"나 없이도?"

"어? 아니. 이젠 너 없인 안 될 것 같아. 근데 너도 언니를 떠나 어디 갈 처지가 아니잖아."

"갈 거야. 언니도 승인해 줄 거야. 이제 너만 남았어. 갈 거지?"

"응, 너와 함께라면 가겠어."

"세상 어디든?"

"그럼." 대답하고도 뭔가 짚여 영성은 긴장했다. 안겨있던 향이가 번쩍 머리를 든다.

"너의 형이 있는 서울에 우리 함께 가자, 응?"

쿵, 심장이 돌아눕는다. 짚이던 말이 직통으로 튕겨 나오자 입술까지 바르르 떨렸다. 그도 가고 싶었다, 더구나 향이와 함께 간다면. 그렇지만 이건 목숨을 걸어야 하는 일이다. 갑자기 눈앞에 둘 다 체포되어 사형대에 서는 모습이 떠올랐다. 반역자로 규탄받고 사정없는 총알이 향이의 여린 가슴을 뚫는다. 애처롭게 쳐다보던 고운 눈이 한을 품고 스르륵 감긴다.

남조선, 단 한 번도 거기로 도망갈 생각을 해보지 못했다. 형이 거기 있다는 말을 들었을 때도 원망만 했을 뿐 나도 갔으면, 그런 생각은 꿈에도 못 했다. 그런데 어인 일인지 온몸이 떨리면서도 한 가닥 빛줄기가 스며들 만큼 가슴 한쪽 귀퉁이가 슬며시 열린다. 그 틈새로 때는 이때라는 듯 어지럽게 흘러드는 것이 있었다. 빌어먹고 훔쳐 먹던 꽃제비 시절도 아닌데 반역자의 동생이라며 대놓고 구타하던 철용의 악에 찬 모습이 제일 먼저 다가온다. 차고 밟고 마당을 뛰게 하고, 단지 보위원 형을 둔 그가 무서워서만이 아니었다. 순종할 수밖에 없었던 건 바로 한 수 접힌 죄의식 때문이었다. 언제든 잡혀갈 수밖에 없는 처지가 불러온 비굴함이랄까, 그렇게는 살기 싫다. 그래서 아껴 주는 갱장 형에게 아무래도 이 땅엔 내가 설 자리가 없는 것 같다고 서러움을 토했다. 사실 그런 말은 보위원인 철용의 형 같은 사람이 들었다면 당장에 잡아갈 소리다. 그랬지만 그건 어디까지나 서러워서 뱉은 말일 뿐 실행에 옮길 엄두는 내지 못했다. 하지만 지금은 향이라는 요 조그만 여자의 비중이 엄청난 크기로 다가왔다. 이젠 평생을 함께할 언약까지 했다. 그를 위해서라면 사형장에라도 미련 없이 설 것 같다. 온몸에 와짝 기운이 실렸다. 이젠 정말이지 한쪽 귀퉁이가 아니라 가슴 전체가 확, 열린다. 영성은 와락 향이를 그러안았다. 순간이지만 눈에서 밝은 광채가 일었다.

"가겠어. 너와 함께라면 지옥에라도 가겠어. 계속 이렇게 짓밟히며 살 순 없잖니."

숨김없이 말하고 나니 이번엔 눈물이 쿡, 솟는다. 향이도 운다. 둘은 아무 말 없이 그렇게 부둥켜안고 한참을 울었다. 그 눈물은 평시 서럽고 외로워서 흘리던 눈물이 아니었다.

그 밤은 평생 잊지 못할 의미 깊은 밤이기도 했다. 향이를 꼭 안고 꿀잠을 잤다. 사람이, 아니 여자가 그렇게 좋은 줄 난생처음 가슴 저리게 느껴본 밤이다. 품에 안겨 옴지락거리는 향이는 마치 한 마리의 하얀 토끼 같다. 빤히 쳐다보는 까만 눈동자. 여윈 빈대 가슴에 꼭 대인 풍만한 젖가슴. 웬걸, 주저하던 손도 이젠 그 봉우리에서 자유롭게 헤엄친다. 내 여자? 아무렴, 향은 틀림없는 내 여자다. 한없이 소중한 값비싼 내 재산이다. 그러고 보니 빈털터리도 재산을 가졌다. 그러니까 이제부턴 이 재산을 지켜야겠다. 지킬 테다. 하나뿐인 내 목숨처럼.

아침에 일어났을 때 영성은 딴사람이 되어있었다. 보는 눈도 달라졌다. 창문을 열었을 때 쏟아져 들어오는 햇빛의 감각도 달랐다. 향이를 보는 눈길 또한 의젓했다.

"잘 잤어. 내 여자?"

향이도 고개를 끄덕이며 수줍은 듯 머리를 수그린다. 팔을 뻗어 향이를 안고 그 등을 토닥이는 영성의 모습은 마치 딸을 어르는 아버지 같았다.

만약 그때 영성이 향이의 갈아입은 옷 목깃 속에 밤새 둘이 나눈 말을 죄다 담은 작은 물건이 숨겨져 있었음을 알았다면 그렇게 만족감에 넘친 의젓한 행동은 하지 못했을 것이다.

흔히 언약하는 남녀 사이에 오가는 대화였지만 그것으로 인해 이제 어떤 일이 벌어질지, 그것은 명명백백 파멸의 전주곡일 것이었다.

제3부
과거의 흔적

1

정태수는 박철진과 헤어져 집에 돌아왔다. 집안 분위기가 여느 때 없이 썰렁하다. 아내도 보이지 않고 어머니의 눈길도 예사롭지 않다. 진옥이는 할머니 곁에 붙어 서서 마치 아비를 처음 보는 사람처럼 동그랗게 쳐다본다.

"무슨 일이 있습니까?"

"너 이혼한다는 게 맞느냐?"

고개를 숙인 태수는 솥뚜껑을 열고 세숫대야에 발 씻을 물을 퍼 담았다.

"어머니에게 말씀드려야 했는데 일이 그렇게 됐습니다. 저녁은 뭘 좀 잡쉈습니까?"

윤 씨는 대답 없이 그냥 쏘아만 본다. 대신 진옥이가 가늘게 머리를 끄

떨었다.

"넌 밖에 나가 엄마를 찾아봐라." 진옥이가 시무룩해 밖에 나가자 윤씨가 한발 다가와 "넌 애 어미를 내쫓는다지만 그래도 갠 끼닐 얻어 보려 저녁 지어 놓고 또 방앗간 집에 품 팔러 나갔다. 요즘 우거지상이라 밉게 보았더니만, 너 정말 정신이 나간 게냐? 그리고 진이가 남의 씨라는데 그건 무슨 쓸개 빠진 소리냐?" 하고 물었다.

"어머니가 그걸 어떻게?"

"그럼 그게 정말이란 말이냐?"

"예. 그래서 갈라설 수밖에 없습니다. 죄송합니다."

"참 살다 살다 이게 무슨?" 윤 씨가 풀썩 방바닥에 주저앉아 긴 한숨을 쏟는다.

"근데 어머니께 누가 그런 말을? 진옥 어미가 그랬습니까?"

"지금 그게 대수냐? 멀쩡한 사내가 제 에미네가 남의 아일 낳도록 대체 뭘 했게. 어이구 집안이 망하려니, 세상에 어찌 이런 망측한 일이?"

태수도 괜히 대야의 물을 다리에 끼얹으며 멍하게 천장을 보다가 담근 발을 들었다. 그때 바깥 널 대문 여는 소리가 들렸다. 방아 찧으러 갔다던 아내가 돌아오는 모양, 얼결에 벽에 걸린 시계를 보니 열 시가 넘었다.

"자고로 우리 집안엔 역대 이혼이란 모른다. 남의 아이면 어떠냐? 이젠 정이 들 대로 들었는데, 사람이 정으로 사는 게지 핏줄로 사는 게 아니다."

훌쩍 윗방에 올라가는 어머니를 보는 태수의 가슴에 찌르르 뜨거운 것이 흘렀다. 젊어서 아버지를 잃고 두 형제를 키우시느라 온갖 고생 다 하신 어머니다. 시내에 사는 형네보다 탄광이 있는 시골이 그래도 잡숫는 것이 나을 것 같아 모셔왔지만 결국 못난 꼴을 보이고 말았다. 갑자기 내가 왜 이렇게 됐나, 하는 생각까지 든다. 대야의 물을 하수구에 쏟으며 태수는 부뚜막에 앉아 솥에 넣어두었던 밥그릇을 꺼내 상에 놓는 아내를 물끄러미 바라보았다.

그 밤은 무척 길었다. 진이를 안고 돌아누워 흘리는 아내의 한숨이 길게 늘여져 태수의 몸에 징징 감긴다. 발바닥이 근질거렸다. 끙, 하고 돌아눕는 태수의 입에서도 긴 한숨이 나왔다. 괴괴한 정적이 숨막히게 가슴을 압박한다. 색색 고른 진이의 숨소리마저 낯설게 들렸다.

"저어, 얘기 좀 해요." 아내가 돌아누웠다. 등에 살포시 얹는 손이 무척 뜨거웠다.

"여보!" 나직한 부름이다. 속삭이듯, 등을 건드리는 입바람이 서늘했다.

"자지 않는 거 알아요. 재판소에 나갔던 일은 잘됐어요?" 태수는 그냥 자는 척했다.

"이혼은 잘 될 거예요." 젖은 목소리지만 차분했다. 태수는 더 침묵할 수 없어 돌아누웠다.

"왜 그렇게 확신하지?"

"처음 내가 재판소에 나가 이혼 수속을 할 때 분명한 이유를 말했어요."

"무슨 이유?"

"수속 전에 이혼 경험이 있는 사람을 만났는데 여자가 바람을 피워 남의 아일 낳으면 이혼 조건이 된대요. 그래서 내가……."

쿵, 심장이 꿈틀한다. 죄책감에 젖어선가? 아내는 분명 철진과의 합작 행위를 모른다. 다행이지만 그게 더 태수의 가슴을 조였다. 저도 모르게 아내의 손을 잡았다. 뜨거웠다.

"미안하오."

"당신이 왜? 제가 미안해요. 구실도 못 하고……. 여기 북쪽 여자를 만났다면 당신은 가사 일에 신경 쓸 일도 없었을 텐데, 생각해 보니 당신같이 큰 사람한텐 나 같은 건 절대 어울리지 않는 것 같아요."

"무슨 그런 말을." 울컥, 무언가 목구멍을 메우며 올라왔다. 잡았던 손이 절로 아내의 눈언저리로 올라갔다. 축축한 것이 만져졌다. 울며 말하는구나. 순간 강한 전류가 전신을 건드렸다.

"무슨 정신에 그런 짓을 저질렀는지 그때 아무 생각도 안 났어요. 그냥 아기를 가져 볼 욕심에, 참 멍청했죠. 지금 와서야 당신 입장을 알겠어요. 여보, 그래도 저, 당신을 향한 마음만은 한 점 티가 없었어요. 정말이에요, 으흐흑." 마침내 아내의 어깨가 물결쳤다.

아, 아, 이 덜된 놈, 너는 아무것도 모르는 이 순진한 여자의 애타는 마음을 헤아릴 자격마저 상실한 놈이구나 엉? 너절한 놈. 정태수는 가슴 치는 후회에 컥, 숨이 막혔다.

"저 내일 친정으로 갈까 해요. 그래도 되죠?" 아내가 눈물을 씻는다.

"왜 갑자기?"

"어차피 내가 없어야만 당신의 어깨가 처지지 않을 것 같아서요. 진옥이도 데리고 갈 거예요. 이제 더는 당신의 얼굴을 못 보겠어요."

"내가 그렇게 미운가?"

"내가 밉겠죠. 또 양심상, 그, 그 여자와 한번 잘, 잘해 봐요." 잠시 침묵이 흘렀다.

"어제 형부의 편지를 받았어요. 올가을 갯벌 부업을 잘해 먹을 것 걱정은 없다나 봐요. 또 살던 곳이고, 형부라면 두 아이를 키우는 절 많이 도와줄 거예요."

태수는 쩝쩝 마른 입을 다셨다. 할 말도 없다. 이혼 소송을 한 마당에 가겠다는 사람을 붙들 명분도 없다. 한순간 다행이구나, 하는 생각까지 스쳤다.

"혹 일이 잘못되거나 견디지 못할 처지가 되면 어머님을 모시고 갯벌로 와요. 언제라도……."

기어들어 가는 말이다. 평시와 달리 왠지 그 말이 가슴에 맺혔다. 그와 함께 알 수 없는 비애가 목구멍을 건드렸다. 너무나 많은 사연을 담은 말로 들렸다. 싫다며 가라는 매정한 사람 앞에 던질 수 있는 말이 아니어서 그런지, 태수는 양팔을 깍지 끼고 천장을 올려다보았다. 창으로 흘러드는 희붐한 달빛에 천장 도배지 그림이 형태를 알 수 없게 어렴풋이 보였다. 정말 아내 말처럼 모든 걸 때려치우고 온 식구가 훌, 서해 갯벌로 떠나고도 싶다. 언젠가 태수도 처가에 가서 서해 갯벌에 나가 본 적이 있다. 근해엔 바지락이나 개량조개가 드물지만 15리가량 썰물을 따라 나가면 잠깐 사이 조개를 캐어 지고 간 배낭을 가득 채울 수 있었다. 그걸 속을 뽑아 건조시키면 3킬로 정도의 마른 조갯살을 얻는다. 국경인 신의주 쪽에 가져다 팔면 10킬로 정도의 쌀을 살 수 있었다. 부지런만 하면 굶어 죽을 염려는 없었다. 어릴 적부터 동해기슭에서 자란 태수에겐 바짝 구미가 당겨도 그건 생각만으로 끝내야 했다. 그는 픽, 웃었다. 갱장 직책을 가진 자가 멋대로 행할 수 있는 일도 아니다. 당 조직의 일원으로 맡은 직책을 망각하고 잠시나마 그런 향수에 젖어 일신의 편안을 생각했다는 것이 부끄러웠다. 멍하니 천장을 보는 그의 눈길이 흐려졌다. 빛이 약해 형체가 분명치 않게 보이는 도배지 무늬가 어쩌면 현존의 자기 같다. 갱장 발령을 받을 때만 해도 세상을 통짜로 가진 기분이었다. 하지만 세월은 이제 다섯 식구의 배도 채워줄 수 없을 만큼 메마르고 삭막해졌다. 돌아보면 가족을 위해 해 놓은 일도 없다. 그러면서도 체면을 위해 아내와의 이혼과 같은 결단을 내렸다. 천장이 갑자기 물이 빠진 무연한 갯벌로 보였다. 세 가닥으로 뻗은 갈고리로 흐물흐물한 바닥을 긁는다. 드르륵, 조개 한 마리가 갈고리에 걸려 나온다. 하나 둘 갈고리에 걸려 나올 적마다 몸엔 와짝 힘이 넘치고 빠른 손길로 주워 모은 조개가 그물 망태를 가득 채운다. 펄펄 끓는 솥에 그걸 가져다 쏟아 넣으면 아귀가 딱딱 벌어지고 말랑말랑한 맛있는 살이 날 잡숴 주오, 하며 꿀꺽, 침을 삼키게 한다.

"그래, 갯벌 조개 참 맛있지." 태수는 저도 모르게 중얼거렸다.

"오시겠어요?" 아내가 약간 머리를 들며 속삭였다.

내가 지금 무슨 말을 했지? 민망하다. 아내를 쫓아내는 자가 처가쪽 특산물에 침을 흘려? 알싸한 것이 돌아눕는 태수의 목구멍을 메운다.

"언제든 오세요. 제일 큰놈을 골라 회를 쳐 대접할게요."

어쩐지 그 말이 네가 아무리 그래도 나를 떠나지 못할 거라는 말로 들렸다. 정말 내가 수년을 함께한 아내를 보내고 아무 일도 없는 것처럼 편안히 살 수 있을까? 새삼스러운 느낌이다.

누렁이를 싣고 재판소에 다녀오면서도 전혀 해보지 못한 또 다른 생각이었다. 아내의 부드러운 손이 또 등을 어루만진다. 이번엔 쓰렸다. 그건 다시 만질 수 없는 것을 마지막으로 한 번 만져보는 손길이 아니었다. 애정에 넘쳐 아니 혼을 바쳐 쓰다듬는 따뜻한 애무였다. 끔벅, 끔벅, 감았다가 뜨길 반복하는 눈언저리엔 자신도 알 수 없는 알알한 것이 무겁게 실렸다. 와락 돌아누워 가냘픈, 아니 정이 봇물처럼 차고 넘치는 아내의 몸을 꽉, 안아주고도 싶다.

길고 긴 밤이었다. 눈을 감아도 잠들 수 없는 밤이었다.

*

이튿날 아침 윤 씨는 오지단지 노친을 찾아갔다. 육십이 넘은 나인데도 젊은이들처럼 농장 기본노력으로 일하는 오지단지 노친은 일 나갈 채비를 하다말고 들어서는 윤 씨를 물끄러미 쳐다본다. 속이 훌렁거렸다. 엊저녁 되게 혼난 뒤여서 자꾸 뭔가 켕겼다. 한데 윤 씨의 표정이 어젯밤과 달리 매우 온화하다. 싸우러 온 것이 아님을 알고 나서야 긴 숨을 내쉬었다.

오지단지 노친은 윤 씨가 묻는 것을 곧이곧대로 말해주었다. 퇴비장으로 나가는 오지단지 노친과 갈림길에서 헤어진 윤 씨는 곧바로 상촌마을로 내려왔다. 춘희를 만나봐야 했다. 대체 어떻게 생겨 먹은 여자이기에 그렇듯 불민한 소문을 역한 방귀 냄새처럼 퍼뜨리고 다니는지 직접 만나 따져 묻고 싶었다. 먼 출장길에 피곤했는지 늦은 시간에 잠자리에서 일어난 춘희는 들어서는 윤 씨를 반갑게 맞았다. 서로 인사를 나누고 구들에 앉아 이윽히 마주 보던 윤 씨가 흠칫한다.

"혹, 자네 성진 시내에 살던 화교 집 딸이 아니오?"

"네? 그게 무슨?" 춘희가 얼결에 되묻는다.

"틀림없는 것 같은데, 젊을 때 자네 어미를 보는 듯하네."

"잘못 보셨어요. 전 여기 태생이 아닙니다."

"그런가? 글쎄 그럴 리야 없겠지. 세상에 비슷하게 생긴 사람이 어디 한 둘인가? 그건 그렇고 자네도 소문을 알겠지?"

춘희가 다소곳이 고개를 숙인다. 안다고 말하지 않았지만 인정하는 태도다.

"멀쩡히 가정을 가지고 있는 사람들이 그런 소문에 말려서야, 대체 어 쩔 셈이오?"

춘희가 머리를 숙인다.

"내 아들도 이젠 두 아이의 애비요. 자네도 애 어미고, 먹고 살기도 바쁜 이때 그런 소문에 머리 썩일 시간이 어디 있겠나. 거짓이지? 그냥 소문 으로 나도는 거라 어디 말 좀 해보오."

"네. 어머님의 생각이 그러시면 그게 맞습니다. 사업상 몇 번 부딪쳤을 뿐 소문 같은 관계는 아닙니다. 안심하세요."

"그래야지. 자고로 여자의 마음이 그러하면 소문은 더는 퍼지지 않고 숙어들 거요. 그럼 난……."

들어올 때와 달리 윤 씨가 급히 자리에서 일어난다. 차 한 잔 드시고 가라는 춘희의 인사말도 듣지 못한 듯 급급히 자리를 뜬다. 상촌 마을을 벗어나 탄광 마을로 접어들면서 윤 씨는 오금이 저려 못 걷겠는지 길옆 바위에 걸터앉아 숨을 헐떡였다.

'이게 무슨 일인가? 아니라고 하지만 틀림없어. 분명 옥님의 딸이야' 가슴이 얼어들었다. 벌써 30년도 더 지난 일이다. 하지만 잊을 수 없는 화폭으로 윤 씨의 가슴에 문신처럼 새겨진 사람들이다. 다시 일어나 걸음을 옮겼지만 몸이 휘청거렸다. 의문스러웠다. 옥님의 딸이 왜 태수에게 접근하지? 무얼 모르고 그냥 인연이 돼서? 만약 알고 그런다면? 아니야, 저 애는 태수의 존재를 모르는데……. 근데 어떻게 되어 저 애는 이곳에 살지? 정말 내가 잘못 본 건가? 휘청거리며 집에 들어선 윤 씨는 방구들에 꼬꾸라지듯 주저앉았다.

윤 씨의 판단은 틀리지 않았다. 그가 문밖으로 나가자 춘희는 한동안 꼼짝 않고 바가지가 매달린 벽을 직시했다. 엎드려 절하고 머리 잘라 신 삼아 드려도 입은 은혜를 못다 갚을 어머니 같은 그분에게 자신을 숨기고 모른 체를 했다. 많은 세월이 흘렀어도 그토록 처절한 환경에서 가슴에 익힌 얼굴을 몰라볼 분이 아니었다. 윤 씨의 예리한 눈길이 다시 눈에 밟혔다. 선뜻 밝히고 싶다. 아니, 참아야 했다. 밝히면 너무나 많은 것을 설명해야 했다. 둘러댈 말도 없다. 태수와의 관계를 그 어머니에게 무슨 말루 이해시키랴, 아직은 불가능한 일이다.

꼼짝 않던 춘희는 오전 열 시쯤 준비한 꾸러미를 들고 밖을 나섰다. 몇 걸음 옮기는데 휴대폰이 울었다. 양태산의 전화다. 상차한 흑연정광을 밤새워 모두 하차했다는 보고였다.

"수고하셨어요. 빈 화차는 이제 중동 탄광으로 들어갈 거예요."

"들어온 밀가루 60톤 전량도 탄광에 들어갑니까?"

"아마 그렇겠지요."

"저어, 전주님 거기서 2톤 정도만 제게 돌려줄 수 없겠습니까?"

"그건 제가 할 수 있는 일이 아닙니다. 끊어요."

"잠깐만, 전주님 저의 입장도 고려해 주셔야지, 당장 굶는 집이 있어 그럽니다."

춘희의 마음을 움직일 수 있는 가장 요긴한 말이다. 춘희가 잠깐 주춤하자 이때라고 여겼는지 양태산이 한 말 더 얹는다.

"변강무역공사는 중간 상대여서 동지회의 카드로 이미 공사에 합당한 대금을 지불한 것으로 저는 압니다. 그러니 전주님에게 권한이 없는 건 아니잖습니까?"

호, 춘희의 입에서 가벼운 한숨이 새어 나온다. 정확한 말이다. 흑연을 싣든 석탄을 싣든 그건 이 일을 주관하는 동지회의 일이지 공사의 일이 아니다. 다시 말해 흑연정광을 요구하는 중국기업이 공사가 아닌 동지회와 연결되어 있고 변강무역공사는 합당한 대금을 받고 유통만 책임지는 것이어서 실제 권한은 바로 동지회 즉 현지 담당인 춘희에게 있었다. 그런 내적 실정을 양태산이 제꺽 알아본 것 같다. 변강무역공사에서는 정광이든 석탄이든 싣고 가면 동지회 회장인 모영민이 지정한 기업에 넣어주면 된다. 이런 내면을 잘 아는 양태산이어서 이 같은 부탁을 하는 것 같다. 밀가루 2톤 정도의 값은 앞으로의 광산거래에서 제하면 되는 일이다. 실지 질 나쁜 정광이어도 값을 깎고 가져가도 되지만 박상도를 골탕 먹이려는 춘희의 내적 계획이 있어 그런 조처를 했다는 걸 양태산이 민감하게 알아차린 것 같았다.

"말은 그래도 밀가루 2톤을 알 만한 간부들끼리 나눠 먹으려 그러죠?"

날카로운 질문이다.

"아닙니다. 저를 못 믿겠습니까? 앞을 생각해서라도 그런 잔머리를 어떻게."

"그럼 믿고 담당자에게 연락할게요. 하지만 세상에 비밀이 없다는 건 명심하세요."

"알고 있습니다. 정말 감사합니다. 이 은혜를 잊지 않겠습니다."

전화가 끊겼다. 휴대폰을 가방에 넣으며 잠시 생각하던 춘희가 다시 전화를 걸었다.

"예, 전주님 양태산입니다."

"양비서의 입장을 존중해야겠다는 생각이 갑자기 들어서요."

"예? 그게 무슨?"

"밀가루 30톤을 밀어줄게요."

"예에? 아니 그게 정말입니까?"

"3일 후에 2톤이 아닌 30톤이 들어갈 겁니다. 그 전에 해야 할 일이 무엇인지 알죠?"

"알다마다요. 그렇게만 해 주시면……. 전주님, 정말 고맙습니다."

양태산이 머리를 조아리는 목소리가 끝나기도 전에 전화를 끊은 춘희는 다시 어딘가에 연결해 해당 지시를 했다. 명석한 두뇌를 가진 사람인 만큼 그러한 조처가 어떤 결말을 가져오리라는 짐작이 간다. 3일 동안 양태산이 할 일은 무역공사와의 거래를 파탄시킨 책임으로 당 비서 박상도를 곤경에 빠뜨리는 일이다. 밀가루 배급을 못 받은 원망으로 종업원들이 박상도를 손가락질할 때 부비서 양태산의 활약으로 30톤의 식량이 되들어온다면 두 사람의 위상은 하늘과 땅 차로 벌어질 것이었다. 춘희는 씁쓸히 웃었다. 전화기를 가방에 넣으며 그녀는 잠깐 맑은 하늘을 올려다보았다. 침울한 눈길이었다. 왕창 높아진 가을 하늘로 점점이 떠 있던 구름이 쫓기듯 도망간다. 태양은 따스하게 빛을 쏘고 가볍게 부는 바람이 부드럽게 등을 스쳐도 도통 감각을 모르는 사람처럼 춘희는 깊은 생각에 잠겨 다시 묵묵히 걸음을 옮겼다.

마을을 벗어나자 어둑한 산 그림자가 드리운 계곡이 나타났다. 여러 갈래 길 중 외진 길을 따라 곧추 걷는다. 거친 산길이지만 이 길에 익숙한 걸음이었다.

춘희가 들어선 곳은 태양 빛이 산 정상을 비켜 가 그늘지는 음침한 골 안이었다. 그곳에 귀틀집 한 채가 있었다. 달구지가 다니는 계곡 아래 길에서는 알아볼 수 없는 구석진 곳이다. 알고 들어오면 쉽게 찾을 수 있지만 모르고 들어오면 스칠 수 있는 묘한 지형이다. 계곡을 빠져나가는 물소리가 돌돌돌 유정했다. 올라오며 볼 때와 달리 귀틀집은 넉넉한 마당을 갖고 있었다. 작은 집이지만 알뜰한 손길이 닿는 정갈한 집이다. 산천 특유의 싱그러운 냄새가 한가득 마당을 감돈다. 초입에 심은 두 그루의 대추나무에 자줏빛 실금이 간 파란 열매가 무수히 매달렸다. 기후가 맞지 않아 익지 못하고 떨어지는 열매지만 이 집 사람들에게는 소중한 추억을 불러 주는 애틋한 나무였다. 춘희도 예외가 아니었다. 대추 열매를 한번 만져 본 춘희는 '저 왔어요.' 하고 인적기를 내며 문을 열었다. 방엔 아무도 없었다.

"어머니?"

"오, 내 여기 있다."

쉰 목소리가 집 뒤에서 났다. 동시에 매, 하는 염소 울음소리도 들렸다. 엷은 수건으로 얼굴을 가린 여인이 마당으로 나왔다. 춘희는 도로 문을 닫고 여인을 마중했다.

"엄마도 참. 이제 염소는 없애라고 했는데 왜 아직도? 힘들지 않아요?"

"얜 참, 염소 예닐곱 마리 먹이는 게 무슨 큰일이라고, 이것마저 없으면 무슨 낙으로 살겠냐? 염소는 내게 동무란다. 이걸 길러 애비도 키웠는데."

깜장 새끼염소 한 마리가 매애, 소리를 내며 여인에게 매달렸다. 툭 삐어진 녀석의 이마를 쓸어 주는 여인의 갈고리 같은 손에 애정이 가득하다.

"아침엔 무얼 해 잡수셨어요?"

엄마를 앞세우고 방에 들어서자 춘희는 부엌부터 내려와 이것저것 살

퍼본다.

"철이가 없어 그런지 입맛이 없어 아직 밥을 하지 않았구나."

"엄만 참, 식사는 거르지 말아야지 내가 뭐랬어요."

"차려줘야 할 사람도 없는데 혼자 있는 년이 하루 세끼 꼭꼭 차려 먹겠
냐?"

"엄만 참, 쌀이 없다면 몰라. 아무래도 철이를 여기 계속 붙박아 둬야겠
어요. 그래야……."

"됐다. 배 안 고프니 걱정하지 마라. 엊저녁엔 왠지 뒤숭숭한 생각에 통
잠이 안 오더구나. 새벽이 돼서야 눈을 붙였는데……."

"무슨 생각을 했는데요. 또 아버지 생각?"

"그래, 지금도 그 사람이 벙글벙글 웃으며 문을 열고 들어서는 것 같
아서, 아직도 무슨 미련이 남았는지." 하고 말하려다 여인은 다른 말을
했다.

"홍범인 요즘 왜 통 나타나지 않느냐?"

"오늘 저녁 보낼게요. 요새 제가 집에 없어 그랬을 거예요."

춘희는 얼른 아궁이에 불을 지피고 나서 쌀을 안치고 국을 끓였다. 갖
고 온 반찬을 접시에 담아 상 차릴 준비를 했다. 그 모양을 물끄러미 들
여다보는 여인의 자세는 꼿꼿했다.

"곧 식사해야 하니 어서 수건 풀고 세수해요."

춘희가 데워진 물을 솥에서 퍼내어 세숫대야에 담는다. 여인은 그래,
하며 얼굴을 가린 수건을 벗었다.

순간, 험상한 얼굴이 정면으로 드러났다. 처음 보는 사람이라면 경악의 비명을 질렀을 것이다. 산 사람의 얼굴로 볼 수 없었다. 화상을 당한 흔적인 듯 얼굴 전체가 꺼멓게 죽었고 얼기설기한 핏줄이 마구 엉컸다. 상처 자리가 아물며 굳어진 곳곳에 뭉친 굵은 허물이 흉하게 두드려졌다. 한쪽 눈꺼풀까지 위로 말려 핏발 선 뿌연 눈이 완전히 노출된 상태다. 더 험한 것은 아래턱 부분이다. 입술 절반이 없다. 드러난 허연 이빨 아래로 침이 턱을 적시며 질질 흐른다. 얼굴 전체를 망가뜨린 상처의 허물은 깊고도 흉물스러웠다. 그래서 여인은 늘 엷은 수건으로 얼굴을 가리고 사람을 맞는 것 같다. 어떤 일로 그렇게 됐는지, 아마도 그 사연을 들으면 누구나 격분에 치를 떨 것이다. 매번 마주할 때마다 춘희는 이를 사려 물곤 한다. 언제든 엄마를 이렇게 만든 자들을 기어이 찾아내 복수하리라는 굳은 결심이 표가 나게 그 고운 얼굴에 선명하게 그려졌다. 엄마 앞에 밥상을 놓으며 춘희는 또 입술을 사려 물었다. 소리 없는 눈물이 한 가득 눈에 고인다. 그걸 이윽히 들여다보며 옥님은 쯧쯧 혀를 찼다.

"그만해라. 오래된 일인데, 처음 보는 것도 아니고, 사람이 사람을 미워하는 건 아무리 정당하다 해도 절대 바람직한 게 아니다."

"알아요. 어서 드세요, 국 식기 전에."

춘희가 눈물을 훔친다. 먹을 생각이 없어도 옥님은 딸을 안심시키려 천천히 숟가락을 놀렸다.

"엄마, 아침에 윤송녀 어머님이 저한테 왔다 갔어요. 기억하죠?"

"윤송녀라면? 아니 언니가? 내가 어찌 잊겠냐? 아직 살아 계셨구나."

"네, 첫눈에 날 알아봤어요. 탄광 마을에 사시는데 미안해요. 미처 말씀
드리지 못해서…….."

"중동 탄광 말이냐?"

"네. 몇 해 전에 제대한 아들을 따라오셨어요. 아들이 탄광에서 일해요."

"맏아들 말이냐?"

"전 맏아들은 몰라요."

"그럼 둘째 아들?"

어인 일인지 옥님이 흠칫한다. 하지만 이내 수습하며 감격한 목소리를
낸다.

"그랬구나. 송녀 언닌 네게 엄마 같은 분인데, 인사는 제대로 드렸느
냐?"

"네, 그랬지만 모르는 척했어요. 엄마 말처럼 지난 일을 헤집기 싫어서
요."

춘희의 낮은 대답 소리다. 옥님은 숟가락을 든 채 까닥 움직이지도 않
고 춘희만 본다. 무서운 인상이지만 눈에는 삽시에 굵은 눈물이 맺혀 방
울방울 떨어졌다. 지친 눈이 스르륵 감겼다. 순간, 기다렸던 듯 처절한 비
명이 여인의 가슴을 찢었다. 헤어날 수 없는 함정 위에서 살갑게 내밀어준
또 다른 여인의 손. 악과 정이 한데 뭉친 한 폭의 그림이 감은 망막에 선
명히 그려졌다. 이런 소식을 듣자고 밤새 잠 못 자고 시달렸던가? 지나간
세월에 당한 괴롭고 억울한 추억 속에는 바로 윤 씨가 메마른 땅에 내린
빗물처럼 포근히 스며있었다. 그들 모녀에게 쏟은 윤송녀의 지극한 정성.

그 세월에 당한 견디기 어려웠던 시련. 살아 숨 쉬는 것마저 저주스럽던 그 세월에 윤 씨는 옥님에게 있어 한없이 따뜻한 햇살이었고 꺼져가던 삶에 다시 등불을 켜준 잊을 수 없는 사람 중의 한 사람이었다.

2

뗑 뗑, 내면에서 울리는 섬뜩한 종소리가 차갑게 귀를 적신다. 가슴이 옥죄어들었다. 공포로 인해 옥님의 눈이 하얗게 질렸다. 여기가 어딘가, 나물 캐러 자주 나오는 곳이지만 너무 생소해 두리두리 사방을 살핀다. 두려운 눈길이었다. 한 떨기 청순한 꽃이 시야를 메웠다. 늘 봐오던 흔한 꽃이지만 지금은 달랐다. 왠지 아름답게만 보이던 그 꽃이 살을 찢는 전율을 몰고 그의 가슴을 짓눌렀다. 흙 묻은 커다란 신발이 주저 없이 그 꽃을 지르밟으며 다가왔다.

"누구세요?"

대답이 없다. 검은 복면을 쓴 거구의 사내가 마디 굵은 억센 손으로 주저 없이 옥님의 가냘픈 목을 움켜쥐고 힘껏 죈다. 컥, 숨이 막혔다. 가슴이 팽팽 부어올랐다. 왜 이러는지, 왜? 곧 죽는다고 생각할 여유도 없었다. 헉, 숨 꺾이는 고통이 사지의 떨림을 모두 정지시킨다. 천천히 돌아가는 여인의 흰 눈자위가 애처롭게 사내의 시커먼 얼굴에 마주친다. 이제 고개를 젖히면 옥님은 더는 이 세상 사람이 아니다. 여자의 멈춰지는 가쁜 숨소리를 가늠하던 사내는 그제야 느슨히 손을 푼다. 축, 걸레처럼 늘어지는 육신. 사내는 여자를 버럭이 쌓인 바닥에 눕히고는 주머니에서 작은 병을 꺼냈다. 단단히 봉인한 뚜껑을 여는 투박한 손이 우들우들 떨렸다. 병에 담긴 액체는 청산가리, 이제 이걸 여자의 얼굴에 부으면? 끔찍할 것이었다. 차라리 죽는 것만 못하리라, 하나 어쩔 수 없다. 명을 받은 사냥개는 무작정 그 명을 따라야 했다. 사내는 긴 숨을 쏟으며 병을 쳐들었다. 기울이려는 순간 이것만은 차마 차마, 아, 아, 신음을 쏟는 사내의 고개가 꺾였다. 우들우들 떨던 손이 마침내 행위를 멈추고 힘없이 드리워졌다. 오금을 꺾고 얼굴을 돌리는 사내의 눈에 방금 짓밟았던 꽃 무더기가 안겨들었다. 버럭 산에 외로이 피어난 꽃. 영역을 넓혀 무성한 잎을 만들고 그 위로 소담한 망울을 터트린 희디흰 꽃. 밟혔던 그 꽃잎이 조금씩 일어서고 있었다. 떨어진 꽃잎을 푸른 잎사귀에 얹어둔 채 한 잎 두 잎 고개를 든다. 끈질긴 생명력이었다.

"제발 죽지 말고 일어나 응? 절대 죽으면 안 돼. 아, 아, 아!"

사내가 오열한다. 우르릉, 먼 우레가 울었다. 비구름이 몰려온다. 사내가 눈을 감는다. 그리고는 손에 든 병을 기울여 죽음의 액체를 여인의 얼굴에 떨어뜨렸다. 정신 잃은 여인은 죽었는지 살았는지 아무 반응도 없고, 치직, 살타는 역한 냄새가 사내의 폐부를 찌른다.

으으으, 거꾸로 들린 작은 빈 병을 집어 던진 사내는 그렇게 속 곪아터지는 소리를 지르며 눈도 뜨지 못한 채 우뚝 몸을 일으켰다.

옥님의 몸이 한 번 꿈틀하다 조용해진다. 정녕 여인은 그것으로 생을 마감하는가? 살타는 역한 냄새가 바람을 타고 퍼져갔다. 연한 햇빛마저 비구름 뒤로 사라지고 후두둑, 굵은 빗방울이 빨갛게 타버린 여인의 얼굴에 떨어졌다. 녹아 뭉덩뭉덩 떨어지는 살점. 하얗게 드러난 이빨. 남은 입술이 바르르 떨렸다. 아득한 공간에서 아기의 울음소리가 들려왔다.

으아, 으아 여인은 초지의 힘을 빌린 듯 만신창이 된 몸을 일으킨다. 살아야 했다. 살아서 우는 아기에게 젖을 물려야 했다. 안간힘으로 기는 손끝에서 피가 흘러 버럭 돌을 적셨다.

"옥님아, 옥님아!" 멀리 떨어져 나물을 뜯던 송녀의 목소리가 들려왔다.

"나 여기 있소오." 소리를 쳤으나 나가는 소리는 없다. 일어서려다 모진 통증을 느낀 옥님은 헉, 하며 모로 쓰러졌다. 빗물을 머금은 들국화는 보란 듯 밟혔던 줄기를 일으키는데 얼굴 뜯긴 여인은 벌벌 기며 그 꽃잎을 타버린 얼굴로 덮는다.

"언니, 나 여기 있소."

입안에서만 뱅뱅 도는 소리, 그래도 기를 쓰고 긴다. 와르르, 비에 젖은 버럭이 손 아래로 무너져 내렸다. 송녀는 정신없이 달려왔다. 머리를 든 옥님을 보는 순간 악, 하며 뒤로 벌렁 넘어진다. 귀신이냐 사람이냐? 네가 왜? 으 으, 헉, 늘어진 송장 같은 몸을 업고 비틀비틀 좁은 오솔길을 내려오는 송녀의 얼굴이 험악하게 일그러졌다. 세상에 어찌 이런 일이…….

송녀와 옥님은 한마을에서 같은 학교에 다니며 언니, 동생 하며 자랐다. 어릴 때부터 옥님은 액운만 지고 사는 계집애 같았다. 전쟁 난리에 친부모를 잃고 홀로 남은 갓난아이. 죽은 엄마 젖을 물고 늘어진 핏덩이를 때마침 고아원에서 데려가지 않았다면 옥님인 벌써 그때 세상을 하직했을 것이었다. 아니 그렇게 가버렸으면 더 좋았을 생명일지도 모른다. 이런 변을 당하자고 그리도 영악하게 버텼던가? 비칠거리는 송녀의 눈에서 굵은 눈물이 떨어졌다. 입에서는 격한 통곡 소리가 흘렀다. 무슨 정신에 걷는지도 모른다. 옥님의 얼굴에서 떨어지는 낭자한 피가 송녀의 어깨를 질퍽하게 적셨다. 걸음을 멈춘 집은 병원이 아닌 박순민의 집이었다. 네 귀 번듯하게 지은 팔각 기와집에 이르렀을 때 마당에 서 있던 순민이가 뛰어왔다. 어떤 예감에 몸을 떨며 순민이가 소리쳤다.

"아주머니, 업은 게 옥님이 아니오?"

송녀는 눈물을 훔치며 머리를 끄덕였다. 순민은 다가와 옥님의 얼굴을 확인하다 말고 외마디 비명을 지르며 비실비실 뒷걸음쳤다. 공포의 흰자위, 입술은 중풍을 만난 듯 덜덜 떨고,

"정말 업은 게 옥님이 맞소?"

"맞아 맞다니까. 으 어어어……."

송녀도 축축한 땅 위에 주저앉는다. 아아, 일그러지는 얼굴. 그 얼굴을 두 손으로 감싸며 내지르는 사내와 여인의 통절한 울부짖음이 비에 젖은 마당을 울렸다.

*

일 년 전, 해변에 길게 늘어선 절벽 밑을 젊은 여인이 비틀거리며 걸었다. 반나마 물에 잠긴 바다 기슭 너럭바위에 앉아 소주병을 기울이던 강성대는 시야에 들어온 여인을 눈여겨 살폈다. 등에 불룩한 배낭을 지고

손에 보따리를 든 여인의 걸음걸이가 매우 위태로워서다. 고향에 두고 온 아내가 그리워 이따금 이 너럭바위에 앉아 남쪽 하늘을 바라보며 소주병을 기울이던 성대다. 그의 눈에 비쳐든 여인의 몸이 안쓰러운 느낌을 준다. 첫눈에 만삭이란 것을 알렸다. 그런 몸을 이끌고 저 여자는 지금 어디로 가지? 그도 우뚝 몸을 일으켰다. 주위를 자주 둘러보면서도 가까이에 있는 성대를 미처 보지 못한 듯 여인은 힘겹게 걸어가고 있었다. 고통을 씹는 일그러진 얼굴, 턱에 닿은 숨. 걷는 그쪽엔 자그마한 동굴이 있다. 성대가 그 동굴의 존재를 알게 된 것도 지금 걸어가는 여인 때문이었다.

지나간 봄부터 여자는 열애에 빠졌었다. 아니 썩 이전부터인지도 모른다. 남자는 성대도 잘 아는 시당 간부 집 아들이다. 간부도 보통 간부가 아닌 당 간부다. 둘은 바닷가 백사장에서 잔파도를 밟으며 놀다가도 어슬녘이면 절벽에 붙은 작은 동굴로 들어가곤 했다. 얼핏 보아서는 찾아낼 수 없이 묘하게 자리한 동굴 안에 둘은 들어서기 바쁘게 한 덩어리가 되어 몸을 불태우곤 했다. 우연히 그걸 본 이후 성대는 남의 비밀을 훔쳐본 것이 무안해 저 혼자 얼굴을 붉혔다. 이후 자연히 성대는 그 둘을 관심하게 됐고 할 수만 있으면 지켜 주려 애썼다. 아마도 그건 못다 이은 아내와의 애끓는 사랑 때문인지도 모른다. 강성대는 선주인 아버지의 배를 타고 바다에 나왔다가 풍랑을 만나 홀로 이북에 흘러들어왔다. 갓 결혼한 젊은 아내를 두고 떠나 온 것이 어언 8년. 다시 돌아갈 수 없는 땅에 왔다는 것을 실감한 세월 속에 이제 아내는 잊을 수밖에 없다고 생각했지만 그럴수록 그리움은 더 짙게 다가들어 그를 괴롭혔다.

이북에 온 지 3년쯤 되는 해 성대는 배치받은 수산사업소 양식반에서 함께 일하던 한 여자와 동거했다. 아내를 잊기 위한 행위라 할지, 그 여자는 전쟁고아였다. 외로워서 얼굴엔 늘 수심만 가득했던 여인은 성대의 상대가 되어주길 주저하지 않았다. 식을 올릴 처지도 못 돼 그냥 살았는데 덜컥 아기가 태어났다. 아들이었다. 여자는 그렇게 아들을 출산한 후 시름시름 앓다가 그만 세상을 하직했다. 핏덩이를 안고 젖을 동냥하던 성대는 잊었던 남쪽 아내를 다시 떠올렸다. 못 견딜 그리움에 가슴이 타들 때면 바닷가에 나와 쓴 소주잔을 기울이며 괴로운 마음을 달래곤 했다.

얼결에 일어난 성대는 여자가 들어간 동굴을 멍하니 바라보았다. 심상찮은 생각이 들었다. 성대는 다시 주저앉았다. 또 한 여인이 "옥님아, 옥님아!" 하고 부르며 바닷가에 나타났다. "아저씨, 혹 배낭을 진 여자 못 봤어요?" 그 여자가 성대에게 다가와 묻자 바위에서 일어난 성대는 얼른 동굴쪽을 가리키며 앞장서 걸었다. 예감처럼 여자는 거적을 깐 바닥에서 심한 동통에 시달리고 있었다. 해산 직전 같았다. 여자는 급히 뛰어들어도 성대는 차마 들어갈 수 없어 그냥 입구에서 서성거렸다. 끙끙 힘쓰는 소리와 뼈를 긁는 울부짖음에 이어 앙, 하는 아기의 울음소리가 터졌다.

"옥님아, 옥님아!"

울음소리 사이에 섞인 안타까운 부름. 잠시 후 입구를 가린 헌 담요를 들치고 여자가 성대를 찾았다. 다급한 얼굴빛으로 발까지 동동 굴렀다.

"아저씨, 좀 도와주세요, 네?"

성대는 급히 들어갔다. 산모는 정신을 잃고 길게 늘어졌고 탯줄에 매달린 아기는 눈도 뜨지 못한 채 팔을 휘저으며 앙앙 운다. 풍랑을 만나기 전 만삭이 된 아내를 보며 들여다본 산부인과 책 몇 구절이 떠올라 얼른 다가간 성대는 여자가 준비해 온 가위로 탯줄부터 잘랐다. 그다음 무작정 여인을 업었다. 습한 해풍이 싸늘하게 엉킨 동굴 속에 잠시도 해산한 여자를 놔두어서는 안 된다는 생각 때문이었다. 저고리를 벗어 정신 잃은 산모를 감싸 업고 동굴을 나섰다. 아기를 안은 여자가 뒤따랐다. 성대는 무작정 집으로 달렸다. 따뜻한 아랫목에 여인을 눕히고 아궁이에 불을 지펴 물을 끓였다. 여자가 그 물로 아기를 씻기고 아직도 혼미 상태인 애 엄마의 얼굴을 문질러 주는 사이 성대는 미역과 쌀을 씻어 솥에 안쳤다. 국이 끓고 밥물이 잦는 소리를 들으며 성대는 벌렁벌렁 기어올라 여인의 귀염성스러운 얼굴을 물끄러미 들여다보았다. 고른 숨소리가 무척 반가웠다.

"이제 괜찮을까요?" 걱정이 가득한 여자의 물음이다.

"네, 곧 정신을 차리겠죠. 암튼 한적하던 우리 집에 귀한 손님이 한꺼번에 여럿 오셨네요."

성대가 얼결에 대답했다.

"아저씬 혼자 살아요?"

"아니, 아들이 하나 있어요. 이제 다섯 살인데 장난이 심해 늘 어두워야 들어와요."

"밖이 깜깜한데······."

"이제 오겠죠. 근데 대체 어떻게 된 일인가요? 해산을 왜 그런 싸늘한 동굴에서……."

"기왕 이렇게 된 거 아저씨 비밀 지켜줘요."

"나도 이 여자분과 함께 있는 남자를 여러 번 봤어요. 신분이 높은 집 자제라고 들었는데……."

"그러게요. 앤 만나지 말아야 할 사람을 만나서, 신분이 뭔지……. 하지만 이제 어떻게 하겠어요. 애까지 낳았는데 그 집에서도 결혼을 승낙할 밖에요. 그렇지요?"

그리될까? 그래야 하겠지만 성대는 왠지 그게 불가능한 일로만 생각되었다.

"그런데 아저씬 어디서 오셨어요? 고향이 개성인가요?"

"왜요?"

"말씨가 영……."

호기심 어린 여자의 얼굴을 바라보며 성대가 히죽 웃는다.

"전 저쪽 남조선에서 왔어요."

"예에? 남조선에서요? 아니 어떻게 그런 일이?"

"풍랑 때문에요. 이젠 많은 세월이 흘렀어요. 강성대라고 합니다."

"전 윤송녀라고 부릅니다. 이 애 옥님이의 언니뻘 되고, 한마을에서 자랐어요."

침묵이 흘렀다. 성대를 보는 송녀의 눈은 호기심으로 가득했다. 남조선 사람이라 하여 다르게 보는 눈치는 전혀 없었다. 그게 고마워 성대도 그때야 여자의 얼굴을 살펴보았다.

옥님이처럼 앳된 얼굴이 아닌 조금 나이가 있어 보였다.

"정신이 드나 봐요."

옥님이가 움직거렸다. "그러네요." 성대는 얼른 일어나 찬장에서 그릇들을 내렸다.

아기는 색색 잠들었고 송녀는 눈을 뜬 옥님이를 부축해 일으켰다. 그 다음 성대의 눈치를 보며 헝클어진 머리를 손으로 쓸어내렸다.

"빗이 저기 있어요." 성대가 솥뚜껑을 열며 송녀에게 일렀다.

"갓 해산한 산모 머리는 빗으로 빗으면 안 돼요."

송녀가 그냥 손가락으로 산모의 머리를 빗겨 주는 사이 성대는 두리반 상을 가져다 놓고 밥과 미역국을 차렸다. 국솥에서 풍기는 구수한 냄새 가 방안을 가득 채웠다. 화기가 돌았다. 남자가 상을 차리는 것을 두 여 자는 신기한 듯 바라보며 눈을 맞췄다.

"이 집은 아저씨 집이에요?"

옥님이가 묻자 송녀가 먼저 그렇다고 대답한다. 고맙다고 재삼 말하며 머리를 숙이는 옥님이의 눈에 한가득 눈물이 차올랐다.

"자, 인사는 천천히 하고, 우선은 국밥부터 먹자. 아저씨가 손수 끓 였어."

옥님인 눈물 속에 국에 밥을 말아 억지로 넘겼다. 입은 소태처럼 쓰고 가슴은 방망이로 두들긴다. 그녀에겐 산후조리보다 더 급한 것이 있다. 그건 혼인도 하지 못한 몸으로 아기를 낳은 것에 대한 불안감이다. '글 쎄 처녀가 어찌 아이를 낳지? 이런 것도 생각 못 하고 남자에게 몸을 줬어? 이 철딱서니 없는 것아……' 따뜻한 인정미가 흐르는 방안이지만 두 사람이 그리 눈총을 쏘는 것 같아 넘기는 국물이 쓰기만 했다. 그것만이 아니다. 이 일을 호랑이 같은 순민이 아버지가 안다면? 더더욱 송구스러운 건 바로 자기를 친부모 못지않게 애지중지 길러 준 삼촌에 대한 미안함이었다. 사랑이란 것이 이런 커다란 후폭풍을 몰고 오는 거라면 애초에 시작하지 말아야 했지만 그게 마음처럼 되는 일이 아니었다. 정말 미칠 듯 순민을 따랐다. 그가 자기와는 상대가 안 되는 높은 간부 집안 자제라는 것을 사귄 지 한참 훗날에야 알았다. 알게 된 그때는 벌써 뱃속에 순민의 아기가 들어있었다. 배가 불러오자 그걸 숨기려 엷은 가제 천으로 겹겹이 싸고 다녔다. 엔간해선 집밖에 나가지도 않았다. 그런데 해산기일이 박두한 며칠 전 갑자기 중국에 가셨던 삼촌이 돌아온다는 전화가 왔다. 몇 개월 동안 중국에만 있던 삼촌이었다. 집에 그냥 있을 수 없었다. 삼촌 앞에서 애를 낳을 수 없어 부리나케 필요한 짐을 싸들고 나왔는데 나오자마자 배가 이리 터질 줄은 미처 몰랐다. 참, 아저씨 보기도 민망하다. 이따금 바닷가에서 스치던 아저씨다. 아저씬 늘 그리움이 가득한 눈으로 남쪽 바다를 바라보았고 저들은 그 앞에서 철없이 사랑 유희를 했다. 옥남인 성대가 남조선에서 온 사람임을 알고 있었다. 그가 왜 파도가 출렁이는 너럭바위에 앉아 소주병을 기울이는지도 안다. 언젠가 순민이가 나오지 않은 기회에 마침 너럭바위에 앉아 있는 성대에게 물어본 적이 있었다. 이 사람은 확실히 여느 남자들과는 많이 다른 것 같았다. 묻는 대로 솔직하게 대답해 주는 그 순박한 얼굴에서 왠지 전염되듯 물씬 풍기는 인간미에 가슴이 뭉클했다. 다음 날부터 자연 성대 앞에서 유쾌한 사랑놀이를 하지 못했다. 내용을 모르는 순민은 어린 애처럼 웃고 떠들었지만 옥님은 거기에 장단을 맞출 수 없었다. 가슴에 응어리로 맺힌 그리움에 우는 사람 앞에서 웃는 자기들 모습을 보여 주기가 미안했다. 그런데 오늘은 비참한 사랑의 결과를 마침내 아저씨에게 보이고야 말았다. 정말 어찌해야 좋을지, 하지만 어인 일인지 아저씨가 판판 남처럼 느껴지지 않는다. 근심과 걱정은 다른 데 있었다.

순민은 시당 조직부장의 아들이다. 높은 당 간부의 집이어서 자기 같은 여자를 며느리로 받아줄 리 없었다. 화교 집 딸이란 신분으론 절대 같이 섞일 수 없는 집안이다. 한 가닥 희망이 있다면 그건 순민의 마음뿐이었다. 하늘이 두 쪽 나도 절대 헤어질 수 없다는 남자, 세상 어디를 둘러봐도 너만큼 내 마음속을 헤집고 들어 온 여자가 없다며 밤낮 자기만 안고 돌았다. 그까짓 신분이 뭔데? 인적 없는 산간벽지에 구겨 박혀 살더라도 너만 곁에 있으면 그곳이 어디든 천하의 무릉도원이 될 거라며 맑고 황홀하게 웃어준 남자다. 사실 그건 단순해 보이는 말 같아도 갈래치는 생각으로 몸부림치는 옥님에겐 밤바다의 등댓불처럼 소중한 것이었다. 남자는 쉽게 눈앞의 행복에 겨워 뒷생각 없이 던질 수 있는 말이어도 여자는 그렇지 못했다.

시련은 곧 찾아왔다. 순민의 아버지는 아들의 열애를 안 그 순간부터 거기에 찬물을 끼얹었다. 직접 집을 찾아와 함께 있는 아들의 귀싸대기를 옥님이가 보는 앞에서 후려쳤다. 사납게 쏘아보는 눈에는 살기가 가득했다. 지금도 눈에 생생하다.

마침 삼촌이 중국에 들어가고 없었기 망정이지 계셨다면 삼촌한테서 어떤 반응이 나올지 알 수 없는 일이었다. 자존심을 목숨보다 더 중히 여기는 삼촌이다. 그런 일이 있은 다음부터 순민을 집에서 만나지 못했다. 늘 바닷가였다.

이제 삼촌도 나오시고 언제까지 낳은 아기를 숨길 수 있을지 불안의 그늘만 눈앞을 흐렸다. 숟가락을 든 채 물끄러미 성대를 바라보는 옥님의 눈에 그렁그렁 눈물이 괴어올랐다.

성대의 눈과 옥님이의 눈이 마주쳤다. '난 어쩌면 좋아요, 네?' 여자의 눈이 그리 묻는 것 같아 가슴이 답답했다. 이렇게 될 줄 전혀 모르고 덤볐냐고 콱, 욕하고도 싶었다. 이제 20대 초반. 이른 봄날 파란 시냇물에 드리운 버들잎 같은 나이다. 저 나이에 성대도 결혼이라는 걸 했다. 전쟁고아인 앞집에서 살았던 선영이와 결혼했을 때 세상을 통짜로 가진 듯 가슴이 뿌듯했었다. 그때 만약 선주였던 아버지가 반대했다면? 아니, 성대는 머리를 흔들었다. 옥님이의 심정이 충분히 이해된다. 성대는 아무 걱정도 말고 이 집에서 산후조리를 잘하라고 진심으로 말했다.

사흘 후 순민이가 찾아왔다. 훤칠한 키에 쭉 빠진 골격, 너부죽한 얼굴, 어디를 봐도 잘생긴 남자다. 홀아비 집에 숨어 살며 마음고생으로 망가진 옥님이의 모습을 보고 남자는 가슴이 아파 눈시울을 슴벅거렸다. 성대에게 고맙다며 난 이제 어찌해야 하냐, 며 가슴을 쳤다. 갖고 온 술을 부어 마시고는 취기가 오르자 성대를 붙잡고 엉엉 울기까지 했다. 생각보다 부모의 반대가 엄청나게 큰 마력으로 아들을 괴롭히는 모양이었다.

세상은 참, 춘향이 때문에 올 가슴 태운 이몽룡이면 이보다 더할까? 그저 어떤 경우에도 남자는 여자를 끝까지 책임져야 그게 남자라고 말해줄 수밖에 없었다. 그냥 연애라면 몰라도 이젠 아이까지 낳았는데 처자를 버리면 그게 짐승이지 아니 짐승도 그러진 않을 거라고 열심히 일렀다. 아기에게 젖을 물린 채 자리에 누워있는 옥님이가 오히려 더 침착했다. 너무 비관하지 말라며 나는 괜찮다며 남자를 다독이기까지 했다.

송녀 역시 한시도 옥님이의 곁을 떠나지 않고 수척해진 몸을 추세우려 온갖 성의를 다했다. 며칠간 한집에 살며 알았지만 송녀도 일찍 시집을 갔다가 바다에서 남편을 잃은 여자였다. 남편이 남긴 아들과 어렵게 살면서도 올 적마다 여러 가지 반찬을 만들어 갖고 오곤 했다.

순민이도 산후에 좋다는 잉어나 돼지 족발 같은 것을 싸 들고 매일 같이 찾아왔다. 성수가 난 것은 성대의 다섯 살 난 아들 홍범이뿐이다. 너희들 복잡한 세상살이나 남녀문제 같은 건 너희들이 알아 할 문제고 난 이렇게 맛있는 음식을 매일 배 터지도록 먹으니 그거면 세상 부러운 것 없이 행복하다는 눈치다. 볼이 미어지게 먹다가도 이윽히 눈길을 주면 머쓱해 히히 웃는 애 모습이 귀여워 옥님이는 오랜만에 해죽 웃었다. 웬지 여인의 그 미소가 성대에게 야릇한 슬픔을 가져다주곤 했다.

3

일이 벌어진 것은 보름이란 날짜가 흐른 뒤다. 옥님이가 해산한 다음 날 중국에서 돌아온 모영민은 수하로부터 엄청난 소식을 들었다. 서면으로 작성된 조카의 신상을 읽는 모영민의 얼굴 근육이 푸들거렸다. 화가 날 때면 모영민은 본인의 의지와 상관없이 볼부터 실룩대는 습관이 있다. 아마 그러한 습관은 그의 정치 인생이 만들어준 것이라 해도 틀린 말은 아니다. 노선과 사상에 매인 공산당원은 함부로 가진 견해를 노출하면 안 된다. 백 번 참을 줄 알고 입술이 터져도 불필요한 말은 삼갈 줄 알아야 그게 진정으로 사상이 바로 서고 노선에 운명을 맡긴 사람의 자질이었다. 가다 오다 맞는 바람에도 징징거리는 양푼처럼 입은 물론 행동이 가벼워서는 아무것도 이룰 수 없다는 논리의 삶이 그에게 말에 앞서 볼을 실룩거리는 버릇을 굳혀 줬는지도 모른다. 당 간부의 아들과 중국인을 삼촌으로 둔 여자와의 관계는 그것이 인연이라 해도 기필코 성사될 수 없음을 그도 잘 알고 있었다.

모영민은 6·25 전쟁 이후부터 조선정계에 관여해 왔다. 십 대의 나이에 선발대로 항미원조로 나온 그때만 해도 그는 정치가 뭔지 몰랐다. 미군의 한반도 진입으로 전선이 밀리고 북으로 후퇴하던 그때 운 좋게도 그는 조선 '왕자'의 중국피란을 보좌하게 되었다. 그것이 운 좋은 건지 아니면 조선과의 뗄 수 없는 인연이 되려고 그랬던 건지 그때부터 지나온 지금까지의 세월은 그를 모국이 아닌 북조선에서 살도록 만들었다.

압록강을 건널 뗏목을 기다리던 때 불의에 나타난 미군기의 기총소사로부터 몸을 덮어 '왕자'를 보호한 그의 공적은 이후 조, 중 친선과 혈맹국으로의 승화에 한몫 단단히 했음은 더 말할 것도 없다. 그때 총탄에 맞은 상처 자리는 아직도 선명하게 그의 등에 새겨져 있다.

옥님은 모영민의 친형 모사영의 수양딸이다. 모사영은 조선에 거주해 산 화교였는데 어인 일인지 자손이 없었던 관계로 전쟁 이후 고아원에서 옥님을 입양했다. 핏덩이로 입양한 옥님이가 일곱 살이 되던 해 모사영 부부는 전염병으로 인해 그만 세상을 하직했다.

모영민은 형이 남긴 어린 양조카를 못 본 척 내버려 둘 수 없었다. 형을 대신해 반듯하게 키우고 싶었다. 그것이 조선정계에 발을 들인 자신의 입지를 굳건히 다지는 것으로도 생각했다. 그는 결혼도 하지 않고 옥님을 위해 살았다. 그들을 부녀로 착각한 사람들도 많았다. 양 조카에게 관심이 깊었던 만큼 실망도 컸다. 더욱이 그를 격분케 한 것은 시당 위원회 조직부장이란 자의 거칠 것 없는 무도함이었다. 모영민이 어떤 사람인지 잘 알고 있음에도 그따위 박대를 한다는 것은 바로 모영민 자신을 향한 적대감일 수밖에 없었다. 사람을 시켜 강성대의 집에서 옥님을 불러들인 모영민은 날을 잡아 순민의 아버지인 시당 조직부장 박지언을 집으로 초대했다. 푸짐하게 차린 음식상에 마주 앉아 손수 중국에서 갖고 온 술을 따랐다. 어느 모로 보나 인간적인 면에서는 부장이 그의 윗사람이었다. 그는 모영민보다 나이가 몇 살 위다.

"이렇게 마주 앉게 된 것만으로도 전 영광으로 생각합니다." 모영민의 첫 말이었다.

"영광? 그거 치레로 하는 말 아니오? 난 당신에게 이런 술대접을 받을 만큼 우호적이지는 않소. 뭐 받기는 하겠소만⋯⋯."

욱, 뱃속이 뒤틀리고 살 빠진 볼에 푸들푸들 경련이 일어도 잔의 술을 말끔히 비우는 박지언을 묵묵히 지켜보기만 했다. 생각 같아서는 벌떡 일어나 방금 나불거린 그 오만한 입을 한방 쥐어박고 싶었다. 속내를 감추는 데 습관 된 사람이어도 분노를 억누르는 그 모질음을 박지언은 알면서도 제법 여유까지 부리며 뇌까렸다.

"왜 이러시오? 난 당신이 공과 사는 분명히 가리는 사람인 줄 아는데, 알다시피 우리 노동당은 순결한 당이오. 얼룩진 이력을 가지고는 그 신성한 대열에 설 수 없다는 것을 잘 알면서 이런 자리는 왜 만든 거요? 그냥 한배를 탄 사람끼리 파티로 알고 마신다면 또 몰라."

이윽히 주시하던 모영민은 그만 히죽 웃음을 보였다. 허한 웃음이다. 그 자신도 그러한 장소에서 그런 웃음을 보이리라고는 미처 생각하지 못했다.

"웃는 걸 보니 내 말뜻을 알겠다는 거군. 그럼 난 가겠소."

"잠깐." 모영민은 서둘러 일어나려는 박지언을 눌러 앉혔다. 그다음 느슨한 어조로 물었다.

"외람된 질문이지만 대체 그런 자신감은 어디에서 나오는 겁니까?"

"자신감?"

"그렇습니다. 옥남이 그 앤 조선 여자입니다, 난 알다시피 중화민족이고. 국적이 다르지만 우린 아무 문제도 없이 지금껏 살았습니다. 그건 그렇다 치더라도 둘 사이에 태어난 아이는 어떻게 하지요? 일은 저질러 놓고 박부장은 가문을 위해 친손녀를 배척하는 겁니까?"

박지언이 피식 웃었다.

"난 배척한다는 말은 하지 않았소. 정 힘들다면 곧 날을 잡아 애는 데려가겠소. 하지만 아직 핏덩이인데 어미 곁에 있는 것이 더 좋지 않겠소? 다시 말하오만 당신은 우리 정부와의 어떤 인연을 빌어 내게 타협안을 찾아보려는 것 같은데 턱도 없는 짓 그만두시오. 난 절대 받아들일 수 없소. 같은 밭에 자란다 해서 모두 먹을 수 있는 작물은 아니잖소. 잡초를 제때 제거하지 않으면 원대가 피해를 본다는 것쯤은 당신도 알 텐데……."

모영민의 눈에서 푸른빛이 번쩍했다. 무지막지한 폭언을 들은 것 때문인지 모영민은 그 밤 한숨도 잘 수 없었다. 하지만 거친 모욕에 대한 반발에 피가 끓어도 당장은 어찌할 수 없었다. 당시는 중국이 개혁개방을 실현하던 때다. 이로 말미암아 조선 정부는 극도로 신경이 팽팽해져 있었다. 조선 지도자들은 그런 결정을 내리고 집행하는 중국공산당 지도부를 마치 사회주의를 버린 배신자처럼 생각했다. 파견된 외교관들도 이럴 땐 상대를 자극하는 일은 삼가야 했다. 모영민처럼 외교사업을 하는 사람일수록 현지의 당 지도자들과의 정면 마찰은 피해야 했다. 그건 양국 어디에서도 인정받지 못할 일이었다. 그럴수록 조카에 대한 서운함이 밀물처럼 밀려들어 가슴을 메웠다.

모영민은 당시 나이 마흔을 넘겼어도 이성에 관해 아는 것도 사랑해본 적도 없었다. 그에게 애정 같은 것이 있다면 그건 맡은 직책상 책임감이었고 현재와 미래를 대비한 전략적 구상과 그 실현에 관한 원대한 방안뿐이었다. 그것이 곧 조선이란 타국에 자신을 믿고 파견해준 모국 공산당에 대한 절대적 충심이라 생각했다.

석 달쯤 지나 처음으로 조카의 방에 들어가 봤다. 별생각 없이 들어섰다. 마침 옥님이는 없고 아기만 태평하게 자고 있었다. 그 앞에 앉아 색색 고른 숨을 뿜는 뽀얀 얼굴을 멍한 눈길로 들여다보노라니 문득 조그만 여자애가 어떻게 이런 큰 아기를 낳을 수 있을까, 하는 엉뚱한 생각이 났다. 슬그머니 아기의 얼굴에 자신의 얼굴을 갖다 댔다. 나도 이런 과정을 거쳐 이렇게 큰 사람이 되었겠지, 하는 생각이 들자 그는 미묘한 충동에 이끌려 두 손으로 아기를 안아 올렸다. 얼굴 가까이 가져오자 자던 아기가 번쩍 눈을 뜬다. 그러고는 벌쭉 웃어준다. 소리 내어 울 것 같아 조마조마했는데 이빨도 없는 잇몸을 드러내고 환히 웃는 것이 막 깨물어 주고 싶도록 온몸을 찌릿찌릿 흥분시켰다. 덩달아 히쭉 따라 웃었다. 스스럼없이 나온 웃음이다. 어, 어, 무슨 알지 못할 소리를 내며 아기는 뭐가 좋은지 발까지 흔들며 두리두리 사방을 살핀다. 모영민은 저도 모르게 아기의 볼에 쪽, 입을 맞췄다. 순간, 찌르르 몸을 관통하는 전류에 화들짝 놀라 모영민은 황급히 아기를 눕히고 방에서 뛰쳐나갔다.

거실 소파에 앉아 훌렁대는 가슴을 애써 진정시켰다. 난생처음 가져보는 색다른 감정이었다. 다시 가져보기 힘든 소중한 것을 밀어버린 기분도 들었다. 밖에 나갔던 옥님이가 그때 들어오지 않았다면 그는 분명 다시 아기방에 들어갔을 것이다.

모영민은 소파에 기대어 지그시 눈을 감았다. 여태 여자 한 번 안아보지 못하고 무엇을 위해 그리도 동분서주했던가, 하는 생뚱맞은 생각이 떠올랐다. 지금까지 가정을 중시하며 사는 작자들을 속세를 벗어나지 못한 무지렁이로 여기며 은근히 경멸하며 살았다. 하나 지금은 그 반대다. 그들이 아닌 자기 자신이 아무것도 모르고 그저 사상과 노선에만 매달려 머슴처럼 육신을 놀려온 허깨비가 아니었나, 하는 생각이 가슴을 메웠다. 방금 맛본 것이 금방 입은 상처에 소금을 뿌린 것처럼 아프게 맺혀왔다. 아프면서도 소중하게 여겨지는 것, 이건 대체 무슨 감정이란 말인가? 이러한 감정을 왜 지금까지 모르고 살았을까, 쉽게 지울 수 없는 길고 긴 여운이었다. 그 여운은 햇빛을 받은 푸르고 연한 잎사귀에 매달린 새벽이슬처럼 지금 그의 가슴속 깊은 곳에 매달려 맑고도 영롱한 빛을 발하고 있었다.

"저어⋯⋯."

옥님이가 문을 열고 들어와 조심스럽게 운을 떼는 것도 그는 듣지 못했다. 삼촌, 하고 재차 불러서야 엉? 하며 두 눈을 번쩍 떴다.

"부탁이 있어요."

"뭘?"

"저와 친한 윤송녀라는 언니가 있는데 삼촌도 봤잖아요."

"오 그런데⋯⋯."

"저와 함께 이 집에서 같이 살았으면 해서요. 삼촌은 또 중국에 들어가실 거잖아요."

"그래, 며칠 있다 가긴 간다만 근데 그 여자는 집이 없냐?"

"있어요. 세 살 난 아들도 있고, 남편은 풍랑으로 죽고 혼잔데 같이 있고 싶어요."

"그래. 네가 좋다면 그리해라. 젖먹이를 안은 널 홀로 두고 가기도 그랬는데 마침 잘 됐구나. 무슨 일을 하는 여자냐?" 한없이 너그러워지는 마음이다.

"아직은 애가 어려 그냥 배급 삼백 받고 집에서 놀아요."

"남편이 없다며? 누구 앞으로 배급을 받는다는 거냐?"

"남편 직장이죠. 노동재해로 잘못돼 애가 학교에 들어갈 때까진 배급이 나온다고 해요."

"그렇구나. 이 너른 집에 못 있을 건 또 뭐냐? 그깟 배급은 무슨, 내가 돌봐 줄 테니 너흰 애나 잘 키우는 게 좋겠다."

"삼촌 고마워요."

"고맙긴. 그건 남에게나 하는 소리다. 한데 이젠 마음이 좀 가라앉았냐?"

"네."

"그 나쁜 놈한테서는 소식이 없고?"

"순민 오빠도 지금 괴로워하고 있어요."

"앞으로 어떻게 할 생각이냐?"

"아직은 저도 잘 모르겠어요. 그냥 가보는 수밖에……."

모영민은 머리를 끄덕였다. 지금 무얼 할 수 있을까? 부장인지 아비 놈 꼬락서니를 봐도 그 앞이라는 것이 훤히 보인다. 모영민은 흠흠 기침을 하며 물끄러미 옥님이를 바라보았다.

문득 옥님이가 조카가 아닌 여자로 보인다. 해맑은 얼굴, 순해 빠진 부드러운 눈. 육감적인 몸매, 애가 정말 내가 키운 조카딸인가? 형 내외가 돌아가자 빌빌 울기만 하던 일곱 살 계집애로만 늘 봐왔고 또 보았다. 그런 어리고 보호해야만 살 수 있었던 애가 지금 애를 낳고 남자가 그리워 울고 있다. 지금껏 사십여 년을 훌쩍 살았어도 모영민이란 남자 때문에 울어 준 여자는 없었다. 그도 어떤 여자를 그리워하며 애태운 적이 없었다. 그런 감정은 대체 어떻게 생겨 먹은 것일까, 여자란 대체 뭐고 여자에게 있어 남자란 어떤 것인가? 비로소 지금 조카도 여자라는 사실이 생동감 있게 다가온다. 여자가 구덩이라면 거기에 불쑥 빠져보고 싶은 욕망까지 울뚝 치밀었다. 모영민은 화끈 달아오르는 얼굴을 들킬까 보아 얼른 돌아앉았다.

저녁 무렵, 송녀란 여인이 짐을 싸 들고 집에 들어왔다. 이 집은 모사영이 품 들여 지은 집이다. 거실이 있고 부엌과 방도 네 개나 된다. 영 들어와 사는 것이 아니어서 그런지 여인은 간단한 짐만 챙겨 가지고 왔다. 두 여인의 동거는 그렇게 시작됐다. 한 여자는 미혼녀로 아기를 낳고 또 한 여자는 갓 젖을 물린 아들을 둔 젊은 생과부다. 경제 전문학교 재학 당시 둘은 쌍둥이처럼 손잡고 다녔고 순민이도 그때 만나 연인이 됐다고 한다. 짐을 정리하고 송녀가 팔을 걷고 쓱싹 준비한 늦은 저녁상에 마주 앉는데 밖에서 뻐꾹, 뻐꾹 하는 소리가 들렸다.

모영민은 감각 없이 수저를 들었지만 옥님이는 안절부절 눈치를 보다 슬그머니 일어나 밖으로 나간다. 송녀도 불안한 눈길로 모영민을 본다. 별다른 눈치가 없자 얼른 숟가락을 들며 호, 하고 가늘게 한숨을 쉬었다.

"뭔 일이 있는 거요?" 모영민이 얼굴을 들며 물었다.

"아니 아닙니다."

"근데 웬 한숨을, 밥상에 앉아 한숨을 쉬면 불민한 일이 생긴다고 연변 사람들은 말하지. 근데 앤 수저를 들다 말고 어딜 갔지?"

"그, 그러게요. 곧 들어오겠지요." 송녀가 얼버무리는데 모영민이 피식, 웃는다.

"청승맞게 뻐꾸기 소리로 여자를 불러내? 담도 없는 녀석이군."

송녀의 입이 딱 벌어졌다. 얼빠진 년처럼 반쯤 입을 벌린 채 삼촌만 쳐다본다.

"여자가 그리 좋은가? 제 애비의 미친 광증은 안 뵈고? 그것참 아이러니해. 이름이 송녀라 했던가?"

"예? 아, 예, 윤송녀라고 합니다."

모영민이 갑자기 우뚝 일어나 서재에서 봉인한 술병을 꺼내왔다. 입도 쓰고 속도 컬컬한 모양 서둘러 뚜껑을 열고 송녀가 얼른 일어나 가져다 놓은 빈 잔에 병을 기울였다.

"제가 부을게요." 송녀가 엉거주춤 엉덩이를 든다.

"네가? 그래 주면 나야 반갑지."

송녀가 후들후들 떨리는 손으로 무릎 꿇고 정중히 술을 붓는데 모영민이 "내가 방금 하대를 했군. 괜찮지?" 한다.

"네, 제게도 삼촌인데요."

"몇 살인가?"

"스물아홉입니다. 드십시오." 송녀는 술잔을 두 손 받쳐 내밀었다.

"스물아홉이라……. 남편은 올 들어 횡사했나?"

"네. 올해 봄에……."

"아홉 고개를 넘기기가 쉽지 않다더니 참. 송녀도 한 잔 하지."

"아닙니다. 전 술이란 거 입에 대도 못 봤습니다."

"이해돼. 중국도 그랬지. 한데 개방 바람이 일어서 그런지 요즘은 여자들도 술 잘 마셔."

독한 배갈을 쭉 들이키는 모영민의 얼굴이 그냥 덤덤하다.

"한 잔 더 부을까요?"

송녀의 혀가 풀렸다. 생각 외로 모영민은 매우 소탈하다. 초면이지만 마치 구면처럼 스스럼없이 대해 주는 그가 송녀에겐 눈물이 나도록 고마웠다.

"그래." 모영민은 술 붓는 송녀의 모습을 물끄러미 바라보았다. 빼어나진 않아도 개성 있게 생겼다. 둥근 형에 짙은 눈썹, 도톰한 입술, 그린 듯 단정해 뵈는 몸가짐, 미소 어린 볼에 나타난 복스러운 보조개, 가슴도 풍만하다. 젊음이 뿜는 싱싱한 기운은 마치 새벽 정기처럼 청신했다. 이성의 냄새를 이리도 관심 있게 맡아본 것이 모영민에게는 아마 처음일 것이었다.

그 밤 자리에 누워도 잠들 수 없었다. 밝고 청신한 송녀의 자태가 자꾸만 눈앞에 어른거렸다. 밤 깊어 겨우 잠든 꿈에서 그는 벌거벗은 송녀를 보았다. 한 번 본 적도 없는 희고 큰 유방이 동공 속에서 춤추듯 너울거린다. 그게 왜 여태껏 잠자던 육신을 발칵 뒤집는지 그것 역시 육신에 붙은 일개 살덩인데 왜 거기에 머릴 틀어박고 마구 몸부림치고 싶은지, 광증이 일었다. 거기엔 지금껏 다듬어 온 정부 관리의 의젓한 모습은 없었다. 천박한 얼굴만이 꿈틀댈 뿐, 그런 모습은 그의 이미지에 티끌도 자리해서는 안 될 추한 것이다. 헉, 불쑥 깨어 몸을 일으킨 그의 이마로 질펀한 땀이 흘러도 모영민은 부정하듯 절레절레 머리를 흔들었다.

*

순민은 마당 귀퉁이에 선 솔 뒤에 숨었다가 옥님이가 나오자 성큼 나서며 무작정 끌어안았다. 옥님은 그러는 순민을 이끌고 대문 밖 옆길로 빠져 뒷산에 올랐다. 나지막한 산이다. 성글게 들어선 솔들 사이에 자란 목란 나무 아래로 두 사람은 스며들었다. 넓적한 잎이 비쳐드는 희미한 빛을 막아준다. 목란, 여름이면 흰 꽃잎이 연분홍 꽃술을 안고 볼 만하게 피어나는 나무다. 푸른 잎과 흰 꽃, 연분홍빛 꽃술은 서로 잘 어울렸다. 큰길 가로등에서 비쳐오는 불빛이 짙게 드리운 어둠을 밀어내며 침대 머리 등처럼 숲에 안온한 분위기를 준다. 그래서인지 시내에서 연인들이 자주 찾아왔다. 늦은 시간인데도 자세히 보면 솔밭에 앉은 커플들이 여럿

보였다. 목란의 무성한 잎에 몸을 감추자 옥님은 무작정 순민의 품에 안겼다. 그리고는 흑흑 서럽게 울었다.

"오빠가 미워. 날 이렇게 만들자고 싫다는데 그랬어? 정말 미워, 난 이제 어떻게 해, 응?"

"울지 마. 책임질게. 좀 참아 응? 어떤 일이 있어도 난 너와 결혼하고 말겠어."

"진심이야?"

"응, 지금 너만 서러운 거 아니야. 집안을 도륙 낼 놈이라며 난 매일 아버지께 두들겨 맞아. 옥님아, 우리 좀 더 기다리자 응? 외아들인 내가 부모님께 이런 불효를 저지를 줄은 몰랐어. 매 맞아 싸지만······."

순민이도 울먹거린다. 그러다가 격하게 내뱉는다.

"옥님아, 우린 같은 사람인데 왜 함께 살 수 없는 거야 응? 한시도 널 못 보면 못 살겠는데 왜?"

"오빠!"

옥님이가 순민의 발치로 꼬꾸라졌다. 흑흑 물결치는 어깨를 한 손으로 쓸며 나뭇가지를 잡은 순민의 손이 부들부들 떨린다. 바르르 입술도 떨렸다. 눈엔 금방 떨어질 듯 넘치는 이슬, 딱, 손에 쥐고 의지했던 나뭇가지가 부러졌다. 부러진 가지 끝에 삽시에 큼직한 물방울이 맺혀 뚝뚝 떨어진다. 그건 마치 두 청춘의 눈물 같았다.

둘을 처음부터 지켜보던 검은 그림자가 소리 없이 어둠 속으로 사라졌다. 어떤 후폭풍이 불지, 아마도 박지언은 아들에게서 단, 한순간도 감시의 눈길을 떼지 않는 것 같다.

사흘 후, 악몽 같은 일이 터졌다. 그것은 꿈에서조차 생각해 보지 못한 처절한 살육이었다.

4

"무슨 생각을 그렇게, 밥 잡숫지 않고?"

"그래, 너도 좀 먹으렴."

옥님이는 머리를 젖히고 숟가락에 뜬 밥을 입에 넣었다. 여느 사람처럼 정 바른 자세로 앉아 스스럼없이 밥을 넘길 수 없었다. 왼쪽 입술이 없어 머릴 들지 않으면 입에 넣은 음식이 도로 흘러나온다. 곤혹스럽지만 쳐들린 상태로 입에 넣고 오른쪽에 옮긴 다음 조심히 씹어 목구멍을 넘겨야 했다. 그래도 오른쪽 입술이 남아 있어 그나마 다행이다.

"죽 쑬 걸 그랬어요."

"괜찮다. 늘 그리 먹는 건데 뭐……."

"또 지난날 생각을 했죠? 너무 생각 말아요. 몸 상하게……."

"그러마. 네가 송녀 언닐 만났다니 생각나서. 그때 송녀 언니와 너의 작은 외할아버지 사이에 아들 하나가 있었는데, 이름이 태수라고 했던가?"

"네. 그 사람이 지금 중동 탄광에서 일해요."

"그러냐? 삼촌도 그걸 알고 있냐?"

"알죠, 작은 외할아버님도 그저께 저와 함께 조선에 나왔어요. 엄마를 보러 올 거예요."

"뭐라?"

옥님이가 꿈쩍 놀란다. 그러고는 유심히 춘희를 살피는 눈엔 실망의 빛이 가득하다.

"네가 말한 거냐?"

"네. 아무리 생각해도 말씀드려야 할 것 같아서요. 엄마 얼굴이 그렇다 해서 작은 외할아버님 앞에 나서지 못할 것까진 없잖아요."

"그만해라." 옥님이는 그만 먹을 생각이 없는 듯 상을 물렸다.

"왜 더 잡숫지 않고, 조금만 더 들어요."

"생각 없다. 먹을 만큼 먹었고……."

춘희가 상을 치우자 옥님이는 정색한 얼굴로 딸을 불러 앉혔다.

"춘희야, 너의 작은 외할아버진 내게 삼촌보다는 아버지였다. 전쟁통에 핏덩이로 고아가 된 내가 양부모를 만나 탈 없이 자랐어도 삼촌이 아니 면 아마 죽었을 거다. 삼촌은 나 때문에 귀국도 하지 않고 이 땅에 남았 는데 난 그런 삼촌에게 바른 모습을 보여주지 못했구나. 속만 썩였어. 지 나고 보면 다 부질없는 짓이지만 그땐 순민이 그 사람이 아니면 세상이 무너지는 줄 알았어. 나 때문에 모욕을 받는 삼촌을 더는 볼 수 없어 난 죽으려고 바다에 뛰어들었어. 갓 태어난 너의 존재도 이미 세상을 버린 내 게 아무런 희망도 주지 못했단다."

담담한 어조가 갑자기 흐려지며 가슴 찢는 흐느낌으로 변했다.

"그랬던 내가 어찌 삼촌 앞에 나서겠냐? 너 정말 괘한 짓을 했다. 네가 커서 날 찾을 때도 난 너도 피하려 했다. 정말이지 내가 무슨 염치로……."

"알아요, 모든 걸. 엄만 지금도 그분만 생각하고 있죠?"

"그렇단다." 하마터면 그리 대답할 뻔하며 눈가를 찍는 옥님이의 얼굴이 금세 밝아졌다. 박순민은 얼굴 잃은 그녀를 버렸어도 강성대는 생마저 버린 여인을 포근히 안아주었다. 쳐다보는 것으로도 끔찍해 눈을 감을 만큼 처참한 상처도 성대에겐 아무 문제가 되지 않았던 것 같다. 치마를 뒤집어쓰고 한밤중에 바다에 뛰어든 옥님이를 건져낸 사람도, 늘어진 옥님이를 제집 아랫목에 눕히고 불우한 여인이 불쌍해 긴 밤 슬피 운 것도 성대다. 사랑을 잃은 것도 모자라 고운 얼굴마저 잃은 여인이 무엇을 바라고 살 수 있을까마는……. 아마도 성대의 사심 없는 마음에 실려 가늘긴 해도 다시 소생의 빛을 얻었었다.

옥님이는 세상이 두려웠고 사람이 무서웠다. 강성대는 그런 옥님이를 데리고 지금의 귀틀집으로 거처를 옮겼다. 본래는 자그마한 산막이던 것을 성대가 뒷산에서 주워 온 넓적돌로 온돌을 놓고 마당도 넓혔다. 산에서 떠온 대추나무를 마당에 심은 날 성대는 나무가 마치 사람인 듯 우두커니 서서 넋 놓고 바라보았다. 왜 그러는지 옥님이는 안다. 성대가 살던 고향집에도 대추나무가 여러 대 있었다고 한다. 가을이면 어머니가 익은 대추를 얹어 지은 푸근한 밥을 달게 먹었고 곱게 핀 대추나무꽃 아래에서 선영이와 혼례도 치렀다. 아마도 그때 대추나무를 심으며 성대는 떠나온 고향을 가슴에 묻고 싶었던 것 같다. 두 사람은 그렇게 부부가 되어 세상을 등지고 오붓하게 살았다.

옥님이의 부탁으로 성대가 삼 년 만에 모영민의 자택을 찾았을 때 모영민은 옥님이가 남긴 아기를 안고 중국으로 떠난 뒤였다. 지위를 위해 인성마저 저버린 자들이 보란 듯 아이를 잘 키우고 싶었던지…….

노모에게 아기를 맡기고 다시 나온 모영민은 바다에 빠져 세상을 등진 줄 알았던 조카의 소식을 들었다. 측근들을 통해 강성대가 어떤 사람인가를 알아본 모영민은 더는 옥님이를 찾지 않았다. 숨다시피 세상을 등지고 사는 것이 되레 나을 것 같아 그랬던지, 그렇지만 관심까지 거둔 것은 아니었다. 지켜볼수록 고맙고 대견해 그때부터 모영민의 눈은 강성대에게서 떨어질 줄 몰랐다. 모영민은 파견업무를 마치고 귀국하며 둘을 불러 자택을 물려주었다. 뜻하지 않은 일로 성대가 잡혀가지 않았다면 옥님이는 이 산속 귀틀집으로 다시 나오지 않았을 것이다. 그의 체취가 살아있는 집이고 세상과 소통하기 싫은 옥님이에겐 이 귀틀집이 좋았다.

"아마 작은 외할아버진 이번 길에 엄마를 이렇게 만든 사람도 찾아볼 것 같아요. 저에게 분명 그런 뜻을 전했어요."

"그게 무슨 소리냐? 지금 와서 그런들……."

"엄마는 모르시죠? 그분이 왜 잡혀갔는지 벌써 수십 년 세월이……."

"어차피 그리될 수밖에 없는 사람이지."

"왜요?"

"몰라서 그러냐? 남조선에서 온……."

"어머니, 정부 정책에 의해 정착한 사람이었어요. 근면하게 일하셨고 양심껏 사셨다면서요. 그런데 왜? 엄만 정말 모르세요?"

"그만해라. 오늘 왜 자꾸 이상한 말만 하는 거냐? 이제 내가 살면 얼마나 더 살겠다구, 제발 지금 하는 일에만 전념해라. 난 내가 당한 일 때문에 무슨 일이 벌어지는 걸 바라지 않는다. 그저 지금처럼 너희들만 무탈하게 살면 되지 무얼 더."

옥님이의 눈에서 이슬이 반짝였다. 백번 지당한 말이지만 엄마의 험상한 얼굴을 보노라면 모든 걸 접고 싶다가도 고개는 저절로 흔들려지고 가슴에선 불이 일었다.

홍안의 나이에 남자를 잘못 만나 한 생을 잃은 엄마다. 여자는 사랑을 먹지 못하면 여자로 못산다고 했다. 남자의 사랑을 거름처럼 먹어야만 여자는 꽃으로 피고 영근 열매를 잉태한다. 그런 삶의 자양분인 사랑마저 순간에 잃어버린 엄마, 왜? 저절로 입술이 바르르 떨렸다. 이제라도 늦지 않다고 생각했다. 춘희에게 부디 해야 할 인생 목표가 있다면 바로 엄마의 본 얼굴을 찾아주는 것이었다. 그자들이 보란 듯, 이미 중국을 드나들며 이름난 성형외과의들을 여러 차례 만났다. 찍어간 사진을 분석하며 본래의 얼굴 피부까진 아니더라도 형태는 찾을 수 있다는 대답을 들었을 때 춘희는 걷잡을 수 없이 흐르는 눈물을 감추지 못했다. 그렇게만 된다면 얼마나 좋을까, 다행히 이번 중국 출장길에 모영민이 만들어준 초청장을 갖고 들어오는 길로 외사과를 찾아 엄마의 출국수속을 했다. 아무도 모르게 한 일이었다.

실은 엄마를 중국이 아닌 한국에서 수술하기로 매듭지었다. 중국의 성형 의술로는 고도의 접합기술을 요구하는 최첨단 수술이 아직은 무리라고 했다. 지금 강 건너 연길 조선족자치주에는 엄마를 모시려 강성대 사장이 직접 나와 있다. 철들어 처음 보는 얼굴이지만 친아버지처럼 친밀감을 주는 분이었다. 아마도 그건 아직도 변함없는 엄마에 대한 사랑과 관심 때문일 것이다. 수십 년 세월이 지났어도 엄마를 잊지 않고 찾아주는 그 진심에 춘희는 감격해 울었다.

이번 길에 홍범이도 들여보내야 했다. 모영민의 간곡한 부탁도 부탁이지만 아들을 기다리는 아버지에 대한 응당한 보답이기도 했다. 그렇지만 걱정도 태산이다. 강홍범이 과연 반역과도 같은 나라 탈출의 길에 선뜻 나서겠는가, 하는 것이다. 물론 그간 여러모로 대비는 했다. 엄마에 대한 걱정도 없지 않다. 바깥에 나가는 것은 물론 사람을 만나는 것도 싫어하는 엄마가 태어나 한 번도 생각해 본 일이 없는 중국행을 어떻게 받아들일지, 춘희는 조심히 물었다.

"일주일 후에 가볼 곳이 있는데 가겠어요?"

"뭐? 내가 가긴 어딜 간단 말이냐."

"중국에요."

"얘야, 지금 뭐라고 했냐?"

예상한 반응이다. 춘희는 차분한 표정으로 한동안 엄마를 직시하다 말했다.

"아버지가 지금 중국에 나와 있어요."

"아버지라니, 홍범의 친부 말이냐?"

"네."

"그 사람이 아직 살아있냐?"

"그때 보위부에 잡혔을 때 작은 외할아버지가 줄을 놓아 중국으로 빼돌렸어요. 이후 밀항으로 남조선에 돌아가셨는데 선친으로부터 많은 유산을 물려받았다나 봐요. 지금은 작은 외할아버지와 함께 길림에 한중합작회사를 설립한 관계로 자주 중국에 나와 계시는데, 아버지가 엄마를 찾는 건 아마 엄마의 잃어버린 생을 되찾아 주려고 그러는 것 같아요."

"잃어버린 생을 되찾다니 그건 또 무슨 소리냐? 좀 알아듣게 말해라."

"엄만 아직 젊어요. 어머니도 남들처럼 한 번쯤 세상을 휘둘러보며 살아봐야 할 것 아니에요. 평생을 골방에서 지낸 지난날이 억울하지도 않아요?"

"얘야, 다시 좀……. 정말 그 사람이 지금 날 불렀단 말이냐?"

"예, 그렇다니까요."

춘희의 눈에 가랑가랑 고였던 눈물이 방울져 떨어졌다. 강한 내성이 돋보이는 성격이지만 엄마 앞에서는 한없이 약해지는 그녀다. 옥님도 마찬가지였다. 갑자기 조용하던 심장이 발광하듯 요동친다. 이제 버젓이 얼굴을 들고 세상을 활보할 수도 있다는 부푼 기대감 때문이 아니다. 꿈에서도 그리워 밤마다 베개를 적셔주던 그 사람의 소식을 이렇게 갑자기 듣게 될 줄은 진정 몰랐던 듯싶다. 그 사람이면 만 리 길에 얼굴이 아닌 사지가 찢겨 너덜거린다 해도 왜 못 찾아갈까, 이제 영원히 못 볼 줄 알았던 그리운 사람, 사람의 정이란 어찌 보면 참 향기로웠다. 아니 너무 구수해 다른 맛은 전혀 깃들 자리가 없다. 무인도처럼 사람 하나 끼지 않는 적막 고도에 살면서도 밤이 되어 눈만 감으면 시물시물 웃으며 찾아와 주는 사람이 있어 늘 가슴이 울렁거렸다. 역한 술 냄새를 풍겨도 어느 시궁창 속에 빠졌다가 나와도 그 사람의 몸에서 나는 냄새라면 왜 그리도 향기롭던지, 남편의 냄새는 아무래도 좋았다. 그래서 옥님이는 세월을 타고 늘 남편의 냄새를 쫓는다. 얼굴은 가물가물 잊혀가도 눈만 감으면 남편의 체내에 숨었던 냄새가 응당 제 깃들 곳인 듯 살금살금 기어든다. 그럴 때면 흠, 흠 코 날개가 춤을 추고 답답하던 목구멍이 활짝 열렸다. 황홀했고 행복했다. 사람 무리에 낄 수 없는 불행한 생명도 그 순간만큼은 자취를 감췄다. 지금 당장 문을 열고 나 왔소, 하고 들어서는 것 같아 울렁이는 가슴을 부둥켜안고 한밤을 지새운 날이 그 얼마였던지……. 익숙해지기까지는 묵은 갈등을 견뎌야 했다. 남편을 볼 수 없는 수많은 날과 달들은 옥님이에게 있어 진정 지옥이어서 한때는 미친 듯 발광도 했다. 죽으려고 연 며칠 밥도 안 먹었다. 그랬어도 마침내는 다시 정신을 차리고 일어섰다. 이제 초등학교에 다니는 남편이 두고 간 어린 아들, 신통히 남편을 꼭 빼닮은 그 아들을 위해서라도 이를 악물고 살아야 했다. 살자니 눈물이 솟구쳐 그때마다 어린 아들을 붙안고 불공평한 세상을 저주했다. 만약 홍범이마저 없었다면 지금 옥님이는 이렇게 방에 앉아 그리움에 젖은 애틋한 눈물을 흘리지 못했을 것이다.

눈물은 거침없이 흘렸지만 잊을 수 없는 사람의 소식에 옥님이의 얼굴엔 생기가 넘쳐났다. 그런 엄마를 보며 춘희는 문득 어제 선광장에서 본 박상도가 생각났다. 지금 그 너부죽한 얼굴이 엄마의 얼굴 옆에 그림처럼 그려진다. 박상도가 바로 엄마의 첫사랑이었던 박순민이다. 잔인한 아버지였다. 지금껏 춘희는 단 한 번도 박상도를 아버지로 여기지 않았다.

춘희의 머리가 아래로 꺾였다. 비련의 딸로 부모의 기구한 운명을 스스로 걸머져야만 했던 여인. 곁에 살면서도 혈육으로 마주 앉을 수 없고 적으로 만날 수밖에 없는 기막힌 운명.

아마도 박상도는 광산의 구세주 같은 여인이 젊은 시절에 잃어버린 친딸임을 꿈에도 생각해 보지 못했을 것이다. 어머니도 순민의 이후 행적은 감감 모르고 지금껏 사셨다. 알 기회도 없었고 알아서도 안 되는 일이었다. 춘희는 고개를 들었다. 이러지 말자고 엄마를 만날 때마다 마음 다지곤 했었다. 해야 할 일만 생각하기로 했다. 그러나 의지와 달리 엄마의 얼굴에서는 늘 지난날의 아픈 추억이 되살아나곤 한다. 그런다고 잃어버린 생을 보상받을 아무런 담보도 없지만 지울 수 없는 상처는 늘 거머리처럼 그녀를 물고 놓아주지 않았다.

한때 치마를 뒤집어쓰고 검푸른 바다에 뛰어든 엄마의 심중이 충분히 이해된다. 모영민은 춘희를 키우면서 많은 기대를 했다고 한다. 어찌 보면 되돌림이라고 할지. 그래서 춘희는 공부도 열심히 했고 나름 꿈에 부풀어 앞날의 미래를 설계해 보기도 했다. 하나, 둘 가정사에 얽힌 풀 수 없는 매듭들을 알게 된 그때부터 춘희에겐 부푼 미래보다 현실로 닥친 어두운 음영에 몸서리를 쳐야 했다.

모영민이 주관하는 무술학교 정보반과 경영학원에서 무술만이 아닌 금융을 배우고 경영을 배울 때만 해도 당장 다가올 것 같은 화려한 미래에 가슴이 부풀곤 했었다. 그렇지만 철들어 화교 신분으로 이 땅에 나왔을 때 그녀는 이미 꿈에 부풀어 미래를 향해 웃는 천진난만한 소녀가 아니었다. 끓는 가슴엔 문득 알아버린 가족사의 참혹한 결과를 만든 장본인들을 찾아 기어코 복수해야 한다는 적의만 가득했다. 그 적의는 이곳 산자락의 귀틀집에 숨어 사는 엄마를 만나면서부터 더 강렬해졌다. 모영민도 태어나자마자 엄마를 잃고 산 춘희에게 아직 건재해 있는 친모를 더는 숨길 명분이 없었을 것이다. 그건 춘희뿐이 아닌 옥님이에게도 마찬가지였다. 밖에 나가기도 힘든 험한 얼굴을 가지고도 삶의 끈을 놓지 않은 것이 바로 강성대라는, 남쪽에서 온 한 아저씨 때문이었다는 것을 알게 됐을 때 가슴 적시는 고마움에 눈물 지은 춘희다. 고마움만이 아니었다. 그러나 그 아저씨마저 엄마를 끝까지 지켜 주지 못했다. 아저씨가 남기고 간 아들 때문에 죽을 수조차 없었다는 어머니의 품에서 홍범은 성장했다.

모영민이 들려준 이야기는 춘희의 가슴을 울렸다. 고향으로 돌아간 강성대는 부모의 유산을 상속받아 큰 부자가 되었다고 한다. 잦은 한국방문으로 모영민은 여러 번 강성대를 만났다. 지금 강성대에게 있어 사활적 문제는 바로 하나뿐인 아들의 귀환이라 했다. 모영민이 아니었다면 강성대는 보위부에 연행된 후 다시 나오지 못할 완전통제구역으로 끌려갈 수밖에 없었던 사람이었다. 사람은 의리가 있어야 한다고 모영민은 늘 춘희에게 일렀다. 강성대가 있어 오늘의 너의 어머니와 네가 있다는 말을 들었을 때 춘희는 가슴 속 깊은 곳에서 울리는 마음의 목소리를 들었다. 그때부터 엄마와 함께 있는 강홍범을 눈여겨 살폈다.

출신 때문에 인정받지 못하는 남자, 뛰어난 육상 실력이 있어도 홍범은 삽을 든 논두렁 치기 신분에서 벗어날 수 없었다. 때가 되면 강을 넘겨 아버지의 품에 돌려보내야 할 사람이었다. 춘희는 모영민으로부터 태수를 찾고 강홍범을 중국으로 탈출시킬 임무를 받고 나왔다 해도 절대 틀린 말이 아니다. 그러나 그것이 말처럼 쉬운 일이 아니었다. 오로지 하나밖에 모르는 사람에게 탈출이란 말을 꺼내기도 무리였다. 강홍범은 춘희의 그 같은 내적 사정은 알지 못하고 뜻밖에 찾아온 빼어나게 아름다운 여자가 동생이라는 사실에 감지덕지했을 뿐이다. 옥님 또한 그것을 다행으로 여겼다. 농장일에서나 사람들을 대하는 면에서나 흠잡을 데 없을 만큼 성실한 홍범이어서 이제는 떠나간 사람의 후유증도 잿불처럼 사라지고 맘 편히 살아갈 만도 했다. 하나밖에 없는 딸도 장성해 어엿한 숙녀가 되어 돌아왔다. 이제 바라는 게 있다면 아무 일도 없이 무난하게 살다가 생을 마치는 것뿐이다. 그러나 춘희의 생각은 달랐다.

홍범은 무난하게 이 사회에서 살 수 있는 출신이 아니다. 정치범인 아버지의 탈출. 이어 국경을 넘어 적국으로 월남한 사람의 아들이 평생 아무 일 없이 살 수 있는 세상이 아니었다. 폭풍은 처음부터 거센 것이 아니었다. 정적 뒤엔 반드시 예상하지 못한 굉음이 숨어있게 마련이다. 언제 어느 순간에 폭풍이 쓸어 닥칠지 모를 고요 속에서 이제 남은 마지막 카드는 한시바삐 홍범을 서울에 있는 아버지에게 보내는 것이었다. 그것이 출생의 긴박한 순간에 손을 내밀어주고 엄마를 살펴준 그분에 대한 의리라고 생각했다. 하지만 아직 그와 같은 일을 과감하게 진행시키기에는 홍범의 마음이 너무나도 유약했다. 그저 시키는 대로 굽실거리며 사는데 익숙해진 사람을 무슨 수로 나라를 떠날 담대한 결심을 하게 만들지, 기계라면 뜯어고칠 법도 하다. 하나 그는 의식을 가진 사람이었다. 그의 굳어진 의식에 나라 탈출을 권하는 것은 어느 모로 보나 현재로선 위험한 일이었다. 그러나 해야만 했다. 춘희는 홍범과 같이 지내면서 나름의 계획을 세웠다. 가족사에 얽힌 사연을 모르는 주위 환경을 이용하여 겉으로는 부부로 행세하는 것이었다. 이제는 중동 일대에서 그들을 부부가 아니라고 생각하는 사람은 없었다. 홍범에게 여자가 생기고 결혼해 애까지 낳게 된다면 더더욱 나라 탈출은 꿈에도 생각할 수 없게 만드는 일이었다. 그래서 남조선에 연줄을 둔 김춘옥을 집에 들였다. 정이 깊어지면 여자를 따라 어떤 길에도 선뜻 나설 수 있을 것 같아서였다. 김춘옥은 기회만 되면 언제든 나라를 떠날 인물이었다. 춘옥을 그렇게 하도록 할 자신도 있었다. 물론 처음부터 그런 생각으로 엄마를 찾아온 것은 아니다. 그러나 그들이 처한 환경과 그 환경에 세뇌된 이들을 보며 춘희는 그렇게 생각했다. 모영민의 후원으로 강 건너 개방된 땅에서 교육을 받으며 자란 경력이 그런 담대한 결심을 하게 만들었는지도 모른다.

춘희에게는 그것 외에 또 다른 할 일이 있었다. 대체 얼마만큼 잘난 사람들이기에 그렇듯 한 여자와 그 가족의 인생을 넝마처럼 찢어놓고도 지금껏 무난하게 활개를 펴고 살았는가 하는 것이었다. 그들은 늘 군중 위에 군림했고 마치 성인군자인 양 추한 면을 가리며 자기들만의 잣대를 가지고 사람들을 부렸다. 들춰 보면 악취가 진동하는 그 몸뚱이 앞에서 굽실거려야만 하는 사람들 편에 서서 당당하게 그들을 부려보고 싶었다. 그래서 부렸다. 어려운 일이 아니었고 못 할 것도 없었다. 현실적으로 지금 춘희는 이발사라는 최하급의 신분으로 기간 간부인 당 일꾼까지 손에 쥐고 흔든다. 이발사 직업을 놓지 않은 이유도 바로 그것 때문이었다. 알고 보면 별로 잘난 사람들이 아니었다. 주어진 권력과 그것이 주는 힘으로 자기 것만 많이 만들려 동분서주하는 무리를 보며 처음엔 냉소했고 다음엔 허탈했다. 그까짓 돈이 뭔지, 급이 높은 사람일수록 돈 앞에서는 한없이 비굴했다. 그러면서도 군중 앞에선 돈이 아닌 사상과 노선에 충실한 사람으로 저들을 추앙했다. 아무 능력도 없으면서 3000여 명 종업원을 거느린 당비서라는 직권을 가진 박상도만 봐도 그렇다. 춘희가 무역공사와 손잡고 흑연납품을 성사시켜주지 않았다면 아마 박상도는 그 자신도 실실거리다 굶어 죽었을지 모른다.

어머니가 잡술 저녁까지 준비해 놓고 돌아갈 채비를 하던 춘희는 다시 엄마 앞에 앉았다.

"정말 모르세요?"

"무얼 말이냐?"

"어머니 얼굴에 강수를 부은 악당 말이에요."

"글쎄, 직접 얼굴을 보면 알겠는지, 근데 그건 왜 또 묻는 거냐?"

"그냥 알고 싶어요. 어머니를 망가뜨린 자를 딸로 생겨 모르고 산다는 게 너무 억울해서……."

"모르는 게 차라리 낫다. 다 지나간 일인데 알아봤자 이제 뭘 어쩌려고 너 참……."

"정말 알면서 숨기는 건 아니죠?"

"그렇다니까, 벌써 삼십 년도 더 지난 일이다. 어떻게 알 수 있겠니?"

"난 알고 싶어요, 기필코."

"잊어라, 응? 그게 엄마 부탁이다. 그리고 하나만 더 부탁하자."

"뭘요?"

"모른 척했다지만 어떻게 연통을 넣어 내가 송녀 언닐 만나볼 수 없겠니? 아까도 말했지만 내가 다쳤을 때 엄마가 되어 너를 돌봐준 분이다. 내 생명의 은인이고, 정말 보고 싶구나."

아직은 아니지만 수십 년 세월 외로운 골짜기에서 사람 냄새를 잃고 살아온 엄마의 심정이 충분히 이해되어 춘희는 머리를 끄덕였다.

"실은 아침에 모른 척 한 게 내내 속에 걸렸어요. 이젠 모든 걸 밝힐 때도 됐죠. 기다려요."

가슴을 쓸어내리는 어머니를 뒤로 한 채 춘희는 집을 나섰다. 딸의 뒷모습을 보는 옥님이의 얼굴이 한결 밝아 보였다. 춘희는 차라리 잘됐다고 생각했다. 이젠 정태수와의 관계도 밝혀야 했다. 이 땅을 떠날 때가 박두한 만큼 모든 것은 베일을 벗고 제자리를 찾아야 한다고 생각했다.

5

다음 날 중동 탄광에 경사가 났다. 이른 아침, 하동광산 구내에 정차해 있던 중국화차가 탄광 구내 철길로 연줄연줄 들어선다. 집에서 오리 정도 떨어진 중동철도역에서 청진-신의주행 열차에 아내와 아이들을 보낸 정태수는 한달음에 갱 사무실로 달려왔다. 춘희의 연락을 받았다. 까마귀 날자 배 떨어진다고 아내를 떠나보낸 순간에 받은 희소식에 단숨에 왔다. 벌써 간선 철길로 밀가루를 실은 화차와 석탄을 실을 빈 화차들이 정차해 있다. 모두 무개화차들이다. 탄광 종업원 가족들도 환한 미소를 띤 얼굴로 꾸역꾸역 모여든다.

지배인을 비롯한 탄광 임원진이 열차에서 내린 실무일꾼들과 일일이 악수하며 희색이 만면한 얼굴로 들어선 화차들을 살펴본다. 석탄을 실을 빈 화차가 석탄 적재장 철길에 쭉 서 있어도 사람들의 눈길은 밀가루를 가득 실은 화차에만 쏠렸다. 무개차에 하얀 밀가루 포대들이 빼곡히 쌓였는데 위엔 투명한 비닐로 우기를 씌웠다. 밀가루를 부리고 흑연정광을 실어야 해서 무개차에 밀가루를 실은 것 같다.

구경나온 사람들은 탄광 종업원 가족들만이 아니다. 농장 사람들도 많이 보였다. 채홍 영감도 보였고 오지단지 노친도 뵌다. 만덕이는 뭐가 못마땅한지 시무룩한 표정으로 화차가 아닌 사람들을 두리두리 살핀다. 채홍 영감도 뭔가 심기가 뒤틀린 것 같다. 두툼하게 말아 문 마라초를 뻐금뻐금 빨며 아니꼬운 눈초리로 화차를 본다. 하긴 어제 퇴비를 무지며 말들이 많았다. 일본놈들이 송이버섯을 먹고 싶다면 옛, 하고 숟갈 드는 놈이면 애든 어른이든 다 산으로 쫓기고 강 건너 되놈들이 고사리 가져와, 해도 옛, 하고 바다도 분주하다. 명태며 오징어, 조개, 임연수 그저 이름 가진 수산물이면 다 외화벌이라며 싹 다 긁어 국경 밖으로 내보낸다. 거기다 흑연만이 아닌 석탄까지 말짱 되놈들 아가리에 처넣으니, 그깟 밀가루가 대체 몇 푼어친데……

"장사이득은 원래 원료가 아닌 제품에서 나오는 건데 저게 뭐요, 기가 막히잖소?"

"무슨 소리요?" 오지단지 노친이 방금 투덜댄 채홍 영감을 흘겨본다.

"내 어제두 말했잖우? 좋은 자재를 싹 다 긁어 헐값에 팔아 먹는다구. 하긴 배고픈 놈 눈에 돈이 뵐까? 옆에 놓인 떡에부터 손이 가겠지. 불쌍한지로……."

"누가 듣겠소. 뚫린 입이라구 아무 말이나, 여기가 퇴비장이오?"

채홍 영감은 그제야 두리두리 사방을 살핀다. 다행히 그들에게 주의를 돌리는 사람은 없다. 태수도 밀가루를 보는 순간 방금 떠나보낸 아내와 아이들 생각이 났다. 요즘 솥에 넣을 게 없어 늘 배고프게 살았는데 떠나자마자 식량이 도착했으니 너무 아쉬웠다. 떠날 때 도중 식사라도 듬뿍 싸 보냈더라면 마음이 한결 가벼웠을 것을 정말 힘든 이별을 했다. 역 구내에 열차가 들어서자 아내는 승강대에 오르며 눈물을 훔쳤다. 열차가 출발할 무렵엔 덤덤하던 감정이 갑자기 격해져 태수도 눈시울이 붉어졌다. 진정 떠나는 아내에게 눈물을 흘릴 자격이나 있나? 조강지처를 내친 사내가, 열차가 출발해도 진이를 업은 아내는 그냥 승강대에 서서 눈물을 훔치며 손을 흔들었다. 잊어서는 안 될 모습처럼, 열차가 사라져도 태수는 우두커니 서서 눈길을 떼지 못했다. 가슴이 답답했다. 이른 아침이어서 열차에서 내린 사람이 몇이 안 돼 역 구내는 한적하다. 쌀쌀한 바람이 불어와 그의 헝클어진 머리를 날렸다. 태수는 신음을 토하며 마침내 홈 바닥에 주저앉았다. 아내에게 보일 수 없었던 눈물이 마구 쏟아져 넋 놓고 울었다. 꺽꺽 소리 내어 흘리는 눈물이 뚝뚝 바닥에 떨어졌다. 못난 놈, 진정 뒤지도록 못난 놈이다. 지금껏 생각해 보지도 못했던 질타가 스스로 목구멍에서 튕겨 나왔다. 세상에 너 같은 머저리가 또 있을까? 대가리엔 뭐가 들었기에 순수하게 살아온 아내를 그리도 치사한 보자기를 씌워 떠나보낸단 말이냐? 모르는 눈은 어물쩍 속여도 네 가슴에 얹힌 양심의 중압은 대체 뭐로 순화시킬 건데, 지금 밀가루 화차에 다시 아내의 가냘픈 모습이 어린다. 메마른 세월만 아니면, 그리고 군에서 받은 상처만 아니라면 그렇게 떠나보낼 이유가 없다. 남들처럼 무얼 얻어 들이지는 못해도 평생을 보듬어 안고 입 맞춰 주고 싶은 여자였다. 남편을 남편으로만 대한 여자가 아니었다. 아버지로, 스승으로 인생을 통째로 맡기고 하늘처럼 떠받들며 오로지 지아비의 그늘이 삶의 전부인 것으로 알고 산 어질고 착해빠진 여자였다. 지금 밀가루 화차를 보는 순간 그 모든 것이 한꺼번에 달려들어 죄책감이란 미궁 속에 마구 처넣는다. 태수의 눈에 쿡, 눈물이 솟았다.

"좋은 일이 생겼는데 왜 눈물을?"

먼발치에서 태수를 보고 다가온 춘희의 한마디다. 눈물범벅이 된 볼썽사나운 얼굴을 든 태수의 눈엔 초점이 없었다. 호젓한 곳이라면 춘희를 붙안고 막 소리내 울고도 싶다.

"그렇게 후회하면서 보내긴 왜 보냈죠? 사내들이란 참……."

춘희는 냉랭한 어조로 그렇게 한마디 던지고는 탄광사무실 쪽으로 내려간다. 수건으로 눈물을 닦던 태수는 어안이 벙벙했다. 아내가 떠난 것을 춘희가 어떻게 알지? 하는 생각이 불쑥 떠올랐다. 순간이긴 하지만 창피한 마음에 저절로 얼굴이 붉어졌다. 지금껏 춘희를 향한 마음이 다 거짓으로 말짱 들켜버린 것 같다. 눈물이 쑥 잦아들었다. 춘희를 알아보았는지 지배인을 위시한 탄광 임원들이 그녀가 향한 사무실 쪽으로 급히 내려가는 것이 보였다. 태수도 마음을 다잡고 그쪽으로 걸음을 옮겼다.

한편 하동 광산에서는 아침부터 구내방송을 시작했다. 종업원들은 실었던 정광이 불합격 맞고 싣고 왔던 밀가루 화차가 중동 탄광으로 갔다는 소식에 모두 낙담해서 아침에 출근해야 하나, 마나, 하고 속 구구를 할 때다. 방송은 광산 마을 집집마다 다 들을 수 있게 곳곳에 설치한 스피커를 통해 기운차게 울려 퍼졌다. 아침 숟갈을 들 무렵에 울린 방송이어서 종업원들은 들었던 술을 멈추고 벙벙한 눈빛으로 서로 마주 보았다.

"종업원 여러분 기쁜 소식 알립니다. 광산 초급 당위원회 부비서인 양태산 동지의 노력과 능수능란한 교섭에 의해 중동 탄광으로 들어가던 밀가루 전량에서 절반인 삼십 톤이 곧 광산종업원 배급으로 나가게 되었습니다. 밀가루 배급은 배급소가 아닌 각 직장 단위로 나누어 주게 됩니다. 오늘 출근하지 않은 종업원은 물론 그간 결근 일수를 합쳐 제하고 출근 날짜만큼 모레부터 공급하게 되니 전체 종업원들은 제시간에 출근하길 바랍니다. 다시 말씀드립니다."

아침 밥상에 앉던 박상도는 방송 소리가 뜻밖인지 눈만 거불거렸다.

"쳇, 삼십 톤이라야 종업원당 10킬로 정도 차례지는데 뭘 저리 요란스럽게?"

마주 앉은 철용이가 손가락을 굽혔다 폈다 하고는 그렇게 투덜거렸다.

"애 봐라, 밀가루 10킬로면 한 달은 먹고 살아. 지금 풀과 미역으로 끼니를 때우는 집이 얼만데, 어떤 집은 종업원이 두셋씩 되는데 그게 적은 식량이야? 또 비싼 밀가루를 장에 팔아 대신 옥수수를 사들여봐. 두 배가 나와 두 배. 네가 세상 물정을 알아? 쥐뿔도 모르면서 아무 말이나……."

누이가 국을 들여오며 철용에게 눈을 흘긴다.

"그런가? 근데 아부지. 저건 대체 무슨 소리오?"

"뭘 말이냐?"

"능수능란한 교섭이라며 양태산일 올려 추, 아 맞다. 그러고 보니 아부지가 완전 넉카우드 됐네. 저 양가 말이요, 내 좀 아는데 중동농장 이발사인 그 여끼새끼 같은 에미네와 짜고 아부질 골탕 먹인 걸 거요, 아마."

"그런 게 아니다."

"아니긴, 그저께 일로 아부지가 시당에 불려가 눈알 쏙 빠지게 욕사발

처먹은 거 내 모를 줄 아우? 양가한테 완전히 밀려서는, 지금 광산여론이 얼마나 나쁜데, 체 그러고도 뭐 나보고 일 년만 탄광에서 견디라? 이젠 일 년이 다 돼오는데 대체 날 어떻게 할 작정이요?"

"그런 게 아니라니까, 넌 빨리 탄광에나 가 봐라. 광산 일에 신경 쓰지 말고."

"꼴좋네. 젊은 놈 가랑이에 끼어 헐떡거리는 꼴이란, 흥."

숟가락을 들다 말고 아들을 직시하는 박상도의 손이 우들우들 떨린다.

"붙는 불에 키질이라고 이놈 자식, 보자 보자 하니까. 야, 이놈아 이자 말 다시 해봐라. 뭐 어디에 끼었어?"

"젊은 놈 가랑이요. 양가에게 눌려 숨도 제대로 못 쉬면서 집에서 큰소린, 치."

"에라, 이 개만도 못한 놈."

얼결인가? 아니면 벼르고 별렀던 폭발인가, 박상도의 손이 아들의 뺨에 폭풍을 일으켰다.

"아, 왜 때려?" 철용이도 가만있지 않는다. 쟁강 와르르, 부자 사이에 놓였던 밥상이 뒤엎어졌다. 바닥에 쏟아진 국물이 박상도의 옷섶에 튀어 올랐다.

"아침부터 무슨 행패야"?

누이가 그러며 제 아비를 잡아먹을 듯 노려보는 철용을 콱 밀친다. 박상도도 더 참을 수 없어 그 틈에 바닥에 뒹구는 김치 종지를 들어 힘껏 뿌렸다. 앗. 철용의 머리를 스친 사기 종지가 바람 소리를 내며 벽에 부딪쳐 박살이 났다.

"이 개자식. 오늘 너 죽고 나 죽자!"

빗맞았어도 철용의 머리에서 피가 흘렀다. 그러나 독 오른 아비에겐 그게 보일 수가 없다. 아예 죽일 잡도리다. 어느결에 잡았는지 큼직한 국 사발이 피 흐르는 아들의 머리 위에 쳐들렸다. 질겁한 철용이가 홱 돌아 문을 차고 도망쳤기 망정이지 조금만 늦었어도 그놈의 모가지 장식품이 아예 형체를 잃어버릴 뻔했다.

"아, 아부지!" 딸이 울음을 터트리며 아들을 쫓으려는 아비를 와락 잡는다.

"참아요. 이런 꼴 사람들이 보면 또 뭐라 하겠어요. 네? 아부지이……."

박상도는 손에 든 사발을 출입문에 내동댕이쳤다. 그리고는 허허탄식했다.

"이놈의 집안 망했어. 이게 대체 뭐란 말이냐, 엉? 으흐흐흐……."

주저앉은 박상도가 꺼이꺼이 울음을 터트리자 철옥이도 와락 아비를 부여잡고 대성통곡한다.

밀가루 공급과 관련해 바빠 출근하던 사람들이 때 아닌 소란에 우뚝 걸음을 멈춘다. 보통 집도 아니고 당 비서의 집에서 이 무슨 해괴한 추탠가, 삐쭉, 비웃음을 띤 사람도 있고 벙벙해 이 사람 저 사람 쳐다보는 사람도 있다. 꾸역꾸역 모이기 시작한 것이 어느덧 무리를 이뤘다. 저들끼리 뭐라 쉬쉬 재재 구구 삐쭉 빵긋댄다. 급해 맞아 맨발이던 철용은 그런 사람들을 보자 그만 울화가 치밀었다. 이것들이? 하늘 같은 당 비서 집 앞에 겁대가리 없이 몰려서서 멋대로 지껄여? 그렇게 생각했는지 이 푼수 없는 놈이 왝, 하고 내지르는 소리 또한 가관이다.

"야, 이 개 먹어리 종자들아. 지금 뭐라 지껄여? 당장 헤쳐가지 못해?"

이쯤 되니 헤쳐가지 않을 수도 없다. 근데 사람이 모이면 그 속에는 반드시 담께나 건사한 자도 있는 법. 없는 세월에 무얼 걷어 채웠는지 배가 불룩 나온 자가 척, 나선다.

"야, 이 팔삭둥이 같은 놈아, 너 이리 좀 와라. 이 같잖은 새끼. 말이면 다 하는 줄 아냐?"

소매를 쓱쓱 걷어 올리며 다가드는 품이 심상치 않다. 그 통에 혀를 차며 가려던 사람들이 다시 돌아선다. 철용이는 이건 또 웬 놈팽이냐, 하고 뒷손으로 탕, 문을 닫고 나오다가 똥배의 얼굴과 마주치는 순간 갑자기 얼굴에 비굴한 웃음을 처바른다.

"에헤헤 고수 형님이 어떻게?"

"사람은 알아보네. 구실 못할, 아이고 이걸 콱······."

똥배가 주먹을 쳐들자 철용은 기겁해 집안으로 뛰어 들어간다. 짜르르 웃음이 터졌다.

"비서도 골 아프겠네. 저따윌 새끼라고, 에 퉤, 그만 갑시다."

똥배가 가래침을 뱉으며 걸음을 떼자 모였던 사람들도 저들끼리 낄낄거리며 흩어져 갔다.

아침도 설치고 서재에 들어앉은 박상도는 멀거니 천정을 올려다보며 길게 한숨을 뽑았다. 철용의 말처럼 밀가루 화차가 광산 구내를 빠져나가자 종업원들의 원성이 빗발쳤었다. 그 원성의 닿는 초점이 다름 아닌 당 비서라는 것도 박상도는 잘 안다. 얼렁뚱땅 넘어가려다 완전 코피가 터졌다.

몇 년 전 흑연 정광이 처음으로 중국에 들어갈 때 식량보다는 설비부터 들여오자는 의견을 박상도 자신이 막은 것은 사실이다. 또 그러한 결정을 전달받은 종업원들 역시 우리 사정을 알아주는 건 당비서밖에 없다며 그때 저마다 박상도를 추어올렸다. 그런데 어제와 같은 일 앞에선 내 언제 그랬냐 싶게 싹, 낯을 바꾼다. 한 치 앞도 내다볼 줄 모르는, 그때그때 때맞춤이나 할 줄밖에 모르는 무능하기 짝이 없는 사람이라느니 그러니까 완전 물이 빠졌다는 둥, 자식은 어시(어버이)를 잘 만나야 하듯 노동자는 간부를 잘 만나야 하는데 이젠 볼 장 다 봤다는 식의 별의별 소리가 다 쏟아졌다. 실은 거기에 날개를 달아 준 것이 바로 양태산이다.

정광이 불합격돼 단 일 톤도 싣지 못했는데 절반이나 되는 밀가루를 당겨왔다는 것은 실로 대단한 능력가가 아니고서는 해낼 수 없다는 것이다. 실제로 정광을 도로 하차할 때는 이제 중국과의 거래는 끝난 것으로 모두 생각했다. 이 세월에 그렇게 되면 광산은 더는 존재할 수 없게 된다. 때맞춰 보고를 받았는지 시당 조직부의 호출에 어마지두 달려갔지만 역시 대접은 심한 야유와 질타였다. 박상도의 입에서 다시 긴 한숨이 터진다. 당 위원회 사무실에 나가보고 싶은 생각도 없다. 양태산의 간교한 놀음이 그림처럼 안겨든다. 문득 여끼새끼 같은 이발사 에미네와 짝짜꿍을 했다던 철용의 말이 의미심장하게 떠올랐다.

박상도는 비로소 돌이킬 수 없는 큰 실수를 했다는 자책감에 부르르 몸을 떨었다. 그때 큰 기업 당비서가 보잘것없는 농장 이발사와 만나 대체 무얼 논하느냐, 하고 생각한 것부터가 잘못됐다. 지금 같은 때 당간부의 위신이라는 게 대체 뭐냐. 그때 만났어야 했다. 필요하다면 무릎이라도 꿇고 도움을 청해야 했다. 이제라도 늦지 않다고 생각한 박상도는 움쩍 일어나 옷걸이에서 쥐색 가을 코트를 벗겨 입었다. 앞에 놓인 체경에 마주 서니 헐렁하게 살 빠진 얼굴이 멀거니 내다본다. 초점을 잃은 멍청한 눈길, 활처럼 구부정한 등, 윤기 나던 머리는 벌써 반백이 됐고 번지르르하던 피부엔 굵은 주름만 얼기설기 거미줄을 쳤다. 걸음 한 번에 모두 머리를 숙이던 위풍은 말짱 간데없이 사라졌다.

'지나온 세월의 박상도는 없구나.' 하고 그는 저도 모르게 중얼거렸다. 배급이 정상으로 공급되던 그때가 무척 그리웠다. 광산 자체로 살아가야 한다는 것이 이렇게 힘든 것인 줄 미처 몰랐다. 악심 먹고 덤비는 젊은 힘을 무슨 수로 막을지, 요즘 들어 박상도는 왠지 당 비서 자리가 이젠 자기 차지가 아니라는 생각을 자주 한다. 스스로 떠오르는 생각의 뒤끝은 한없이 서글펐고 또 허전했다. 이 세월에 직위마저 빼앗기면 어떻게 살까, 하는 근심이 온몸을 떨리게 했다. 지나온 세월엔 단 한 번도 그런 생각을 해본 적이 없었다. 하지만 현실은 아무 주저도 없이 그런 생각을 모아 늙은 머리에 빈틈없이 꽉꽉 채워준다. 그는 후들대는 다리를 겨우 옮겨 마당에 정차한 승용차에 몸을 실었다. 기사는 근심 어린 표정으로 그를 바라보았다. 언제 봐도 고마운 사람이다. 기름 공급이 없어 뛸 수 없는 차를 기사는 한마디 의견도 없이 직접 개인업자들과 거래를 해 움직였다. 언제인가 당비서가 자기의 충심을 헤아려 줄 것을 간절히 바라며, 그러나 날이 갈수록 그런 바람의 실현은 묘연하기만 하다.

"중동농장 이발소로 가세."

"알겠습니다." 기사는 차를 출발시켰다. 목적지에 도착할 때까지 두 사람은 아무 말 없이 각자 깊은 생각에 골몰했다.

'내가 농장 이발사 따위를 찾아 이젠 차까지 움직여? 세상이란 참, 만사 요지경이라더니……'

얼마 후 박상도가 최춘희를 만난 장소는 개성식당 특별 방, 전전 날 저녁 양태산이 앉았던 방이었다. 춘희는 선선히 그와의 면담에 응했다. 만날 이유가 희박했지만 찾아온 그를 깍듯이 모셨다. 아직 점심 전이어서 식당은 조용했다. 향이가 안내하는 대로 방에 앉은 박상도는 도대체 어떤 여자일까, 하는 궁금증이 일어 서 춘희가 들어오기를 기다렸다. 바깥문이 열리는 소리가 들렸다. "언니!" 방금 자기를 안내하던 처녀애의 어리광 섞인 부름 소리가 들렸다. 어험, 어험, 박상도는 괜히 큰기침을 떼며 자리를 고쳐 앉았다. 내심 긴장되는 심적 변화를 언뜻 잠재울 수 없었다. 이런 감정은 대체 어디서 오는 건지, 하찮은 이발사인데 왜 기적 한 번에 육신이 굳어지는지, 어디서나 당당했던 육신을 순식간에 흐트러지게 만드는 이 알지 못할 위압감은 대체 뭐란 말인가. 아마도 박상도는 지금까지 당 비서와 마주 서는 사람들 역시 이와 같은 위압감에 스스로 육신을 오그렸음을 단 한 번도 생각해 보지 못했을 것이다. 사실 그는 이 중동지대의 제왕이나 다름없었고 싫어도 무조건 받들어야 할 높은 어른임은 분명했다. 이제 그 허물 수 없는 지위는 끝이 난 것인가?

미닫이가 열렸다. 박상도는 들어서는 여인의 자태를 보고 그만 넋을 잃었다. 눈이 부셨다. 오호, 이래서 이 여자와 마주 서는 사내들이 모두 경황없이 오줌을 갈겼는가? 스스로 경직되는 느낌에 박상도는 저도 모르게 엉거주춤 일어났다. 반나마 커진 늙은이의 눈을 직시하며 들어 온 여인이 다소곳이 고개를 숙여 인사를 하고 머리를 든다. 여인의 눈과 정면으로 마주치는 순간 박상도는 소스라쳤다. 눈에서는 번쩍, 섬광이 일었다. 아니 가슴에서 일었다 해야 정확할 것이다. 이건? 이게 대체 누구란 말인가? 미련 없이 버린 첫사랑이 지금 자기를 바라보고 있다. 모옥님. 죽었던 첫사랑이 다시 환생해 앞에 나타났다. 이럴 수가? 박상도는 차마 마주 보지 못하고 후들후들 떨며 자리에 앉았다. 그러고는 제꺽 머리를 숙였다. 머리를 들면 저 환상의 얼굴이 금세 일그러지고 갈고 갈아 날을 세운 예리한 손톱으로 확, 두 눈알을 후벼팔지도 모르니까. 아니 아니야, 설사 그렇대도 젊은 날 세상 좁게 날고뛰며 자기의 품에서 마음껏 날개를 펴던 여자였고 그녀 역시 자신을 둘도 없는 반려자로 한없이 사랑했었는데 설마 야비하게 할퀴기야 할까? 그 여자 앞에만 서면 온갖 시름 다 녹아 쭈그러진 가슴이 사랑으로 충만돼 죽었던 기가 살고 앞이 넓어져 세상천지가 다 제 것처럼 한없이 좁아 보였었다. 하지만 박상도는 강수에 얼굴이 타버린 여자를 보자 미련 없이 버렸다. 정말이지 코를 푼 종이처럼 내버리고 다시는 돌아보지 않았다. 아마 아들이 그러길 바라고 박지언은 젊고 예쁜 여자의 얼굴에 강수를 붓게 했을 것이었다.

박상도는 천천히 숙였던 머리를 들었다. 부드러우면서도 서늘한 눈길이 까딱 움직임 없이 직시하고 있었다. 아니겠지, 그래 아니야, 그냥 비슷하게 생긴 사람이야. 옥님이라면 저리도 젊을 수야 없지 않은가? 그러면 혹, 그 딸? 미혼의 몸으로 아기를 낳고 자기 품에 매달려 통통 가슴을 치던 애처로운 모습이 마주 보는 여인의 얼굴 위에 선명하게 겹쳤다.

"아니야. 절대 아니야. 내가 지금 착각으로 머리가 혼동된 게야."

초점을 잃은 박상도는 저도 모르게 중얼거렸다.

"무슨 말씀이세요?"

춘희의 나직한 물음이다. 하나 박상도는 그 소리를 미처 듣지 못한 듯,

"저, 성씨가 어떻게 되는지?" 은근한 목소리, 모든 것을 초월한 간절한 바람이 섞인 목소리다.

"최 씨입니다. 이름은 춘희라 하구요."

"아, 그러시오!" 박상도의 목소리엔 안도가 섞인 듯했으나 전혀 힘이 없었다.

"왜 그러시는데요?"

"아니, 아니요. 잠깐 당신을 보며 뭔가 혼동했던 것 같소. 그럴 리야 없겠지, 어찌 그런 일이……."

"맞아요, 아버지. 혼동이 아닙니다. 하지만 난 딸로서 아버지를 절대 용서하지 않을 겁니다. 아버지가 가진 그 지위, 휘두를 수 있어 좋았던 권력의 무상함을 뼈에 사무치도록 알게 한 후 살아온 생을 후회하도록 할

겁니다. 그게 내 드팀 없는 인생 목표라고요. 죄송합니다."

가슴은 그렇게 울분으로 떨려도 춘희는 차분하게 다른 말을 했다.

"높은 광산 당 비서 동지께서 무슨 일로 날 보자고 하셨습니까?"

약간 이죽대는 투였지만 박상도는 그걸 감지할 능력마저 벌써 잃어버
렸다.

"저, 저, 다름이 아니고 저……."

말조차 떠듬거려졌다. 도무지 생각이 안 난다. 정말 이 여자를 왜 보려
했던지, 만나서 무슨 말을 하려 했던지, 이 순간만큼은 아무것도 생각나
지 않았다.

"혹, 흑연 정광 수출문제 때문입니까?"

"흑연 정광 수출? 아, 맞소. 정광 품질이 나빠 불합격인데도 많은 밀가
루를 보내주어 가, 감사하다는 인사를 하고 싶었소. 이, 이건 진심이오."

"그건 제가 받을 인사가 아니지요. 양태산이란 분이 해낸 일 아닙니까?
그런 능력 있는 일꾼을 곁에 둔 비서 동지가 부럽습니다."

"그렇소. 그 사람은 분명 능력 있는 사람이지, 맞소. 그건 나도 인정하
오. 암튼 감사하오."

박상도의 등골로 굵은 땀이 흘렀다. 무슨 정신에 말을 하고 무슨 개뼈
다귀 같은 인사를 했는지도 모른다. 그저 이 순간이 빨리 흘렀으면 하는
것뿐, 그는 서둘러 일어났다. 이 집 단고기 맛이 괜찮으니 잡숫고 가라는
춘희의 사교 어린 말도 그는 듣지 못했다.

덜컹덜컹 비포장도로를 달리는 승용차가 몹시 들춰도 박상도는 오로

지 한 생각, 30여 년 전의 과거를 헤맸다. 헌상한 얼굴, 차마 들여다 못 볼 처참한 얼굴이 독을 품고 마구 덤벼든다. 으허허……. 박상도는 마침내 얼굴을 싸쥐고 꺼이꺼이 울었다.

'옥님아, 날 죽여다오. 응? 왜 수십 년이 지난 지금까지 날 부둥켜 잡고 놓아주지 않느냐, 널 버린 지가 벌써 삼십 년이 넘었는데, 그래서, 그래서, 더 나를 용서할 수 없었던 것이냐?' 하염없이 눈물이 흘렀다. 기사는 차를 세웠다. 육중한 몸이 차 전체를 흔들며 오열한다. 무슨 사연이 저런 슬픔을 만드는지 젊은 그로선 알 수 없었지만 이럴 때만이라도 비서에게 안식을 주고 싶었다. 덕분에 박상도는 실컷 울었다. 집에서도 직장에서도 지금껏 살면서 단 한 번도 울어보지 못한 가슴 찢는 흐느낌이었다.

6

사흘 후 두 번째로 윤 씨는 춘희를 만났다. 이번엔 춘희가 먼저 윤 씨를 찾아와 옥님이가 사는 귀틀집으로 모셔갔다. 윤 씨를 마당까지 모시고 나서 춘희는 천천히 뒤돌아 내려왔다.

올라올 때만 해도 날이 훤했지만 골 안에 들어서자 이내 어두워졌다. 윤 씨는 어둑한 마당을 한 번 휘, 둘러보고는 출입문을 두드렸다.

"이것 보오. 옥님이 예서 산다며? 내가 왔어."

"언니!"

송녀가 올 것을 기다리고 있은 듯 벌컥 문이 열리고 옥님이가 천방지축 맨발로 뛰어나왔다. 두 사람은 넋을 잃은 표정으로 서로의 얼굴을 뚫어 지게 쳐다보며 한 발 한 발 다가섰다.

"옥님아!"

"언니야!" 젊었을 때 부르던 목멘 부름이 한 덩이가 돼 마당을 울렸다. 헤어져 삼십여 년 세월이 흘러도 항시 가슴 한구석에 알알이 맺혀 있던 그리움이 이 순간 눈물로 폭발했다.

"이게 얼마 만이요? 으응? 어엉엉엉……."

산 위에 조성된 다락 밭에 물을 대기 위해 끌어들인 전기선에서 따온 방안 조명이 어두워진 마당을 희끄무레 비췄다.

"이리 가까운 곳에 살면서도 서로 모르고 있었다니……."

조금 후, 방에 들어와 구들에 앉으면서도 윤 씨는 눈가를 훔쳤다.

"그러게요. 며칠 전 춘희가 와서 알려주지 않았다면 죽을 때까지 모를 뻔했소. 어, 언니!"

"어디 보자. 다친 얼굴은 괜찮겠지?"

윤 씨가 옥님이의 고르지 못한 얼굴을 전등불을 빌어 유심히 들여다 본다.

"괜찮소. 언니도 참, 처음 보는 것도 아닌데……."

"으흐흑 으으으……." 이윽히 들여다보던 윤 씨가 왈칵 오열하며 가슴 을 친다.

"그 곱던 얼굴은 어따 팽개치고, 억장이 무너지는구나. 옥님아, 그때 너의 별 같던 눈동자며 웃을 때며 그리도 귀엽게 피던 보조개는 대체 어느 귀신이 다 씹어갔단 말이냐, 응? 으허허……."

송녀의 거쿨진 손이 향방 없이 옥님이의 상처 자리에서 이리저리 헤엄친다. 입에서는 산천초목을 흔드는 통곡이 터져 나왔다.

"그만하오, 언니. 다 지나간 일이오. 이 나이에 젊었을 때 보조개 타령이 웬 말이오, 응? 으흐ㅇㅇㅇ……."

삼라만상이 제아무리 기기묘묘한들 어둠이 덮인 다음에야 그 뉘가 알아보랴만 송녀는 지금 옥님이의 두드러진 상처 속에 숨겨진 본 모습이 한 폭의 그림처럼 생생하게 떠올랐다. 아마도 그건 어젯밤 찾아왔던 춘희의 얼굴이 옥님이의 상처 입은 얼굴 위에 고스란히 덧씌워져 그리 보이는 걸지도 모른다. 아쉬웠다. 아쉽고도 통분했다. 외인의 마음이 이럴진대 당사자의 쓰린 마음이야 뭣에 비기랴. 올려 쓸고 내려 쓸고 목울대가 아프도록 통곡한들 사라져 간 아름다움이 되돌아올 리 없건만 송녀는 그냥 옥님이를 안고 오열했다. 부뚜막에서 귀뚜라미가 하염없이 울었다. 그네들의 설움이 고스란히 녹아든 구슬픈 곡이다. 지난 세월이 두 사람 사이에서 다시 살아났다. 기억에서 멀리 쫓아버리고 싶었던 것들이 때를 만난 듯 소리치며 몰려왔다. 몰려올수록 쏟아지는 눈물, 한숨, 분노, 허탈감은 텅 빈 가슴을 갈기갈기 난도질했다. 이맘때면 들리는 밤새의 정겨운 울음소리마저 그들은 듣지 못했다. 밤이 이슥해 옥님이 문득 물었다.

"언니, 제 삼촌 소식은 알고 있소?"

"삼촌? 모영민 삼촌 말인가?"

"네."

"동생은 전혀 모르고 있는가?"

"아니요. 사흘 전에 춘희에게서 듣긴 들었는데……"

"그럼 지금까지 전혀 소식을 모르고 지냈단 말이오?"

송녀의 표정이 일순 진중해진다. 슬픔이 지나 잔잔하던 얼굴에 언뜻 사나운 기운이 실린다. 영문은 알 수 없어도 옥님이는 흠칫했다.

"지금에 와서 이런 말을 한들 무슨 소용이겠냐만, 그래, 내 평생 잊지 못할 사람임은 틀림없지. 내가 혼신을 바쳐 사모했던 사람이니. 하나……"

윤송녀의 눈동자에 찬 빛이 번쩍였다. 전구 불빛을 빌어 얼핏 그걸 본 옥님이는 오싹해지는 전율에 두 손을 가슴에 모아 쥔다. 왠지 청천벽력 같은 말이 이제 그 입에서 튀어나올 것만 같았다. 그럴 근거가 뭔지, 딱히 짚을 수 없어도 한 치의 주저도 없이 밀려드는 불길한 예감이 이 순간 온 육신을 꽉 부둥켜 잡는다. 옥님이의 예감은 틀리지 않았다. 번쩍 꽈르릉. 모영민이란 이름을 듣는 순간부터 송녀의 머릿속엔 번개가 쳤고 천둥이 일었다. 그때까지 잠자던 기억 모두가 이때를 기다린 듯 천방지축 뛰쳐나왔다. 옥님이를 보기 전엔 아니 춘희를 만나보기 전까진 깊은 호수 속에 잠겨 형체조차 뵈지 않던 것들이다. 말하기조차 거북한 쓰린 기억들, 다시 돌이켜선 안 될 추한 일들이 곧추 머리를 들고 육박해왔다.

"동생이 알면 속상하겠지만 이제야 뭔들 숨길까? 난 정말 삼촌을 믿었어. 후들후들 떨리는 손으로 내 몸을 쓰다듬는 그 손길이 왜 내게 그토록 애틋한 정으로 다가왔던지. 의지하고 싶었고, 내가 할 수 있는 모든 것을 다해드리고 싶었어."

그런데 왜? 두 사람 사이에 내가 모르는 또 다른 아픈 사연이 있었던 걸까? 옥님이는 까딱 움직이지 않고 송녀만 쳐다본다.

"동생하고도 무관하진 않아. 남자를 잘못 만나 불운에 떠는 애처로운 모습을 보며 그때 그 모든 걸 제자리에 돌려놓을 유일한 사람으로 난 삼촌을 믿었거든. 지금 와서 이런 말 한다고 나무라지는 마. 지금도 동생은 삼촌에게 불효했던 죄책감이 남아 있지?"

"괜찮소. 언니야말로 나 대신 온갖 고생 다 하지 않았소. 어린 아기도 팽개친 채 죽으려고 바다에 뛰어든 비정한 나를 대신해 엄마가 돼준 언니가 아니었소. 우리 춘희도 그걸 다 알고 있소. 언니, 내가 모르는 또 다른 사연이 있다면 말해주오. 삼촌이 혹 강압으로 언니 몸을 빌어 아들까지 낳게 만들고 이후 나 모른다는 식으로 내쫓은 거였소?"

"아니, 난 그때 내 발로 뛰쳐나왔어. 여인의 얼굴에 강수를 들부은 악마에 비할 만큼 비루하고도 추한 모습을 직접 봤으니까."

"뭐요? 그게 무슨?"

가슴이 확 번진다. 옥님이는 화등잔처럼 눈을 치뜨며 나직한 어조로 말하는 송녀의 입을 얼없이 쳐다보았다. 이야기를 들을수록 상처투성이인 그녀의 얼굴이 점점 더 경직되어 갔다.

*

날마다 배가 부어오르듯 커졌다. 임신이다. 죽으려 한 행위가 실패하자 삼촌을 볼 면목이 없어진 옥님이가 갑자기 없어진 후였다. 처음엔 당황했다. 세 살인 태명이를 데리고 그냥 모영민의 집에 남아 있던 송녀는 엄마의 젖가슴을 찾으며 울어대는 옥님이의 어린 딸 때문에 제 집으로 돌아갈 수도 없었다. 다행히 젖줄이 마르지 않아 아기에게 젖을 물릴 수 있었다. 하루, 이틀, 날이 흘러도 송녀는 옥님이가 돌아올 때까지 그 집에 있어야 했다. 삼촌은 바쁜 사람이었다. 가진 직책이 있어 남들처럼 아기를 안고 젖을 동냥할 처지도 아니다. 혈육처럼 스스럼없이 대해 준 삼촌에게 어찌 젖먹이 아기를 맡기고 인정머리 없이 집을 나가랴. 그러던 어느 날 송녀에게 뜻밖의 일이 생겼다. 그건 삼촌의 은근한 눈빛이었다. 정면만이 아닌 돌아서서도 떨어지지 않는 눈빛이 무엇을 원하는 눈빛인지 송녀는 안다. 평소 가족처럼 의지했던 사람이어서 거부할 수도 없었다. 모영민과 동침하게 된 날 송녀는 이 나이 많은 중국 남자가 성인 세계에서 쉽게 찾아볼 수 없는 아주 순진한 총각임을 알았다. 벗은 여자를 품에 안고도 부들부들 떨기만 할 뿐 다음 순위가 뭔지도 모르는 남자, 눈이 마주치면 얼른 피해 멀뚱멀뚱 천장만 바라본다. 처음엔 그게 우스워 소리 없이 웃었다. 뭘 어쩌지 못하고 머쓱해 제 방으로 도망치듯 내빼는 남자를 보고 어쩜 저 나이 먹도록 그토록 여자 경험이 없을까, 하는 생각에 이불을 들쓰고 키득키득 웃었다. 신기했다. 그러나 다음부턴 생각지도 않던 스승 노릇을 해야 했다. 남자도 아닌 여자가 그것도 엄하기 짝이 없는 타국의 관리를 상대로 실물로 성교육을 하던 날, 이렇게 저렇게 시키는 대로 부끄럼 가득한 얼굴을 숙이고 허둥대는 남자를 안고 씨름할수록 숨어있던 기혼 여자의 본능이 외피를 벗고 무섭게 요동쳤다. 시작한 일을 끝내기까지는 단 몇 초, 남자는 늘어져도 여자의 눈은 생 먹이를 덮치는 맹수의 눈처럼 번뜩였다.

몇 달이란 날짜가 흘렀다. 어쩌면 행복한 날들이다. 그렇게 그 집에 익숙해 가던 송녀에게 어느 날 일이 닥쳤다. 그즈음이면 송녀가 명실공히 이 집 안주인이라 해도 틀리지 않는다. 하지만 그건 어디까지나 송녀의 순진한 생각일 뿐.

어느 날 저녁 무렵 외국인 상점에서 필요한 식품을 사 들고 집에 들어서던 송녀는 방에서 흘러나오는 말소리에 조심조심 창 밑으로 다가갔다. 필요 이상의 힘이 들어간 목소리 억양이 심상치 않아서였다. 거칠게 말하는 사람은 다름 아닌 시당 조직부장인 박지언이었다.

"대답하시오. 아직도 날 범죄자로 보오? 당신의 고소 때문에 난 지금 파직 위기에 놓였소."

"그렇게 오리발을 내민다고 해서 무난해질 문제가 아닙니다. 자중하십시오. 옳고 그른 건 곧 밝혀지겠지요. 어떻게 사람이 사람을 그렇게 만들 수가 있습니까?"

맞받아 말하는 모영민의 목소리다. 옥님이를 두고 하는 말 같다.

"지금도 늦지 않으니 잘못된 신고라고 밝히시오. 만약 그렇게 못하겠다면 난 당신을 부녀자 강간죄로 맞고소할 거요."

"부녀자 강간죄라니, 그건 또 무슨 소립니까?"

"흥. 이 집에 사는 젊은 과부를 당신이 건드리지 않았단 말이오? 벌써 배가 남산만큼 불렀는데 그게 당신 짓이 아니란 거요? 날만 어두우면 짐승이 되잖소. 난 여기에 당신의 행위를 낱낱이 담았소. 여자를 겁탈하는 당신의 추잡한 행위 말이오. 한 번 들어보겠소?"

"그만!" 모영민의 급한 소리였다. 이어 이죽거리는 박지언의 목소리가 들렸다.

"당신은 중국 사람이오. 외국인과의 접촉을 엄격히 금하는 우리 노동당의 방침을 오랜 기간 옆에서 산 당신이 몰랐다는 거요? 그런 의미에선 중국 공산당의 원칙도 마찬가지겠지만, 좋소. 어디 한 번 일을 쳐 봅시다."

우뚝 일어나는 소리가 들렸다. 송녀는 급히 창턱에서 물러났다. 가슴이 쿵쾅거렸다. 듣고 보니 실로 큰일을 저지른 것 같다. 상호 혼자 몸인 남녀 간 문제가 이렇게 정치적 문제로 둔갑해 수면에 떠 오를 줄은 미처 몰랐다. 하지만 이건 몰랐다는 것만으로 간단하게 해결될 문제가 아닌 것 같다. 다시 조용해진 방안을 향해 귀를 도사렸다.

"정말 부장님이 한 짓이 아니란 겁니까?" 한풀 죽은 어쩌면 타협적인 모영민의 말이다.

"또 그 소리요? 도대체 몇 번을 말해야 알아듣겠소. 나란 사람은 말이요, 젊은 여자의 얼굴을 그 정도로 짓이길 사악한 사람이 못 되오. 당은 이 나라에 사는 모든 인민의 어머니오. 그런 인간사적 사명을 지닌 당 일꾼이 짐승도 낯을 붉힐 사악한 짓을 했다면 난 스스로 오라를 지고 벌을 받겠소. 대체 사람을 뭐로 보고, 생각할 시간을 주겠소. 오래는 못 기다리니. 내 말을 명심하길 바라오."

사람이 나오는 기척에 급히 부엌에 들어온 송녀는 부들부들 떨었다. 가슴을 부둥켜 잡은 모습이 애처롭기 그지없다. 서재로 다시 들어가던 모영민이 풀 죽은 모습으로 부엌문을 열어보고는 깊은 한숨을 쉬며 도로 문을 닫는다. 저녁 식사 후 모영민은 서재로 송녀를 불렀다.

"왜 말하지 않았어?"

거친 어투다. 대체 뭘? 무얼 말하지 않았다는 건지, 송녀는 말똥말똥 모영민만 쳐다보았다.

"임신했으면 임신했다고 말을 했어야지. 난 아무것도 모르고 있었잖소."

그게 무슨, 배가 이리 불렀는데도 임신을 몰랐다고? 한심한 소리지만 고쳐 생각해 보면 충분히 이해되는 소리였다. 그만큼 모영민은 이성의 변화에 형편없이 무딘 사람이다.

"내가 어리석었지. 여기가 어디라는 것도 잊고 여자를 안으면 임신된다는 것도 몰랐으니……."

개탄 비슷하게 중얼거리며 모영민은 우묵한 눈으로 송녀를 쳐다보았다.

"지금 내 아이가 그 뱃속에 들어있다는 건가? 그것참 희한한 일이군, 이리 좀 와 보오."

송녀는 주춤주춤 다가갔다. 풍만해진 배가 다가오자 모영민은 손을 내밀어 어리어리 쓸어 만졌다. 만감이 교차하는 눈빛이 왠지 송녀의 가슴에 짙은 불안을 심어준다. 조금 전 박지언의 협박을 들어서일까? 처음 애가 생긴 것을 알았을 때 송녀도 무척 당황스러웠다. 젊은 과부가 더부살이로 얹혀사는 집 주인의 애를 가졌다는 것은 어느 모로 보나 떳떳하지 못한 일이었다. 하지만 모영민의 정 어린 모습과 맘속 애틋한 사모로 슬슬 눈치만 보며 어느 날엔가는 그가 알고 축복해 주기만을 기다렸다. 그러나 무심한 이 남자는 지금까지 아무것도 모르고 있었다. 이러다 정말 큰일이 일어나는 것은 아닌지, 중국공산당 관리가 파견된 현지의 여자 배를 불룩하게 만들었다면 이 사람은 과연 어떻게 될까, 정말이지 이것 때문에 화를 입는 일은 없어야 할 텐데, 하고 송녀는 그 와중에도 모영민을 걱정했다. 민족의 순결성을 중히 여기는 당의 방침에 따라 혹 태어날 아이에게 화가 미치진 않을지, 만약 그렇다면 일반 사람들처럼 남녀 간 불륜으로만 취급될 일이 아니었다. 임신 후 처음으로 송녀의 얼굴에 짙은 그늘이 졌다.

송녀 못지않게 모영민의 심경도 복잡했다. 비로소 아들의 혼인을 결사 반대한 박지언의 삐뚤어진 행동이 충분히 이해되었다. 뜻밖에 다가온 이성의 향기에 취해 미처 그 뒤를 살피지 못했다. 조선에 나와 조선 여자를 집에 들여 시중들게 하면서 잠자리까지 같이한 것도 모자라 덩실하게 애까지 만들었다는 사실이 밝혀지고 여론화된다면 당 지도부가 가만두지 않을 것이었다. 그는 중국공산당 연변지부의 핵심관리였다. 공산당의 이익을 위해 일심전력해야 할 당 관리가 파견지에서 이와 같은 불민한 일을 저질렀다면 그건 어떤 이유에서든 사상문제로 책임질 일이다. 만약 노동당 지도부의 항의 각서라도 전달된다면 그는 엄격한 법에 따라 능지처참을 당할 수도 있었다. 그 정도로 생각이 치닫자 갑자기 여자의 큰 배가 자신을 삼키려 큰 입을 짝, 벌린 맹수처럼 보였다. 으윽, 모영민은 손으로 머리칼을 쥐어뜯었다.

'역시 여자는 함정이야, 내 생에 도움되는 존재가 아니었어. 아, 이 일을 어떻게 수습하지?'

삽시에 충혈된 눈이 송녀에게 꽂히며 순간적인 발작을 일으켰다. 다소곳이 앉은 송녀가 사람 아닌 요물로 보였다. 아니 요물보다 더한 괴물이다. 빨간 입술이 지금도 뭔가 유혹하려 나풀댄다. 저 실팍한 가슴을 헤치면 순식간에 온전한 정신을 무아경 속에 빠뜨리는 괴상한 물건도 가졌다. 거기에 머릴 틀어박는 날이면 좋은 날이 순식간에 지옥으로 변한다. 그러니까 애초에 외면했어야지, 공산당이 중시하는 노선이 군중 노선인데 그 중대한 노선을 어겼으니 이제 무엇으로 그 보상을 할까, 이는 분명 사상과 노선에 반기를 든 이색분자의 반당 행위이고 결과로는 역적이다. 그런 자는 공산당의 권위를 훼손시킨 죄로 잔인하게 처형해도 할 말이 없다. 문득 머리에 총탄을 받고 마른 바람만 설치는 황야에 던져진 끔찍한 시체가 떠올랐다. 그건 다른 누구도 아닌 자신의 몸뚱이다. 들개의 피 묻은 주둥이에 이리저리 굴러 마구 찢겨도 누구 하나 치워 주는 사람도 없다. 되레 더럽다고 침을 뱉는다. 침도 아주 고약하게 속 깊은 곳까지 긁어 토하듯 뱉어 버린다. 모영민은 갑자기 괴이한 비명을 지르며 송녀를 덮쳤다. 와락 덮치고는 뚱뚱한 배를 두 주먹으로 마구 두들겼다.

"삼촌, 왜 이러세요?" 송녀는 두 팔로 배를 감싸 안고 바닥에 엎드렸다. 그래도 못난 주먹은 조금도 사정 두지 않고 빗살처럼 송녀의 등과 머리에 떨어졌다.

"뭐? 삼촌? 내가 네 삼촌이냐?"

"그럼 뭐에요? 왜 이러는 거예요. 네?"

"더러운 것. 삼촌이라면서 나를 부둥켜안고 옷을 벗어? 네가 그러지만 않았어도 난 공산 당원의 절개를 굳건히 지켰을 거다. 너는 분명 작당을 했다. 삼촌이라 부르면서 어떻게 알몸으로 나를 덮쳐? 말해, 너 분명 박지언, 그놈과 짜고 나를 무너뜨리려 했지? 맞지?"

억장이 무너져 입이 떨어지지 않았다. 이게 지금까지 그토록 존경하고 사모했던 이 남자의 진짜 모습인가? 사람을 잘못 봐도 한참 잘못 봤다. 부드러운 눈길, 섬세한 손길로 늘 마음 설레게 하고 무엇이나 챙겨주려 애쓰던 사내의 뜻밖의 발광을 보며 송녀는 사람이 이렇게도 양면적인가 하고 개탄했다. 내려치는 무지한 주먹세례의 아픔도 전혀 느낄 수 없었다. 발광을 거듭하던 모영민이 그만 바닥에 얼굴을 틀어박으며 울음을 토했다. 주먹으로 가슴을 치고 바닥을 치고 그러고는 벌렁벌렁 송녀 앞으로 기어왔다.

"미안해, 미안해. 나도 내가 왜 이런지 모르겠어. 송녀, 한 가지만 약속해 줘라, 응?"

"뭘요?"

"뱃속 아이가 내 아이가 아니라는 증언만 해주라 응? 해줄 수 있지? 안 그러면 난 당 책벌을 받아. 내가 공산당원임을 너도 알지 않아, 응? 송녀

야아……."

아무 말도 들리지 않았다. 하신에서 굵은 통증이 왔다. 심한 동통이다. 송녀는 몸부림쳤다. 어찌 임신한 몸에 이런 폭행을? 사람이 어찌 이다지도 가혹하단 말인가? 동통보단 유린당한 자존심이 더 아파 송녀는 눈물을 쏟았다. 이런 개만도 못한 놈을 삼촌으로 받들고 밤에는 기꺼이 여자로 변신해 분통 같은 젊은 몸을 개여 올렸다. 여리고 말랑말랑한 속살을 가질 땐 함지처럼 입 짝 벌리고 공산 당원의 존엄에 누를 끼치게 될 땐 병아리를 덮치는 독수리가 돼도 무방한가? 너희들 공산당원의 절개란 것이 대체 뭔데? 분했다. 억울했다. 아들과 결혼하려 했다는 이유 하나만으로 여자의 얼굴에 강수를 붓게 만든 악당과 네가 대체 뭐가 다르단 말이냐?

송녀는 그때 난생처음 세상의 악랄함과 인간의 사악함을 곁 붙여 체험한 셈이다. 다행히 그날 밤으로 병원에 실려 간 덕에 송녀는 뱃속 아기를 지켜낼 수 있었다. 대신 천추의 한이 앙금처럼 가슴 밑굽에 덕지덕지 앉았다.

"그 이후 난 다시는 동생 집 주변에 얼씬하지 않았소. 동생이 남조선에서 온 사람과 새 가정을 이루고 그 집에 다시 들어와 살고 있다는 것도 알고 있었지만 가보고 싶지 않았어. 모영민, 그 사람이 내게 준 상처는 지금도 한겨울 고드름처럼 날 얼어들게 만드니까."

"언니!" 옥님은 울음을 터트리며 송녀의 무릎에 엎어졌다.

"내가 삼촌 대신 벌을 받겠소. 어서 날 실컷 때려 주우, 언니."

두 줄기 눈물이 하염없이 흐른다. 서럽게 우는 옥님이의 등을 토닥이며 송녀도 눈물을 훔쳤다.

"왜? 대체 왜 그랬단 말이오. 그게 사람이 할 짓이오? 내가 본 삼촌의 그 점잖은 모습 속에 그런 악마가 숨어있었다니……."

옥님이에겐 천만뜻밖의 일이다. 송녀를 보는 삼촌의 눈길이 남달라 당시 옥님이는 두 사람이 이루어지길 은근히 바랐다. 어린 나이에 애까지 낳고 보니 홀로 지내는 삼촌이 안쓰럽게만 보였었다. 그래서 셋이 있을 땐 슬그머니 자리를 비켜주기도 했다. 옥님이의 바람대로 두 사람의 연은 이내 맺어졌다. 중국에 갔다 오면 은근슬쩍 조카와 똑같이 머릿수건이며 얼룩 셔츠, 머리핀 같은 선물을 주던 삼촌. 송녀를 바라보는 눈길엔 한없는 따뜻함과 부드러움이 짙게 어렸었다. 그런 사람이 어찌 그렇게 돌변할 수가 있는지, 놀라운 일이었다.

훗날 집을 나간 송녀가 떡돌 같은 아들을 낳았다는 소식을 강성대를 통해 들었다. 이름을 태수라고 지었다는 것도 알게 됐다. 죽은 남편에게서 낳은 아들 태명의 이름 항렬을 따랐던 것 같다. 속내를 모른 옥님이는 삼촌이 돌아오자 그 소식부터 알렸다. 그런데 그때만큼 천둥같이 화를 내는 삼촌을 옥님이는 이십여 년을 살면서 단 한 번도 보지 못했다. 왜 아들의 출생에 기쁨 대신 화를 내는지, 그 이유가 늘 궁금했는데 지금에야 그 진면목이 훤히 안겨들었다.

"지금 생각해 보면 그럴 수밖에 없었던 삼촌의 입장도 이해는 돼."

"이해라니, 그런 짐승 같은 행위를 말이오?" 옥님의 눈이 커졌다.

"이해해야지. 삼촌에겐 공산당에서 준 직책이 있었지 않나. 내 머리에 먹물은 없어도 노선이나 사상에 매어 사는 공산당원은 어떤 경우에도 당에 해가 되는 일은 하지 말아야 한다는 건 알고 있었지. 중국에선 공산당원이 규칙을 어기면 일반 사람보다 더 엄한 벌을 받는다는 것도 난 그 후에야 알았어. 그러니 박지언의 입에서 그와 같은 말이 나왔을 때 삼촌이 얼마나 당황했겠어. 당 지도부에 보고만 되면 그는 사실 죽은 사람이나 다름없었지."

"그래도 그렇지, 어떻게 그렇게……."

"내가 환멸을 가진 건 그게 전부가 아니었어. 그 후 삼촌은 박지언을 법에 고발한 것을 뒤집고 그 악당 같은 자의 수족으로 살았거든. 사내가 지위를 위해 남에게 비굴한 모습을 보일 때처럼 역겨운 일은 없지. 사람 같잖은 추한 모습에 난 그 사람을 향한 연모의 마음을 싹 다 지워버렸어, 아주 깨끗이. 나도 같이 더러워지려 했으니까, 사람이 제 모양대로 살아야지 그게 뭔가? 공산당원은 다 그렇게 살아야만 하는가?" 윤 씨의 얼굴에 측은한 빛이 어린다. 알고 보면 아무것도 아닌 것에 한때는 환상과 미련에 공연히 올 가슴 태운 것이 스스로도 어처구니가 없었다. 하지만 옥남이의 앞이어서인지 윤 씨는 얼른 말을 바꿨다.

"이젠 뭐 까마득한 옛날 일이야. 그냥 여담이지. 용서는 뭐고 죄는 뭔가, 싹 다 잊고 세월 따라 살다 가면 그만인 것을……."

"언니, 그 삼촌이 지금 성진에 나와 있다우."

"뭐? 아니 그게? 이젠 팔순 나이겠는데. 귀국한 지 오랜 사람이 무슨 일로? 혹 조카인 동생을 찾아보려는 건가? 아님……." 윤 씨의 얼굴에 불안한 빛이 어렸다.

"가만, 그 사람이 우리 진이 애비 존재를 아는가?"

"아마 알 거요. 모르긴 하지만 난 소식을 듣는 순간부터 내내 그 생각을 했소."

"나랑 진이 애비가 탄광 마을에 살고 있다는 것도 그 사람이 아는가?"

"보다시피 난 산속에 살아 잘은 모르지만 가만, 언니, 춘희에게 물어보면 알 수 있을 거요."

"하기야 아비가 아들을 찾겠다는데 누가 말려. 올 테면 오라지. 무슨 염치로 내 앞에 나타날지. 역겨운 인간." 저도 모르게 나가는 욕 같았다.

"오해 마. 나로선 욕이 절로 나가. 젊은 과부로 그때 받은 뭇사람들의 눈총이 아직도 내 등을 찔러. 진이 애비를 낳고 떠돌이도 많이 했지. 근데 가는 곳마다 사내들 성화에 어디 견딜 수가? 결국, 제 고장으로 돌아왔어. 그렇게 몇 해 만에 돌아와 보니 애초의 소문은 볕에 빗물 잦듯 자취도 없는 걸, 괜한 짓이었지. 돌아보면 너무 허무하게 보낸 세상살이었어."

"그러게요. 언니의 미모면 얼마든지 좋은 사람 만날 수도 있었는데, 삼촌 때메 그리 됐구려."

"다 지나간 일이야. 이젠 죽을 일만 남았구만 뭘."

두 여인이 동시에 한숨을 쉰다. 벌써 동녘이 희붐히 밝아왔다. 집으로 내려오면서도 윤송녀는 개운치 못한 기분에서 좀처럼 벗어날 수가 없었다. 목구멍까지 올라온 말을 옥님이의 앞에 끝내 털어 보이지 못했다. 그건 다름 아닌 태수를 향한 춘희의 접근이었다. 이제 다시 만나게 될 때 꼭 물어보리라 생각하며 아쉬운 대로 내려왔다.

제4부

보이지 않던 것들

1

　잔잔한 파도 위에 유람선 한 척이 떴다. 시월에 접어들며 아침이면 쌀쌀한 바람을 보내던 날씨가 정오 무렵이 되자 마치 아랫목 구들처럼 따뜻해졌다. 거센 파도가 일던 지난밤과 달리 바다는 지친 듯 아니, 한숨 자는 것 같다. 흰색 유람선은 거침없이 잔잔한 호수 수면 같은 물 위를 제법 갈기를 일으키며 달린다. 힘든 세월이지만 갑판에 선 사람들은 오히려 이 세월을 즐기듯 먼 수평선을 바라보는 얼굴에 희열이 넘쳤다. 그 눈길을 따라가 보면 아득히 섬이 보인다. 유람선이 속도를 낼수록 외로워 보이던 섬이 점점 근접해 왔다.

　무척 아름다운 섬이다. 기슭을 덮은 무성한 숲이며 단풍이 들어 붉게 탄 나뭇잎들이 깎아지른 절벽과 기묘한 바위들 사이에 끼어 반갑다는 듯 우수수 설렌다. 푸른 바다 위에 갑자기 불쑥 떠오른 신비의 산호섬 같다.

뭍에서 십오 킬로미터 정도 떨어져 자리한 섬은 계곡 경사면이 급하고 깊은 골짜기엔 샘이 터져 보기에도 시원한 물이 흐른다. 바닷새들의 천국인 이곳엔 바다를 지키는 군 경비초소가 있을 뿐 사람들의 왕래가 전면 금지된 곳이었다.

유람선은 섬에 닿자 느릿한 속도로 배회하기 시작했다. 선실 특별실의 상석으로 뵈는 소파에 백발노인이 앉아 있다. 모영민이다. 옆 소파에 앉은 두 사내의 표정도 무척 감상적이다. 정면에 드리운 스크린엔 가까워진 섬 정경이 컬러 화폭으로 물 흐르듯 펼쳐지고 있다. 그걸 보는 모영민의 얼굴에 마치 봄날의 아지랑이처럼 흐뭇한 미소가 아른거린다. 팔순이지만 아직 기력이 왕성함은 물론 젊은 패기까지 잃지 않았다. 그는 천천히 일어나 선상에 나왔다.

"아름다운 섬이야. 가질 수만 있다면 이 섬을 내 것으로 만들고 싶군."

"뭐 회장님 뜻이 그렇다면 불가능한 일도 아니지요. 이 섬은 무인도입니다."

언젠가 춘희가 주최한 동지회 모임에서 본 적 있는 성진 시당 한성원 부장의 대답이다.

"무인도라, 이름은 있겠지?"

"예. 아직 등록되지 않은 섬이지만 원이라는 이름은 있습니다."

"그럼 원도?"

"네. 닭알처럼 둥글어 그런 이름이 붙었나 봅니다."

"작긴 해도 경치가 좋고 샘까지 나오는 섬인데 왜 사람이 살지 않지?"

"위수 구역 아닙니까? 예전엔 거주민이 있었는데 모두 이주시켰습니다."

모영민이 고개를 끄덕였다.

"암튼 좋은 곳이야. 생의 만유지로는 손색이 없어. 될 수만 있다면 북
조선 정부와 이 섬을 거래하고 싶군. 도와줄 수 있겠나?"

"회장님 생각이 그러시다면야, 근데 엄청날 텐데요."

"뭐가?"

"가격 말입니다. 돈!"

"돈? 그래 그게 중한 거지. 얼마면 될까?"

"글쎄요, 그건 미처……."

한성원의 대답에 모영민이 껄껄 웃는다.

"내가 무리한 요구를 했군. 하도 욕심나 한 번 던져 본 말이야. 자고로
공산국가에서 더욱이 조선이란 이 특이한 사회주의 왕국의 안방에서 내
가 섬을 사? 허허허 미쳤지."

"아닙니다. 그렇게까지 생각할 건 없습니다, 회장님."

"한부장, 지나온 세월을 되짚어 보면 말이야 참 감회가 새로워. 공동체
형태의 국가건설은 우리 공산당원들의 신념이었고 최대의 목표였지. 따
라서 우린 그 신념과 원칙을 목숨같이 여기며 살아왔고. 그건 말이야, 자
본의 철쇄에서 벗어나 보려는 인류의 염원을 담은 절대적인 사상이 낳은
노선이었으니까. 그런 사람들로 인해 이 지구상에 새로운 사상에 기초한
국가가 생겨났고 또 번창해졌지. 가난했지만 국가를 위한 개인의 헌신은
새 시대의 개척이라는 의미에서 너무 아름답고 숭고했더란 말이지."

모영민이 일장 연설을 하려는 듯 길게 말을 늘인다. 대개 그 나이의 사람에게서 보이는 흔한 일이다. 한성원은 아무 대답도 없이 덤덤히 듣기만 했다.

"그런데 언제부턴가 그 아름다움이 배척을 받기 시작했어. 물질 소유라는 거대한 괴물이 나타나 수호하려는 공고한 사상에 변질이라는 세균을 심었고 그것이 인간 본성인 욕심이란 날개에 실려 순간에 초토화됐다고 할까? 당 지도부는 부득불 현실에 따라 뭔가를 바꾸지 않으면 안 됐지. 한데 바꾸어 보니 울며 닫았던 목구멍이 열렸고 걸쳤던 누더기는 이내 박물관에 전시되더란 말이지. 사회는 다시 활기를 되찾고 말이야. 대신 애초 신념으로 내세웠던 공산주의자의 사상은 헐어 빠진 휴지조각이돼 누구나 짓밟아도 문제가 되지 않았어. 말 그대로 세상은 인간이 내뱉는 욕심의 전시장이 돼 버린 거야. 허허허, 그래서 하는 말인데, 에…… 내가 조선이란 이 작은 나라를 모국보다 더 사랑하는 이유가 바로 거기에 있네. 나라 전반이 폐허가 돼도 한 번 내 짚은 길을 에돌 줄 모르는 그 지구성에 감복했다고나 할까!"

모영민은 그렇게 말하고는 저 혼자 껄껄 웃었다. 느긋한 시선으로 돌아보는 눈길엔 쾌감의 여유만이 아닌 미묘한 교만함까지 흘렀다. 그 교만함에는 무언가 비웃는 눈치가 가득했다. 그래서 그런지 한성원 역시 머리를 끄덕여주면서도 어딘가 불편한 표정이다.

"지당한 말씀이지만 회장님이 그렇게 진중하시면 오늘 섬 유람은 별로 즐겁지 않겠는데요."

"뭐? 내가 진중해? 이런 참, 당간부라는 사람이 말하는 본때란, 역시 자네도 어쩔 수 없이 범람하는 물질 만능의 늪에 깊숙이 빠져 버렸어. 시당 간부가 그래도 괜찮은가?"

야유가 섞인 목소리다. 그렇지만 한성원은 미소를 짓고 능글능글 응수한다.

"회장님, 길을 걷다 보면 사막을 만나듯 살다 보면 어떤 세균의 감염으로 잠시 정신을 잃을 때도 있지요. 그럴 때 사람은 어떻게든 살자는 생각을 먼저 하나 봅니다. 아무리 강한 신념을 가졌어도 주입된 사상을 죽음 앞에서까지 부둥켜안을 필요야 뭐 있을까, 이러면서 말입니다."

"그 말은 변질을 의미하는 것 같은데, 그건 자네 자신을 두고 하는 말인가? 아니면……."

"오해하지 마십시오. 물질 만능에 미쳐 돌아가는 현대에 와서 주의 주장의 변질은 시간문제로 봐야겠지만, 그걸 변질이 아닌 난을 넘기는 전술로 볼 수도 있잖습니까? 회장님이 말씀하신 그 무서운 감염을 이겨내는 힘도 어쩌면 이 배에 앉은 기름층의 두께에 있지 않나, 하는 생각을 가끔 가져보긴 합니다만……."

한성원은 히죽, 웃으며 불룩 나오기 시작한 아랫배를 슬슬 쓰다듬는다.

"허허허 자넨 참 재밌어. 입에 거미줄을 치고도 국가를 위한다는 식으로 허세를 부린다면? 하하하, 그래 내 중년 때만 해도 그런 게 통했지. 아주 멋있게 말이야."

"회장님, 섬에 도착했습니다. 내리셔야지요."

모영민과 함께 국경을 넘어온 보좌관이 곁에 다가와 깍듯이 말한다. 배는 벌써 정박했다.

"그래 내려야지. 이렇게 아름다운 섬에 올 줄이야. 한 부장, 한 부장은 참 재밌는 사람이야. 덕분에 좋은 시간을 보냈네. 자, 먼저 내리지."

그의 손짓에 따라 뒤에 섰던 사람들이 모두 예,를 하며 나가자 보좌관이 귓속말로 뭔가 보고한다. 화색이 돌던 그의 얼굴이 갑자기 굳어졌다.

"뭐라? 화차에 흑연 정광이 아닌 석탄을 실었다? 그걸 누가?"

"회장님, 춘희 전주가 그렇게 한 것 같습니다."

"춘희, 그 애가?"

"네. 정광 품질이 형편없어 그랬다고는 하지만……."

"품질이 나쁘면 그만큼 값을 깎으면 되지?"

"그러게요. 방금 연락이 왔습니다만 예정된 기일에 정광이 들어오지 않아 통화의 본 공장에서 강력한 항의를 했다는군요. 청진 영사관을 통해 전달받았습니다. 어떻게 하면 좋습니까?"

"석탄을 실었다는 화차는?"

"이미 국경을 넘었습니다."

"으음." 눈을 감은 모영민의 볼이 실룩거렸다. 이젠 서산에 해질 나이가 되었어도 모영민은 아직 그 버릇을 고치지 못했다. 잠시 생각하던 그가 다시 눈을 뜬다.

"곧 다시 화차를 들여보내라고 이르게."

"알겠습니다." 돌아 나가려는 보좌관을 모영민이 다시 불렀다.

"모든 걸 은밀하게 진행해. 관계자 누구도 알지 못하게."

"최춘희 전주께는요?"

"어허!"

모영민은 대답 대신 눈살을 세운다. 급한 보좌관은 "알겠습니다." 하며 물러갔다.

'눈치코치 없는 녀석. 근데 춘희가 왜? 친부 때문에? 이것 참, 이 애가 일을 망치려는가?' 그는 배에서 내리려다 말고 말뚝처럼 섰다. 사흘 전 춘희와 함께 국경을 넘은 그는 곧장 평양으로 올라갔다. 그랬다가 오늘 아침 성진에 왔다. 오전 열 시쯤 성진 시당 협의회에 참석하고 책임 비서의 호의로 이렇게 원도 유람을 나왔다. 유람이지만 그에겐 매우 중요한 현지답사다. 배에서 내려선 모영민은 섬의 경관을 두루 살피면서도 아득히 펼쳐진 바다에서 눈길을 떼지 못했다. 한 시간쯤 지나 멀리 수평선이 보이는 나지막한 둔덕에 올라선 모영민은 다시 바다를 보며 속으로 중얼거렸다.

'부족한 놈들. 이 풍요한 바다를 남에게 내어주다니, 외화에 환장해도 유분수지.'

눈이 감겼다. 그는 평양에 올라가 이곳 동해어장을 중, 조 두 나라가 공동으로 개척하겠다는 협약에 도장을 찍었다. 이 협약에 따라 이곳 성진과 청진 앞바다엔 머지않아 수백 척에 이르는 중국 어선들이 들이닥친다. 공동이라 하지만 지금 이 나라엔 광활한 어장을 누빌 어선도 변변한 것이 없다. 풍부한 수산자원을 생산할 여력이 없어 결국 어장을 몇 푼 외화에 팔아넘긴 거나 다름없었다.

오전에 열린 성진 시당 협의회 분위기는 긴장했다. 공동어장관리권을 함북도당 관하 성진 시당이 갖느냐 아니면 국가안전보위부냐, 하는 갈림길에서 그들은 모영민의 눈치만 살폈다. 모영민은 성진 시당이 이 관리권에서 배제되리라는 것을 이미 평양에서 알고 내려왔다. 때가 때이니만치 현재 이 나라의 세관권과 무역권은 국가안전보위부가 전면 장악하고 있었다. 물론 이건 국경에서의 거래나 무역문제가 아니기에 이제 곧 보위부 쪽에서 어떤 연락이 닿을 것은 분명했다. 기본 선택의 열쇠는 바로 모영민이 쥐고 있기 때문이다. 관리권 선택은 중국쪽 동의를 받아야만 평양정부에서 지시를 내릴 수 있도록 한 것이 바로 모영민이다. 평양도 흔쾌히 승인했다. 어쩌면 그것은 주종의 관계임에도 외화에 목이 마른 평양은 울며 겨자 먹기로 중국외교부를 대표한 모영민의 방안을 따를 수밖에 없었다. 모영민은 이 관리권을 두고 남모르는 내적 타산이 있었다. 그건 타산만이 아닌 반드시 실현해야 할 사활의 문제이기도 했다.

중, 조 두 나라 거래에서 많은 경험을 쌓은 모영민은 협의회 내내 흐물흐물 웃었다. 한성원이 왜 곁에 바싹 붙어 다니는지도 그는 잘 안다. 어장관리권 소유는 말 그대로 노다지다. 모영민은 그 담당자가 함북도당이든 국가보위부든 어느 쪽이 가져가든 상관이 없다. 그러나 그는 지금 이일을 계기로 엄청난 일을 계획하고 있어 안중엔 어디에 관리권을 줘야 한다는 결론이 벌써 정해졌다. 물론 그가 전개하려는 일이 폐쇄된 이 땅에서만 엄청난 일이지 개방된 국가라면 부디 그런 무게 있는 표현을 쓸 필요가 없었다. 그게 아니라면 모영민은 많은 외화를 벌 수 있는 어장 관리권을 보위부가 아닌 함북도당 성진 시당에 넘길 수도 있었다. 그만큼 그는 평양 정부와의 관계가 깊었고 역할도 컸다. 그걸 알기 때문에 이렇듯 성진 시당 책임 비서는 모영민의 환심을 사려 일정에도 없는 원도 유람에 협의회까지 조직했다. 그러나 그와 못지않게 주도세밀하게 움직이는 세력은 따로 있었다. 바로 국가안전보위부다. 어쩌면 모영민도 그러길 은근히 기다리고 있는 것 같다.

원도에서 돌아와 시당에서 조직한 성대한 저녁 만찬까지 치른 모영민은 정해준 해안호텔에 돌아왔다. 방은 크고 정갈했다. 냉장고의 물을 컵에 부어 단숨에 마셔버리고는 소파에 앉아 틀에 넣어 벽에 걸려있는 백두산 천지 그림을 물끄러미 보다가 베란다로 나왔다. 공간에 놓인 탁자 옆 의자에 앉아 잠시 생각에 잠겼다. 몹시 침울한 표정이다. 원도에서 호기를 부리던 때와 전혀 다른 모습이었다. 깊은 한숨까지 내쉬며 아래를 향했던 눈길이 어둠에 싸인 공간으로 향했다. 앞은 넓은 바다다. 비릿한 냄새가 해풍에 실려 그의 코를 건드렸다. 지그시 감은 시야 속에 여러 인물이 모습을 드러냈다. "모옥님, 윤송녀, 강성대와 아들 강홍범, 정태수, 춘희는 과연 내가 이른 말을 곧이곧대로 실행하려는가?" 그가 중얼거렸다. 부른 이름들은 이 땅에서의 파란만장했던 그의 인생사의 주역들이었다.

"춘희는 왜 흑연 정광을 실을 화차에 석탄을 실었지? 혹 태수를 위해서?"

지금에 와서 그럴 필요까진……. 아들 정태수는 곧 중국에 데려간다. 이 일은 썩 전부터 춘희에게 임무를 주고 지금껏 추진해왔다. 어장 관리권을 국가안전보위부에 주려는 것도 그 일과 밀접한 연관이 있다. 그런 관계로 이 땅에서 태수를 위해 춘희처럼 뭔가 전개하는 일은 아무런 의미도 없다. 그런데 왜? 의자에서 일어난 그가 다시 중얼거렸다.

"그럼 친부를 향한 복수? 아니, 그 앤 그렇게 경솔한 애가 아니야. 그렇다면?"

모영민의 안면에 깊은 주름이 생긴다. 그는 머리를 흔들었다.

"언제 한 번 내 뜻을 거스른 적 없던 아이였는데, 혹시?"

갑자기 모영민은 어떤 전율이 온 듯 부르르 몸을 떨었다. 답답한 듯 가슴을 쓰는데 탁자에 놓인 전화기가 울었다. 보좌관의 전화다. 전화를 받던 모영민은 "들여보내!" 하고 짧게 말했다.

조금 후, 방에 들어선 사람은 성진 시 국가안전보위부장 장덕수였다. 수하도 없이 군복 아닌 수수한 점퍼를 걸친 장덕수는 미소 띤 얼굴로 들어서며 모영민에게 머리 숙여 인사를 했다.

"장 부장, 나도 만날 생각을 했소만, 반갑소."

"저도 반갑습니다." 방금 방황하던 표정을 말끔히 지운 모영민이 얼른 일어나 손을 내밀었다. 입가엔 만족한 미소가 찰랑거렸다.

2

한편 제집 윗방에서 노트북에 연결된 이어폰을 끼고 무언가 듣던 박철진의 두 눈이 커졌다. 그는 낮에 은밀한 방법으로 모영민이 들어갈 방에 도청기를 설치했었다. 영상은 없지만 이렇게 집에 앉아서도 들을 수 있는 음성전송도청기다. 뜻밖에 등장한 보위부장의 목소리에 그는 반사적으로 벌떡 일어났다. 철진은 지난여름 중동이발소에서 춘희가 넘겨준 수화기를 통해 거칠게 울리던 보위부장의 목소리를 아직 잊지 않고 있다. 다음 날 출근 즉시 부장실에 불려간 철진은 다시 부장의 엄한 얼굴을 마주 봐야 했다.

그날 전화 연락을 받고 사무실에 들어서자 책상에 앉아 도수 높은 안경테 위로 눈길을 쏘던 과장이 픽, 웃고 나서 "중동엔 왜 갔댔어?" 하고 물었다.

"제기된 정보를 확인해 보려고요."

"뭘 확인해, 주제넘게?"

"과장 동지, 저는 저의 영역에서 미지수를 남기고 싶지 않을 뿐입니다. 혹여 제가 손보지 말아야 할 대상에 접근한 겁니까?"

"보위원이 접근하지 못할 대상이 어디 있어. 하지만 눈치도 있어야지. 위에서 별로 달가워하지 않는 것 같던데, 따라와."

과장은 이내 보위부장실로 그를 데리고 갔다. 부장은 젊을 때부터 이 계통에서 일해 온 오랜 노장이다. 과장은 보위부장이 앉은 책상 위에 들고 온 서류를 놓고 나서 도로 나갔다. 왠지 불안해지는 심기를 다잡으며 철진은 절도 있게 거수경례를 붙였다. 말단 보위부원이 보위부장과 직접 마주 앉는 흔치 않은 일이다. 부장은 과장이 가져온 서류를 한참 들여다보다가 "앉게" 하며 의자를 가리킨다. 그다음 유심히 보는 눈길에 쫓겨 철진은 고개를 숙였다.

"자네가 박철진인가?"

"넷, 그렇습니다."

"중동농장 이발소엔 왜 갔었나?"

부장의 물음 속에 예리한 것이 배어있음을 직감한 철진은 좀 전 과장 앞에서처럼 편하게 대답할 수 없었다. 혹, 춘희로부터 정태수가 낳은 아이와의 관계를 전해 들은 것은 아닐까? 하는 생각이 그 순간 떠올랐다. 그렇지 않다면 이미 끝난 일로 말단 부원을 부장실까지 직접 불러들일 이유가 없다. 만약 그렇다면 문제는 심각하다. 아니 그렇지 않다는 생각도 들었다. 내로라하는 수사 일꾼이지만 부의 최고 상관 앞에서는 모든 사유가 엉망으로 흩어지는 것을 어쩔 수 없었다. 짧은 순간에도 여러 생각이 교차된다. 그런 그의 염려를 부정하듯 부장이,

"자네도 혹 뭔가를 얻기 위해 돈 좀 있어 뵈는 사람을 지겹게 쫓아다니는 건가?" 하고 물었다.

"예에?"

"아니면 좋고. 내 듣기로는 집의 안사람이 공산품 장사 고수라며? 돈 욕심은 말이야 돈을 쓰는 양만큼 늘어난다고 했지. 써 보지 못한 놈은 돈의 진 맛을 모를 테니까, 안 그런가?"

"그, 그렇습니다."

철진은 얼결에 대답하고 나서 급기야 이건 아니다 싶어 정정했다.

"그렇지만 부장 동지, 전 돈에 대해 흑심을 품어본 적이 한 번도 없습니다. 단지 국가의 안전을 위해……."

그런 틀에 박힌 대답을 부장이 어찌 생각할지 몰라도 철진은 스스로 유치해 중도에서 끊었다. 갑자기 화가 치밀었다. '내가 왜 이리 허둥거리지?' 얼굴이 붉어졌다. 다행스럽게도 부장은 그런 그의 대답을 흘리는 것 같았다.

"내가 오늘 자넬 부른 것은 몇 가지 확인해 볼 것이 있어서네. 혹 자네 자신도 모르는 문제일 수도 있어." 갈수록 아리송한 말이다.

"자넨 현 정치정세를 어떻게 보나?"

무슨 질문이 이럴까? 내 사상적 준비 정도를 확인해 보려는가? 정말 그렇다면 아주 명확하고 간추린 대답이 필요하다. 잠시 뜸을 들이고 나서 절도 있게 대답했다.

"저는 한마디로 돈과의 전쟁으로 보고 싶습니다."

"돈과의 전쟁?"

"현재 주민실태를 놓고 봐도……."

"오."

부장이 그의 말을 자른다. 긍정을 동반한 것 같다.

"아주 간단명료한 대답 같은데, 그럼 돈과의 전쟁이 맞다 쳐. 예컨대 돈을 모르고 살던 주민들이 궁핍한 생활난 속에서 문득 돈의 중함을 알아버렸다? 좋아. 그렇다면 이런 때 우리 보위 일꾼들은 어떻게 해야 하지?"

부장은 명상에 잠기듯 가늘게 눈시울을 좁힌다. 그랬지만 실금 같은 짬으로 내쏘는 강한 시선이 철진을 직시하고 있었다. 잠시 머뭇거리는데 부장이 다시 말했다.

"주민들은 그렇게 변해도 국가를 영도하는 당의 사상과 노선엔 자그마한 변화도 없어. 먹고 살겠다는 아우성에 변하지 않은 철퇴를 안겨야 하는 우리 행동을 배고픈 주민들이 이해할까?"

"무슨 말씀인지 알고 있습니다."

"안다면, 어디 들어볼까?"

"예. 주체의 사상과 노선은 변하지 않았지만 그걸 지키는 우리의 사업은 그 방법에서 새로운 대책이 필요할 것입니다."

"새로운 대책? 어떤 대책 말인가?"

"현재로서는 저, 임기응변입니다."

"임기응변?"

"옛. 권력을 권력으로만 행사하면 그것이 역행을 초래할 조건이 될 수도 있다는 말입니다."

역행을 초래할 조건? 좋아, 한데 그걸 그리 잘 아는 사람이 그렇게 무분별하게 행동하나?"

철진의 입으로 저도 모르게 후, 하고 안도의 숨이 나갔다. 부장이 자기를 왜 불러들였는가를 명확히 알려 주는 대목이기 때문이다. 괜한 걱정을……

"앞으론 조심하도록 해. 나가보게."

"알았습니다."

돌아서려던 철진의 발길이 차마 떨어지지 않았다. 이왕 들어온 김에 말이라도 한번 붙여보고 싶어 다시 돌아섰다.

"저, 부장 동지!"

"무슨 할 말이 있나?"

"잠시만 저의 이야기를 들어주실 수 있겠습니까?"

"말해보게."

"감사합니다. 전 그간 동지회의 전주인 최춘희에 대해 많이 알아봤습니다. 모영민 회장의 영향 아래 최춘희는 국경을 중심으로 전국에 수만 명의 회원을 모집했습니다. 그들은 국내가 아닌 중국 공상은행의 현금카드로 막대한 자금을 움직인다고 합니다. 가입자는 개인만이 아닙니다. 도내 크고 작은 기업들도 앞다투어 동지회조직에 가입하지 못해 안달입니다. 성진에만 해도 기간기업인 제강소, 내화물 공장, 흑연광산 심지어 5·24와 같은 합작수산업체까지 모두 동지회에 가입돼 있습니다. 그런데도 그에 대한 우리 보위 기관의 감시체계는 이상하리만큼 약화돼 있는 것 같습니다. 원체 통제가 약하면 도깨비가 생겨나는 것 아닙니까? 언제 어디서 어떤 반체제사건이 일어날지 누가 알겠습니까?"

"그러니까 자네의 그 모든 행동은 예외 없이 국가안전을 위해 한 일이다. 이런 말인가?"

"그렇습니다."

"혹 자네 개인적인 감정 때문은 아니고?"

"그럴 리가 있겠습니까?"

창밖을 응시하며 철진의 말을 건성으로 듣던 부장의 눈이 다시 직시해 왔다.

"자네 혹 내게 뭔가 숨기는 건 없나? 사람은 말이야, 누구나 약점이 있지. 다른 사람이 들으면 안 될 아주 취약한 약점 말이야."

멎었던 땀이 때를 만난 듯 다시 등줄기에 돋아난다. 괜히 긁어 부스럼 만든 격인가?

"없습니다. 개인감정 따위로 국가안전 사업에 임하는 어리석은 부원은 되고 싶지 않습니다."

국가안전이라는 단어에 힘을 실어 말하는 철진의 시선이 왠지 바닥을 긁는다.

"아니면 좋아. 근데 말이야 그런 조직에 대한 우리 보위 기관의 감시체계가 약하다고 했는데 그건 무얼 염두에 두고 한 말이지?"

"그건……."

철진은 말문이 막혔다. 사실 그건 어떤 증거를 가지고 말한 것이 아닌 짐작에 불과한 소리였다. 부장은 벌써 그의 심중을 읽은 듯하다.

"한마디 조언하지. 권력을 가진 사람은 말이야. 그걸 못 가진 사람보다 착각이 심해. 뭐나 다 본인 아니면 안 되는 것처럼 생각하거든. 그런 걸 보고 뭐라고 하는지 아나? 안하무인이라고 해. 세간에서는 망둥이라고도 하고. 망둥이가 제 새끼 잡아먹는다는 말 들어보지 못했나? 명심해 두게. 작은 권력을 가진 자는 말이야, 행사보다 종속이 먼저라는 걸 알아야 현명한 자야. 종속이 싫으면 큰 권력을 가지든가, 알아들었나?"

"옛. 알았습니다." 몸에 밴 군인 동작이 절도있게 나온다. 부장의 말은 계속됐다.

"춘희란 여인이 벌이는 사업은 우리 부에서도 관심하는 일이야. 이미 적잖게 도움도 받았고 자네 이달 식량은 배급받았나?"

"예, 정확한 수량을 모두 받았습니다."

"뭐로 받았나? 쌀인가, 아니면 가룬가?"

"예, 밀가루로 받았습니다."

"그걸 국가에서 내준 거로 생각하나? 자네 말처럼 연합 기업인 제강소, 내화물, 흑연 광산에서 나온 생산물을 팔아 받아 온 식량을 부에서 일부 받아 부원들 배급을 푼 거야."

"그럼 그게 다 최춘희란 여자의 손에서?"

"뭐 그렇다 해도 틀린 말은 아니지. 자네 말처럼 그 여자 뒤에는 우리 공화국의 유력한 방조자인 모 회장이란 거물이 있지. 그리고 말이야 성은 다르지만 최춘희는 어쩌면 자네와 아주 가까운 사람일 수도 있어. 그것이 공식적으로 밝혀지면 자넨 아마 보위부원으로 일하지 못할 수도 있겠지. 본 임무에 충실한 것도 좋지만 일이 터진 후 땅을 치며 후회하는 일은 하지 않는 것만 못해. 오늘은 여기까지 말하지. 다시는 내가 자넬 부르는 일이 없도록 해!"

"알겠습니다."

"도시 주민 다수의 생명이 미공급임에도 그런대로 유지되는 것은 동지회라는 외화벌이 단체와 절대 무관하지 않아. 똑똑히 알아두게. 지금은 돈과의 전쟁이 아닌 먹을 것과의 전쟁이야. 뭐 비슷한 말이지만 주민들 쪽에선 그런 거지. 자네 말처럼 임기응변이 필요한 때이기도 하고. 자네 처도 지금 식구들의 생계를 위해 동분서주한다면서? 권력기관 가족이 장사를? 허허허, 옛 시절 같으면 꿈도 못 꿀 일이지, 나가서 생각을 잘 정리해 보게.”

풀 죽은 모습으로 나온 철진은 사무실에서 다시 과장의 지청구를 들어야 했다.

“너 말이야, 좋은 일로 부장에게 찍혔어야지. 조심해. 네 눈엔 여기 앉은 나나 부장이 다 바지저고리로 보여? 시키는 일이나 잘해. 최춘희는 네가 상대할 여자가 아니야.”

모든 것은 다 이해할 수 있지만 아리송한 건 부장의 말속에 비쳤던 춘희와의 관계다. 공식 알려지면 보위원으로 일하지 못할 수도 있다는 비수 같은 말이 그냥 귓바퀴를 돌며 지겹도록 머리에 노크한다. 그냥 스쳐버릴 말이 아니었다. 그래서 몇 달 동안 미친 듯 춘희의 신원조사에 매달렸다. 춘희의 출생과 유년 시절 그리고 중동농장에 왜 왔는가 하는 문제를 캐던 중 아주 놀라운 사실을 발견했다. 춘희의 친부로 보안서 주민등록부에 적힌 인물은 최만복이라는 혜산사람이었다. 그런데 최만복과 최춘희는 혜산은 물론 국내 어디에서도 그 거주지를 알 수 없는 요지경 속 인물이었다. 또 항간에 나도는 말처럼 춘희가 도별 체육대회에서 일등을 했다는 기록도 없었다. 단지 소문일 뿐이었다. 홍범이란 자와 결혼하고 중동농장 이발사가 됐다는 정도다. 자기 가문에 들어온 외인들을 살펴도 최가 성의 사람은 없었다. 혹시나 하는 생각에 철진은 점심시간에 아버지를 찾아갔다. 아버지도 한참을 생각하고는 절레절레 머리를 흔들었다.

"혹, 아버지가 혼외자식을 낳은 적은 없습니까?"

비수로 명치를 찌르는 말이었으나 박상도는 태연했다.

"쓸데없는 소릴."

"예, 전 아버지를 믿습니다. 그럼 가보겠습니다."

그때 전화벨이 울렸다. 중동에 사는 정보원으로부터 면담 요청이 왔다. 즉시 오토바이를 출발시켰다. 면담 장소에서 정보원이 넘겨주는 도청 칩을 가지고 다시 돌아온 철진은 방에 들어서자마자 노트북에 연결했다. 흘러나온 말은 다름 아닌 향이와 영성이 밤새 지하 방에서 나눈 대화였다. 끝까지 듣고 난 철진은 오랫동안 사색했다. 사색의 중심은 향이란 여자와 춘희의 관계였다. 개고기 점 영업장소가 어떻게 생겨났는지 박철진도 수사를 통해 알았어도 대화를 나눈 장소나 또 그 안에서 두 사람이 남조선 영상물을 본 것은 뜻밖의 정보였다. 그것 역시 춘희와 떼어놓고 생각할 수 없는 일이다. 영성을 꼬드겨 나라를 탈출하려는 향이의 의도는 분명 최춘희와 연관돼 있다. 김춘옥 사건과 비슷했다. 그렇다면 춘희는 대체 어떤 여자인가? 한순간 외통 길에서 적대 분자와 정면으로 마주친 것 같은 기분이 들었다. 사색을 거듭할수록 이상했다. 고도의 정보체계로 상층에서부터 하부 말단에 이르기까지 전 주민들의 구체적 신원과 움직임을 빈틈없이 장악하고 살피는 이 땅에서 어떻게 본적도 모호한 여자가 아들과 남편을 끼고 지금껏 버젓이 살고 있는지, 이건 어떤 신원이

든 무마시킬 수 있는 강력한 힘이 뒷받침되지 않고서는 불가능한 일이었다. 그 힘이 어떻게 형성되고 보전되는가, 하는 것도 이제는 분명해졌다. 모 회장을 도청해야겠다는 생각을 한 건 바로 그 때문이다. 그러면 충분히 그만한 힘을 행사할 수 있는 사람이었다. 모영민은 동지회 일로 성진에 왔을 테고 곧 여러 사람을 만날 것이다. 과장은 최춘희는 네가 상대할 여자가 아니라며 대놓고 무시했지만 그럴수록 박철진은 춘희를 더 깊이 알고 싶었고 그녀의 후견인인 모 회장의 방에서 필요한 정보를 얻어내고 싶었다. 다른 걱정도 없지는 않다. 보위부장이나 반탐과장(반탐과는 북한 보위부의 간첩 검거를 담당하는 부서이다.) 모두 모 회장과 한 줄에 꿰인 인물임은 분명한데 이렇게 시키지도 않은 수사에 목을 내걸 필요가 있을까, 하는 것이다. 그러나 생각을 거두려 해도 춘희와 아주 가까운 사람일 수도 있다는 장덕수의 말이 무슨 종양처럼 머리에 박혀 그를 괴롭혔다. 그게 대체 뭔지 반드시 밝혀야 했고 알아내야 했다. 그래야만 죽치고 앉아 있든 빠져나가든 차후 대책을 세울 수가 있다. 그의 생각은 적중했다. 호젓한 방에서 모영민이 하는 혼잣말을 들으며 그 역시 호텔의 모영민처럼 벌떡 자리에서 일어났다.

"그렇다면 친부를 향한 복수? 아니야, 그 앤 그렇게 경솔한 애가 아니야. 그렇다면……."

복수라면? 무시할 수 없는 말이다. 철진이도 광산에서 벌어진 밀가루 사건을 잘 안다. 양태산의 활약으로 30톤을 되받아 광산종업원배급으로 풀었다지만 그것 자체가 아버지인 당 비서에 대한 도전임을 수사원인 그가 모를 수 없다.

'살아온 거처도 분명치 않은 여자의 친부란 대체 누구지? 혹시?' 순간
에 찾아든 의문에 철진은 온몸이 굳어졌다. 언젠가 아버지를 찾아가 물었
을 때 쓸데없는 말을 말라며 언짢아하던 모습이 다시 언뜻 떠올랐다. 긴
장한 철진은 모영민의 호텔 방에서 또 무슨 말이 나올까, 귀를 도사렸다.

3

장덕수의 표정은 무거웠다. 반가워하는 모영민을 향해 예를 표하고는
정중히 입을 열었다.

"조, 중 두 나라 합작으로 성진 앞바다를 개척한다는 소식 들었습니
다. 고령이신데 어떻게 그런 큰일을 해내셨는지 존경스럽습니다."

"한데 무슨 걱정거리라도 있나? 자네 얼굴색이 몹시 어둡네그려."

"저 원래 표정이 무겁습니다. 아시면서 왜 그러십니까?"

"무얼 마시겠소? 오차? 아니면 커피?"

"전 오차를 주십시오. 회장님이 직접 가지고 오셨는데……."

"그렇소. 아시는군. 오차는 좋은 차요."

모영민은 자리에서 일어나 주전자의 코드를 누르며 장덕수를 힐끗 돌
아본다.

장덕수는 눈을 감고 있다가 모영민이 김 오르는 찻잔을 들고 가까이

오자 눈을 떴다.

"무슨 생각을 그렇게……"

"그냥 이런저런, 골치 아픈 일들이 좀 많습니까?"

"하기야 세월이 세월이니만치, 자 받소."

"저, 박상도를 만나 주시겠습니까?"

"갑자기 왜? 그 사람이 날 만나자고 했소?"

"네, 회장님이 오신 걸 알고 어제부터 만나게 해달라는 걸 하도 바빠서 지금 말씀드립니다."

"그럼 그것 때문에 일부러 온 거요?"

"네. 겸사겸사 저도 드릴 말씀이 있습니다."

"말해보오, 뜸 들이지 말고. 내게 하지 못할 말이 뭐겠소."

"저는 천천히 말씀드리겠습니다. 박상도 그 사람을 먼저 만나보십시오."

"아니 그 사람이 지금 호텔에 와 있소?"

"네. 홀에 있습니다. 만나주시겠습니까?"

"그러지. 한데 그가 날 만나려는 부탁을 왜 부장에게 하지? 두 사람 절친인가?"

"아, 예, 불알친구입니다. 허허."

철진은 바짝 긴장했다. 아버지가 모영민을 만난다? 이건 참 뜻밖의 일이다. 그는 조금 후 어떤 일이 일지 전혀 생각 못 하고 오늘 모 회장 방에 도청기를 설치한 것을 다행으로 여겼다. 자리에서 일어난 철진은 공연히 서성거리며 이제 아버지가 어떤 얘기를 모영민에게 할까, 하는 기대에 부풀었다. 가슴이 울렁거렸다. 다시 의자에 앉은 철진은 긴장하며 귀를 도사렸다.

입문 열리는 소리와 함께 주고받는 인사말이 들렸다. 이미 전부터 인연이 있는 인사말이다. 박철진에게 있어 모영민은 함부로 범접하지 못할 거물로 인식된 거여서 마치 하인처럼 아버지를 대할 줄 알았는데 그렇지도 않다. 박상도는 아주 당당했다.

"오랜만입니다."

아버지의 말이다. 그 어조에는 상대를 개어 올리는 비굴함 같은 것은 없었다.

"그래, 오랜만이오. 그런데 무슨 일로 이렇게……."

"그건 제가 묻고 싶은 말입니다. 아직 정정하시군요." 잠시 침묵이 흘렀다.

"혹, 제가 찾아온 것이 불편하십니까?"

"반갑지야 않지. 당신을 보면 괴로운 추억만 떠오르니까……."

"피차일반입니다. 그냥 몇 가지 확인할 게 있어 찾아왔을 뿐입니다. 다소 불편하긴 해도 사업에서는 분명히 공과 사를 구별해야겠지요. 안 그렇습니까?"

"무슨 말이오?"

"단도직입으로 묻겠습니다. 이젠 우리 흑연 광산과의 거래를 끊을 생각입니까?"

"나는 당신과 무얼 거래한 적 없소."

"나타난 상황에 대해선 알고 계시겠지요?"

"알지. 그러나 너무 걱정할 일은 아닌 것 같은데, 곧 재개될 테니까."

"네? 그게 정말입니까?"

"난 일구이언하지 않소. 대체 뭐가 그리 불안한 거요?"

"으음……." 아버지의 신음 같은 소리가 들렸다. 박철진은 더 바싹 귀를 도사렸다.

"지금까지 이런 일은 없었습니다. 어떻게 상차를 마무리한 정광을 도로 부리고 이미 종업원들에게 공지한 밀가루 배급을 중단하게 만드는 겁니까?"

"무슨 말이오? 들어온 전량에서 절반은 광산종업원 배급으로 나간 거 아니었소?"

"나갔지요. 그러나 그건 저를 소외시킨 일종의 배신이었습니다. 안 주기만 못한……."

"뭐라? 그걸 지금 말이라고 내 앞에서? 이런, 어쩌면 너는 네 아비와 그리도 똑같은 거냐? 그렇게도 네 이름 석 자가 중요하더냐?" 갑자기 모영민의 언성이 높아지고 하대로 이어졌다.

"나쁜 놈 같으니, 네가 감히 내 앞에서 배신을 들먹여? 적반하장도 유분수지. 하긴 배신을 동전 번지듯 해본 놈이니 그럴 수도 있겠지." 픽, 하는 아버지의 허한 웃음소리가 들렸다.

"회장님, 이젠 삼십 년도 더 지난 일입니다. 그게 아직도 속에 맺혀 안 내려간 겁니까?"

"네 이놈! 당장 여기서 나가. 꼴도 보기 싫으니까!" 천둥 같은 호령이 터졌다.

"하하하." 조금도 주눅 들지 않은 호탕한 웃음소리가 모영민의 호령을 삼켜버린다.

박철진은 아연했다. 아버지에게 저런 면도 있었나? 낳아 키운 막내아들 하나 휘어잡지 못해 동네 웃음거리로 만드는 용해 빠진 위인이? 그런데 모영민 같은 거물 앞에서 저렇듯 당당한 걸 보면 지금까지 아버지에 대해 너무 모른 것 같다.

"왜 흥분하십니까? 나도 어제까진 그렇게 생각했지요. 그런데 춘희라는 여자를 만나 본 후 난 모든 것을 알았습니다. 모 회장님, 그렇게 유치한 방법밖에 없었습니까? 예?"

"뭐라?"

"딸에게 아비의 숨통을 조이라고 한 것이 모 회장 당신이 아니란 말입니까? 어디 변명이라도 좀 해보십시오."

'딸? 아버지?' 철진은 바짝 긴장했다. 내쉬는 숨소리조차 어디론가 도망간다. 모영민의 목소리가 다시 들렸다. 아까보단 한풀 꺾인 어조다.

"자네 춘희가 옥님의 딸이라는 걸 알아본 건가?"

"옥님의 딸이자 제 친딸입니다. 그런데 어찌, 너무 잔인한 짓 아닙니까?"

갑자기 울음소리가 터졌다. 철진은 아연했다. 최춘희가 아버지의 친딸이라니? 마치 맑은 하늘에서 터진 천둥소리를 들은 것 같다.

두 달 전, 아버지에게 혼외자식을 낳은 적 없냐고 묻던 일이 주마등처럼 떠올랐다. 쓸데없는 말은 말라며 어딘가 석연치 않은 표정을 짓던 아버지의 괴로운 모습도 떠올랐다. 춘희와의 관계가 알려지면 보위부원 노릇도 못 할 거라던 보위부장의 말도 혜성처럼 뜬다.

맞는 말이다. 사돈에 팔촌까지 깨끗해야 선발될 수 있는 보위부원의 이력에 신분도 석연찮은 누이가 있다면 부원의 생명은 거기서 끝날 수밖에 없다. 그러고 보면 보위부장도 이 일을 벌써 알고 있었다는 얘기다. 아버지의 흐느낌이 계속되고 뭐라 뭐라 하는 모영민의 말이 다시 나와도 철진에겐 아무것도 들리지 않았다. 윙윙 귓속에서 벌레가 울었다. 그는 이어폰을 뽑아버리고 벌떡 자리에서 일어났다. 심장이 못 견디게 뛴다. 얼굴도 화독처럼 달아올랐다.

아, 아, 마침내 괴로운 신음이 터졌다. 그런 것도 모르고 춘희를 한때 여자로 봤다. 다음엔 그녀를 잡겠다고 불철주야 뛰어다녔다. 보위부장은 그런 나를 보고 웃었을까? 아니 비웃었을 것이다. 정말이지 춘희를 잡기 위해 불 속에 뛰어드는 부나비처럼 천방지축 덤볐다. 모르고 그랬지만 몰랐다는 그것이 더 자신을 초라하게 만든다.

문득 뭔가 머리를 쳤다. 춘희는 분명 아버지를 아버지로 알고 덤볐다. 부장의 말에 비추어 봐도 그렇다. 대체 아버지가 어떤 죄를 지었기에 그랬는지 번쩍, 정신이 들어 급히 이어폰을 찾아 귓구멍에 쑤셔 넣었지만 어떻게 된 영문인지 아무 말도 들리지 않았다.

다음 순간 노트북을 살펴본 박철진은 가슴이 철렁했다. 파일 분리다.

그건 호텔 방에 붙인 도청기가 구실을 못 하게 됐다는 신호다. 그때에야 호텔 방 첫 방문객이 다른 누구도 아닌 보위부장이라는 사실이 현실적으로 다가왔다.

*

잠깐 수하를 불러 원탁 밑에 붙인 도청기를 회수한 장덕수는 화장실에서 나오는 모 회장을 느슨한 미소를 띠고 맞았다. 지금쯤 사색이 됐을 박철진의 얼굴이 보이는 듯했다.

"저 사람은 누구요?"

"아, 네, 제 수하입니다. 벽에도 귀가 있는 세상이라 잠깐 방을 살펴봤습니다."

"그래 뭐가 있었소?"

"아닙니다. 그냥 저의 염려지요. 잔걱정이라 해야 할지, 이젠 저도 나이를 먹었나 봅니다. 아, 참, 죄송합니다." 모영민의 백발을 보며 장덕수가 머리를 숙였다.

"아니, 괜찮소."

"저어, 박상도와는 얘기가 잘 됐습니까?"

"오, 밀가루 화차 건을 항의하더군. 뭐 이해는 되네만, 그래 내게 할 말이 뭔가?"

"저, 한 잔 어떻습니까?"

"이 밤에?"

"쉽게 마련되는 자리가 아니라서요."

"그럼 로비로 내려갈까?"

"아닙니다. 벌써 준비시켰습니다."

장덕수는 핸드폰을 꺼냈다. 미리 시킨 듯 곧 문이 열리고 호텔 여급들이 들어와 둥그런 원탁에 술상을 차려놓고 나갔다. 장덕수는 일부러 모영민을 위해 준비한 삼백주 병뚜껑을 땄다. 정중히 잔을 채우는 그를 보며 모영민은 히죽 웃었다. 인연이란 참으로 묘하다는 생각이 들었다. 아니 원하는 목적을 이루기 위해서는 그가 적이라도 마주 앉아 미소를 짓는 여유가 필요했다. 독한 삼백주의 주정이 따끈하게 배를 데우자 모영민이 먼저 입을 열었다.

"이젠 좀 오래된 이야기지만 말이야. 아주 고약한 사람이 있었지. 출세를 위해서라면 타인의 목숨 같은 건 파리 잡듯 하던 사악한 자였어. 한데 근래에 와서 어느 날 그 사람을 만나 보니 굉장히 높은 자리에 앉아 있더란 말이지. 예나 지금이나 세상일이란 참 알다가도 모르겠어." 장덕수도 미소를 띤 채 그 말을 받는다.

"고약하든 사악하든 그건 어쩌면 인간사회에서 두 부류로 나뉘는 것 같습니다. 어떤 힘을 따랐는가에 따라 출세하거나 아니면 파면을 당하거나, 아닙니까?"

"맞는 말이네만 자네 같으면 말이야, 출세를 위해 어쩔 수 없이 상해를 입힌 사람을 먼 훗날 다시 본다면 어떤 죄책감을 느낄 것 같은가?"

"글쎄요. 제 경우엔 그 사람을 아예 보지 않는 게 나을 것 같은데요."

"그게 바란다고 되는 일인가?"

"그렇긴 합니다. 속담에 원수는 외나무다리에서 만난다 했으니 아무래도 피하긴 어렵겠지요? 허허, 회장님, 그래서 사람에겐 힘이 필요한 것 아닙니까?"

"힘? 또 그 힘 소린가? 힘은 말이야 영원한 것이 아니라네. 난 요즘 내가 평생 행사해 온 힘에 대해 그 정리를 다시 해보곤 하네. 과연 팔순이 될 때까지 무엇으로 버텨왔던가, 하는 것 말일세. 그런데 말이야 그게 힘은 절대 아니었어."

"그럼 뭡니까? 회장님의 가진 지위가 만든 힘이 지금의 회장님을 있게 한 것 아닙니까?"

"아니야. 겉으로는 그렇게 보이겠지만 말이야 난 그렇게 생각하고 싶지 않아."

"그럼 무엇 때문입니까, 이유를 물어봐도 되겠습니까?"

모영민은 부어놓은 술을 단숨에 마셨다. 독한 술의 기운을 전혀 느끼지 못하는 사람 같다.

"이유라, 허허허. 난 그 이유를 부장에게서 듣고 싶은데……."

장덕수는 대답 없이 속으로 생각했다. '말년이 되면 다 저렇게 감상에 젖는 것인가? 내게 이런 말을 하는 속셈은 또 뭐지?'

잠시이긴 하지만 이 순간 그의 사유는 삼십여 년 전으로 거슬러 올라갔다. 혹시 모 회장은 지금 양 조카인 옥남이의 얼굴에 강수를 부은 자가 바로 젊었을 때의 자신인 줄 알고 이러는가? 박지언의 강압으로 관여는 했어도 직접 행하진 않았다. 근데 그 일이 왜 번뜩 떠오르는지, 장덕수는 수스라쳤다. 관여한 이상 머리에 배인 기억은 언제든 선명하게 나타나 사정없이 질타하고 죄책감으로 육신을 시들게 만든다. 죄는 숨겨도 기억은 절대 숨길 수 없었다.

"사람에겐 말이야 누구에게나 다 가치가 있지. 그건 소중한 거라네. 만약 그 가치를 잃는다면 그 사람을 어찌 사람이라 할 수 있겠나."

"그건 혹 저를 두고 하시는 말씀입니까? 아니면?"

장덕수는 떨리는 몸을 진정하며 말했다. 다행히 모 영민은 웃으며 다른 말을 꺼냈다.

"오해 말게. 흘러간 세월 속에 묻힌 일을 두고 난 누구를 탓할 처지가 아니야. 그냥 술에 취한 늙은이의 넋두리로 들어두게. 어렸을 때 말이야, 내 어머니는 첫 소학교 등교를 하는 내게 당신이 신던 흰 버선을 깨끗이 빨아 정이 신겨주었어. 조선족 마을에 살았던 관계로 어머니는 조선족 여인들이 신는 흰 버선에 늘 매력을 느끼셨거든. 백의민족이란 말처럼 정갈한 그들의 마음씨가 바로 흰 버선목에 담겨 있었던 거로 생각하셨던 것 같아. 첫 등교이니 선한 마음으로 공부를 시작하라는 말 없는 훈시였지. 한데 말이야 어머니의 바람처럼 난 평생을 흰 버선목처럼 살지 못했어."

"자책 마십시오. 후회 없는 삶이 어디 있겠습니까? 황혼이 오면 누구나 후회를 하지요. 아득히 흘러간 뒤안길을 돌아보며 좀 더 잘했을 걸, 왜 그랬던지, 하면서 말입니다. 한 치 앞도 내다볼 수 없는 삶이라 당장에야 어찌 다 바른 길로만 가겠습니까."

"방법은 있지. 한 치 앞도 내다볼 줄 모르기에 사람은 늘 마음가짐을 바로 가져야지. 부장은 후회가 없나?"

"글쎄요, 후회보단 당장 해야 할 일이 태산입니다."

"허허, 변명이군. 난 부장을 볼 때마다 그 후회가 배로 커져. 탓하는 건 아니야. 남자가 둥지를 버리면 그때부터 목표를 잃고 방황하게 된다는 걸 난 말년에 와서야 깨달았으니……."

"둥지를 버리다니요? 무슨 말씀이신지……."

"모르는 척하는 건가 아니면 정말 모르는 건가? 남자의 둥지는 바로 여자가 아닌가? 내 양 조카가 고운 제 얼굴을 잃은 후 난 그때까지 전혀 예상 못 했던 젊고 아름다운 여자를 만났지. 그 여자는 내 아이까지 낳아 주었어."

"왜 또 그 얘기를 하십니까?"

"그냥, 허허. 내가 자네와 이렇게 마주 앉아 흘러간 세월을 되돌아보다니 희한한 일일세. 무슨 힘이 지금까지 적으로 남아야 할 우릴 이렇게 묶어 두었을까, 하는 생각도 가끔 한다네."

"그건 아마 일 때문이겠지요."

"일? 무슨 일? 나라를 위한 일 말인가?"

"글쎄요."

"그런 핑계로 자신을 합리화하지 말게. 그런 식으로 습관이 되면 사람은 어떤 사악한 짓을 저질러도 반성을 몰라. 그것이 타인에겐 재앙인데도 말이야. 무서운 일이지."

"회장님!"

"내가 너무 심줬했나? 허허허."

장덕수도 따라 웃었다. 그렇지만 그의 눈은 무엇을 노리는 매의 눈처럼 쉴 없이 돌아갔다.

술 때문인지 눈이 풀리고 말이 많아진 노인 앞에서 꼭 해야 할 말을 꺼낼 기회만 찾는 그런 눈길이다. 또 술잔을 비우는 노인을 직시하며 장덕수는 꿀꺽 침을 삼키며 말했다.

"남쪽에선 긍정적으로 나옵니까?"

"무슨 말인가?"

"회장님은 이번 협약을 성사시키기 위해 많은 외화를 우리 정부에 기부한 거로 아는데 그건 남쪽에서 흘러들어온 돈이 아닙니까?"

"뭐라?"

"절 속이지 마십시오. 전 회장님과 강성대 사장과의 관계를 잘 압니다. 그가 가진 자금으로 지금껏 사업을 하신 것도요. 그러나 조건 없이 진행되는 일이야 없겠지요. 안 그렇습니까?"

"계속해 보게."

"회장님, 전 지금 힘든 말을 하고 있습니다. 우린 사실 동업자가 아닙니까? 저는 더는 회장님의 줄타기를 보고만 있을 수 없습니다."

"줄타기? 그건 또 무슨 소린가?"

"아들인 강홍범을 남쪽에 넘기로 하고 강성대와 거래한 것이 아닙니까?"

모영민이 술잔을 쥐며 장덕수를 쏘아본다. 장덕수는 그의 눈길을 피하지 않았다.

"최춘희는 모친을 중국에 보내기 위한 여권 수속까지 했더군요. 그리고 오랫동안 최춘희의 집에 사는 김춘옥의 남편 하진철이 서울에 있다는 것도 난 압니다. 하진철은 강성대와 한 줄에 꿰인 사람이라는 사실도요. 한 가지 더 말씀드리면 회장님, 최춘희와 강홍범 두 사람은 부부가 아니라는 겁니다. 제 말이 틀립니까?"

"그건 또 무슨, 자네 정말!"

"회장님, 이 정도면 좀 솔직하셔야지요. 이러시면 제가 무슨 말을 회장님께 드리겠습니까?"

"그렇긴 하군. 계속해 보게."

"회장님, 이젠 아들인 정태수도 그만 슬하에 데려가셔야겠지요. 회장님 말씀을 들으며 난 그것을 충분히 느낄 수 있었습니다."

모영민은 천천히 자리에서 일어나 창가로 돌아섰다. 창 너머 어둠을 보는 그의 눈엔 이미 초점이 없다. 그는 지그시 두 눈을 감았다. 뒤통수에 날아드는 장덕수의 말은 그냥 그 혼자의 말에 불과했다.

"회장님은 아까 둥지로 생각했던 여자를 버린 사실을 말씀하셨습니다. 이루어질 수 없는 사랑에 관한 이야기의 바탕에는 그 정도마저 허용되지 않는 이 나라 정치체제에 대한 반감이 섞여 있다는 사실도요. 이해는 합니다만……."

모영민이 천천히 돌아선다. 장덕수도 일어섰다.

"6년 전, 회장님의 제안을 제가 액면 그대로 받아들인 줄 아십니까? 춘희를 중동에 자리 잡게 할 방법을 말씀하실 때 전 벌써 짐작했습니다. 춘희를 이곳에 정착시키는 데는 강홍범과의 결혼이 적합했지요. 하지만 그보다 썩 전에 춘희는 이미 회장님의 아들인 정태수와 깊은 인연을 맺었지요. 당시 국경에서 일제 중고자동차 밀수입에 관여하시던 회장님은 변방부대 지휘관들에게 국경에서 군 복무를 하는 아들 정태수의 이름과 사진을 돌리고 언제든 나타나면 알려달라고 부탁했습니다. 식량난으로 국경을 침범하는 군인들이 많아 만약의 경우를 대비한 것으로 아는데, 아닙니까?"

"이보게 장부장, 내가 지금까지 자넬 아주 작게 봐 왔던 것 같네. 변방부대까지 자네가 박아놓은 소위 '세작'들이 있었던 거라면, 이건 정말 놀라운 일이군."

"아닙니다. 솔직한 말로 그건 저의 추리였습니다. 전 확신 있게 말합니다. 지금 춘희가 국경을 넘어 데리고 온 아들도 정태수의 아들이라는 사실도요. 그 정도의 판단력도 없이 제가 이십 년이 넘는 긴 세월을 보위부 요직에 있을 수 있었겠습니까?"

"내가 아니라면 어쩔 셈인가? 자넨 판단으로만 일하는 사람인가?"

"허허허, 아직 저를 잘 모르시는군요. 자 이걸 보십시오."

"그게 뭐요?" 장덕수는 갖고 온 가방에서 문서 비슷한 종이 한 장을 봉투에서 꺼냈다.

"정태수와 춘희의 아들이 한 핏줄이라는 유전자 검사 결과입니다. 제가 국가안전보위부 병원에 부탁했었습니다." 그걸 한참 들여다보고 나서 모영민은 고개를 끄떡였다.

"이 사람 참, 꼭 이렇게 해야만 했나? 그러다 다른 사람이 알면 어쩌려고, 엉?"

"그래서 보위부 병원에서 검사한 겁니다. 보안 때문에요. 걱정하지 않아도 됩니다."

"자 앉게. 알았으면 됐네. 암튼 지금 내가 바라는 게 있다면 자네가 끝까지 날 협조해 달라는 거네. 그렇게 해줄 수 있겠는가?"

"물론입니다. 믿으셔도 됩니다."

모영민은 소파에 앉았다. 장덕수도 모영민을 쳐다본다. 두 시선은 많은 것을 교환하고 있었다.

재깍재깍 벽에 붙어 돌아가는 전자시계의 초침 소리가 그렇게 크게 들릴 수가 없었다.

"한 가지만 묻겠네."

"무엇입니까?"

"여기 북조선에서 어떤 경우든지 정치적 색채가 있는 일엔 누구도 감히 결론을 내릴 수 없다는 것을 나도 잘 아네. 자네 경우엔 어떤가? 관할구역에서 보위부장이 모르게 어떤 일도 도모할 수 없다는 것 정도는 알지만 내 결심에는 추호의 흔들림도 없네. 감당할 수 있겠나?"

"어떤 제안을 하는가 하는 거겠지요. 전 이 나이에 오점을 남기고 싶지 않습니다."

"이미 오점으로 얼룩진 몸이 아니던가?"

"회장님도 참, 성공한 자에게 지난 세월 속에 묻힌 오점은 별로 큰 것이 아니지요."

"그렇긴 해. 무슨 일이든 희생이 없인 불가능하지. 반성이란 패배자의 구질구질한 변명일 테고. 다시 묻지, 자넨 이미 내가 어떤 제안을 하리란 걸 알 테니, 감당할 수 있겠나?"

모영민이 앞에 놓인 잔에 술을 붓자 장덕수는 무엄하게도 그 잔을 들어 단숨에 마셔버렸다.

"좋습니다. 감당하죠. 설령 직위를 잃고 목숨을 내놓아도 말입니다."

"잘 생각했네. 얼마면 되겠나?

"벌써 저의 생각을 꿰뚫어 보셨습니까?"

"우린 지금껏 한배를 탄 동업자였네. 척 보면 삼천리지."

"전 이 일이 끝나면 현 직위에 있지 못할 수도 있습니다. 아쉬울 거야 없지요. 이젠 물러날 나이도 됐으니, 사건을 덮자 해도 많은 액수가 필요하겠지요. 전 회장님이 넉넉히 헤아려 주셨으면 합니다."

"그 전에 박상도의 입부터 막아야 할 것 같네."

"모른다면 몰라도 알고 있으면서 그깟 밀려난 자의 입이야, 죄송하지만 박상도의 속심이 뭔지 알려드릴 겸 회장님을 만나게 해준 것뿐입니다."

"알겠네. 이리 가까이 오게."

호젓한 방안이지만 마치 누가 엿듣기라도 하듯 모영민은 장덕수의 귀에 대고 몇 마디 했다.

말을 듣는 장덕수의 얼굴이 점차 벌겋게 변했고 가슴마저 터질 듯 오르내렸다. 천장을 향한 멍한 눈길엔 감당하지 못할 성취감을 이룬 놀라

움과 감사함이 한껏 어렸다.

휴- 마침내 길게 내뿜는 숨은 고압 밥솥의 증기방출 같은 소리였다. 장덕수는 털썩, 쓰러지듯 소파에 등을 대며 두 눈을 감았다. 노후의 멋진 삶이 가지가지 형태로 그림처럼 떠올랐다. 넘실거리는 강 숲에 앉아 낚싯 대를 든 여유 넘치는 모습이며 풍성한 상품으로 즐비한 외화 상점 진열 대를 바라보는 느긋한 모습도 떠오른다. 반면, 먼지 이는 시장 구석에 쪼 그리고 앉아 잎담배 묶음을 무릎에 얹고 가는 손님 오는 손님을 안타깝 게 쳐다보는 쭈글쭈글한 늙은이의 눈곱 낀 얼굴도 보였다. 아무 마련도 없이 퇴직하면 천하의 장덕수도 어쩔 수 없이 앉아야 하는 자리다. 퇴직 후에도 버림이 아닌 선망 속에 살려면 필요한 것은 다름 아닌 경제적 여 유였다. 장덕수는 자리에서 벌떡 일어났다.

"고맙습니다. 회장님의 은혜는 죽어도 잊지 않겠습니다." 모영민이 껄 껄 웃는다.

"너무 장담하진 말게. 모든 건 일이 성공적으로 이뤄져야만 가능한 것 이니까."

"알고 있습니다. 무조건 해야지요. 못할 건 또 뭐겠습니까?"

"일에는 늘 변수가 있다네."

"압니다. 하지만 저는 그 변수라는 걸 즐길 겁니다, 기꺼이."

장덕수가 나가자 모영민은 잠시 생각하다 휴대폰으로 춘희를 찾았다. 밤이 깊었지만 개의치 않았다. 곧 태수와 함께 올 춘희를 기다리는 그의 손에 푸들푸들 경련이 일었다.

4

장덕수가 보위부장이라는 직책에 있음에도 국가반역으로 취급될 일에 까지 즐긴다는 말을 대놓고 한 것은 참으로 이례적인 경우다. 그러나 시 보위부에 돌아온 즉시 그가 평양의 국가안전보위부 본부장과 한 통화내 용을 들어보면 이내 의문이 풀린다. 그는 사무실에 들어서자마자 수화기 부터 들었다. 본부와의 전화는 이내 연결됐다.

"어떻게 됐소?" 상대방은 그때까지 퇴근하지 않고 장덕수의 전화를 기 다린 것 같았다.

"본부장 동지, 만사오케이입니다. 축하해 주십시오."

"그렇소? 수고했소. 내 장부장이 해낼 줄 알았소. 축하하오."

"고맙습니다. 한데 모회장이 내놓은 조건은 어떻게 할까요? 세월이 세 월인 만치 그 정도 요구쯤은 들어주어야 하지 않을까, 하는 생각도 해 봤 습니다만……."

"어떤 조건이요?"

"아들과 그와 연결된 가족의 탈출입니다. 아마도 뒤탈을 없애자면 그 들 스스로 한 탈출로 위장하는 것이 나을 듯싶은데요. 저의 생각이긴 합 니다만……."

"음, 좋아. 옛날 같으면 어림없지만 모영민의 입장도 봐 줘야겠지. 알겠 소. 그건 그쪽 관하 일이니 장부장이 알아서 하시오. 단 보위부가 개입했 다는 것만은 피해야 할 거요."

"알겠습니다. 걱정하지 마십시오. 이 일로 모영민은 절대 제 손아귀에서 벗어날 수 없습니다."

"그래. 나도 곧 국가안전보위부장께 소식을 알리겠소. 어떤 대가를 치르더라도 손에 쥔 떡을 남에게 빼앗겨서는 안 되지. 당 기관이 아무리 영도기관이라 해도 말이오."

본부장도 어지간히 기분이 좋은 것 같았다.

"여부가 있겠습니까, 다른 거라면 몰라도 이 마른 세월에 먹을 걸 어찌, 허허. 본부장 동지, 그럼 편히 쉬십시오."

참으로 좋은 밤 같았다. 수화기를 놓고 장덕수는 기분이 좋아 뚜벅뚜벅 방안을 거닐었다. 시종 벙글거리는 그의 얼굴 피부가 불빛을 받아 젊은이들처럼 반짝거렸다.

*

춘희는 모영민의 연락을 받자 이내 태수를 찾았다. 마침 태수도 성진 시내에 나와 있었다. 애들을 데리고 며느리가 친정에 가자 윤 씨는 시내에 있는 맏아들 집에 나왔다. 인정사정없이 애들과 며느리를 쫓아버린 일로 낯이 뜨거워 더는 동네 사람들을 못 보겠다는 것이 이유라면 이유다. 그런 어머니를 한사코 붙들 수도 없어 태수도 짐을 싸든 어머니를 모시고 형네 집으로 같이 나왔다. 본시 형네 집에 계셨던 어머니를 모셔갔으므로 결국 원위치로 되돌아온 셈이다. 태수는 일이 이렇게 번진 것이 어머니에게 죄송스러웠지만 어쩔 수 없었다.

싱숭생숭한 마음도 달래볼 겸 부두에 나와 밤바다를 거니는데 뜻밖에도 춘희에게서 전화가 왔다. 곧 만나자는 말에 태수는 잠시 어리둥절했다. 춘희를 다시 보지 못할 줄 알았다. 근래에 보인 그녀의 행동은 그런 생각을 할 만큼 냉랭했었다.

　사실 철진이를 만난 후 태수는 춘희에 대해 뭔가 알아내려고 나름 노력했다. 타인의 시선으로 볼 때 멀쩡한 남편을 두고 외간 남자와 몸을 섞는 춘희를 왜 살점처럼 믿고 의탁하려 했던지…… 그런데 이상한 것은 시선을 거꾸로 돌려 춘희를 아주 못된 여자로 보려 해도 좀처럼 그렇게 되지 않았다는 사실이다. 그럴수록 속에서 열불이 터질 정도로 보고 싶어 견딜 수가 없었다. 며칠 동안의 고심과 진통 끝에 태수는 이젠 춘희란 존재가 지워버릴 수 없는 문신처럼 가슴속에 진하게 배어있음을 알았다. 그래서인지 부두에서 춘희를 만나는 순간 태수는 치미는 격정을 이길 수 없어 한달음에 달려가 와락 부둥켜안았다. 춘희도 거부하지 않는다. 그녀 몸에서 풍기는 향긋한 냄새가 벌름거리는 코를 쑤시자 모든 것이 몽롱해졌다. 뿌리치지 않고 같이 안아주는 춘희가 그처럼 반갑고 고마울 수가 없었다. 어인 일인지, 언젠가 결혼하자는 말을 꺼냈다가 보기 좋게 통 메주를 먹었는데 그게 다 겉으로 보인 생색이었던 건가? 아무래도 좋았다. 좋으면서도 멍멍했다. 태수는 팔에 준 힘을 풀었다. 강렬한 두 눈길이 마주쳤다. 밤인데도 그 눈길은 선명한 색채로 무언가를 말하고 있었다. 재차 충동이 일었다. 태수의 두툼한 입술이 춘희의 입술을 덮는다. 처얼썩, 방파제를 치는 밤바다의 파도도 두 사람의 화합을 축복해 주는 것 같았다.

"됐어요. 그만 가요." 잠시 후 춘희가 포옹을 풀며 말했다.

"어딜?"

"따라와요."

하늘엔 벌써 하현달이 떴다. 무수한 별들 사이에 은하수가 긴 다리를 놓고 당장 올라타라고 부른다. 기분이 붕, 뜬 태수는 길게 기지개를 켜며 춘희를 따라 건들건들 걸었다.

모영민은 그때까지 자리에 들지 않고 두 사람을 기다리고 있었다. 들어서는 태수를 이윽히 들여다보는 모영민의 미간에 만족한 미소가 폈다. 아마도 모영민은 춘희보다 정태수를 더 기다린 것 같다. 반갑게 맞아주는 백발 늙은이를 유심히 보던 태수가 흠칫한다. 초면이 아닌 눈에 익은 얼굴이다. 장대한 몸집, 하얀 머리칼, 굵은 이목구비, 미간을 덮은 미소까지 기억에 생생하다. 심장이 뛰었다. 군에서 제대한 후 단 한 번도 생각해보지 않았던 한 가닥 추억이 때를 만난 듯 선명하게 되살아났다. 몸이 떨렸다. 그것은 지금까지 두 번 다시 떠올리고 싶지 않았던 한 토막의 아린 추억이었다.

구 년 전 겨울. '고난의 행군'이 오 년째 계속되던 어느 날, 양강도의 깊은 산 계곡에서 군 훈련에 몰두하던 그때 특수 병종임에도 태수가 속했던 중대에 식량이 떨어졌다.

그해 겨울은 많은 눈이 내렸다. 식량을 보급하려 해도 골짜기를 2미터 이상 메워버린 눈을 치우지 않고서는 자동차가 올라올 수 없었다. 백여 리에 달하는 그 긴 구간의 깊은 눈을 무슨 수로 다 치울지. 유일한 제

설수단이었던 하나밖에 없는 불도저마저 고장으로 눈 속에 처박혀 있는 상황이었다. 후방보급부대에서 특별대책을 세우지 않는 한 백오십여 명의 생명이 속절없이 꺼져갈 최악의 위기였다. 한 개 소대를 후방처에 파견했어도 도보인 만큼 그들이 언제 식량을 지고 도착할지 막연한 기다림이었다.

이틀째 굶은 새벽, 분대장을 위시한 병사 다섯 명이 배고픔을 견디지 못하고 탈영해 꽁꽁 얼어붙은 압록강을 건넜다. 그 속에는 정태수도 끼어 있었다. 굶주린 다섯 명의 '화적떼'는 얼음을 타고 강을 건너자마자 먹을 것을 찾아 사방을 살폈다. 아우성치는 눈보라 속에서 듬성듬성 들어앉은 촌락들이 눈에 들어왔다. 병사들은 차마 곤히 자고 있을 주민가옥을 목표로 목적한 바를 단행할 수 없어 주춤거렸다. 그러던 그들 눈에 간판이 붙은 건물 한 채가 보였다. 서로 엇비슷하게 지은 백여 호의 주민가옥 속이지만 간판 때문에 쉽게 알아보게 된 마을슈퍼였다. 특수훈련을 받은 그들에게 자물쇠가 걸린 슈퍼 문을 따는 것은 일도 아니었다. 가지고 간 배낭들에 과자며 사탕이며 미숫가루, 술병들을 챙겨 넣는 한편 당장 먹을 수 있는 것들을 집어 마구 입에 쓸어 넣었다.

일행이 불룩한 배낭과 어깨에는 쌀 포대까지 하나씩 메고 마을을 벗어날 무렵, 어인 일인지 중국변방군인들이 사면에서 포위하고 조여들었다. 여차하면 불을 뿜을 서슬 푸른 총구 앞에서 별로 힘을 써보지 못하고 다섯 명은 고스란히 잡혀 끌려갔다. 강이 얼면 수시로 침범하는 강 건너 약탈자들 때문에 변방군인들은 초저녁부터 눈구덩이 속에 매복하고 기다렸던 것 같다.

사흘 후, 혜산 교두를 통해 북송되는 군인들 속에는 정태수가 없었다. 말로는 심문 중 탈출했다고 하지만 그의 탈출 과정을 본 군인은 아무도 없다. 닷새 후 양강도 보위부와 군 보위부의 심문 끝에 풀려나 중대로 돌아온 네 명의 군인들은 그만 깜짝 놀랐다. 정태수가 버젓이 중대에 먼저 와 있었다. 그것뿐이 아니다. 중국변방부대에서 수백 킬로의 흰 쌀과 보기에도 군침이 도는 살찐 육류를 눈썰매에 실어 중대에 넘겨 보내기까지 했다. 병사들이 눈을 헤치고 압록강 기슭에 나가 그 쌀을 받아온 덕에 중대는 굶주림에서 해탈될 수 있었다는 얘기다. 정태수는 일약 영웅으로 부상했다. 이상한 것은 같이 간 네 명의 병사들 모두 탈영의 책임에서 벗어나 마치 아무 일도 없었던 듯 본 위치로 돌아갔다는 점이다. 가장 어려울 때 부대의 식량을 해결했다는 이유 때문인지 탈영 사건은 그것으로 막을 내렸고 모든 것이 정상으로 돌아갔다. 하지만 태수는 꼭 꿈을 꾼 것 같은 기분이었다. 그럴만한 일이 있었다.

변방부대에 잡혀 두 번째 호출을 받았을 때 정태수는 취조실이 아닌 바깥에 나갔다. 마당엔 승용차가 대기하고 있었다. 아직 날이 밝지 않아 어디로 가는지 몰랐지만 차는 약 한 시간 정도 달려 어느 지방의 호화로운 주택에 도착했다. 머리 허연 노인이 그를 마중했다. 처음 보는 사람이었다. 첫눈에도 자기를 보는 노인의 얼굴이 매우 환했다. 마치 잃어버렸던 혈육을 맞는 때처럼 격 없이 친절했고 살뜰하기 그지없었다. 대접도 융숭했다. 거실 소파에 마주 앉은 여자 역시 정태수의 눈뿌리를 빼고도 남을 아리따운 미모를 갖고 있었다. 이상하게도 그 여자는 얼굴 반을 가리는 짙은 선글라스를 쓰고 있었다. 얼핏 봐도 정태수와 비슷한 또래로 보였다. 진지한 담화 끝에 식사를 마치고 그 새벽에 침실이라며 지정해 준 방에서 잠자리를 여밀 때 그 여자가 여전히 선글라스를 쓴 채 찻잔이 놓인 차판을 들고 들어왔다. 정태수는 부지불식간 솟구쳐 오른 욕정에 와락 여자를 부둥켜안았다. 그럴 만도 했다. 난생처음 뜨거운 물로 샤워라는 걸 하고 비치된 큰 수건으로 뜨거워진 알몸을 감싼 상태인데 여자는 마치 오랜 지기의 방에 들어오듯 아무 꺼림도 없이 들어섰으니까. 더욱이 이곳은 북한이 아닌 중국이다. 개혁개방 이래 남녀관계가 형편없이 문란해졌다는 강 건너 소문에 국경에 주둔한 북한 병사들은 서로 모여 앉으면 시시덕거렸다.

군 복무 십여 년간 군 당국은 병사들 속에서 일어날 수 있는 이성 관계를 엄격히 금지했다. 그럴수록 이성에 대한 갈망은 더더욱 젊은 군인들을 불태웠다. 왕성한 혈기가 뿜어내는 욕구를 참을 수 없어 취침에 들어가면 이쪽저쪽에서 자위행위가 벌어졌다. 아침에 덮고 자던 모포와 백포를 정돈할 때면 백포에 얼룩진 것을 보란 듯 처들고 "오, 백포에 묻어 말라죽은 불쌍한 내 아들아!" 하고 너스레를 떠는 대원도 있었다. 대체로 제대를 앞둔 대원들이다. 그때 정태수의 나이는 스물네 살, 군 복무 육 년째였다. 어깨가 드러난 민소매 상의에 착 달라붙은 얇은 하의를 걸친 육감적인 여자가 원탁에 찻잔을 내려놓으며 살짝 상체를 숙였을 때 정태수는 그만 헉, 하고 숨을 들이켰다. 깊숙이 파인 하얀 가슴골이 한 번도 이성을 접해보지 못한 젊은 군인의 심장을 송두리째 뽑아 몸 밖으로 내쳤기 때문이다. 그와 함께 이러면 안 된다는 마음속 양심도 이 집에 처음 들어와 환대받는 손님이라는 도덕적 개념도 모두 중천에 날려버렸다. 여자는 의외로 몇 번 거부하다 잠자코 남자가 하는 대로 몸을 맡겼다. 어쩌면 본능대로 대충 반항하는 척했는지도 모른다. 그건 물론 정태수의 판단이다. 일이 끝난 후 전등이 꺼졌음에도 그 얼굴을 보려 선글라스를 벗기려 하자 여자는 강하게 부인했다.

다음날 자정 무렵 잠 못 들고 뒤치락거리는 태수의 방에 그 여자가 또 찾아왔다. 폭신한 침대 위에서 아낌없이 젊은 힘을 쏟으며 정태수는 그때까지 상상으로만 그려보던 황홀한 이성 관계의 세계를 유감없이 경험했다.

다음 날 떠날 때 백발의 노인에게 큰절을 올린 후 백배사례하며 여자를 찾았으나 그 모습을 다시 볼 수 없었다. 노인은 웃으며 인연이면 언제든 다시 만날 날이 있을 거라며 다정하게 어깨를 두드려주었다. 노인의 배웅을 받으며 변방부대에 다시 돌아온 그 밤 정태수는 어둠을 이용해 압록강을 건너 중대로 돌아왔다.

다음 날 중국변방부대로부터 뜻하지 않은 지원물자가 전달됐다. 정태수란 군인이 강을 넘어 눈 속에 파묻힌 변방군인을 살려주어 고맙다는 감사장과 함께 육류와 식량이 도착했을 때 태수는 얼굴이 화끈했어도 중대 지휘관들과 동료 군인들은 감격해 태수를 들어 올렸다. 어이없게도 탈영과 약탈행위는 그렇게 영웅적 행동으로 탈바꿈됐고 누구도 그 책임을 묻지 않았다. 태수는 은혜를 베풀어 준 백발노인이 고마워서 매일 밤 강가에 나와 무언의 인사를 올리곤 했다. 하지만 세월과 더불어 그 일은 점차 태수의 기억에서 사라져갔다. 한데 놀랍게도 그 노인이 지금 눈앞에 서 있다. 정태수는 너무 뜻밖이라 커진 눈만 거불거렸다.

"태수야!"

모영민이 부른다. 어떻게 이 노인이 이름까지 잊지 않고 감격한 목소리로 불러 주시는지……. 춘희가 다가와 껴안다시피 이끌어 소파에 앉혀주었어도 태수는 멍하니 노인만 쳐다보았다.

"난, 널 그동안 한순간도 잊지 않았다. 너무 늦게 찾아온 것 같아 미안하구나."

대체 나와 무슨 관계기에? 번뜩 지금 옆에 있는 춘희가 그때 그 여자가 아닌가, 하는 생각이 들었다. 섬뜩했다. 정말 그렇다면! 여러 가지 화면들이 눈앞을 어지럽혔다. 정태수는 그때 중대로 돌아온 이후 노인과 만났던 일이 영원한 비밀로 덮어지기를 바랐다. 고맙긴 하지만 그 만남은 군인인 자신에게 치명적인 결과를 가져올 수 있었기 때문이다. 수령을 위해 싸우는 혁명 전사가 중국인들과의 이런저런 이성 관계는 절대 용서받지 못할 이적 행위였다. 그 일 이후에도 수년에 걸쳐 육체가 병드는 줄 모르고 가혹한 훈련에 내몰렸었다.

제대 후 고모의 주선으로 영희를 만났고 오 년 만에 헤어졌다. 헤어지게 된 과정도 이 순간만큼은 이상야릇하게 안겨들었다. 알게 모르게 뭔가 자극한 어떤 힘 때문에 이루어진 것 같기도 해 태수는 슬쩍 춘희를 돌아보았다.

"한데 춘희야, 아직 철이에 대해 태수에게 말하지 않았느냐?"

"네, 아직은. 아들이지만 한 번 보여주지도 못했어요. 미안해요."

"대체 지금 무슨 말들을?"

정태수는 벌떡 자리에서 일어났다. 섬뜩한 느낌은 절대 공허한 것이 아니었다.

"앉아라. 모든 걸 다 얘기해 주마, 어서!" 태수는 다시 엉거주춤 자리에 앉았다.

모영민이 하는 말을 정태수는 마치 꿈 이야기처럼 아리송하게 들었다. 믿을 수 없는 이야기지만 그것은 엄연한 진실이었고 태수로선 쉽게 감당하기 힘든 것들이 지금 그의 모든 사유를 실타래처럼 휘감고 있었다.

5

세상일이란 참으로 예측하기 힘든 요지경 속 같다지만 정태수로서는 실제로 앞에 닥친 이 일이 자신에게서 일어난 일이라고 믿을 수 없을 만큼 낯설고 또 황당하기까지 했다.

지금껏 윤송녀는 죽은 태명의 아버지를 아버지라고 태수에게 일러주었다. 형인 태명이도 언제 한 번 너와 난 아버지가 다른 형제라는 말을 한 적이 없다. 물론 태명이도 너무 어렸을 때의 일이라 그러한 사실을 모를 수도 있었다.

백발노인이 친부라며 갑자기 나타났고 군 제대 후 후대를 남길 수 없다는 진단에 절망하던 나머지 이단의 추악한 놀음까지 벌인 지난 일들을 돌이켜 보면 지금의 이 상황이 태수에게는 뜻밖의 행운으로 안겨들 만도 했다. 그러나 행운도 너무 갑작스럽고 감당할 수 없을 만큼 그 크기가 엄청나다면 그것을 받아들이기엔 심각한 번민이 잇따르기 마련이다. 이건 정말 어떤 형태로든 믿을 수 없는 의문의 실타래였고 거짓으로 꾸민 옛말을 들을 때처럼 황당하기만 했다. 하지만 솟구쳐 오르는 감정의 폭발은 어쩔 수 없었다.

태수는 다음날 한달음에 춘희의 집에 달려가 철이를 만났다. 신통히 닮았다. 언젠가 춘희의 집에서 춘옥이가 깜짝 놀라던 일이 떠올랐다. 그녀가 던진 말도 토 한자 틀리지 않고 다시 귀를 두드렸다. "철이가 아저씰 판 박은 듯 닮아서……." 그때 춘옥이가 정말 얼결에 그렇게 말한 걸까? 태수는 머리를 저었다. 모든 것이 다 잘 짜맞춘 한 편의 드라마다. 오로지 본인만 몰랐을 뿐. 그렇지만 제 몸에서 난 아들이 있다는 것만으로도 태수는 기뻤다. 그는 한달음에 어머니를 찾았다. 사연을 들은 윤 씨도 놀라운 사실 앞에 입을 다물 줄 몰랐다. 충격을 받아 벌떡 일어나기까지 한다. 큰아들 태명이가 딸만 둘 뿐이어서 윤 씨의 기쁨은 아마 곱절로 컸을 것이다. 비로소 춘희가 왜 불민한 소문을 꽁무니에 달고 다니면서까지 태수에게 접근했는가를 알자 윤 씨는 그만 소매를 들어 눈가를 씻었다. 또 그 순간 옥님이에게 그 사연을 묻지 않았던 것을 천만다행으로 생각했다. 그러나 모영민이 태수를 중국에 데려가려 한다는 대목에서는 담 았던 환희를 싹 거두고 절레절레 머리를 흔들었다.

"네 생각은 어떠냐? 갈 거냐?"

"어머니도 참, 내가 가긴 어딜 간다고 그럽니까?"

"데리고 간다지 않느냐, 그 사람은 그만한 힘이 있는 사람이다."

"어머니, 전 당에 충성을 맹세한 노동당원입니다. 당원이 당과 조국을 떠나 어딜 갑니까?"

"그 말이 진심이냐? 만약 당 위원회에서 승인한다면 어쩌겠느냐?"

"네? 글쎄요. 그럼 당연히 가야겠지요. 당원이면 당 조직의 결정에 순응 해야지요."

"이런, 밸 빠진 녀석. 가라면 가고 오라면 오고? 어쩌면 제 아빌 그리도 쏙 빼닮았을까."

"예에?" 아마도 윤 씨는 그 순간 박지언에게 굽어든 모영민의 모습을 떠올렸던 것 같다.

"아니, 아니다. 그냥 해본 소리다, 참."

"어이구, 내라면 얼러덩 가겠구만." 곁에서 듣던 형 태명이가 한마디 했다.

"뭐라? 넌 지금 동생을 부추기는 거냐?"

"어머이, 그만 좀 합서. 지금이 어느 땐데 충성 타령임까? 야 태수야, 내 귀가 다 간지럽다. 참, 어머이 우리도 허리 펴고 배 좀 두드리며 삽시다. 그깟 충성심이 밥 먹여 주?"

"그만해라." 윤 씨가 돌아앉는다.

"맞스꾸마. 배급두 없는 세월에 삼춘두 고생고생하며 살았재오. 근데 지끔 넝쿨채 복이 떨어졌는데 그걸 왜 집어 던짐까? 어마이두 고쳐 생각합서. 중국에 가서 살문 좋지비. 거긴 가이 새끼두 이밥 먹는다쟴까, 남들은 가지 못해 안달인데 들어온 복을 왜 참두? 하늘이 내린 복두 모르구, 안 그렇슴두?" 먼 회령에서 시집온 형수까지 기막히다는 듯 쯧쯧 혀를 찬다.

"그 입 닥치지 못하겠니? 넌 네게 떨어질 떡고물만 생각하냐? 너들이 알면 뭘 안다구……."

윤 씨는 그러며 휭, 일어나 밖으로 나간다.

"이구, 어마이두 참. 근데 홰(화라는 말-함북방언)는 왜 낸다우? 하긴 늙은 이 옹고집은 염라대왕도 못 꺾습지."

태수는 얼른 일어나 밖으로 나왔다. 형네 집은 바다를 지척에 둔 해안 마을이다. 윤 씨는 둘째가 따라오는 것을 알면서도 모른 척 바다 기슭을 내처 걸었다. 태수도 당장은 할 말이 없어 묵묵히 따라 걸었다. 윤 씨가 먼저 입을 열었다.

"춘희는 어떠냐?"

"예에?"

"네가 안 간다면 애 어미는 남겠다고 하더냐?"

"아니요. 철이를 데리고 그냥 갈 것 같습니다."

"무슨 말이냐? 가도 아들이야 두고 가야지."

"잠시 조선말 배우러 나왔을 뿐이랍니다. 내가 무슨 자격으로 아들을 떼놓고 가라 합니까?"

"이런 팔부 녀석. 그게 어미 앞에서 하는 말 본때냐?"

"예?"

"걘 네 핏줄이라며? 그게 자격이지 무슨 자격이 더 필요하냐?"

"어머닌 혹시, 어떤 반감이나 증오 때문에 이럽니까?"

"무슨 소리냐?"

"저도 어제 춘희에게 들었습니다. 그래도 이젠 현실을 받아들여야지요. 이미 지나간 일인데……."

"지금 무슨 말을 하고 싶은 게냐. 기어코 춘희를 따라 중국에 가겠다는 거냐?"

"그리된다면 그래야겠지요. 저도 생각 많이 했습니다. 아무래도 이곳엔 제가 설 자리가 없는 것 같습니다." 언젠가 영성이란 젊은 노동자한테서 들은 말을 태수는 따라 했다.

"그건 또 무슨 말이냐?"

"아까는 형과 형수 앞이라 어쩔 수 없이 그랬지만 뒷일을 생각해 보니 아찔합니다."

"뒷일이라니?"

"아까도 말씀드렸지만 군대 때 저지른 일이 있어 살던 여자를 매정하게 쫓았다는 말이 돌 게 아닙니까? 군 복무 중 탈영한 것도 모자라 중국까지 건너가 애까지 만들었다는 소문까지 겹치면 어머니, 제 얼굴이 철판입니까?"

"소문이란 건 순간이다. 사내 녀석이 배짱도 없이, 이 세월에 그깟 걸 가지고 무슨……."

"어머닌 왜 남의 말을 하듯. 어젯밤 많이 생각해 봤습니다. 어미 없이 철이 또한 내가 이 땅에서 제 엄마처럼 잘 먹이고 잘 키워낼 수 있겠습니까? 도무지 답이……. 그러니 만나자 헤어져야 한다는 말, 전 받아들일 수 없습니다."

"그럼 나는 아들과 헤어져도 괜찮다는 거냐? 내가 널 어떻게 낳고 어떻게 키웠는데……."

"예에? 저, 그건……."

"모진 인간. 씨만 박아놓고 나이 서른이 넘도록 돌아보지도 않던 인간이 감히 아버지라고 나서? 기가 막혀서 원."

"어머니도 같이 가시면 되잖습니까? 연세도 많으신 아버질 내치시렵니까?"

"이런 답답한 녀석. 그 영감쟁이는 너만 필요한 거지 나 같은 건 벌써 버렸다. 가을 뻐꾸기 같은 소리 좀 작작해라."

정말 그럴까? 어젯밤 미처 물어보지 못했다. 당연히 어머니도 모셔갈 줄 알았다.

"아닙니다. 아버진 그런 말 한 적 없어요. 설마……."

"뭐 아버지? 너 그 영감탱일 언제 봤다고 벌써 아버지냐? 어이구 이래서 자식은 키워봤자 아무 소용도 없는 게야."

"어머니!"

해변의 넓적한 바위에 엉덩이를 붙인 윤 씨는 출렁이는 바다를 망연한 눈빛으로 바라보았다. 아들의 말처럼 설사 모영민이 함께 가자 해도 가고 싶은 생각은 없다. 정말이지 이젠 모영민의 그 얼굴마저 낯설어 마주볼 자신이 없었다. 그렇지만 아들은 보내야 한다고 고쳐 생각했다. 아들의 말처럼 하나뿐인 손자를 이곳에서 잘 키워낼 수 없음을 윤 씨도 잘 안다. 똑똑하고 얼굴 넓은 어미를 내치고 청승맞게 철부지 아들과 함께 홀아비 노릇을 하는 아들의 꼴을 볼 자신도 없었다. 그런 곬으로 결심은 섰어도 가슴은 여전히 답답했다. 하늘이 빙빙 돌았다.

모영민, 참으로 모진 인간이다. 말년에 와서까지 이렇듯 잊었던 쓰린 과거에 자신을 처박게 만들다니, 남정네란 대체 무엇인지, 평생을 공들여 키워놓은 아들을 순간에 빼앗기게 된 이 모진 운명은 또 뭔지. 분했지만 아들의 장래를 위해서는 순응할 수밖에 없는 현실이 미웠다.

지금은 사람이 사람으로 사는 데 필요한 모든 것들이 자취 없이 사라진 삭막한 세월이다. 맏이나 며느리 말처럼 지금이 대체 어느 땐가? 지금껏 지켜온 삶의 방식과 세련시켜 온 모든 덕목이나 규칙들은 한갓 길가에 버려진 쓰레기처럼 아무 쓸모가 없다. 그것 자체가 생을 위협하는 걸림돌에 불과하다. 지금껏 지켜 온 것들을 미련 없이 버리고 새롭게 삶을 바꿔야만 사람다운 삶을 살 수 있다는 것을 윤 씨도 안다. 어쩌면 윤 씨는 모영민에 대한 실망과 환멸 속에서 아직 자신을 건져내지 못하고 내내 그 안에서 허덕였던 것 같다.

태수의 모습이 다행한 일로 여겨졌다. 며느리인 영희가 떠나갈 때만 해도 윤 씨는 세상이 통짜로 무너지는 것 같았다. 그러나 고쳐 생각해 보면 그건 그렇게 돼야 순리라고 생각했다.

여자라는 이유로 응석받이처럼 집구석 재산으로 생을 연장하기엔 세월이 너무 각박하고 험악했다. 모든 것이 아귀에 물린 것처럼 진행되던 생활방식을 바꾸지 않는다면 갈 곳은 벌써 정해져 있는 암담한 세월이었다. 윤 씨는 영희가 애들을 데리고 떠난 것이 어쩌면 아직은 죽지 않을 운이어서 살 곳을 찾아 자연히 옮겨간 것으로 믿고 싶었다.

아들인 태수도 그렇다. 지나온 세월의 연륜을 들춰 보면 또 그 앞을 봐도 이젠 모든 것이 틀렸다. 먹을 것이 사라진 세상에서 사람의 가진 재능이나 능력, 그리고 충심을 위주로 한 마음가짐이 다 무슨 소용이던가, 삭막한 현장에서 능력껏 살아났다면 그건 또 다른 인간의 죽음을 딛고 목숨을 건진 것뿐이었다. 윤 씨는 그렇게밖에 생각할 수 없었다.

'고난의 행군'으로부터 시작되고 지금까지 연장된 굶주림은 세월을 따라 더더욱 그 곬이 깊어만 간다. 모든 것이 고갈됐고 원천은 말랐다. 새로운 체제가 필요해도 국가의 기틀은 변할 줄 모르고 더 견고해져만 갔다. 변화가 없는 굶주림 속에서 새로운 계층이 생겨났다. 그건 다름 아닌 부자와 가난한 사람이다. 추세에 맞게 뭔가를 바꾼 사람들은 바꾸지 않은 사람들을 이용해 돈을 모았고 새 터전을 만들기에 여념이 없다. 두려운 것은 그렇게 퍼져가는 자신만의 터전이 두 아들에게는 없다는 것이다. 살아갈 수 있는 터전을 만들자면 두 아들도 바뀌어야만 했다. 태수처럼 가슴에 품은 노동당원증에 연연해서는 아무것도 바꿀 수 없었다. 아들은 지금 일고의 주저도 없이 목숨처럼 여기던 당원증을 버리려 한다.

윤 씨는 아들이 대견했다. 모영민처럼 평생을 추구한 노선과 사상의 노예가 아닌 가족을 첫 자리에 놓는 사람. 다시 말해 처한 환경을 박차고 처자를 위해 살겠다는 아들이 윤 씨는 다행으로 생각되었다. 다만 모영민에 대한 고까운 생각으로 잠깐 엇나가는 행동을 했을 뿐이었다.

윤 씨는 넓은 바다를 바라보았다. 무원한 바다와 달리 바위들로 들쑥날쑥 굴곡진 기슭엔 늦가을의 찬 날씨에도 아랑곳없이 요즘 성황리에 거래되는 성게를 건지기 위해 모여든 사람들로 북적거렸다. 저렇게 해종일 떡, 떡 이빨을 쪼며 자맥질해봐야 쌀 한 되나 얻는 것으로 만족한다. 한 끼를 먹고 다음 끼니를 얻기 위해 동분서주해야만 하는 고달픈 삶이 언제까지 이 땅을 지배하게 될지, 지금으로선 앞이 보이지 않는다. 바다가 땅이 되고 땅이 바다가 되는 거대한 천재지변이 일기 전엔 어떤 것도 점쳐 볼 수 없는 암담한 현실이다.

윤 씨는 가슴이 시원해졌다. 아마도 사람은 현존보다 나은 삶이 앞에 놓일 때만큼 기쁠 때는 없는 것 같다. 마치 절해고도에 갇혀 절망하다 한 가닥 희망의 빛을 본 기분이었다. 맏이의 집으로 걷는 윤 씨의 걸음이 가벼웠다. 태수는 잠깐 사이에 바뀐 어머니의 모습이 의아해 입을 하, 벌린 채 어물어물 뒤따랐다.

6

같은 시각, 계곡의 귀틀집에서는 바다 기슭과는 전혀 다른 일이 벌어지고 있었다. 어쩌면 그건 화합할 수 없는 격돌의 부딪침 같다. 옥남이의 앞에 무릎 꿇고 앉은 홍범은 마치 굳어진 바위 같았다. 망연한 눈길로 홍범을 바라보던 옥남이는 힘없이 눈을 감으며 머리 위로 올렸던 수건을 내렸다. 춘희도 매우 당황한 표정이다.

"오빠, 그러지 말고 어서 일어나요."

"싫소. 난 어머니가 승낙하지 않으면 이대로 죽고 말겠소."

"대체 왜? 애초에 한 약속 잊었어요?"

"무슨 약속?"

홍범의 얼굴이 번쩍 들린다. 눈엔 철철 열기가 흐른다. 전에 볼 수 없던 강렬한 표정이다.

"솔직히 우리가 부부가 되지 못할 이유가 뭐요? 남매? 피 한 방울 섞이지 않았잖소?"

춘희의 입이 반쯤 벌어졌다. 이렇게까지 나올 줄은 미처 생각하지 못한 것 같다.

"마을 사람들은 철이를 내 아들로 생각한단 말요. 춘희와 날 다 부부로 생각하는데 갱장이란 사람이 왜 갑자기 철이의 아비가 되고 남편이 돼야 하오? 이러자고 그자와 밤낮 맞붙어 돌아갔소? 춘옥이를 집에 들인 것도 그런 이유였소? 어디 말해 보오."

"오빠, 육 년 전 우리 약속했잖아요. 겉으로만 부부가 되자고. 그때 오빠도 승인하고선."

"그랬지만 난 그간 당신을 동생으로 생각한 적이 단 한 번도 없소. 마음은 항상 당신과 부부였단 말이요."

"그만하고 내 말 들어요. 오늘을 위해 모든 걸 숨기고 여태 살았는데, 지금 중국에서 오빠의 친아버지가 오빨 기다리고 있어요."

"뭐 친아부지?" 홍범이가 번쩍, 숙였던 머리를 든다.

"그럼 날 중국에 데려간단 뜻이요?"

"그래요."

"내가 아부지 때문에 숨도 못 쉬고 살았는데 지금 날 보고 반역자가 되라는 거요?"

"반역이 아니라 떠나는 거예요."

"그게 그 말이지. 아부진 남조선 사람이오. 사상이 다르고 위대한 당의 존엄에 해가 되면 설사 아부지라 해도 맞서 싸워야 한다고 난 배웠소. 그런데 그런 아부지가 부른다 해서 내가 중국에 가야 하오? 하늘이 두 쪽 나도 그건 안 되지 정신 좀 차리오. 대체 뭐가 부족해서 이러오. 왜 잘 살다가 갑자기 역적이 되자는 거요?"

춘희는 기가 막혔다. 비로소 지나온 발자취가 못 견딜 후회로 가슴을 쳤다. 천륜이기에 친부가 찾는다면 쉽게 응할 줄 알았다.

"오빠, 왜 이러오. 지금 아버지가 아들을 찾아요. 무슨 말인지 모르겠소?"

"아버지? 그 인간은 사람도 아니오. 야수고 독벌레요. 알겠소?"

"그건 무슨 말인가? 어찌 자식이 아비에게 그런 악담을. 내 너를 지금
껏 그리 키우지 않았는데 언제부터 이런 무지막지한 사람이 됐느냐, 엉?"

돌아앉았던 옥님이가 얼굴을 가린 수건을 다시 들치고 사정없이 홍범
을 질책했다.

"어머니, 어머니까지 왜 이럽니까? 어머니 얼굴을 누가 그렇게 만들었는
지 알면서 왜 이럽니까, 예?"

"너, 그 입 닥치지 못해."

"왜, 왜, 닥칩니까? 이젠 춘희도 알아야지. 제 엄마의 얼굴을 짓이긴 악
당을 딸로 생겨 평생 모르고 산다는 게 말이 됩니까?"

"그만해, 더 이상을 말하면 세상이 너를 능지처참할 거다. 알겠느냐?"

춘희는 저도 모르게 벌떡 일어섰다. 대체 이게 무슨? 뭔가 탕, 하고 뒤
통수를 후려친다. 다리가 휘청거렸다. 방이 통째로 한 바퀴 핑그르르 돌
았다.

"그게 무슨 말이오. 누가 누구의 얼굴을 짓이겼다는 거요, 응?"

눈에서는 황황 불길이 일었다. 한 걸음 다가간 춘희는 홍범의 멱살을
움켜쥐었다. 홍범은 숨이 막혔다. 뿌리치려 해도 그럴 용기마저 어디론가
사라진 것 같다.

"말하겠소. 바로 강성대요. 내 아부지 강성대가 그랬단 말이요. 으흐흐,
엄마아······."

홍범의 멱살을 잡았던 손힘이 순식간에 빠진다. 춘희는 풀썩 주저앉

아 엄마를 쳐다보았다. 수건을 내려쓴 엄만 아무 말도 없이 일어나 밖으로 나간다. 세상에 어찌 이런 일이? 그러고도 아닌 보살 시치미를 떼고 엄마와 같이 살았단 건가? 왜? 박순민에게서 여자를 빼앗기 위해서? 그래야만 맘에 둔 여자를 차지할 수가 있어서? 엄마는 그런 것도 모르고 평생 그 남자를 가슴에 묻고 사모했단 말인가? 어떻게 그럴 수가? 춘희도 밖으로 나왔다. 옥님이는 마당 귀퉁이에 강성대가 심어놓고 간 대추나무 앞에 서 있었다. 대추 열매 하나를 입에 넣고 우물우물 씹는다. 익지 못하고 떨어져도 이맘때면 텁텁은 해도 제법 단맛을 주는 열매다.

"어머니, 진실을 말해 줘요. 네?"

"방금 다 들었잖냐. 뭘 더 말하라는 거냐?"

"너무 놀라워서요. 이게 말이 돼요? 그렇게 만들어 놓고 지금 엄마를 찾아요? 왜요, 미안해서? 아니면 죄를 덜기 위해서요? 말 좀 해봐요, 예에?"

춘희가 맨땅에 주저앉는다. 철석같던 믿음이 허물어졌을 때만큼 처참한 것도 없다. 지금껏 강성대를 아버지로 모셨고 진심으로 존경했다. 그런 사악한 행적을 알았다면 그런 일은 없었을 것이다. 지금껏 얼마나 찾았던가, 어머니의 생을 송두리째 빼앗은 그 사악한 자를 반드시 찾아 가차 없이 응징하고 싶어 무술을 익혔고 이 땅에 다시 나왔다.

"제발, 그, 그만해라."

옥님이도 땅에 주저앉으며 얼굴을 감싼다. 안타깝게 뭐라 말해도 춘희에겐 아무것도 들리지 않았다. 슬픔, 분노, 절망, 비참함 그 모든 것이 어우러져 작은 가슴을 마구 난도질했다.

"춘희야, 그만 일어나거라. 눈에 뵈는 것만으로 사람을 평하고 미워하면 안 된다."

슬픔을 거두고 일어선 옥님이의 말은 단호했다.

"지금 무슨 말을? 세상에 이보다 더한 패악이 어디 있단 말이에요. 어머닌 또 어떤 말로 날 설복하려는 거예요, 예에?"

"그만하래도. 사연을 알면 그리 격할 일도 아니다."

"뭐라고요?"

"누가 하든 내 얼굴은 이리 망가질 수밖에 없었다. 가까이해선 안 될 사람을 마음에 두었으니, 강수는 그 사람이 대신 부었을 뿐이다. 안 부었다면 난 또 다른 손에 목숨을 잃었을 거다. 그 사람도 죽었을 테고……."

"엄마!"

"너도 이젠 똑바로 알아라. 이제 숨길 게 뭐가 있겠니."

지난 과거를 말하는 옥님이의 억양은 담담했다. 그런 일 때문에 한을 품고 젊은 몸을 함부로 나대지 말라는 엄한 제지를 담은 말이기도 했다. 듣는 내내 서늘했다.

옥님이 얼굴을 짓이기라는 박지언의 지시를 받은 젊은 장덕수는 언짢았다. 차라리 죽이라면 선뜻 응했을지 모른다. 어떤 일에서나 후환을 남기면 그 불똥이 어느 날 반드시 제 곬으로 도로 찾아온다는 것이 장덕수의 좌우명이었다. 그렇다고 박지언의 눈 밖에 나는 건 더더욱 싫었다. 그래서 강성대를 찾았다. 얼굴을 망가뜨리지 않으면 대신 목숨을 내

놓아야 한다며 날 선 칼을 빼 들었을 때 강성대는 흠칫했다. 강성대도 이 땅에 정착해 살며 권력을 가진 자들의 포악성과 사악함을 누구보다 잘 알고 있었다. 어느 때든 잡아 죽여 바다에 처넣어 흔적을 없애면 연줄도 없는 자기 같은 건 벌레 한 마리 없어진 것과 같은 일이었다. 그러나 그것쯤은 극복할 수도 있었다. 어느 날부터 문득 가슴에 파고든 젊고 예쁜 여자의 죽음을 못 본 척 방관할 수 없었다. 옥님이처럼 심신이 맑고 예쁜 여자가 왜 죽어야 하는지, 그러나 지켜본 결과는 그렇지 않다. 강성대가 거절한다고 재앙을 면할 여자가 아니었다. 남의 손이 옥님이를 해할 수도 있다는 결론에 이르자 성대는 주저하지 않았다. 살려야 했다. 그래서 제 손으로 했다.

상처가 아문 이후 귀틀집에 와 살며 수차례에 걸쳐 옥님이에게 전후 사연을 말하고 용서를 빌었다. 옥님이도 처음엔 치를 떨었다. 받아들일 수 있는 일이 아니었다. 그래서 바다에 뛰어들었다. 그러나 죽지도 못했다. 그렇게 죽으면 내가 저지른 죗값은 대체 누구에게 보상하냐며 강성대는 옥님이를 붙안고 통곡했다. 세월과 함께 옥님이도 차츰 주어진 운명에 순응했다. 강성대의 눈물겨운 사랑에 동화됐다고 할까, 그 남자의 사랑은 진정 헌신이었고 희생이었다. 그렇지만 어린 홍범은 엄마의 얼굴을 그렇게 만든 아버지의 행위를 이해할 수 없었다. 이후 크면서 얼마나 아버지를 원망했는지 모른다.

"나는 그 사람을 미워하지 않아. 사악한 마음이 만든 상처가 아니니, 한때 원망도 했지. 다른 사람의 손에 불행한 여인의 생명을 떠맡기기 싫어서 한 행동이라지만 그 깊이를 이해하기까지 나는 많은 진통을 겪어야 했다. 그 진통을 이겨낸 후에야 난 그 사람을 내 사람으로 받아들였다. 춘희야, 네 마음으로는 이해하기 힘들 줄 안다. 그래서 말을 안 해준 것뿐이고……."

춘희의 머릿속에 거센 폭풍이 회오리쳤다. 충격은 좀처럼 수그러들지 않았다.

"오만가지 일 중에서 금싸라기처럼 가려낼 것이 있다면 그게 사람의 마음씨가 아니더냐. 견디지 못할 시련과 가슴 찢는 아픔 그리고 슬픔, 그런 것들을 후환 없이 뒤로 밀어내는 것이 바로 사람을 귀하게 여기는 마음이 아니겠니? 이깟 얼굴 뜯긴 게 뭐가 대수냐? 내게 그 사람은 그렇게 와 닿은 사람이다. 춘희야!"

"엄마!"

옥님의 말속엔 분명 무시 못 할 힘이 있었다. 그건 떠나간 사람의 체취와 냄새를 쫓아 평생을 미움 없이 살아온 사람만이 지닐 수 있는 힘이었다.

왜 중국에 가야 하는지, 그곳에서 무엇을 해야 하는지, 홍범이며 춘희며 철이며 태수에 이르기까지 어젯밤 딸인 춘희에게 전해 들으며 옥님인 한없이 가슴을 울렁였고 또 울었다. 이제 바뀔 새 삶에 대한 미련 때문이 아니었다. 평생을 가슴에 품고 살아온 그 사람, 남편을 만나 남은 생을 보낼 수 있다는 부푼 희망에 그런 것도 아니다. 강성대, 그 사람이 수십 년이 지난 지금까지 함께 떠나지 못한 여인을 잊지 않고 찾는다는 단 하나의 사실, 옥님에게는 그것이 시궁창 속에서도 빛을 잃지 않는 보석이었고 천만금에 비할 수 없는 소중한 정이었다.

옥님의 말이 끝나도 춘희는 슬피 울었다. 비로소 어머니의 속마음이 가슴에 와 닿았던가? 엄마의 뜯긴 얼굴을 볼 그때마다 어금니를 악물던 딸이었다. 그때마다 엄마는 "그만해라. 사람이 사람을 미워하는 건 아무리 정당하다 해도 절대 바람직한 게 아니란다."하고 말했다. 그때는 이해되지 않았다. 이해할 수도 없었다. 그러나 지금은 그 모든 것이 이해된다. 줄을 타고 시작점에 가보면 결국, 엄마의 수난은 바로 친조부로부터 시작된 일이었다. 누구를 탓하고 누구를 작살낸다는 것인가. 춘희는 울음을 그치고 얼굴을 들었다.

홍범은 그냥 바닥에 엎드려 울고 있었다. 무엇이 저렇듯 큰 슬픔을 그에게 준 것인지, 춘희는 이제 그것도 이해할 수 있을 것 같았다. 춘희는 정중히 홍범이 앞에 무릎을 꿇었다.

"오빠!"

눈물범벅인 홍범의 얼굴이 들렸다. 대성통곡의 흔적인 양 눈 주위가 퉁퉁 부었다.

"미안해요. 오빠를 이용해 할 일을 다 하면서도 오빠의 마음속 상처에 대해서는 전혀 생각하지 못했어요. 용서해요, 오빠!"

"어, 어엉. 어어, 알아, 안다구. 으으, 나두 미안해."

가슴이 터질 것 같다. 대체 무슨 일을 저질렀는지, 이 사회에 길들 대로 길든 홍범이만 탓할 일도 아니었다. 모영민의 말이라면 흙으로 메주를 쓴다 해도 무조건 믿고 따르던 숙명적인 나날들이 눈앞을 스쳤다. 춘희는 모영민의 철저한 훈육 속에서 성장했다. 일명 사육을 당했다 해도 틀린 말이 아니다. 춘희에게 있어 모영민의 말은 곧 법이었고 어길 수 없는 이정 표였다. 그러나 철이를 낳은 후 춘희도 달라졌다. 엄마라는 호칭이 사유 자체를 바꾸었다고 해야 할지, 애 아빠와 엄마를 찾겠다는 춘희의 요구 에 모영민은 고개를 끄떡였고 그가 터주는 길을 따라 이 땅에 나왔다.

홍범은 지금, 엄마가 되기 전 춘희와 똑같은 길을 걷고 있다. 모영민이 친 울타리 안에서 인형으로 산 춘희처럼 홍범은 노동당이라는 울타리 안 에서 인형처럼 살았고 지금도 산다. 이제 아버지를 만나 새로운 세계에서 새롭게 태어날 수도 있으련만 홍범은 부득부득 그것을 부인한다. 창의 가 아닌 의존의 삶에 전염된 불쌍한 사람, 춘희는 그것이 안타까웠다.

그러나 인간의 의식은 어떤 환경에서도 변하기 마련이다. 곬을 따라 흐 르는 물의 종착지는 바다가 아니던가! 드넓은 바다는 지배의 세계가 아 니다. 무한의 세계로 가는 도도한 흐름을 막을 힘은 세상 어디에도 없다. 그것은 진리였고 만물의 법칙이었다.

7

박철진도 아버지에게 지나온 과거에 대한 구체적인 내용을 들었고 어 업관리권이 당 기관이 아닌 국가안전보위부로 넘어갔다는 것도 알았다.

관리권 문제는 아버지에게서 들은 건 아니지만 그것이 아버지에게 미치는 치명적 결과에 대해서도 민감하게 포착했다. 철진은 고민 끝에 할아버지인 박지언에게 전화로 전후 사연을 알렸다. 벌어진 상황에 대응할 답은 있어도 혼자서는 아무것도 할 수 없었기 때문이다.

장덕수는 모영민과 오래전부터 거래를 해왔고 반면 아버지는 모영민의 가슴에 못을 박았다. 모영민은 파견지인 이 땅에서 어쩔 수 없이 박지언에게 말려들어 그의 수족 노릇은 했어도 지금은 그 모든 것을 되돌려 줄 위치에 있었다.

젊었을 당시 아버지가 버린 여자가 바로 춘희의 친모이고, 태수의 어머니인 윤송녀가 한때 모영민을 섬기던 여자이며, 태수가 바로 모영민의 친아들이라는 사실에 박철진은 소스라치게 놀랐다. 거대 외화벌이 조직의 전주로 누구도 무시 못 할 돈줄을 쥐고 있는 최춘희가 왜 한낱 갱장에 불과한 태수와 붙어 돌아갔는가에 대한 답도 선명하게 드러났다.

문득 군 복무 때 무단탈영으로 국경을 넘어 갔다 온 태수를 부대에서 영웅으로 떠받들던 일이 떠올랐다. 반역으로 군사재판을 받고 사형을 당해도 할 말이 없던 일이 되레 추앙을 받던 것이 늘 의문스러웠다.

춘희의 아들인 철이의 나이를 계산해 봐도 모든 일은 그때 이루어진 것이었다. 애 아빠를 찾기 위해 신분을 위장하고 이 땅에 잠입한 춘희야말로 당장 체포해야 할 위험인물이지만 경악할 일은 춘희는 자신과 피를 나눈 남매라는 사실이다. 그건 그의 현존지위마저 흔드는 치명타였다. 그것이 박지언에게 전화한 두 번째 이유다.

다음날 박지언이 중동에 내려온다는 아들의 말에 박상도는 펄쩍 뛰며 난감한 표정을 지었다. 의아했지만 이내 의문이 풀렸다.

저녁에 도착한 박지언은 구들에 앉기 무섭게 박상도를 몰아세웠다.

"온전치 못한 놈. 작업반 비서감도 안 되는 놈을 광산 비서 자리까지 올려놨건만 아직도 꽁무니에서 어정어정, 넌 왜 평생 그 모양 그 꼴이냐? 술상이나 내와."

팔순이 넘어도 박지언은 아직 펄펄하다. 머리카락이 성글지만 염색하고 기름까지 찰찰 발라 넘겼다. 반백인 아들과 바꿔 보일 만큼 주름마저 성글다.

그와 달리 박상도는 깊은 주름과 요즘 심한 스트레스에 시달려선지 피부도 시커멓다.

"자식, 꼴이란. 이놈아, 넌 직위를 가진 자의 외모도 위엄이라는 걸 몰라?"

술 한 잔을 삼킨 박지언이 눈을 치뜨고 풀떡거린다. 박상도는 틀림없이 고양이 앞의 쥐다.

"아버질 너무 몰아세우지 마십시오. 약해 보여도 모영민이란 거물과 맞설 땐 감탄이 절로……."

철진이 아버지를 몰아세우는 할아버지를 말렸다.

"거물? 누가? 모영민 걔가?"

"예."

"거물 좋아하고 자빠졌군. 이놈아, 네놈도 애비 심성을 닮았더냐?"

"할아버지도 참, 부전자전이라지 않습니까?"

"이런 망할 녀석 같으니, 권력을 가진 자가 쳐 죽일 놈을 거물로 봐? 발바닥으로 봐도 모자랄 판에, 그게 뱃심 아니냐?"

"그렇긴 해도 그가 모든 걸 쥐락펴락하니 어쩔 수 없잖습니까?" 박상도의 힘 빠진 말이다.

"뭐라? 쥐락펴락? 그게 눈에 시면 못하게 해야지. 똥 되놈 따위가 어디 와서 너덜대. 애 철진아, 너 내가 말한 거 다 했냐?"

"예? 아, 자료는 벌써 준비했습니다만……."

"말해 봐라." 철진이 아비의 눈치를 보자 박지언이 눈을 굴렸다.

"괜찮다. 네 애비도 알아야지 말해라, 쭉."

"알겠습니다."

서재엔 갑자기 무거운 침묵이 흘렀다. 수사 수첩을 꺼내 하나하나 적어둔 것을 읽자 박상도가 놀라며 묻는다.

"중동 탄광의 정태수가 모영민의 아들? 그럴 수가?"

"윤송녀란 그년은 지금 어데 사느냐?" 박지언이 아들의 말을 무시하며 물었다.

"네, 탄광 마을에 사는데 얼마 전에 성진 시내 맏아들 집에 갔다고 들었습니다."

"그러니까 춘희가 남편을 찾아 데려가기 위해 위장으로 조선에 나왔다, 이런 거냐?"

"네. 그리고 강홍범이란 자와 거짓 결혼까지 했습니다."

"뭐라? 강흥범? 가만있자 그놈은 강성대의 아들 아니냐?"

"맞습니다."

"추접스런 일들이 줄에 꿴 구슬처럼 맞물렸군. 알 만하다. 그게 다 장덕수가 주관한 거겠지?"

"그렇습니다. 할아버지, 어떻게 하시겠습니까? 그냥 물러앉아 있을 수만은……."

"네가 생각한 건 뭐냐?"

"장덕수만 없다면 줄에 꿰인 놈들 다 잡아넣을 수 있습니다. 중국으로의 탈출은 결국 남조선으로의 탈출일 겁니다. 증거도 있습니다."

"남조선? 그건 완전 반역인데. 흥, 잘들 놀고 자빠졌군. 술이나 부어."

박지언이 빈 잔을 내밀자 철진은 얼른 술을 따랐다. 그걸 단숨에 마셔 버린 박지언은 풀린 눈으로 물끄러미 손자를 바라본다.

"그러니까 넌 장덕수를 죽여 버리자 이런 거냐?"

"예. 그럴 수만 있다면 얼마나 좋겠습니까?"

"녀석, 우둔하기란……."

"왜요? 당이 주도하는 프롤레타리아 독재가 건재하다면 왜 못합니까?"

"이놈아, 지금은 노동당도 모든 면에서 한발 물러서는 때야. 당에 금전적 이익을 주는 일에 대해선 조금 여유를 두거든. 장덕수는 이런 기회에 주머니를 불려보자는 게고. 너처럼 원칙 하나만 가지고 함부로 나대다간 어느 구석에서 주검이 될지 몰라."

"그렇긴 합니다만……."

"죽여도 다 때가 있는 거지. 그리고 노련한 수장은 말이지 손에 직접 피를 묻히지 않아."

"그럼?"

"내가 해볼 테니까, 너와 네 애비는 중앙당 조직지도부에 올릴 제의서나 한 통 작성해라."

"제의서요?"

"그래. 돈이 되는 양국 어업합작 때문에 당장은 몰라도 언젠간 칼이 돼 숨통에 박힐 거다."

"듣고 보니 그렇군요."

"정신 바짝 차려라. 이건 가문을 지키는 전쟁이다. 지면 쪽박 찰 거고, 이겨야 하지, 알겠냐?"

박지언이 또 한 잔을 비우고 빈 잔을 탕, 소리가 나게 상에 놓으며 아들을 쏘아본다.

"네, 알겠습니다. 싸움은 자신 없어도 아버지가 힘을 보태 준다면 따르겠습니다."

"근데 다리는 왜 떠느냐?"

"예에?"

"물러 터진 놈. 이놈아, 거슬러 올라가 보면 이 일의 원초가 다 네 놈 때문이 아니더냐?"

"그렇습니다만 끝이 너무 커서, 그냥 이대로 살면 안 됩니까? 아버지가 계시는데 설마 굶어 죽기야 하겠습니까?"

"네가 애냐? 아직도 업혀 가게? 이놈아, 권력은 쓰라고 있는 게야. 인생을 살 만큼 산 네 놈에게 아직도 내가 이런 말까지 해야겠어? 힘을 쥐면 뭐해. 제 아들놈마저 막장에 들여보내는 천하의 머저리 같은 놈. 그런다고 당에서 널 원칙 있고 당성 있는 자로 평가할 것 같으냐? 뒤에서 비웃는 것도 모르고."

"그건 저, 사실 철용인 아직 준비가……."

"준비는 무슨 얼어 죽을. 이 나라 어느 대기업 당비서가 제 아들놈을 막노동 시킨다더냐? 지금 네 놈이 하는 짓은 7, 80년대나 할 짓거리야. 21세기도 십 년이나 지난 때에, 내 어이가 없어서. 네 놈은 제대한 간부 집 자식들이 실력이고 뭐고 왜 무작정 명문대에 가지 못해 지랄하는지 아느냐? 다 그 졸업장 때문이야. 하여튼 너 같은 팔푼이는 이 땅 어디에도 없을 거다."

"저도 일 년 후엔 보내려고 했습니다."

"일 년? 네 직위가 박탈된 다음에? 지금 잠꼬대를 하냐? 손에 풀기가 있을 때 해야지. 네가 퇴직하면 누가 널 돌아보기라도 할 것 같으냐? 아직도 자다 깬 놈처럼 뗑해 갖고, 으흠 흠흠."

박상도가 힐끗 출입문 쪽을 본다. 이 자리에 철용이가 없으니 망정이지 저 소릴 들었다간 아비고 뭐고 아예 콩가루로 만들겠다고 덤빌지도 모른다. 박상도의 입에서 긴 한숨이 샌다.

몰리는 아버지의 체면을 봐서인지 철진이 얼른 자리에서 일어선다.

"넌 어딜 가? 거기 앉아!"

철진은 어쩔 수 없이 무릎을 꿇고 박상도 옆에 앉았다. 박지언은 또 잔에 술을 부어 벌컥벌컥 마셨다.

"너희들 말이야. 당에서 만날 간부들은 인민의 심부름꾼이 되라 하니까 내부사업의 원칙마저 잊었던가 보구나. 프롤레타리아 독재가 뭔지 아냐? 수령을 위해 모든 것이 귀결되는 이 원칙에서 단 한 치의 어긋남도 죽음으로 보상하는 것이 프로 독재야. 거기서 우린 칼자루를 쥐었고, 권력이 뭔지 알고는 있냐?"

"아, 그거야 뭐, 힘이잖습니까?" 철진이 먼저 쭈물대며 대답했다.

"뭐라, 힘? 그것뿐이야? 네가 대답해." 박지언은 상도를 가리키며 눈을 치뜬다.

"예? 그것 말고 뭐가 더……."

"이래노니 이놈아, 힘이 있으면 뭘 해? 너처럼 쓸 줄 모르면 그게 힘이냐? 힘을 가져도 활용할 줄 모르면 평생을 권좌에 앉아봤자 쪽박밖에 차례질 것이 없어. 무슨 말인지 알겠냐?"

박상도는 저절로 머리를 끄덕였다. 그 말엔 긍정이 갔다. 평생을 헛살았다는 자책이 또 들었다. 사람은 항상 불민한 일이 코앞에 닥쳐야만 그 심각성을 깨닫는가 싶다. 조금만 더 생각하고 숙고한다면 능히 행할 수 있는 일도 말이다. 앞을 내다보지 못하고 현존에만 매달려 살다 보면 그 심각성이 더 빨리 그리고 아주 엄중하게 닥친다. 박지언의 말이 천만 번 옳다. 지금까진 번마다 하는 잔소리와 거친 욕을 속에 담아두지 않았었다. 그냥 거친 성격이 쏟아내는 말로만 스쳐 들었다. 지나가면 내 언제 그 랬냐 싶게 잊어버리는 아버지다. 그러나 지금은 그렇게 흘렸던 말들이 혈처럼 머리를 덮혀준다. 당할 처지에 빠져서 그런가?

"날이 밝으면 내 장덕수를 만나봐야겠다. 그깟 놈, 어디 내 앞에서도 배짱대로 입을 놀릴지 지켜보겠다. 상도, 너, 이놈. 언제까지 바지저고리로 살 테냐? 철진아, 너는 내 장손이니까 절대 가진 것을 남에게 뺏겨서는 안 된다. 장덕수? 참 별 희떠운 놈이 이젠 대가리에 올라앉아 똥을 싸려 드는군. 너희들 말이야, 손녀고 뭐고 몽땅 다 때려 엎을 준비나 해. 알아 들었어?"

분명 취중의 소리다. 박상도는 그렇게 생각하며 술상을 치우고 자리를 펴게 했다.

그 밤, 박상도는 잠들 수 없었다. 아비의 말을 긍정은 해도 손녀고 뭐고 다 때려 엎으라는 말은 이해할 수 없었다. 속까지 섬뜩했다.

춘희의 뜻밖의 출현은 박상도의 가슴에 뭔가 알알한 것을 심어주었다. 그것이 혈육의 정이라는 것도 안다. 하지만 젊었을 때 지은 돌이킬 수 없는 일로 선 뜻 다가갈 수 없는 딸이다. 안아보고 싶고 그 어미도 만나보고 싶었다. 그러나 그것이 짙게 낀 안개 속 저 너머 도무지 손잡을 수 없는 곳, 또 다가가서는 절대 안 될 존재처럼 느껴진다. 아니 용기가 나지 않는다고 해야 정확할 것이다. 박상도는 그렇게 스스로 지난날을 반성했고 앞날을 걱정했다.

철진이도 잠들지 못했다. 비록 술이 뱉은 말이어도 듣고 싶은 알맹이가 가득 찼다. 갑자기 드러난 아버지의 과거와 원치 않은 또 다른 혈육의 출현으로 그토록 애정을 가졌던 보위원 일까지 잃고 싶지 않다. 이대로 무너질 순 없었다. 밀어주는 막강한 힘이 있는데 무엇이 두려우랴, 하나하나 전개할 일을 생각하고 재검토하며 철진은 뜬 눈으로 새날을 맞았다.

해가 솟을 무렵, 무거운 머리를 식히려 개천가로 나왔을 때 박상도가 따라 나왔다.

"너, 할아버지 말이라고 무작정 따라서는 안 된다. 알겠냐?"

"네? 그게 무슨……."

"춘희는 내 잃어버렸던 딸이다, 네 누이고. 누가 누구를 잡는다는 거냐? 지금껏 난 네 할아버지 품에서 내내 기를 못 펴고 살았다. 그렇다고 잘된 일도 없고……. 지위? 그거 다 부질없는 거다. 그것 때문에 혈육도 몰라보는 문외한이 되진 말아라."

마치 머릿속에 들어갔다 나온 사람처럼 말한다. 철진은 그냥 듣기만 했다. 이제 뭘 해야 하는가를 정리하고 결심한 마당에 아버지의 그 말이 귀에 들어올 수가 없었다. 다음 날 성진에 들렀던 할아버지가 평양에 올라간 즉시 행동을 개시했다. 작성된 장덕수의 자료를 중앙당에 제보하는 것과 동시에 영성이와 향이 그리고 김춘옥을 잡아들였다. 김춘옥은 비밀리에 철진의 지시를 받고 향이의 옷깃에 도청칩을 넣은 장본인이다. 그녀도 그렇게 하지 않으면 당장 잡아들여 능지처참하겠다는 철진의 위협에 어쩔 수 없이 응했다. 약속대로라면 춘옥은 내버려 두어야 했으나 춘희를 잡아들이려면 김춘옥의 증언이 필요했다.

그러나 박철진은 국가안전보위부 본부에서 그보다 먼저 구체적이 제의서를 당 조직지도부에 올린 사실은 감감 몰랐다. 덧붙여 모영민도 있을 수 있는 우려에 대해 낱낱이 지도부에 알렸다. 십 년 복수라는 중국 속담처럼 모영민은 아마 이때를 끈질기게 기다려온 것 같다.

　　결과 박지언은 하동광산 아들 집에 내려온 그 날 바로 해임장이 떨어졌다. 노동당도 현재 외화벌이 즉 금전적 문제에 관해서는 한발 물러선다던 박지언의 말이 맞았다. 근데 왜 불 속에 뛰어드는 나방처럼 나댔는지, 오랜 당 지도부를 일군 경력을 믿고 저지른 일이겠지만 그가 누구든 노동당이 추진하는 외화벌이 사업에 해를 끼쳤다면 결과는 죽음뿐이었다. 그걸 박지언이 정녕 몰랐을까? 그래서 사람은 사유가 분명찮은 나이가 되면 스스로 자중하고 물러날 때가 되면 물러날 줄도 알아야 했다.

　　박지언의 숙청에 이어 박상도도 아들 철용이와 함께 양강도 삼수갑산의 두메로 추방됐다. 박철진은 백두산줄기인 아내의 출신 덕에 보위원 직무에서 해임되는 것으로 그쳤다. 그러나 시련은 곧 찾아왔다. 아내가 이혼을 선포한 것이다. 백두산줄기를 타고 난 여자가 언제 어떻게 될지 모르는 위험천만한 숙청자 가족과 같이 살 수는 없는 법. 철진은 가슴을 치며 후회했으나 되돌릴 수 없는 행차 뒤 나발이었다. 유약한 아버지의 말이어도 새겨들었어야 했다.

　　무난하고도 바람직한 삶은 행사하는 힘이 아닌 지나온 뒤안길의 진솔한 반성과 거기서 오는 교훈을 바탕으로 답을 찾고 새롭게 시작해야 한다는 진리를 망각한 결과였다.

우리 마을

어느덧 오 년 세월이 흘렀다. 그날 늦은 오후 연길공항에 내린 춘희를 마중해 자가용으로 집에 도착한 태수는 커피를 타들고 거실 소파에 앉은 춘희와 마주 앉았다. 모영민은 작년 겨울 사망했다. 이후 두 사람은 모영민이 살던 집을 정리하고 연길로 이사했다. 아담한 정원이 있는 단독 주택은 세 식구가 살기엔 안성맞춤이었다. 철이는 벌써 중학교 졸업반이다.

"피곤하지 않소?"

한가득 정어린 말이다. 춘희가 커피잔을 받으며 밝게 웃는다.

"인천공항에서 연길까지 겨우 시간 반밖에 안 걸리는데요, 뭐."

"그래도 하늘길인데, 암튼 좋은 세상이오. 외국에도 마음대로 나다니니, 저쪽 같으면 뭐……."

"참 여보, 기쁜 소식 알려줄까?"

"뭔데? 거야 응당 알려줘야지 아, 빨리!"

"호호, 어머니가 퇴원했어요."

"정말이오? 수술 경과는 어떻게 됐소?"

"자……."

춘희가 사진 한 장을 내민다. 어제 날의 어머니라고 믿기 힘든 고운 얼굴이 두 사람을 보고 있다. 흉터까진 완전히 지우지는 못했어도 어느 모로 보나 옛 모습은 온데간데없다.

"여보!"

태수가 격해 돌아본다. 왜요, 하는 눈빛으로 춘희가 마주 보자

"난 당신이 누굴 닮아 그리 곱나 했더니, 이제야 알겠군." 했다.

춘희가 대답 대신 창문 너머 맑은 하늘을 바라본다. 그 눈에 한가득 눈물이 고였다.

"나도 처음 알았어요. 어머닌 사십 년 만에 잃어버렸던 얼굴을 다시 찾았어요. 으흐흑……."

춘희가 얼굴을 싸쥐고 흐느낀다. 토닥토닥 아내의 등을 두드리는 태수의 눈에도 눈물이 고였다. 눈물과 함께 여러 가지 화면들이 언뜻언뜻 스쳤다. 사람 사는 동네란 대체 어떤 곳이어야 하는지, 사십여 년을 죽은 목숨으로 살아온 한 여인의 불우한 운명이 그런 생각과 함께 또 다른 모습을 불러왔다. 이 땅에 내가 설 자리가 없다며 울먹이던 영성의 애처로운 모습, 그때 어려울수록 당을 믿고 살라고 한 어리석은 자신의 모습, 영성은 향이와 함께 사형장에 나가며 과연 무엇을 생각했을까…….

"뭘 그렇게 생각해요?"

춘희의 부드러운 손이 어깨에 닿는다. 그 손을 쓸며 말하는 태수의 손

이 떨렸다.

"왜 무슨 일이 있어요?"

"아니 지난 세월이 잠깐 눈에 밟혀서, 당신도 가끔 말했잖소. 영성이와
향이……."

"그만, 갑자기 왜 그 소릴……."

마시던 커피잔을 탁자에 놓은 춘희가 창가를 향해 걸어갔다.

태수가 곁에 갔을 때 춘희의 얼굴은 온통 눈물 천지다.

"새 세상을 그리며 그토록 희망에 부풀었던 애가 아, 여보 내가, 내가
죽일, 으흐흑……. 책임지지도 못하면서 향이를, 향이를, 내가, 아, 어어
엉." 춘희가 통곡하며 태수의 품에 얼굴을 묻는다.

"당신 잘못이 아니오. 죗값 치를 자가 누군데 당신이 왜? 괴로워하지
마오. 내가 잘못했소. 나도 영성이가 생각나서 그만, 왜 한 핏줄의 땅이면
서 이렇게도 다른지. 여보, 어서 맘껏 우오. 실컷!" 태수의 눈에서도 눈물
이 쏟아졌다.

황홀한 저녁노을이 창가를 거쳐 두 사람을 감쌌다. 눈물을 거둔 부부
의 모습은 노을빛을 받아 마치 활짝 핀 꽃처럼 아름다웠다. 부부는 나란
히 창가로 한발 다가섰다.

"여보, 지는 태양이 왜 저렇게 아름다운지 알아요?"

"왜 모르겠소. 알아도 잘 알지."

"말해 봐요."

"당신도 알잖소 내가 말을 하지 않아도……."

"여보."

두 사람이 다시 뜨겁게 포옹한다. 그리고 마음속으로 함께 외쳤다.

'지는 해가 아름다운 것은 갈 때를 알고 질 때를 아는 현명함 때문이다.'라고!

작가의 말

　지금껏 내가 선보인 작품들은 모두 북한 주민들의 삶에 관한 이야기다. 이 소설도 마찬가지다. 소설을 쓰기 시작한 시점은 약 십여 년 전이다. 내가 살던 함경북도 성진(김책)시가 소설의 배경이고 실제 존재한 인물들에 관한 이야기인데 내가 떠나온 이후를 잘 몰라 지금까지 미뤄왔었다. 그냥 작가의 상상으로만 쓰기가 어딘가 마음에 걸렸고 또 죄스러웠다. 그러다가 근래에 와서 성진에 사는 오랜 지인과 통화가 이루어졌다. 내가 알고 싶은 인물들의 신상을 확인할 절호의 기회였고 결국 목적을 이뤘다.

　어둡고 침침한, 굶주림에서 해탈해 보려는 자들로 차고 넘친 북쪽 이야기에 독자분들이 공감하리라는 확신은 없지만 쓰고 싶었다. 쓰지 않고는 내 가슴에 응어리진 어떤 사람의 표상이 지워지지 않아서였다.

　이 이야기는 모두 그 사람으로부터 줄기를 뻗듯 뻗어 나간다. 내 가슴에 문신처럼 박힌 그 사람의 모습은 눈물과 한숨 그리고 그리움의 화신이었다. ㄱ 사람은 풍랑으로 인해 북에 들어와 다시 고향에 가지 못한 남 강원도 고성 사람이었다. 갓 결혼해 만삭이 된 젊은 아내를 두고 다시 돌 아가지 못할 곳에 왔다는 현실은 그 사람을 절망케 했고 눈물로 세월을 보내게 했다. 짬만 나면 바닷가에 앉아 소주로 가슴을 적시며 슬피 울던 그 사람의 모습은 수십 년이 지난 지금도 눈에 선하다.

그 당시 누구 하나 동정해 주는 사람도 없었다. 보는 눈길도 여러 갈래 였다. 나 역시 당시에는 그 사람을 이해하지 못했다. 저런다고 돌아갈 수 있는 것도 아닌데 모든 걸 훌훌 털고 새 삶을 꾸려야 옳은 것 아니냐는 축에 나도 속했다.

누가 알 수 있으랴, 가족과 생이별을 하고 '적국'에 온 사람의 심정을, 하룻길이면 갈 수 있는 곳에 사랑하는 사람을 두고도 영영 갈 수 없는 현실이 그 사람에겐 분명 악몽이었을 것이다. 그러나 그곳은 나라를 영 도하는 노동당을 위해서라면 개인의 모든 것, 가족도 소중한 목숨까지 도 서슴없이 바치기를 염불처럼 외워대는 이상한 곳이었다. 또 그런 이념 에 숙달돼 개인사의 아픔 같은 것에는 슬퍼하지도 중시하지도 않는 문 화가 깊숙이 자리를 잡아가고 있는 곳이기도 했다.

나 역시 그가 권하는 술잔을 받으면서도 그의 가슴을 찢어발긴 기나 긴 아픔의 깊이를 알 수가 없었다. 마침내 나 역시 가족과 떨어져 다시 가 지 못할 길을 떠나온 오늘에 와서야 비로소 조금이나마 알 수 있게 됐다. 그래서 늦었지만 지인의 전화를 받는 즉시 쓰기 시작했다.

사람들의 기억에 별로 남지 않을 한 평범한 사람의 이야기인 이 소설이 갈라져 팔십여 년, 우리 민족사의 길고 긴 분단이 어떤 이념 때문에 지속되고 있는지 조금이나마 알게 해줄 것이라 믿는다.

현재 북쪽은 북쪽대로 남쪽은 남쪽대로 나름 자체의 이념대로 갈 길을 가고 있다. 북한과의 관계를 두고 어느 쪽이 옳은가에 관한 찬반논쟁도 가열하다.

2017년이던가, 나는 한국경제신문 기자로부터 당시 남북상황과 관련해 인터뷰를 한 적이 있다. 그때 내게 온 질문은 현 남북상황을 어떻게 보냐는 것이었다. 말하자면 북한이 핵을 폐기하고 평화적 방법으로 남북 문제를 해결하느냐 아니냐는 질문이었다. 남한에 들어선 민주 정부 발족 즉시 휴전선에서 김정은을 만나고 이어 남북회담 그리고 고위 방북까지 이루어진 마당에 듣고 싶은 말은 당연히 북한이 남한이 제시한 평화에 화답하고 핵을 폐기할 거라는 대답일 것이었다. 그러나 나는 단호히 절대 그런 일은 없을 거라고 못을 박았다. 그러자 그렇게 일률적으로만 보지 말고 가능하면 빨리 TV를 켜 보라고 했다. 켜 보니 당장 통일이라도 되는 듯 남북평화 분위기가 다분한 프로그램이 열띠게 방송되고 있었다. 그래도 내 대답은 한가지였다.

제발 북한 바람에 알몸을 내 대지 마시라고, 남쪽은 다 좋은데 바보같이 속는 데는 따라올 인물이 없다고 하자 기자는 허허 웃으며 나를 옹고집쟁이라 나무람했다. 그로부터 일 년 후 그 기자로부터 다시 연락이 왔다. 선생님의 말씀이 다 맞았다고, 나도 기자처럼 허허 웃었다.

가진 자가 없는 자에게 빌붙는다는 말이 생각난다. 하지만 가지고 말고를 떠나서 북한 정권지도부의 속성을 모른다면 능히 그렇게 속을 수 있다고 생각한다.

나는 이 소설을 통해 독자들에게 하고 싶은 말이 있다. 통일은 어떤 이념으로 성사돼야 한민족에게 이로울까 하는 문제다. 그 해답이 소설 속에 있다는 것을 말씀드리고 싶다. 만약 이 책을 손에 쥔다면 그 해답을 찾기 위해 읽으시길 바란다.

아울러 저의 소설을 교정해 주시고 출간해 주신 예옥출판사 편집자분들과 바쁜 시간을 내어 소설을 봐 주시고 출간에 힘을 써주신 서울대 방민호 교수님에게 깊은 감사를 드린다.

2023년 10월 15일

금강의 시골집에서 이지명 올림

추리소설 문법 '탈북소설'의 강렬한 흡인력
-이지명 장편소설『철과 흙』

방민호(문학평론가, 서울대 국문과 교수)

*

이지명 작가는 필자가 만난 탈북작가 가운데 함북 사투리가 가장 생생하게 살아있는 사람이다. 그는 중학교 졸업 후 십 년 동안 군 생활을 했다고 한다. 북한 학제는 소학교가 오 년, 중학교가 육 년으로 한국의 중학교·고등학교를 합해 놓은 형국이다.

그의 군대 생활 구 년 칠 개월은 참으로 장구한 세월이다. 그것도 이십대의 십 년이라고 생각하면 그 힘겨움을 능히 짐작할 만하다. 그가 군대 세월을 보낸 곳은 강원도다. 고향보다 남쪽인 곳에서 극기의 청춘 세월을 다 보내고 청진으로 돌아와 탄광에서 일했다. 북한에서는 탄광과 광산을 다른 말로 쓴다. 광산은 석탄류 아닌 자원을 캐내는 산이다. 아무튼 이 경력으로 보면 이 작가는 육체적 고통을 감내하는 능력이 어떤 사람보다도 강한 사람이다.

탄광 지역에서의 삶은 그렇다고 단순한 막노동 생활은 아니었다. 군대 생활 사 년째에 그는 계급 높은 부의 '대책 없는' 호의로 노동당에 입당했다. 옛날의 성진, 곧 지금의 '김책' 시에서 멀지 않은 곳, 평라선 타고 네 정거장 떨어진 그곳, 약 칠십 리 떨어진 그곳 탄광에서의 그의 직책은 '제3갱' 갱장이었다.

그러다 '고난의 행군' 시절이 닥쳤다. 그의 첫 탈북은 1998년이었다. 1997년 들어 아예 배급이 끊기는 생존의 위기 속에서 이 작가는 중국으로 나가 삼 년을 훈춘 등지를 떠돌며 지냈다. 2000년에 중국에서 잡혀 들어갔는데, 마침 운 좋게 김대중 대통령 방북으로 삼엄한 기운이 잠깐 풀린 때였다. 먹고 살려고 쌀 구하러 국경 넘어갔던 사람은 용서해 주라는 지시로, 도 집결소에서 '구류장' 생활을 한 달 하고 풀려났는데, 하룻밤 자고 그 길로 다시 살길 찾아 떠났다. 아내는 이미 소식 끊긴 남편 곁을 이미 떠나고 없었고, 딸만 남았고, 부모님은 일찍들 돌아가셨고, 형님 가족들만 아직 그곳에 살고 있다.

이지명 작가는 지금 손가락 두 개가 온전치 못하다. 하나는 탄광에서 일할 때 잃어버린 것이고 검지는 중국에서 종이 원료 만드는 작업장에서 일하다 톱에 잘리고 만 것이다.

*

이 이지명 작가를 필자가 알게 된 것은 지금으로부터 약 팔 년 전쯤이다. 그 무렵 필자는 북한에서 세상 떠난 시인 백석의 생애의 마지막 국면에 관심이 컸다. 이에 관해 알고 있는 도명학 작가를 어떻게 알게 된 것이 탈북작가들과의 공동 작업의 첫 계기였다.

첫 작품은 남북 작가 공동의 앤솔로지 『국경을 넘는 그림자』(2015)였다. 한국 작가 중에 윤후명, 이성아, 이청해, 정길연, 이평재, 신주희 등이 참여했고, 여기에 이지명, 윤양길, 도명학, 설송아, 김정애, 이은철 등의 탈북작가들이 함께 했다.

그 다음에는 『금덩이 이야기』(2017), 또 그 다음에는 『꼬리 없는 소』(2018), 『단군릉 이야기』(2019), 『원산에서 철원까지』(2020), 『신의주에서 개성까지』(2021), 『해주 인력시장』(2022)까지, 이렇게 여섯 번의 공동 작업이 더 있었다. 이들은 모두 탈북작가들의 작품 모음집이고, 필자는 이를 편집하는 역할을 맡았다. 올해도 같은 작업을 다시 준비하고 있다.

이 모든 작업에서 이지명 작가는 늘 같은 자리에서 필자와 함께 했다. 돌이켜 보면 칠팔 년의 그 세월도 길디긴 시간이었다 하지 않을 수 없다. 이지명 작가뿐 아니라 김정애, 도명학, 설송아 같은 작가들도 모두 함께 어려운 상황에서 같이 작업해온 동반자들이다.

이 작가들의 이력은 각기 다르다. 이 가운데 이지명 작가는 북한에서의 작가 이력이 가장 긴 사람이다. 그는 북한에서 다년간 '현직 작가'로 일했고, 그 후 지역의 선전부 소속 전업 작가로 활동했었으며, 그때는 희곡작가였다. 소설을 쓰기로는 한국에 들어와서부터지만 그러니까 그는 북한에서 이미 프로 작가였다. 한국에서도 이미 여러 권의 장편소설을 펴냈고, 이번에 펴내는 『철과 흑』도 탈고, 수정·보완한 지 상당한 시간이 흐른 상태에서 또 다른 작품들도 쓰고 계시다. 그야말로 필력이 좋은 작가, 소설가다운 작업 능력을 갖춘 작가였음을 짐작할 수 있다.

뿐만 아니라 앞에서 열거난 공동 작업의 성과물들을 보아도 이 작가는 어떤 소재나 주제도 감당할 수 있는 사람이다. 북한의 인권 문제에 관한 이야기를 주문해도, 또 경원선이나 경의선 인근의 이야기를 부탁해도 그는 어떻게든 이야기를 만들어낼 수 있다.

무엇보다, 북한에서 나와 중국을 거쳐 한국에 오기까지, 그리고 한국에서 그가 겪어온 모든 경험의 폭과 깊이가 이를 가능케 해주는 것으로 보인다. 그 하나의 예로, 그는 한국에 들어와서 처음에 인천공항에서 서울로 들어오는 고속철도 레일을 놓는 일을 했다. 한국의 작가들 가운데, 1980년대 후반의 한 시기를 풍미한 노동소설가들 말고 이와 같은 육체적 노동의 경험을 거친 작가가 과연 얼마나 있을까 싶다. 이지명 작가는 단단한, 살아있는 육체적 경험을 바탕으로 자신이 생각하는 정신의 집을 짓고자 하는 작가다.

*

앞이 길어졌지만 소설 작품 뒤에 붙이는 말에 작가에 대한 소개가 없어서는 안된다고 생각한다. 밑도 끝도 없이 이 작품의 구조가 어떻고 무슨 비평 이론에 따르면 뭐가 어떻고 하는 이야기는 발문이나 해설로는 적당치 않다. 더욱이, 탈북작가 작품을 말하면서 다짜고짜 작품의 구조를 말하고 비평이론에 근거한 해석으로 들어가는 것은 금물이다. 이 작가들의 작품성을 이야기할 때 가장 중요한 것은 일종의 진정성, 작가 자신의 경험과 사색이 얼마나 긴밀하게 서로를 부둥켜안고 맞부비며 맞싸우느냐에 있기 때문이다.

*

이제, 『철과 흙』 안으로 들어가 보기로 하자. 이 소설은 '작가의 말'이 보여주듯이 작가가 살았던 광산, 탄광 지대에서 실제로 있던 이야기를 바탕으로 삼고 있다. 그런데 어째서 제목이 '철과 흙'이냐.

'철'은 이 이야기가 탄광, 광산 지대를 배경으로 전개되고 있기 때문이며, 맨살에 와 닿은 철의 차갑고 날카로운 이미지처럼 그가 그리는 북한 체제의 현실이 차갑고 괴롭기 때문이다. 냉혹한 이념과 생존을 위한 처절한 몸부림의 존재. '철'은 바로 이러한 현실의 비정함을 표상한다.

그러면 '흙'은 무엇이냐. 흙은 따사롭고 부드럽다. 그것은 삶을 이어가게 해주는, 양육해 주는 어머니요 여성이요 사랑이다. '철'의 세계인 저쪽에도 그 삶을 감싸안는 흙의 온기가 아예 없지 않았으니, 이지명 작가가 그리는 작중의 인물들은 저마다 비정한 생존의 논리를 품고 있으되 그들이 끝내 기대지 않을 수 없는 것은 사랑의, 동정의 마음 그것이다.

『철과 흙』의 주인공은 태수와 춘희, 두 사람이다. 이야기는 함경남도 남단 인구 이만여 명이 사는 탄광, 광산 지대를 배경으로 펼쳐진다.

여기서 '태수'는 상동, 중동, 하동으로 나뉜 이 '동네'의 중동 탄광의 '갱장'으로 있다. 작가의 이력을 생각하게 하지만 이외의 설정은 허구다. 춘희의 이력이 아주 특이하다. 그녀는 태수의 중동 탄광과 맞붙은 중동농장 소속 작업반인 상촌 마을의 농장 이발사라고 한다. 이쪽 세상과 달리 여성이 이발사라는 직업을 갖고 있는 것도 특이하다.

이 두 사람의 내밀한, 이면의 관계를 중심으로 이곳 탄광·광산촌을 둘러싼 과거와 현재의 이야기들, 사연과 음모, 욕망과 그 반대되는 동정의 움직임이 쫄깃쫄깃한 이야기의 재미를 느끼도록 펼쳐지는 것이 바로 이 『철과 흙』이다. 태수와 춘희, 두 인물로 하여금 감추어진 관계 속에 놓이도록 한 것은 북한사회 체제를 '대표'하는 '철'의 속성, 곧 이 탄광·광산촌을 휘감고 흐르는 욕망, 음모, 이념, 폭력과 살상의 뒤얽힘이다. 태수와 춘희는 이 감추어진 사연을 배경으로 거느리며 작중에 나타나 서로 깊은 사랑의 관계를 맺어가게 된다. 그러나 비단 두 사람의 사랑만이 아니다. 이 두 사람의 관계를 둘러싸고 방사형으로, 거미줄처럼 뒤얽힌 사람살이의 관계를 꿰뚫고 있는 것은 남과 여의 사랑, 남자와 남자의 우정, 여성과 여성의 동정이요 연민이며, 서로 몰랐던 사람들끼리도 새롭게 마음을 열고 돕고 감춰줄 수 있었던 '유정'한 마음의 존재다.

바로 이러한 의미에서 이 소설 『철과 흙』은 단순히 저쪽 체제 비판의 소설이 아니요, 그 세계의 표면과 이면을 입체적으로 보여주는, 리얼한 사람살이의 진실을 가리키는 작품이라고 할 것이다.

*

그런데, 필자는 이 쯤에서 이 소설에 대해 이렇다 저렇다 이야기하는 것보다는 그 가장 큰 매력을 하나 짚어 보는 것으로 작품 소개를 대신하는 것이 좋겠다고 생각한다.

이 작품을 읽어가며 필자가 느낀 가장 강한 인상은 이 소설이 추리소설적 문법을 가지고 있다는 점이었다. 작중의 태수는 군대를 특수부대로 가는 바람에 영하 20~25도 날씨에 얼음을 깨고 도하를 감행하는 극

한 훈련을 받은 나머지 무정자증에 걸리고 만다. 아이를 가질 수 없게 된 것이다. 결혼하고 나서야 이 사실을 깨닫게 된 태수는 믿을 수 있는 친구 철진으로 하여금 한밤에 아내와 관계를 갖게 해서 아이를 얻는다. 아이가 없는 것을 수치로 알고 있는, 전통적 습속이 남아 있는 북한 사회의 단면을 엿볼 수 있게 하는 대목이다. 그런데, 이웃 마을 농장 이발사로 평소에 태수와 관계가 없는 춘희가 이 사실을 알고 있다.

실로 이 춘희는 이 소설의 이야기를 끌어가는 가장 중심적인 인물이라 해도 과언이 아니다. 춘희는 이미 태수의 비밀을 알고 있는 것만 같은 독특한 태도에 더하여 여성 주인공 특유의 '전형적인' 아름다운 미모, 몸매뿐 아니라 그 행동 방식 또한 지극히 미스터리하다. 일개 하급 직종에 지나지 않는 농장 이발사에 어울리지 않는 인물됨은 태수를 적극적으로 유인하는가 하면 비정상적 외화벌이 단체인 '동지회'를 손쉽게 이끌어가며 탄광·광산촌 일대의 인물들을 능숙한 솜씨로 요리해 간다. 태수에게는 더없이 부드러우면서도 그녀에게 빠진 또 다른 철진에게는 냉정하기 짝이 없는 양면성의 소유자면서 무엇보다 그녀는 어떤 '출생의 비밀'에 휩싸여 있고, 또 다른 출생의 비밀들, 그리고 이러한 비밀들을 둘러싼 중첩된 관계의 또 다른 비밀들을 풀어가는 열쇠가 되는 존재이기도 하다.

바로 이 때문에 필자는 이 소설에서 추리소설의 문법을 읽어내지 않을 수 없었던 것이다. 그런데 작가는 이와 관련하여 다음과 같이 말했다.

제가 원래 추리소설을 좋아했습니다. 한국에 와서 김성종 작가도 만나 봤습니다. 김성종 소설에 매력을 느껴서 중국에 있을 때부터 그 책만 들여다 봤어요. 『제5열』, 『일곱 개의 장미』, 『안개 속에 지다』 등등 그 분이 쓴 책은 너무 재밌어서, 중국 연길, 훈춘 같은 데 서점, 또 책 빌리는 데서, 한국소설 읽은 게 한 상자는 될 텐데요, 하룻밤에 다 읽고 또 갖다주고 빌리고, 숨어 있으니까 계속 읽었지요. 북한 있을 때는 극 작품을 썼는데요. 조선중앙작가동맹 소속으로, 전업 작가는 못 되었다가, 직장에서 일하면서 쓰는 현직작가로, 탄광 전투원들(탄부) 사기를 높이는 글을 쓰다가 김책시 선전대 작가로 한 일 년 넘게 썼습니다. 선전대는 유급이니까. 선동대는 반유급입니다.

그러니까 이 작가는 북한에서 전업 작가로까지 일도 했었으니, 김성종 소설을 단순히 독자로서만 읽었다고는 할 수 없다. 더구나 중국에 숨어서 한국 책을 읽을 때 추리소설을 읽었으니 작가적 기법으로서의 추리소설 문법에 대해 상당히 깊이 생각했을 것임에 틀림없는 것이다.

그리하여 이렇게 사유한 추리소설적 문법이 아주 부드럽고 화려하게 발휘되어 나온 본격적 작품이 바로 이 『철과 흙』이라고 할 수 있다.

그리하여 이 소설에 등장하는 주요 인물들은 '한 사람도 빠짐없이' 비밀을 거느린다. 태수 뒤의 어머니 윤송녀, 춘희의 어머니 모옥님도, 철진도, 철용도, 철진·철용 형제의 아버지 박순민도, 춘희의 명목상 남편 홍범도, 태수의 아버지로 밝혀지는 화교 모영민도, 북으로 끌려온 남쪽의 어부 강성대도, 보위원 철진의 상관인 장덕수도…… 이 비밀스러운 양파

껍질을 하나하나 벗겨내는 재미가 이 소설 전체에, 특히 그 후반부에서 말미로 갈수록 쏠쏠, 흥미진진하다 하지 않을 수 없다. 이 추리소설 읽는 재미야말로 탈북작가 이지명이 이 소설을 통해서 독자들에게 선사하는 독특한 선물 바로 그것이다.

*

흥미로운 추리소설로서 『철과 흙』이 독자들에게 전달하는 것은 단순히 재미만은 아니다. 이지명 작가는 이 작품을 통하여 자신이 의도한 몇 가지 목표를 가지고 있는 것으로 보인다. 우선, 『철과 흙』은 북한의 체제 내에서 출간되는 소설은 물론 탈북작가들의 작품에서도 '전형적인' 정치 경제적인 인간을 그리는 대신 욕망과 정념을 가진 본원적인 인간의 감정과 행동, 사유를 그려내고자 한다.

『철과 흙』의 인물들은 이데올로기를 표방하는 인물들조차도 근본적으로 보면 이념적 가치 때문이라기보다는 자신의 바람, 원하는 것, 욕망, 사랑, 연민 같은 것에 의해 자신의 행위를 결정짓는 것으로 나타난다. 이 인물들은 넓게 보면 어둠의 욕망에 휘발리는 검은 에너지를 가진 사람들과 빛의 감정을 품고 있는 사람들로 나누어 볼 수 있다. 권력을 가진 자들, 계급을 유지하고자 하는 자들, 엄혹한 상황을 자신의 이익을 위해 요리하고자 하는 자들과 그들에 의해 삶이 파괴되고 왜곡되는 사람들이 하나의 공간 속에 뒤얽혀 있는 것으로 나타난다. 이 소설은 이념적인 구호나 논리를 담은 대화가 거의 나타나지 않는다. 작가는 이러한 담론을 가급적 삭제, 축약하고 그 밑에 숨쉬던 그네들의 욕망과 정념의 언어를 적나라하게 제시한다. 철지이나 철용 형제, 그들의 부친 박상도(=박선민), 박상도의 부친 박지언, 하동광산 당비서를 넘보는 부비서 양태산, 보위부장 장덕수 같은 인물들이 바로 그들이다. 그런가 하면 빛 쪽에 가까운 인물들도 소설 속에서 결코 선한 의지의 화신으로는 나타나지 않는다. 북에 잡혀온 어부 강성대도, 그 아들 홍범도, 윤송녀의 아들 정태수도, 그의 부친으로 나타나는 모영민 노인도, 심지어는 춘희조차도 이 점에서는 투명하지만은 않다.

이러한 점으로 인해 역설적으로 이 소설은 현재의 북한 사회를 이루고 있는 사람들이 살아있는 존재임을, 그들이 지구상 어느 곳에서 살아가는 사람들과 전혀 다르지 않음을, 그곳이 한국 사회와 마찬가지로 일종의 '인간시장'임을 설득력 있게 주장한다.

다음으로, 이 소설은 필자가 볼 수 있었던 가장 적나라한 북한 '현장 소설'이다. 이 소설의 주무대는 지금의 김책시, 곧 성진에서 철도역으로 네 정거장 떨어진 곳이다. 이 소설적 무대에 모델을 제공한 '업억'이라는, 한국식으로 보면 소읍 정도 규모의 탄광·광산촌은 일제 강점기 때부터 흑연 광산이 있었던 곳으로, 대규모 광산 시설을 둘러싸고 살아있는 삶의 드라마가 펼쳐지는 현장이다.

작가는 자신의 탄광촌 생활 경험을 바탕으로, 한국의 어느 소설에서도 보기 힘들었던 탄광 노동 현장과 이를 둘러싼 북한의 사회 메커니즘, 외화벌이에 골몰하는 당과 기관들, 생존을 위해 몸부림치는 사람들, 법률적 한계를 넘어서는 양상들, 은밀히 확산되는 남한쪽 문화와 자본주의적 논리들, 국경을 넘어 서로 연결되는 북한과 중국, 한국의 현재상을 다채롭게, 그리고 넓고 깊게 그려낸다.

작가가 이를 통해서 보여주는 북한 사회는 체제 메커니즘을 유지할 수 있는 어떤 임계점에 바싹 다가서 있는데, 이는 한 스푼의 물만 더 보태면 흘러넘치고 말 찻잔 같은 형국이라고도 할 수 있다.

작가는 이러한 북한 사회의 실상을 고발적, 직설적 문체가 아니라, 추리소설 문법의 플롯으로, 드라마틱한 서사적 구성과 리얼한 묘사로 전달해 보인다. 사람들의 뒤얽힌 관계의 비밀이 하나둘씩 밝혀지는 과정을 통하여 작가는 현재의 그곳 사회의 병리적 어둠이 자연스럽게 읽히고 느껴지도록 한다. 이것이 이미 많은 작품을 써온 작가가 이 작품에서 새롭게 시도하는 현실 비판의 방식이다.

필자는 오랫동안 탈북작가들의 문학세계가 한국문학의 가장 중요한 부분이고 또 그렇게 인식되어야 함을 역설해 왔다. 『철과 흙』의 이지명 작가는 그 대표적인 실례다. 『철과 흙』은 북한소설 또는 탈북 작가의 소설이라 할 때 흔히 생각할 수 있는 형식을 과감히 떠나, 필자마저도 뇌리에 강한 느낌표를 연달아 그려 넣을 수밖에 없는 방식의 추리적 소설을 선보였다. 그가 열어젖힌 탈북소설의 새로운 지평이 한국문학의 새로운 가능성의 장이 될 것을 믿어 의심치 않는 바다.

예옥 제7소설

철과 흙

초판 1쇄 인쇄 | 2024년 1월 3일
초판 1쇄 발행 | 2024년 1월 10일

지은이 | 이지명

펴낸곳 | 예옥
펴낸이 | 방준식
등록번호 | 제2021-000021호
주소 | 서울시 은평구 불광로 122-10, 3403동 1102호
전화 | 02) 325-4805
팩스 | 02) 325-4806
이메일 yeokpub@hanmail.net

ISBN 978-89-93241-81-5 03810